Ein Ticket für den Friedhof ist der achte Roman mit Lawrence Blocks fesselndster Figur, Matthew Scudder. Eher klassischer Thriller als Kriminalroman, ist er vielleicht sogar sein bester.

Von heftigen Schuldgefühlen geplagt, hat Scudder Frau und Kinder verlassen und den Polizeidienst quittiert, um in einem Hotel in New Yorks Hell's Kitchen ein einsames Dasein zu fristen und sich in Jimmy Armstrong's Saloon gleich um die Ecke vorwiegend von Bourbon und Kaffee zu ernähren.

Inzwischen hat er zwar dem Alkohol abgeschworen, lebt aber immer noch in demselben spartanischen Hotelzimmer und verdient sich das wenige Geld, das er zum Leben braucht, indem er, wie er es selbst nennt, »Freunden hin und wieder einen Gefallen tut«.

Dann holt ihn eines Tages die Vergangenheit ein. Zwölf Jahre zuvor hat Matthew Scudder vor Gericht eine Falschaussage gemacht, um James Leo Motley hinter Gitter zu bringen. Inzwischen ist der brutale Gewaltverbrecher wieder auf freiem Fuß und sinnt auf Rache. Scudders Freunde und ehemalige Geliebte – sogar vollkommen Fremde, die das Pech hatten, denselben Familiennamen zu tragen – bezahlen mit ihrem Leben. Denn der rachsüchtige Psychopath ist fest entschlossen, nicht eher zu ruhen, als bis er seinen Erzfeind wieder in den Suff getrieben – und dann ins Grab gebracht hat.

»Man kann dieses Buch einfach nicht mehr aus der Hand legen«, schrieb die *Washington Post Book World*. »Anhaltende Spannung und ein atemberaubendes Ende.« Der *Boston Herald* lobte *Ein Ticket für den Friedhof* als »fesselnden Spannungsroman, der die Nerven des Lesers auf eine harte Belastungsprobe stellt«. Ins selbe Horn stößt die *San Diego-Union Tribune*: »Nervenzehrende, kaum zu ertragende Spannung. Lawrence Block ist einer von Amerikas besten Krimiautoren, und er war nie besser als in diesem Buch.«

Ein Ticket für den Friedhof

LAWRENCE BLOCK

Aus dem Amerikanischen übersetzt von Sepp Leeb

Für Lenore Nathan Block Rosenberg
Hallo, Mam!

Titel der englischen Originalausgabe A TICKET TO THE BONEYARD
Copyright © 2017 der deutschen Neuausgabe by Lawrence Block
Copyright © 1990 by Lawrence Block
Alle Rechte vorbehalten.
Übersetzung: Sepp Leeb
Design: QA Productions

A LAWRENCE BLOCK PRODUCTION

Nicht wenige Bewohner der Natur
kenn ich wie sie mich.
Ich fühl mich ihnen
herzlich zugetan.

Doch treff ich dort auf einen Kerl,
sei's in Begleitung oder allein,
mein Atem stets dann schneller geht,
und Angst durchfährt mir Mark und Bein.

    Emily Dickinson, *Die Schlange*

Ein Ende, blutig und plötzlich,
durch Gewehrschuss oder den Strick,
wünsch ich dem Tod, der uns nimmt, was uns lieb,
und uns lässt, was am Herzen uns nicht liegt.
Ach, hätt er nur meine Schwester genommen,
und meine Cousinen dazu.
Dieser Trottel will aber partout
meine gute Mary Moore,
die besser als keine and're weiß,
was uns bei Tisch und im Bett ergötzt.
Was will ich von jungen Dingern noch,
wenn er die Puffmutter mir holt?

    William Butler Yeats, John Kinsellas Klage
    um Mrs. Mary Moore

Kapitel 1

Es war in dem Jahr, in dem wir in New York während der World Series einen frühzeitigen Kälteeinbruch hatten. Da allerdings Oakland und die Dodgers das Finale bestritten, hatte das New Yorker Wetter keinerlei Auswirkungen auf seinen Ausgang. Entgegen allen Vorhersagen konnten sich die Dodgers gewaltig steigern und die Meisterschaft vor allem aufgrund der hervorragenden Leistungen von Kirk Gibson und Hershiser für sich entscheiden. Die Mets hatten zwar gleich vom ersten Spieltag an die Tabellenführung übernommen, waren dann aber in den Playoffs nach dem siebten Spiel ausgeschieden. Sie machten den nötigen Druck und brachten mehrere hervorragende Pitcher zum Einsatz, aber die Dodgers konnten noch eine Schippe mehr drauflegen. Woran auch immer das gelegen haben mochte, verhalf es ihnen schließlich zum Titelgewinn.

Eines der Spiele sah ich mir bei einem Freund im Fernsehen an, ein anderes in einer Kneipe, die sich Grogan's Open House nannte, und den Rest in meinem Hotelzimmer. Die kalte Witterung hielt bis Ende Oktober. Die Zeitungen prophezeiten uns einen langen und harten Winter, und im Fernsehen brachten sie in den Lokalnachrichten kurze Filmberichte, in denen Farmer aus Ulster County auf das ungewöhnlich dicke Fell ihrer Rinder oder die dichte Behaarung bestimmter Raupen hinwiesen. Doch dann brach plötzlich in der ersten Novemberwoche noch einmal der Spätsommer aus und lockte die Leute in Hemdsärmeln auf die Straße.

Die Footballsaison war in vollem Gang, aber die New Yorker Teams zeigten keine überzeugenden Leistungen. Als Hauptanwärter auf die vordersten Plätze hatten sich bereits Cincinnati, Buffalo und die Bears etabliert, und zu allem Überfluss handelte sich der beste Linebacker, den die Giants seit Sam Huff hatten, wieder einmal eine einmonatige Sperre wegen Stoffmissbrauchs ein, was gerade die geläufige Umschreibung für Kokain war. Das erste Mal, als ihm das passiert war, hatte er der Presse gegenüber erklärt, er würde es sich eine Lehre sein lassen. Diesmal verweigerte er jede Stellungnahme zu diesem Thema.

Obwohl ich zu dieser Zeit ziemlich beschäftigt war, genoss ich das schöne

Spätsommerwetter. Ich hatte gerade einen Aushilfsjob bei einer Detektiv-agentur, die sich Reliable Investigations nannte und ihre Büros im Flatiron Building zwischen Twenty-third und Broadway hatte. Die Klientel von Reliable rekrutierte sich vorwiegend aus Anwälten, die sich auf Schadenersatzfor-derungen spezialisiert hatten, und meine Aufgabe bestand im Wesentlichen darin, geeignete Zeugen ausfindig zu machen und deren Aussagen aufzuneh-men. Das war zwar nicht unbedingt nach meinem Geschmack, aber zumin-dest würde es sich in meinem Lebenslauf gut machen, falls ich mich eines Tages doch noch dazu durchringen sollte, eine Lizenz als Privatdetektiv zu beantragen. Zwar war ich mir keineswegs sicher, ob ich das tatsächlich woll-te, aber ebenso wenig war mir klar, dass ich es nicht wollte. Ganz abgesehen davon, hatte ich auf diese Weise was zu tun und noch dazu ein gesichertes Einkommen von hundert Dollar am Tag.

Was meine private Situation betraf, war ich sozusagen *auf der Suche*. Ich hatte längere Zeit eine Art Bratkartoffelverhältnis mit einer Bildhauerin na-mens Jan Keane gehabt; das war allerdings schon vor einiger Zeit in die Brü-che gegangen. Zwar war ich mir noch immer nicht sicher, ob tatsächlich end-gültig Schluss mit uns war, aber vorerst war unsere Beziehung auf Eis gelegt, und was die paar halbherzigen Techtelmechtel betraf, die ich seitdem ange-fangen hatte, so hatten sie zu nichts geführt. Die meisten Abende verbrachte ich auf irgendwelchen Treffen der Anonymen Alkoholiker, und anschließend unternahm ich mit anderen Teilnehmern an den Treffen etwas, bis es Zeit war, nach Hause und ins Bett zu gehen. Manchmal stach mich allerdings auch der Hafer, und ich ging stattdessen in eine Bar und genehmigte mir dort ein Coke, eine Limonade oder einfach nur eine Tasse Kaffee. An sich wird einem davon bei den Anonymen Alkoholikern dringendst abgeraten, und obwohl ich mir der damit verbundenen Risiken sehr deutlich bewusst bin, kann ich hin und wieder einfach nicht anders.

Und dann, an einem Dienstagabend, etwa zehn Tage nachdem das war-me Spätherbstwetter eingesetzt hatte, stieß der Gott, der mit meiner kleinen Welt Flipper spielte, kräftig gegen den Flipperkasten, und prompt leuchtete das Tilt-Zeichen auf. Es war nicht zu übersehen.

Den größten Teil des Tages hatte ich damit verbracht, einen wieselgesichti-gen kleinen Mann namens Neudorf ausfindig zu machen, der angeblich einen

Zusammenstoß zwischen einem Lieferwagen der Firma Radio Shack und einer Radfahrerin beobachtet hatte. Die Radfahrerin hatte sich einen Anwalt genommen, und der wiederum hatte Reliable Investigations eingeschaltet, da Neudorf angeblich bezeugen konnte, dass der Fahrer des Kombi die Tür seines Fahrzeugs so plötzlich geöffnet hatte, dass die von hinten kommende Radfahrerin nicht mehr hatte ausweichen oder bremsen können.

Der Anwalt, der das Detektivbüro mit den Ermittlungen beauftragt hatte, war einer dieser Krankenwagenbluthunde, die inzwischen sogar schon im Privatfernsehen Werbung machen und vor allem aufgrund der Masse der bearbeiteten Fälle auf einen recht passablen Schnitt kommen. Im Grunde genommen war der Ausgang der ganzen Geschichte – ob nun mit oder ohne Neudorfs Aussage – längst klar; doch obwohl alles darauf hindeutete, dass sich die beiden Parteien auf einen Vergleich einigen würden, musste in der Zwischenzeit der Amtsschimmel weiter auf Trab gehalten werden. Mir sollte das nur recht sein; ich strich pro Tag hundert Dollar dafür ein, dass ich das Spiel mitspielte, und Neudorf versuchte herauszufinden, ob bei dem Kuhhandel vielleicht auch für ihn etwas heraussprang. »Ich weiß nicht recht«, sagte er immer wieder. »Bei so einem Prozess sitzt man tagelang im Gericht herum, und das bedeutet natürlich einen beträchtlichen Verdienstausfall- bei gleichzeitig weiterlaufenden festen Kosten. Damit will ich natürlich nicht sagen, dass nicht jeder seinen Beitrag dazu leisten sollte, dass einem Mitbürger Gerechtigkeit widerfährt. Aber andrerseits stellt sich natürlich auch die Frage, wie sich das ein Mensch leisten soll – wenn Sie verstehen, was ich meine.«

Ich verstand sehr genau, was er damit meinte. Genauso war mir allerdings auch klar, dass seine Aussage keinen Pfifferling wert war, wenn wir ihn dafür bezahlten, und nur geringfügig mehr, wenn er nicht hinreichend motiviert war. Deshalb ließ ich ihn in dem Glauben, dass es sein Schaden nicht sein würde, wenn er sich zu einer Aussage vor Gericht bereiterklärte, und ansonsten gab ich mich mit einer vorläufigen Erklärung zufrieden, die unserem Klienten schon mal zu der nötigen Rückenstärkung verhalf, um der Gegenpartei einen Vergleich schmackhaft machen zu können.

Im Grunde genommen war mir der Ausgang der Sache ziemlich egal. Meiner Ansicht nach waren an dem Unfall beide Seiten nicht ganz unschuldig. Keiner hatte genügend aufgepasst. An dem Kombi war eine Tür kaputt, und die Radfahrerin hatte sich einen Arm gebrochen und zwei Zähne verloren.

Ein gewisses Schmerzensgeld stand ihr in jedem Fall zu, wenn auch nicht die drei Millionen Dollar, die ihr Anwalt forderte. Genau genommen wäre auch Neudorf eine kleine Entschädigung zugestanden. Schließlich werden auch die medizinischen und psychiatrischen Gutachter, die bei Zivil- oder Strafrechtsprozessen hinzugezogen werden und dabei ziemlich unverhohlen die Interessen ihrer jeweiligen Partei vertreten, für ihr Erscheinen vor Gericht bezahlt, und das in der Regel keineswegs schlecht. Warum sollten also nicht auch ganz normale Augenzeugen eine Entschädigung bekommen?

Als ich gegen drei Uhr nachmittags mit Neudorf fertig war, kehrte ich in das Büro von Reliable zurück und tippte meinen Bericht. Da sich die AA-Zentrale ebenfalls im Flatiron Building befindet, schaute ich anschließend dort noch eine Stunde vorbei, um Telefondienst zu machen. Ständig rufen dort irgendwelche Leute an – Besucher von auswärts, die sich nach einem Treffen erkundigen; Säufer, die merken, dass es so nicht weitergehen kann; und Leute, die nach einer ausgiebigen Sauftour wissen wollen, wo sie einen Entzug machen können. Es sind auch Anrufer darunter, die einfach nur diesen einen Tag hinter sich zu bringen versuchen, ohne was zu trinken, und jemanden brauchen, mit dem sie reden können. Die Telefone sind ausschließlich von Freiwilligen besetzt. Und wenn es bei uns auch nicht annähernd so dramatisch zugeht wie in der Notrufzentrale der Polizei oder am heißen Draht der Suizidberatung, so handelt es sich dabei trotzdem um eine nützliche Tätigkeit, die einem außerdem hilft, selbst nüchtern zu bleiben. Jedenfalls kann ich mir nicht vorstellen, dass jemand wieder zu trinken anfängt, wenn er gerade in der AA-Zentrale Telefondienst gemacht hat.

Nachdem ich in einem thailändischen Restaurant am Broadway zu Abend gegessen hatte, traf ich mich um halb sieben in einem Café am Columbus Square mit Richie Gelman. Nach etwa zehn Minuten stieß eine gewisse Toni zu uns und entschuldigte sich aufgeregt, dass sie zu spät kam. Darauf machten wir uns gemeinsam auf den Weg zur nächsten U-Bahnstation und fuhren zu der Haltestelle in der Jamaica Avenue, Ecke 121st Street. Das liegt ziemlich weit draußen in Queens, in einem Viertel, das sich Richmond Hill nennt. Nachdem wir uns in einem Drugstore nach dem Weg zu einer Lutherischen Kirche erkundigt hatten, in der ein AA-Treffen stattfand, gingen wir den Rest zu Fuß weiter. Im Souterrain der Kirche gab es einen großen Versammlungsraum mit etwa fünfzig Stühlen, ein paar Tischen und einem Rednerpult. Auf einem der Tische standen eine Schale mit Vollkornkeksen und zwei große Thermoskannen – eine mit Kaffee, die andere mit heißem Wasser für Tee oder koffeinfreien Pulverkaffee. Außerdem gab es einen Tisch mit Büchern und Broschüren.

Im Großraum New York gibt es im Wesentlichen zwei Arten von AA-Treffen. Bei den sogenannten Diskussionstreffen hat zunächst zwanzig Minuten lang ein Mitglied der Gruppe das Wort, und anschließend findet eine Diskussion statt, an der sich alle beteiligen. Bei den sogenannten Rednertreffen erzählen zwei oder drei Sprecher ihre Lebensgeschichte, was in der Regel eine ganze Stunde in Anspruch nimmt.

Die Gruppe, die sich in Richmond Hill traf, hielt jeden Dienstagabend ein Rednertreffen ab, und an diesem speziellen Dienstagabend waren wir drei die Redner. Damit man sich nicht ständig die Lebensgeschichten derselben Leute anhören musste und diese Treffen nicht noch langweiliger wurden, als sie das ohnehin schon waren, traten bei solchen Gelegenheiten immer Gastredner aus Gruppen in anderen Stadtteilen auf.

Trotzdem waren relativ viele dieser Treffen ganz unterhaltsam, und man kam dabei oft besser auf seine Kosten als bei einem Theaterbesuch. Wenn man vor einer Gruppe von Anonymen Alkoholikern spricht, soll man vor allem darauf eingehen, wie man früher gelebt hat, wie es dazu kam, dass man zu trinken aufgehört hat, und wie man jetzt lebt. In Anbetracht dessen ist es auch nicht weiter verwunderlich, dass man bei dieser Gelegenheit meistens ziemlich bedrückende Lebensgeschichten zu hören bekommt. Wer hört schon mit dem Trinken auf, weil es im Leben so viel zu lachen gibt, dass er davon Bauchschmerzen bekommt? Trotzdem gab es oft gerade bei den deprimierendsten Geschichten eine Menge zu lachen, und das war auch an diesem Abend in Richmond Hill der Fall.

Toni war als erste dran. Sie war mehrere Jahre mit einem Spieler verheiratet gewesen und erzählte, wie er sie mal bei einer Partie Poker verloren und erst nach ein paar Monaten wieder zurückgewonnen hatte. Obwohl ich die Geschichte schon mehrere Male gehört hatte, fand ich sie an diesem Abend ganz besonders komisch. Vielleicht lag es an der Art, wie sie sie erzählte. Jedenfalls bekam sie eine Menge Lacher aus dem Publikum. Offensichtlich hatte die allgemeine Heiterkeit eine ansteckende Wirkung, da ich im gleichen Stil weitermachte und eine Reihe von witzigen Erlebnissen aus meiner Zeit bei der

Polizei zum Besten gab – erst als normaler Streifenpolizist, dann als Kriminaler. Mir fielen plötzlich Dinge ein, an die ich schon seit Jahren nicht mehr gedacht hatte, und die fanden die anderen wohl ziemlich komisch.

Zum Schluss war Richie an der Reihe. Er hatte mal eine eigene Werbeagentur gehabt und sich jahrelang Tag für Tag bis zur Bewusstlosigkeit mit Alkohol abgefüllt. Auch seine Erlebnisse entbehrten nicht einer gewissen Komik. Über Jahre hinweg genehmigte er sich seinen ersten Drink am Tag in einem kleinen chinesischen Restaurant in der Bayard Street. »Ich kam von der U-Bahn hoch, legte einen Fünfdollarschein auf die Theke, kippte mir einen doppelten Scotch rein, verschwand wieder im Untergrund und fuhr weiter zu meinem Büro. Ich habe in dem Laden mit niemandem auch nur ein Wort gesprochen, und genauso wenig jemand von denen mit mir. Irgendwie wusste ich, dass ich dort nichts zu befürchten hatte. Was wussten die schließlich schon von mir? Und was noch wichtiger war: Wem hätten sie was über mich erzählen sollen?«

Anschließend saßen wir noch eine Weile bei einer Tasse Kaffee beisammen, bis uns ein anderer Teilnehmer bis zur nächsten U-Bahnhaltestelle mitnahm. Wir fuhren zurück nach Manhattan und dann nach Uptown zum Columbus Circle. Als wir dort ankamen, war es bereits elf, und Toni fragte, ob noch jemand Lust hätte, essen zu gehen.

Richie war müde und wollte früh ins Bett. Ich schlug vor, ins Flame zu gehen. Das war ein Café, in das die Mitglieder meiner Stammgruppe nach den Treffen häufig gingen.

»Ich glaube, ich würde lieber was Richtiges essen«, meinte Toni. »Ich habe nämlich bis auf ein paar Kekse den ganzen Tag noch nichts Vernünftiges gehabt. Kennst du zufällig das Armstrong's?«

Als ich darauf nur lachte, wollte sie wissen, was daran so komisch wäre. »Ich habe ganz in der Nähe gewohnt, als es noch in der Ninth Avenue zwischen Fifty-seventh und Fifty-eighth war. Es lag gleich um die Ecke von meinem Hotel. Ich habe dort gegessen, ich habe dort getrunken, ich habe dort meine Schecks eingelöst, ich habe dort anschreiben lassen, und ich habe mich dort mit meinen Klienten getroffen. So ziemlich das Einzige, was ich dort nicht getan habe, war schlafen. Und wenn ich mir's genau überlege, habe ich vermutlich sogar das hin und wieder getan.«

»Aber jetzt gehst du nicht mehr hin?«

»Ich habe mir angewöhnt, lieber einen weiten Bogen darum zu machen.«

»Wir können auch woandershin gehen. Schließlich habe ich nicht gleich um die Ecke gewohnt, als ich noch getrunken habe; deshalb ist das Armstrong's für mich nichts weiter als irgendein x-beliebiges Lokal, in dem man ganz gut essen kann.«

»Wir können da ruhig hingehen.«

»Macht es dir wirklich nichts aus?«

»Nein.«

Inzwischen liegt das Armstrong's einen Block weiter westlich, in der Fifty-seventh, Ecke Tenth. Wir setzten uns an einen Tisch an der Wand, und da Toni gleich als erstes auf die Toilette pilgerte, nutzte ich die Zeit, um mich ein bisschen umzuschauen. Jimmy war nirgendwo zu sehen, und weder unter den Gästen noch unter den Bedienungen war jemand, den ich kannte. Die Speisekarte war etwas umfangreicher als früher, aber an der Auswahl der Gerichte hatte sich wenig geändert; auch einige der Fotos und Gemälde an den Wänden kannte ich noch aus dem alten Armstrong's. Wenn man davon absah, dass im Zuge des gegenwärtigen Yuppie-Trends die frühere stilechte amerikanische Baratmosphäre einem gewissen Bistro-Chic Platz gemacht hatte, war im Großen und Ganzen alles beim alten geblieben.

Das sagte ich auch zu Toni, als sie von der Toilette zurückkam. Darauf wollte sie wissen, ob sie auch im alten Armstrong's schon klassische Musik gespielt hatten. »Sogar ständig«, nickte ich. »Als Jimmy das Lokal frisch aufgemacht hat, hatte er noch eine Musikbox in der Ecke stehen. Aber irgendwann hat er den Kasten rausgeschmissen, und dann gab es nur noch Mozart und Vivaldi. Darauf blieb zwar schlagartig das ganze Jungvolk weg, aber das war uns alten Stammgästen nur recht.«

»Du hast dir damals also dein tägliches Quantum zu Mozarts *Kleiner Nachtmusik* reingeschüttet?«

»So in etwa.«

Sie war eine sympathische Frau, ein paar Jahre jünger als ich und etwa genauso lange nüchtern. Sie war Geschäftsführerin des Showrooms einer Textilfirma in der Seventh Avenue und hatte seit ein, zwei Jahren ein Verhältnis mit einem ihrer beiden Chefs. Da er verheiratet war, redete sie bei den Treffen schon seit Monaten davon, dass sie eigentlich Schluss mit ihm machen sollte. Sonderlich überzeugt hatte sich das allerdings nie angehört, und deshalb war auch niemand überrascht, dass sie sich immer noch nicht von ihm getrennt hatte.

Sie war groß und schlank, mit langen Beinen und einer gewissen Kantigkeit um Kinn und Schultern. Ihr schwarzes Haar war vermutlich gefärbt. Ich fand sie sympathisch und ziemlich gut aussehend, aber trotzdem fühlte ich mich nicht von ihr angezogen – ebenso wenig übrigens wie sie von mir. Ihre bisherigen Liebhaber waren ausnahmslos verheiratet, Juden und glatzköpfig gewesen, und da ich keine dieser drei Grundvoraussetzungen erfüllte, blieben wir nichts weiter als gute Freunde.

Wir saßen bis nach Mitternacht zusammen. Toni hatte sich Schwarze Bohnen-Chili mit gemischten Salat bestellt, ich einen Cheeseburger. Dazu tranken wir Unmengen Kaffee. Bei Jimmy hatte es schon immer hervorragenden Kaffee gegeben. Früher hatte ich ihn zwar mit einem kräftigen Schuss Bourbon getrunken, aber er schmeckte auch ohne hervorragend.

Toni wohnte in der Forty-ninth, Ecke Eighth. Ich begleitete sie nach Hause, und nachdem ich mich an der Eingangstür von ihr verabschiedet hatte, machte ich mich auf den Weg in mein Hotel. Ich war noch keinen Block weit gekommen, als ich es mir plötzlich anders überlegte. Vielleicht lag es daran, dass ich von meinem Auftritt bei dem Treffen in Richmond Hill noch ziemlich aufgedreht war oder dass ich nach so langer Zeit wieder mal im Armstrong's gewesen war. Vielleicht lag es aber auch nur am Kaffee oder am Wetter oder am Mond. Wie dem auch sei, ich war noch zu aufgedreht, als dass ich schon Lust gehabt hätte, mich in die Enge meiner eigenen vier Wände zurückzuziehen.

Also ging ich zwei Blocks in Richtung Westen ins Grogan's.

Eigentlich hatte ich dort nichts zu suchen. Um ins Armstrong's zu gehen, konnte man verschiedene Gründe haben; im Fall des Grogan's eigentlich nur einen: um dort was zu trinken. Man kann dort weder essen noch klassische Musik hören, und es stehen auch nicht an allen passenden und unpassenden Stellen Zimmerfarne rum, um für Atmosphäre zu sorgen. Der einzige Luxus im Grogan's ist eine Musikbox, die vor allem mit Platten von den Clancy Brothers, den Wolfe Tones und Bing Crosby bestückt ist; zum Glück kommt sie allerdings nicht sehr häufig zum Einsatz. Ansonsten besteht die Einrichtung aus einem Fernseher, einem Dartboard und ein paar präparierten Fischen an den holzvertäfelten Wänden. Der Boden ist gefliest, die Decke mit Blechplatten ausgeschlagen. Den einzigen Fensterschmuck bilden zwei Neonreklamen für Guinness Stout und Harp Lager. Das Guinness kommt vom Fass.

Obwohl auf der Schanklizenz und dem Pachtvertrag ein anderer Name steht, gehört das Grogan's Mick Ballou. Ballou ist ein Prügel von einem Mannsbild, dazu ein passionierter Trinker, ein erfolgreicher Gangster und ansonsten ein finsterer Zeitgenosse voll schwelender Aggressivität mit einem Hang zu plötzlicher Gewalttätigkeit. Wie es der Zufall wollte, hatten sich vor nicht allzu langer Zeit unsere Wege gekreuzt, und irgendwie müssen wir dabei gewisse Gemeinsamkeiten entdeckt haben; jedenfalls treffen wir uns seitdem in unregelmäßigen Abständen, um bis tief in die Nacht hineinzusammenzusitzen und uns zu unterhalten. Worauf diese seltsame Sympathie allerdings beruht, ist mir noch immer nicht klar.

Das Grogan's war schwach besucht, und Ballou war auch nicht da. Ich bestellte mir ein Club Soda und setzte mich an die Bar. Im Fernseher lief gerade die nachträglich kolorierte Fassung eines alten Warner-Brothers-Films der Schwarzen Serie. Neben Edward G. Robinson spielten noch eine ganze Reihe anderer bekannter Gesichter mit, an deren Namen ich mich allerdings nicht mehr erinnern konnte. Nach ein paar Minuten drehte der Barkeeper am Farbregler, und plötzlich war der Film wieder in seinem ursprünglichen Schwarzweiß zu sehen.

»An manchen Dingen sollte man einfach nicht rumpfuschen«, lautete sein Kommentar dazu.

Ich sah mir etwa die Hälfte des Films an. Als mein Club Soda leer war, bestellte ich mir ein Coke, und als ich auch das leergetrunken hatte, legte ich ein paar Dollar auf den Tresen und ging nach Hause.

An der Rezeption hatte Jacob Dienst. Jacob ist Mulatte und hat Sommersprossen im Gesicht und auf den Handrücken. Sein rotes Kraushaar beginnt sich bereits merklich zu lichten. Er deckt sich für die Arbeit mit schwierigen Kreuzworträtseln und Double-Crostics ein, die er dann unter dem Einfluss einer leichten Dröhnung aus Terpinhydrat und Codein ausfüllt – mit Füllhalter. Er ist während der vergangenen Jahre schon mehrere Male aus nicht näher genannten Gründen gefeuert worden, um allerdings jedes Mal wieder eingestellt zu werden.

»Ihre Cousine hat angerufen«, teilte er mir mit.

»Meine Cousine?«

»Ja, schon den ganzen Abend. Mindestens vier –, fünfmal.« Er fischte einen Packen Zettel aus meinem Postfach. Die Briefe ließ er stecken. »Eins, zwei, drei, vier, fünf«, zählte er mir vor. »Sie lässt Ihnen ausrichten, Sie sollen sie sofort anrufen, wenn Sie nach Hause kommen – ganz gleich, wie spät es ist.«

Das konnte nur heißen, dass jemand aus meiner Verwandtschaft gestorben war. Die Frage war nur: wer? Ich wusste nicht einmal, wer überhaupt noch übrig war. Das bisschen Familie, das ich noch hatte, war in alle Winde verstreut. Bestenfalls bekam ich an Weihnachten mal eine Karte oder alle heiligen Zeiten einen Anruf, wenn zufällig gerade ein Onkel oder Cousin in der Stadt war und Hilfe brauchte. Aber was konnte das für eine Cousine sein, die gleich mehrmals hintereinander angerufen hatte, um sicher zu gehen, dass ich ihre Nachricht auch wirklich erhielt?

Ich nahm die Zettel an mich und warf einen flüchtigen Blick auf den obersten. Cousine angerufen, stand darauf. Sonst nichts. Auch nicht, wann sie angerufen hatte.

»Hat sie denn keine Nummer hinterlassen?«, fragte ich.

»Sie meinte, die wüssten Sie.«

»Ich weiß nicht mal, wer sie ist. Welche Cousine?«

»Ach so, tut mir leid.« Er beugte sich etwas vor. »Der Name muss auf einem der anderen Zettel stehen. Ich habe ihn nicht bei jedem Anruf wieder notiert. Aber es war jedes Mal dieselbe Frau.«

Ich ging die Zettel kurz durch. Jacob hatte ihren Namen sogar zweimal notiert – vermutlich auf den ersten beiden Nachrichten. *Bitte Ihre Cousine Frances anrufen*, stand auf einem. Und auf dem anderen: *Bitte Cousine Frances anrufen.*

»Frances«, murmelte ich.

»Ja«, nickte Jacob. »So hieß sie.«

Nur konnte ich mich an keine Cousine Frances erinnern. Oder hatte einer meiner Cousins eine Frau namens Frances geheiratet? Oder war diese Frances die Tochter eines meiner Cousins?

»War es auch wirklich eine Frau?«

»Ja.«

»Es gibt nämlich auch Männer, die Francis heißen, und ...«

»Jetzt hören Sie mal, Matt. Für wie blöd halten Sie mich eigentlich? Es war eine Frau, und sie hat gesagt, dass sie Frances heißt. Kennen Sie etwa Ihre eigenen Cousinen nicht mehr?«

Offensichtlich war das tatsächlich der Fall. »Und sie hat namentlich nach mir verlangt?«

»Ja, nach Matthew Scudder.«

»Und ich soll sie anrufen, sobald ich nach Hause komme?«

»Ganz recht. Die letzten beide Male, als sie anrief, war es schon ziemlich spät. Deshalb hat sie ausdrücklich betont, Sie könnten jederzeit anrufen – ganz gleich, wie spät es schon ist.«

»Und sie hat keine Nummer hinterlassen?«

»Sie meinte, die wüssten Sie.«

Ich stand da und dachte angestrengt nach, und plötzlich dämmerte es mir. Es war, als würde ich plötzlich in die Zeit zurückversetzt, als ich noch im Sechsten Revier Detective war. »Ein Anruf für Sie, Scudder«, hatte es damals immer geheißen. »Von Ihrer Cousine Frances.«

»Ach so«, seufzte ich in der Gegenwart.

»Ist was?«

»Nein, nein, schon gut«, winkte ich ab. »Eigentlich kann es nur diese Frances gewesen sein. Jemand anders kommt dafür eigentlich nicht in Frage.«

»Sie hat gesagt ...«

»Ich weiß inzwischen, was sie gesagt hat, Jacob. Ihnen ist absolut kein Vorwurf zu machen. Sie haben mir alles korrekt ausgerichtet. Ich bin lediglich ein bisschen auf der Leitung gestanden. Das ist alles.«

Jacob nickte. »Das kann jedem mal passieren.«

Ihre Telefonnummer wusste ich trotzdem nicht mehr. Allerdings hatte ich sie mal gewusst, und das mehrere Jahre lang sogar sehr gut. Aber da ich Frances schon längere Zeit nicht mehr angerufen hatte, hatte ich auch ihre Nummer nicht mehr im Kopf. Aber sie stand in meinem Adressbuch. Zwar habe ich mein Adressbuch seit meinem letzten Anruf unter dieser Nummer schon ein paarmal ausgemistet und neu angelegt, aber ich muss wohl geahnt haben, dass ich sie irgendwann wieder anrufen würde, denn ich hatte ihre Nummer jedes Mal in mein neues Adressbuch übertragen.

Elaine Mardell lautete die Eintragung. Und dazu hatte ich eine Adresse in der East Fifty-first Street notiert. Zusammen mit einer Telefonnummer, die sofort alte Erinnerungen wachrief, als ich sie sah.

Ich habe zwar ein Telefon auf dem Zimmer, aber ich ging nicht erst nach oben, um von dort anzurufen. Stattdessen steuerte ich auf den Münzapparat hinter der Rezeption zu, steckte einen Quarter in den Schlitz und wählte die Nummer.

Kapitel 2

Nach dem zweiten Läuten schaltete sich ein Anrufbeantworter ein. Elaines auf Band gesprochene Stimme wiederholte die letzten vier Zahlen ihrer Telefonnummer und forderte mich auf, beim Pfeifton eine Nachricht zu hinterlassen. Ich wartete auf das kurze Piepen und sagte: »Hier ist dein Cousin. Ich bin wieder zu Hause. Meine Nummer hast du ja. Wenn du also ...«

»Matt? Ich muss nur mal kurz den blöden Anrufbeantworter abstellen. So! Gott sei Dank rufst du an.«

»Ich bin eben erst nach Hause gekommen. Und im ersten Moment konnte ich mich tatsächlich nicht mehr erinnern, wer meine Cousine Frances ist.«

»Na ja, das liegt ja auch schon eine Weile zurück.«

»Das kann man wohl sagen.«

»Ich muss dich dringend sehen.«

»Gut«, nickte ich. »Ich muss zwar morgen arbeiten, aber irgendwo kann ich bestimmt eine Stunde reinzwängen. Wann würde es dir passen? Irgendwann am Vormittag?«

»Matt, ich muss dich jetzt sofort sprechen.«

»Was ist passiert, Elaine?«

»Das kann ich dir am Telefon nicht erzählen.«

»Sag bloß, es geht wieder mal rund. Ist etwa wieder jemandem die Hauptsicherung durchgebrannt?«

»Wenn es nur das wäre. Nein, es ist noch viel schlimmer.«

»Du hörst dich auch ziemlich aufgelöst an.«

»Ich habe schreckliche Angst.«

Sie war noch nie jemand gewesen, der es leicht mit der Angst zu tun bekam. Ich fragte sie, ob sie noch immer in ihrer alten Wohnung lebte. Das tat sie.

Ich versprach ihr, sofort vorbeizukommen.

Als ich das Hotel verließ, fuhr auf der anderen Straßenseite gerade ein Taxi vorbei. Auf meinen lauten Zuruf hin hielt der Fahrer unter lautem Bremsenquietschen an. Ich überquerte die Straße, stieg ein, nannte dem Fahrer Elaines

Adresse und ließ mich in den Rücksitz sinken. Lange hielt ich es jedoch in dieser Stellung nicht aus. Ich setzte mich wieder auf, ganz vorne auf die Kante, kurbelte das Fenster nach unten und schaute auf die vorbeiziehenden Straßen hinaus.

Elaine war Callgirl. Sie operierte von ihrem eigenen Apartment aus und kam auch ohne Zuhälter oder sonstige Halbweltbeziehungen gut über die Runden. Wir kannten uns aus der Zeit, als ich noch bei der Polizei war. Ich war damals gerade zum Detective befördert worden und stand voller Stolz über die neue goldene Dienstmarke in meiner Tasche am Tresen einer Bar im Village; sie saß zusammen mit drei französischen Geschäftsleuten und zwei anderen Mädchen an einem Tisch. Aufgefallen war sie mir damals vor allem deshalb, weil sie sowohl wesentlich besser als auch weniger nuttig aussah als ihre zwei Kolleginnen.

Schon eine Woche später liefen wir uns zufällig wieder über den Weg, diesmal im Poogan's Pub, einer Bar in der West Seventy-second Street. Ich weiß nicht mehr, wen sie damals dabeihatte; aber sie saß am Tisch von Danny Boy Bell. Und als ich Danny Boy guten Tag sagte, machte er mich mit allen Leuten an seinem Tisch bekannt, darunter auch Elaine. Danach sah ich sie noch ein paarmal in der Stadt, und als ich schließlich eines Nachts auf ein spätes Abendessen in der Brasserie vorbeischaute, saß sie zusammen mit einem anderen Mädchen an einem Tisch. Ich setzte mich zu den beiden. Irgendwann ging das andere Mädchen, und ich brachte Elaine nach Hause.

Während der nächsten paar Jahre verging kaum eine Woche, in der wir uns nicht mindestens einmal sahen, wenn nicht gerade einer von uns verreist war. Wir hatten eine recht interessante Beziehung, die auch noch den Vorteil mit sich brachte, dass wir beide davon profitierten. Ich spielte für sie sozusagen den Beschützer, wozu ich als Polizist die denkbar besten Voraussetzungen mitbrachte; wenn ihr zum Beispiel jemand dumm zu kommen versuchte, brauchte sie sich nur an mich zu wenden, damit ich dem Betreffenden mal kräftig auf die Zehen stieg. Darüber hinaus war ich für sie das, was einem festen Freund, soweit sie einen solchen überhaupt wollte, am nächsten kam. Umgekehrt war sie für mich gerade so weit Freundin oder Geliebte, wie ich das in meiner damaligen Situation verkraften konnte. Manchmal gingen wir gemeinsam aus – zum Essen, zu einem Boxkampf im Garden oder in eine Bar. Manchmal schaute ich auch nur auf einen Drink und eine schnelle Nummer bei ihr vorbei. Sie erwartete nicht von mir, dass ich ihr Blumen schickte oder an ihren Geburtstag dachte, und keiner von uns fühlte sich verpflichtet, dem anderen gegenüber so zu tun, als wäre er die große Liebe.

Natürlich war ich damals verheiratet. Meine Ehe war ein ziemliches Chaos. Allerdings weiß ich nicht, ob mir das damals schon bewusst war. Ich hatte eine Frau und zwei Söhne, mit denen ich in einem bis über den Dachstuhl mit Hypotheken belasteten Haus auf Long Island lebte. Und natürlich ging ich stillschweigend davon aus, dass unsere Ehe halten würde – genauso, wie ich davon ausging, dass ich bis zu meiner Pensionierung bei der Polizei bleiben würde. Ich trank damals sozusagen mit beiden Händen, und obwohl das auf mein Leben keinerlei Auswirkungen zu haben schien, war natürlich genau das Gegenteil der Fall: Der Alkohol machte es mir nämlich verhängnisvoll einfach, alle Probleme, mit denen ich mich nicht auseinandersetzen wollte, von mir fernzuhalten.

Wie dem auch sei, meine Beziehung mit Elaine war gewissermaßen die ideale Vernunft-Nichtehe, und mit Sicherheit waren wir nicht der erste Polizist und die erste Nutte, die sich auf eine für beide Teile so lohnende Weise zusammengetan hatten. Trotzdem bin ich der festen Überzeugung, dass es zwischen uns auf keinen Fall so lange so gut geklappt hätte, wenn wir uns nicht auch gemocht hätten.

Um sich jederzeit mit mir in Verbindung setzen zu können, ohne unnötigen Verdacht zu erregen, war Elaine meine Cousine Frances geworden. Allerdings bedienten wir uns dieses Codes nicht allzu häufig. Wir hatten uns nämlich darauf geeinigt, dass ich mich bei ihr meldete, wenn ich etwas von ihr wollte; und das konnte ich, wann ich wollte. Wenn dagegen Elaine mich anrief, dann in der Regel nur, wenn sie kurzfristig eine Verabredung absagen wollte oder wenn ein Notfall eingetreten war.

Und an einen solchen Notfall hatte ich gedacht, als ich sie eben am Telefon gefragt hatte, ob wieder mal jemandem die Hauptsicherung durchgebrannt wäre. Besagter Jemand war einer ihrer Freier gewesen, ein übergewichtiger Patentanwalt mit einer Kanzlei in Downtown und einem Haus draußen in Riverdale. Er gehörte zu Elaines Stammkunden und suchte sie zwei- bis dreimal im Monat auf. Bisher hatte er nie Anlass zur Klage gegeben, aber dann suchte er sich an besagtem Nachmittag ausgerechnet ihr Bett aus, um einem Herzinfarkt zu erliegen. Das ist so ziemlich das Schlimmste, was einem

Callgirl passieren kann, und die meisten haben sich deshalb in einer stillen Stunde schon ihre Gedanken gemacht, was in so einem Fall am besten zu tun ist. Was Elaine anging, rief sie mich auf dem Revier an, und als man ihr dort sagte, dass ich gerade unterwegs wäre, ließ sie mir ausrichten, dass ich wegen eines Todesfalls sofort meine Cousine Frances anrufen sollte.

Ich war damals nicht zu erreichen, rief aber zum Glück eine halbe Stunde später selbst auf dem Revier an und erfuhr bei dieser Gelegenheit von dem Anruf. Nachdem ich mich daraufhin unverzüglich mit Elaine in Verbindung gesetzt hatte, fuhr ich mit einem Kollegen, auf den ich mich hundertprozentig verlassen konnte, zu Elaines Wohnung. Dort zogen wir den armen Teufel erst mal wieder an. Zu allem Überfluss war er auch noch in einem dreiteiligen Anzug bei ihr aufgetaucht. Aber mit vereinten Kräften bekamen wir ihn auch da wieder rein. Nachdem wir ihm schließlich die Krawatte und die Schuhbänder gebunden und die Manschettenknöpfe reingefummelt hatten, hakten wir ihn uns unter, schafften ihn mit dem Lastenaufzug in die Tiefgarage und verfrachteten ihn dort in meinen Wagen. Dem Türsteher, der uns den Lastenaufzug aufschloss, sagten wir, unser Freund hätte ein bisschen zu tief ins Glas geschaut. Ich bezweifle zwar, dass er uns das abnahm – der Kerl sah nämlich auch für einen blutigen Laien mehr tot als besoffen aus –, aber zugleich wusste der Türsteher, dass wir von der Polizei waren, und erinnerte sich bei dieser Gelegenheit auch wieder an die kleinen Umschläge, die ihm Miss Mardell jedes Weihnachten diskret zusteckte; jedenfalls behielt er seine Bedenken, falls er welche hatte, für sich.

Ich hatte für den Transport ein Zivilfahrzeug organisiert, das ich in weiser Voraussicht direkt vor dem Ausgang des Lastenaufzugs abgestellt hatte. Bis wir den toten Anwalt glücklich im Kofferraum verstaut hatten, war es bereits fünf Uhr vorbei, und bis wir uns dann im Feierabendverkehr bis zur Wallstreet durchgekämpft hatten, waren dort alle Büros geschlossen und die meisten Leute auf dem Nachhauseweg. Etwa drei Blocks von der Kanzlei des Anwalts entfernt, parkten wir in einer schmalen Einfahrt, hievten den Toten aus dem Kofferraum und ließen ihn dort einfach liegen.

In seinem Terminkalender fand sich für diesen Tag die Eintragung »E.M. – 3:30.« Das hörte sich vage genug an, um das kleine ledergebundene Büchlein beruhigt wieder in die Innentasche seines Jacketts zurückstecken zu können. Dann nahm ich mir sein Adressbuch vor; wie sich herausstellte, war Elaine unter M nicht eingetragen. Aber unter E stand ihr Vorname, zusammen mit ihrer Telefonnummer und ihrer Adresse. Für einen Moment spielte ich mit dem Gedanken, die Seite herauszureißen, aber dann stieß ich noch auf eine ganze Reihe anderer Frauenvornamen. Um also der Witwe nicht noch weiteren unnötigen Kummer zu bereiten, nahm ich das Adressbuch einfach an mich und vernichtete es bei der nächstbesten Gelegenheit.

Er hatte eine Menge Geld einstecken, an die fünfhundert Dollar. Ich nahm alles an mich und gab die Hälfte davon meinem Kollegen. Es konnte schließlich nicht schaden, wenn der Eindruck entstand, unser Freund wäre Opfer eines Raubüberfalls geworden. Wenn außerdem wir das Geld nicht eingesteckt hätten, hätten es die beiden Streifenpolizisten getan, die ihn schließlich gefunden hätten. Und weshalb hätten wir diesen dicken Fang denen überlassen sollen, wo wir doch die ganze Arbeit mit dem Kerl gehabt hatten?

Wir machten uns wieder aus dem Staub, ohne dass jemand auf uns aufmerksam wurde. Ich fuhr ins Village und spendierte meinem Kollegen ein paar Drinks. Anschließend meldeten wir den Vorfall – anonym versteht sich – in der Zentrale, damit die das zuständige Revier einschalten konnten. Dem untersuchenden Arzt entging zwar nicht, dass der tote Anwalt woanders gestorben war, aber da er eindeutig eines natürlichen Todes gestorben sein musste, machte er deswegen keinen Aufstand. Der alte Hurenbock wurde also zu Grabe getragen, ohne dass sein guter Ruf Schaden litt, Elaine bekam keine Scherereien und ich hatte den Beschützer der Bedrängten spielen können.

Diese Geschichte habe ich übrigens schon des Öfteren bei einem AA-Treffen erzählt. Manchmal hört sie sich ziemlich komisch an, aber manchmal auch gar nicht. Das hängt vermutlich ganz davon ab, wie man sie erzählt – oder wie man sie hört.

Elaine wohnte in der Fifty-first zwischen First und Second, im sechzehnten Stock eines dieser weißen Wohnblöcke, die in den frühen sechziger Jahren in der ganzen Stadt wie Pilze aus dem Boden schossen. Ihr Türsteher war ein sehr dunkelhäutiger Schwarzer aus der Karibik mit perfektem Auftreten und der Figur eines Wide Receivers. Nachdem ich ihm Elaines und meinen Namen genannt hatte, rief er sie über das Haustelefon an und meldete meinen Besuch. Dann hörte er eine Weile zu, sah mich kurz prüfend an, sagte noch einmal etwas, hörte wieder zu und reichte mir schließlich den Hörer. »Sie möchte selbst mit Ihnen sprechen.«

Ich sagte: »Ich bin's – Matt. Was ist?«

»Sag irgendwas.«

»Was soll ich sagen?«

»Du hast vorhin am Telefon einen Mann erwähnt, dem die Hauptsicherung durchgebrannt ist. Wie hat er geheißen?«

»Soll das ein Test sein? Erkennst du meine Stimme nicht mehr?«

»Über die Sprechanlage klingen alle Stimmen stark verzerrt. Stell dich doch nicht so an. Wie hieß der Kerl?«

»An seinen Namen kann ich mich nicht mehr erinnern. Ich weiß nur noch, dass er Patentanwalt war.«

»Gut. Dann gib mir noch mal Derek.«

Ich reichte den Hörer wieder dem Türsteher. Er hörte eine Weile zu, während sie ihm wohl versicherte, dass er mich nach oben lassen könnte. Schließlich hängte er ein und deutete zum Lift. Ich fuhr in den sechzehnten Stock hinauf und klingelte an ihrer Wohnungstür. Selbst nach dem Test am Haustelefon warf sie erst einen Blick durch den Spion, bevor sie mir öffnete.

»Komm rein«, forderte sie mich auf, »und entschuldige bitte dieses Theater. Vielleicht bin ich ja wirklich ein bisschen hysterisch. Vielleicht aber auch nicht.«

»Was ist passiert, Elaine?«

»Das erzähle ich dir gleich. Gott sei Dank, dass du endlich hier bist. Jetzt fühle ich mich schon deutlich besser. Trotzdem sitzt mir der Schreck noch ganz schön in den Gliedern. Aber lass dich erst mal ansehen. Gut siehst du aus, Matt.«

»Auch du siehst blendend aus.«

»Tatsächlich? Ich habe nämlich eine schreckliche Nacht hinter mir. Ich konnte einfach nicht anders; ich musste dich immer wieder anrufen. Ich habe bestimmt ein halbes Dutzend Mal versucht, dich zu erreichen.«

»Wenn du's genau wissen willst: Es waren fünf Mal.«

»Tatsächlich nicht öfter? Ich könnte selbst nicht mehr sagen, was ich mir dabei eigentlich gedacht habe. Es war wie ein Zwang. Ich musste immer wieder zum Telefon greifen und deine Nummer wählen.«

»Es war in jedem Fall besser, dass du mehrmals angerufen hast«, beruhigte ich sie. »Dann hätte ich deine Anrufe nicht so leicht ignorieren können. Aber jetzt, was gibt es für ein Problem?«

»Das Problem ist, dass ich Angst habe. Seit du da bist, geht es mir allerdings schon wieder wesentlich besser. Du musst entschuldigen, dass ich vorhin so misstrauisch war. Aber es ist einfach unmöglich, am Haustelefon eine Stimme zu erkennen. Um übrigens dein Gedächtnis etwas aufzufrischen – der Anwalt hieß Roger Stuhldreher.«

»Wie konnte ich das nur vergessen.«

»Mein Gott, war das ein Tag!« Sie schüttelte nachdenklich den Kopf. »Aber was bin ich bloß für eine Gastgeberin. Darf ich dir etwas zu trinken anbieten?«

»Eine Tasse Kaffee – aber nur, wenn du welchen hast«

»Ich werde gleich welchen aufsetzen.«

»Mach dir meinetwegen bitte bloß keine Umstände.«

»Das macht doch überhaupt keine Umstände. Trinkst du ihn noch immer mit einem Schuss Bourbon?«

»Nein, ohne alles.«

Sie sah mich an. »Hast du zu trinken aufgehört?«

»Mhm.«

»Ich weiß, dass du Probleme mit dem Alkohol hattest, als ich dich zum letzten Mal gesehen habe. Hast du damals mit dem Trinken aufgehört?«

»So in etwa, ja.«

»Das finde ich richtig toll. Nur ganz kurz bitte – ich setze uns gleich frischen Kaffee auf.«

Der Wohnraum war noch genau so, wie ich ihn in Erinnerung hatte – ganz in Schwarz-Weiß gehalten, mit einem weißen Flokatiteppich, einer schwarzen Ledercouch und mattschwarz lackierten Regalen. Die einzigen Farbtupfer waren ein paar abstrakte Gemälde. Ich nahm zwar an, dass es noch dieselben waren wie damals; aber beschwören hätte ich es nicht können.

Ich ging ans Fenster. Durch eine Lücke zwischen zwei Häusern konnte man den East River und den Stadtteil Queens am anderen Ufer sehen. Noch vor wenigen Stunden war ich dort drüben gewesen und hatte in einem Saal voller ehemaliger Säufer ein paar witzige Geschichten aus meiner Vergangenheit zum Besten gegeben. Das schien mir inzwischen eine Ewigkeit her.

Ich blieb mehrere Minuten am Fenster stehen. Als Elaine schließlich mit zwei Tassen Kaffee aus der Küche zurückkam, war ich zu einem der abstrakten Gemälde weitergewandert. »An das hier kann ich mich, glaube ich, noch erinnern«, sagte ich. »Oder hast du es erst letzte Woche hier aufgehängt?«

»Nein, dieses Bild habe ich schon sehr lange. Ich habe es damals ganz spontan in einer Galerie in der Madison Avenue gekauft – für zwölfhundert Dollar. Ich konnte mich damals selbst nicht verstehen – für ein lächerliches Gemälde so viel Geld auszugeben. Du kennst mich ja, Matt. Ich war schon immer ein eher sparsamer Typ. Obwohl ich mich gern mit schönen Dingen umgebe, habe ich mein Geld nie zum Fenster rausgeworfen.«

»Ich weiß«, nickte ich. »Und deine Ersparnisse hast du immer in Immobilien angelegt.«

»Wenn man sein Geld nicht irgendeinem Zuhälter in den Rachen stopft oder für Drogen verpulvert, kann man sich dafür eine Menge Häuser und Wohnungen zulegen. Jedenfalls hielt ich mich damals für komplett verrückt, soviel Geld für ein Gemälde auszugeben.«

»Aber bei sowas muss man doch auch den ideellen Wert sehen. Sicher hast du eine Menge Freude an dem Bild gehabt.«

»Nicht nur das. Schätz mal, wie viel der Schinken inzwischen wert ist?«

»Offensichtlich eine Menge.«

»Mindestens vierzigtausend. Eher sogar fünfzig. Eigentlich sollte ich es verkaufen. Irgendwie macht es mich ganz schön nervös, fünfzigtausend Dollar an der Wand hängen zu haben. Dabei hatte ich schon ein ziemlich mulmiges Gefühl, als es nur zwölfhundert Dollar wert war. Ist der Kaffee in Ordnung?«

»Er könnte nicht besser sein.«

»Ist er auch stark genug?«

»Wirklich nichts daran auszusetzen, Elaine.«

»Gut siehst du aus, weißt du das?«

»Du auch.«

»Mein Gott, wie die Zeit vergeht. Es ist bestimmt schon drei Jahre her, dass wir uns zum letzten Mal gesehen haben. Dabei hatten wir uns eigentlich schon aus den Augen verloren, als du bei der Polizei aufgehört hast. Und das muss inzwischen fast zehn Jahre her sein.«

»In etwa.«

»Aber du hast dich überhaupt nicht verändert.«

»Zumindest habe ich noch immer alle meine Haare. Wenn du allerdings genauer hinsiehst, wirst du feststellen, dass inzwischen ein paar graue dazugekommen sind.«

»Du solltest erst mal meine sehen. Aber so nahe kannst du bei mir gar nicht drangehen, dass du auch nur eines entdecken würdest. Dank neuester wissenschaftlicher Errungenschaften.« Sie hob die Schultern und spreizte die Arme leicht von sich. »Am Rest der Verpackung hat sich allerdings tatsächlich kaum etwas geändert.«

»Ich würde eher sagen: überhaupt nichts.«

»Meine Figur ist jedenfalls noch immer die alte. Und auch meine Haut kann sich noch sehen lassen. Trotzdem hätte ich mir nie träumen lassen, mit wieviel Arbeit das verbunden ist. Ich verbringe mindestens drei, wenn nicht sogar vier Vormittage die Woche im Fitness-Studio. Und ich achte sehr genau darauf, was ich esse und trinke.«

»Viel getrunken hast du ja noch nie.«

»Nein, aber dafür habe ich mir literweise Tab reingeschüttet. Erst Tab und später Diät-Cola. Damit ist allerdings längst Schluss. Jetzt trinke ich nur noch Saft und Mineralwasser – und eine einzige Tasse Kaffee am Tag, gleich nach dem Aufstehen. Diese Tasse ist nur ein Zugeständnis an besondere Umstände.«

»Vielleicht kannst du mir bei dieser Gelegenheit auch endlich mal verraten, um was für besondere Umstände es sich eigentlich handelt.«

»Dabei bin ich doch gerade. Du musst entschuldigen, dass ich nicht gleich zur Sache komme, aber ich brauche dafür einfach etwas Zeit. Was ich sonst noch treibe? Ich gehe viel spazieren. Ernähre mich sehr bewusst. Übrigens bin ich schon seit fast drei Jahren Vegetarierin.«

»Dabei hast du früher immer so gern Steak gegessen.«

»Ich weiß. Wenn es damals zu einer Mahlzeit kein Fleisch gab, war das für mich, als hätte ich gar nichts gegessen.«

»Wie hieß dieses Zeug gleich wieder, dass du damals in der Brasserie immer gegessen hast?«

»*Tripes à la mode de Caen.*«

»Ach ja. Mir wurde schon allein bei dem Gedanken übel, was du da auf dem Teller liegen hattest. Trotzdem muss ich zugeben, dass das Zeug wirklich nicht übel geschmeckt hat. «

»Ich könnte dir nicht mehr sagen, wann ich es zum letzten Mal gegessen habe. Demnächst werden es drei Jahre, dass ich kein Fleisch mehr angerührt habe. Im ersten Jahr habe ich noch ab und zu Fisch gegessen, aber dann habe ich auch damit aufgehört. «

»Du scheinst dich ja zu einer richtigen Gesundheitsfanatikerin entwickelt zu haben. «

» *C'est moi.* «

»Aber ich finde, es passt zu dir. «

»Und ich finde, es passt zu dir, dass du mit dem Trinken aufgehört hast. Mein Gott, da sitzen wir und erzählen uns, wie toll wir aussehen. So merkt man bekanntlich, dass man alt wird. Matt, an meinem letzten Geburtstag bin ich achtunddreißig geworden. «

»Das ist doch nicht weiter schlimm. «

»Denkst *du*. Nur war mein letzter Geburtstag schon vor drei Jahren. Inzwischen bin ich einundvierzig. «

»Na und? Du siehst aber gar nicht wie einundvierzig aus. «

»Schon möglich. Vielleicht aber doch. Weißt du übrigens, was Gloria Steinem gesagt hat, als sie vierzig wurde und ihr jemand das Kompliment machte, sie sähe noch gar nicht so aus? Sie hat gesagt: *Das tue ich sehr wohl. Genauso, wie Sie mich jetzt vor sich sehen, sieht man mit vierzig aus.* «

»So kann man es natürlich auch sehen. «

»Allerdings. Aber jetzt endlich Schluss mit diesem Gerede, Matt. Du willst sicher wissen, weshalb ich dich so dringend sprechen wollte. «

»Ja. «

»Ich habe vermutlich nur deshalb so lange um den heißen Brei geredet, weil ich Angst hatte, es würde erst dann Realität werden, wenn ich es ausspreche – obwohl es natürlich längst Realität ist. Das hier ist heute mit der Post gekommen. «

Sie reichte mir einen Zeitungsausschnitt. Als ich ihn auseinanderfaltete, fiel mein Blick auf das Foto eines soignierten Herrn mittleren Alters. Er trug eine Brille, und sein Haar war ordentlich gekämmt; die gute Laune, mit der er in die Kamera blickte, stand jedoch in krassem Gegensatz zu der dicken Schlagzeile, die mir vom oberen Rand der Seite entgegensprang:

GESCHÄFTSMANN TÖTET ERST SEINE FRAU UND SEINE DREI KINDER, DANN SICH SELBST. Die näheren Umstände der grauenhaften Tat wurden in einem ausführlichen Bericht geschildert. Phillip Sturdevant, Inhaber der Möbelhauskette Sturdevant Furniture mit insgesamt vier Niederlassungen in Canton und Massillon, war in seinem Haus in Walnut Hills Amok gelaufen. Nachdem er seine Frau und seine drei Kinder mit einem Küchenmesser getötet hatte, rief er bei der Polizei an und setzte sie über die schrecklichen Morde in Kenntnis. Als daraufhin mehrere Polizeieinheiten zum Haus der Sturdevants fuhren, fanden sie auch den Hausherrn nur noch tot vor; er hatte sich mit einer Flinte in den Kopf geschossen.

Ich sah von dem Zeitungsausschnitt auf und murmelte: »Schrecklich.«

»Ja, furchtbar.«

»Hast du den Mann gekannt?«

»Nein.«

»Aber warum ...«

»Ich habe *sie* gekannt.«

»Seine Frau?«

»Auch du hast sie gekannt.«

Ich las den Artikel noch einmal. Die Frau hieß Cornelia; ihr Alter war mit siebenunddreißig angegeben. Die Kinder waren Andrew, sechs, Kevin, vier und Delcey, zwei. Cornelia Sturdevant, überlegte ich, ohne dass mir der Name etwas sagte. Ratlos wandte ich mich wieder Elaine zu.

»Connie«, sagte sie darauf.

»Connie?«

»Connie Cooperman. Kannst du dich nicht mehr an sie erinnern?«

»Connie Cooperman«, sagte ich, und dann fiel mir plötzlich wieder das Gesicht ein, das zu diesem Namen gehörte – hübsch, blond, immer gut gelaunt. »Herr im Himmel«, stieß ich fassungslos hervor. »Wie um alles in der Welt hat es Connie nach – wie hieß dieses Nest gleich wieder? – verschlagen? Canton, Massillon, Walnut Hills? Wo liegt das überhaupt?«

»In Ohio, nicht weit von Akron.«

»Wie ist sie denn dort gelandet?«

»Ganz einfach: Sie hat vor sieben oder acht Jahren Philip Sturdevant kennengelernt und ihn später geheiratet.«

»Sag bloß, er war einer ihrer Freier.«

»Nein, eine Urlaubsbekanntschaft. Sie haben sich in Stowe beim Schifahren kennengelernt, und er hat sich prompt in sie verliebt. Dass er so vermögend war, wusste ich bisher gar nicht. Aber es war auf jeden Fall klar, dass er eine Reihe von Möbelgeschäften hatte und finanziell nicht schlecht gestellt war. Da er geschieden war und auch sonst keine feste Beziehung hatte, wollte er Connie vom Fleck weg heiraten und Kinder mit ihr haben.«

»Und das haben sie dann auch getan?«

»Ja. Connie war richtig begeistert von ihm, und außerdem sah sie darin die Chance ihres Lebens, endlich ihren Job an den Nagel hängen zu können. Sie war wirklich ein prima Kerl und die Männer flogen nur so auf sie, aber sie war weiß Gott nicht das, was man eine geborene Nutte nennt.«

»Würdest du das denn von dir behaupten?«

»Nein, natürlich nicht. Im Grunde genommen waren Connie und ich in vielen Dingen sehr ähnlich. Wir waren beide zwei typische NJGs, die da mehr oder weniger zufällig reingeraten sind. Und da sich sehr schnell herausgestellt hat, dass ich ziemlich gut in diesem Job war, bin ich eben dabei geblieben.«

»Was ist eine NJG?«

»Eine neurotische Judengöre. Übrigens lag es nicht nur daran, dass ich wirklich gut war. Wesentlich wichtiger dürfte in diesem Zusammenhang gewesen sein, dass ich den Dreh heraushatte, mich von meinem Job nicht auffressen zu lassen, was ja leider bei einer Menge Mädchen der Fall ist. Früher oder später verliert fast jede auch das letzte bisschen Selbstachtung, das ihr noch geblieben ist. Aber so weit habe ich es nie kommen lassen.«

»Das kann ich nur bestätigen.«

»Oder zumindest bilde ich mir das ein. Aber es gibt natürlich hin und wieder Tage ...« Sie lächelte vielsagend. »Aber die hat vermutlich jeder mal.«

»Wem sagst du das.«

»Anfangs hat es Connies Selbstbewusstsein vermutlich sogar aufgebaut. In der High School war sie nämlich noch ziemlich dick und nicht sonderlich beliebt – ein richtiges Mauerblümchen. Deshalb war es für sie erst mal sicher ein tolles Gefühl, dass die Männer sie plötzlich so attraktiv fanden und solches Interesse an ihr zeigten. Aber irgendwann hat sich dieser positive Anfangseffekt wohl abgenutzt. Doch sie hatte Glück und lernte Philip Sturdevant kennen. Ich glaube fast, sie war genauso verrückt nach ihm wie er nach ihr. Und dann sind sie nach Ohio gezogen und haben eine richtige Familie gegründet.«

»Doch dann hat er eines Tages herausbekommen, was sie früher gemacht hat. Er ist durchgedreht und hat sie zusammen mit seinen Kindern umgebracht.«

»Nein.«

»Nein?«

Elaine schüttelte den Kopf. »Er wusste von Anfang an Bescheid. Sie hat es ihm gleich zu Beginn erzählt. Ich fand das damals sehr mutig von ihr, aber es war selbstverständlich das einzig Richtige. Erstens hat es ihn nicht weiter gestört, und zweitens wäre sonst immer dieser dunkle Punkt in ihrer Vergangenheit gewesen, der ihre Beziehung, wenn auch nur unterschwellig, sicher ganz erheblich belastet hätte. Wie sich herausstellte, war er jedoch ausgesprochen weltoffen und tolerant. Er war fünfzehn bis zwanzig Jahre älter als Connie und bereits zweimal verheiratet gewesen. Aber obwohl er sein ganzes Leben in der tiefsten Provinz gelebt hatte, war er viel in der Welt herumgekommen. Und deshalb hat es ihn auch nicht gestört, dass sie mal ein paar Jahre im horizontalen Gewerbe tätig war. Ich glaube sogar, dass das sogar einen gewissen Reiz für ihn hatte; vermutlich war er sogar richtig stolz, dass es ihm gelungen war, sie wieder auf die rechte Bahn zu bringen.«

»Und sie lebten glücklich bis an ihr Ende.«

Ohne auf meine bissige Bemerkung einzugehen, fuhr Elaine fort: »Sie hat mir im Lauf der Jahre hin und wieder geschrieben. Aber nicht sehr oft. Ich war nämlich noch nie eine große Briefeschreiberin, und notgedrungen hören die meisten Leute auf, einem zu schreiben, wenn man auf keinen ihrer Briefe antwortet. An Weihnachten bekam ich aber meistens trotzdem noch eine Karte von ihr. Du kennst doch sicher diese Glückwunschkarten, die sich manche Leute von den Fotos ihrer Kinder machen lassen? Ein paar von denen habe ich von Connie bekommen. Auffallend hübsche Kinder. Aber das ist ja auch kein Wunder. Wie du auf dem Zeitungsfoto siehst, war er ein sehr gutaussehender Mann. Und Connie war auch sehr hübsch.«

»Ich weiß.«

»Schade, dass ich ihre letzte Weihnachtskarte nicht mehr habe. Leider bin ich nicht der Typ, der alles aufhebt. Deshalb kann ich sie dir also nicht mehr zeigen, und nächstes Weihnachten werde ich wohl keine mehr bekommen, weil ...«

Händeringend, die zitternden Schultern hochgezogen, begann Elaine leise zu weinen. Es dauerte aber nicht lange, bis sie sich wieder im Griff hatte. Sie holte tief Luft und ließ den Atem langsam wieder entweichen.

»Warum hat er es dann getan?«, fragte ich schließlich.

»Er hat es nicht getan. Dazu war er nicht der Typ.«

»Du würdest dich wundern, wozu manche Leute imstande sind; es gibt genügend Leute, die Dinge tun, die du ihnen nie im Leben zutrauen würdest.«

»Er war's trotzdem nicht.«

Als ich sie darauf nur fragend ansah, fuhr sie stockend fort: »Ich kenne in Canton oder Massillon niemanden. Der einzige Mensch, den ich dort je gekannt habe, war Connie, und der einzige Mensch, der gewusst haben könnte, dass sie mich kannte, war ihr Mann. Und sie sind beide tot.«

»Na und?«

»Wer soll mir dann diesen Zeitungsausschnitt zugeschickt haben?«

»Dafür kommen alle möglichen Leute in Frage.«

»Wer zum Beispiel?«

»Connie könnte einer Freundin oder einer Nachbarin von dir erzählt haben. Nach dem Mord ordnet diese Bekannte Connies Hinterlassenschaften, stößt dabei auf ihr Adressbuch und beschließt, ihre auswärtigen Bekannten über ihren tragischen Tod in Kenntnis zu setzen.«

»Diese Bekannte schneidet also diesen Artikel aus der Zeitung aus und schickt ihn ohne jeden Kommentar an mich?«

»War dem Zeitungsausschnitt kein Brief beigefügt?«

»Nein, nichts.«

»Vielleicht hat der oder die Betreffende einen Begleitbrief geschrieben und lediglich vergessen, ihn in den Umschlag zu stecken. So was kann jedem passieren.«

»Und gleichzeitig hat sie auch noch vergessen, den Umschlag mit einem Absender zu versehen?«

»Hast du den Umschlag noch?«

»Ja, nebenan. Es ist ein ganz normaler weißer Umschlag mit meiner Adresse, von Hand geschrieben.«

»Kann ich ihn mal sehen?«

Sie nickte und verschwand kurz. Währenddessen setzte ich mich in einen Sessel und sah mir das Bild an, das angeblich fünfzigtausend Dollar wert war. Einmal hätte ich um ein Haar das ganze Magazin meiner Dienstpistole in diesen Schinken entleert. Es schien eine Ewigkeit her, dass ich daran zum letzten Mal gedacht hatte. Aber wie es im Moment aussah, würde ich dafür in nächster Zeit umso mehr an diese dumme Geschichte denken. Das Kuvert war genau so, wie Elaine es beschrieben hatte – ein ungefütterter Standardbriefumschlag, wie man ihn an jeder Ecke kaufen kann. Die Adresse war in Druckschrift geschrieben. Mit Kugelschreiber. Kein Absender, weder in der linken unteren Ecke noch auf der Rückseite.

»Laut Poststempel wurde der Brief in New York aufgegeben«, stellte ich fest.

»Ich weiß.«

»Wenn er also von einer Bekannten Connies war …«

»Dann hat diese Bekannte das Kuvert mit dem Zeitungsausschnitt nach New York mitgenommen und hier eingeworfen.«

Ich stand auf und ging ans Fenster. Ohne etwas zu sehen, schaute ich eine Weile nach draußen. Dann drehte ich mich wieder um und sagte: »Die einzige andere Möglichkeit ist, dass ein Unbekannter Connie getötet hat. Und ihre Kinder. Und ihren Mann.«

»Ja.«

»Und dass dieser Jemand nur den Anschein zu erwecken versucht hat, es wäre ein Mord mit anschließendem Selbstmord gewesen. Auch der Anruf bei der Polizei war nur fingiert. Anschließend hat der Täter gewartet, bis in der Lokalzeitung über den Vorfall berichtet wurde. Er hat den Artikel ausgeschnitten, ist damit nach New York gefahren und hat den Brief hier aufgegeben.«

»Ja.«

»Wenn mich nicht alles täuscht, denken wir beide an dieselbe Person.«

»Er hat geschworen, Connie umzubringen«, sagte Elaine. »Genau wie mich. Und dich.«

»Das hat er, ja.«

»*Dich und alle deine Weiber, Scudder.* Ich kann mich noch genau an seine Worte erinnern.«

»Eine Menge Ganoven reden im Lauf der Jahre eine Menge Stuss. Deshalb sollte man nicht gleich jedes Wort von so jemand auf die goldene Waagschale legen.« Ich kehrte zum Tisch zurück und griff noch einmal nach dem Umschlag – als könnte ich so die geheimen Gedanken seines Absenders erspüren. Falls er jedoch überhaupt welche enthielt, waren sie eindeutig eine Spur zu hoch für mich.

»Aber warum erst jetzt?«, sagte ich schließlich. »Wie lange liegt diese Geschichte schon zurück? Zwölf Jahre?«

»So in etwa.«

»Du glaubst also tatsächlich, dass er es war?«

»Das glaube ich nicht. Das weiß ich.«

»Motley.«

»Ja.«

»James Leo Motley«, murmelte ich. »Mein Gott.«

Kapitel 3

James Leo Motley. Es war in Elaines Wohnung gewesen, als ich diesen Namen zum ersten Mal hörte. Allerdings nicht in ihrem Wohnzimmer mit dem strengen Schwarzweiß. Ich hatte Elaine eines Nachmittags angerufen und war kurz darauf bei ihr vorbeigekommen. Sie hatte mir einen Bourbon und sich selbst ein Diet Coke eingeschenkt, und wenige Minuten später waren wir ins Schlafzimmer verschwunden. Als wir danach wohlig aneinander gekuschelt auf dem Bett lagen, fuhr ich mit der Fingerspitze über eine dunkel verfärbte Stelle seitlich an ihrem Brustkorb und fragte sie, woher sie die hätte.

»Gestern Nachmittag hätte ich dich beinahe angerufen«, sagte sie darauf. »Wegen eines Freiers.«

»Ach?«

»Ein Neuer. Rief an und sagte, er wäre ein Freund von Connie. Du weißt schon, Connie Cooperman.«

»Klar weiß ich, wer Connie ist.«

»Er sagte am Telefon, dass er meine Nummer von Connie hätte. Darauf vereinbarte ich einen Termin mit ihm. Als er jedoch kurz darauf vorbeikam, fand ich ihn spontan unsympathisch.«

»Wieso?«

»Schwer zu sagen. Irgendetwas an ihm war eigenartig. Vielleicht lag es an seinen Augen.«

»An seinen Augen?«

»Ja, wie er einen ansah. Wie war das doch gleich wieder mit Superman? Hatte der nicht den Röntgenblick? Und so ähnlich war es auch mit diesem Kerl. Wenn der einen ansah, hatte man ein Gefühl, als sähe er einfach durch einen durch.«

Ich strich zärtlich über ihren Rücken. »Wenn der wüsste, was ihm dabei an toller Verpackung entgangen ist.«

»Außerdem strahlte er eine große Kälte aus. Wie ein Reptil, das auf Beute lauert. Oder wie eine Schlange, die jeden Augenblick zuschlägt.«

»Wie sieht der Kerl aus?«

»Auch das spielt dabei vielleicht eine Rolle. Ziemlich eigenartig.

Längliches, schmales Gesicht. Mausgraues Haar, und noch dazu ein fürchterliche Frisur. Ein Topfschnitt. Er sah fast wie ein Mönch aus. Und seine Haut war auffallend blass – irgendwie ungesund.«

»Hört sich ja reizend an.«

»Auch sein Körper war eigenartig. Total hart.«

»Ist das denn bei dir nicht oberstes Berufsziel?«

»Ich meine nicht seinen Schwanz. Sein ganzer Körper. Als ob jeder Muskel, jede Faser seines Körpers ständig angespannt wäre. Als könnte er nie loslassen und sich entspannen. Er ist eher dünn, aber muskulös. Was man drahtig nennt.«

»Und was ist passiert?«

»Wir gingen ins Bett. Ehrlich gestanden, habe ich ganz bewusst versucht, ihn möglichst schnell ins Bett zu bringen, weil ich ihn nämlich auch möglichst schnell wieder loswerden wollte. Außerdem dachte ich, diese seltsame Verkrampfung würde sich vielleicht etwas geben, wenn wir erst mal eine Nummer geschoben hätten. Mir war jedenfalls sofort klar, dass mir dieser Kerl kein zweites Mal in die Wohnung kommt. Am liebsten hätte ich ihn auf der Stelle wieder weggeschickt, aber ich hatte Angst, er könnte auf dumme Gedanken kommen. Er hat sich dann zwar nicht weiter auffällig benommen, aber unangenehm war er mir trotzdem.«

»War er brutal?«

»Eigentlich nicht. Es war eher die Art, wie er mich angefasst hat. Und die Art, wie einen ein Mann anfasst, verrät sehr viel über ihn. Dieser Kerl hat mich jedenfalls angefasst, als wäre ich ihm zutiefst zuwider. Und auf so eine Scheiße kann ich nun wirklich gern verzichten.«

»Woher hast du den blauen Fleck?«

»Das war danach. Er zog sich an. Duschen wollte er nicht, und weil ich ihn schnellstens wieder loshaben wollte, habe ich ihn auch nicht lange gedrängt. Und dann sah er mich plötzlich ganz eigenartig an und sagte, dass wir uns von nun an ziemlich oft sehen würden. Denkst du, dachte ich. Aber natürlich sagte ich das nicht. Und dann wollte er gehen – ohne mir Geld zu geben oder ein paar Scheine auf die Kommode zu legen.«

»Du hast dir das Geld nicht gleich geben lassen?«

»Nein, das tue ich nie. Aufs Geld komme ich erst mal überhaupt nicht zu sprechen – es sei denn, ein Freier tut das von sich aus. Aber bei den meisten ist das nicht der Fall. Sie bilden sich lieber ein, sie bekämen es umsonst, und das Geld, das sie mir anschließend geben, wäre ein Geschenk. Wie dem auch sei, er wollte gehen, ohne zu bezahlen. Und ich war schon nahe daran, ihn auch tatsächlich gehen zu lassen.«

»Was du aber dann doch nicht getan hast.«

»Nein, weil ich stinksauer war. Wenn ich mich schon mit so einer miesen Type abgeben muss, dann will ich wenigstens Geld dafür sehen. Ich setze also mein freundlichstes Lächeln auf und sage zu ihm: *Du hast übrigens was vergessen.* Und er darauf: *Was soll ich vergessen haben? Auch ich muss von was leben*, sage ich, und darauf er, das wäre ihm vollkommen klar; er wäre schließlich nicht auf den Kopf gefallen und wüsste genau, wann er eine Nutte vor sich hätte.«

»Wirklich reizend.«

»Ich ließ mich auf keine weiteren Diskussionen mehr ein und gab ihm nur zu verstehen, dass ich für das, was ich getan hatte, auch entsprechend bezahlt werden wollte. Wie ich mich dabei genau ausgedrückt habe, weiß ich nicht mehr. Jedenfalls hat er mich nur eisig angesehen und gesagt: *Ich bezahle nicht.* Und dann habe ich etwas sehr Dummes getan. Eigentlich hätte ich die Sache einfach auf sich beruhen lassen sollen. Aber irgendwie dachte ich plötzlich, ich hätte mich vielleicht nur nicht klar genug ausgedrückt. Und deshalb sagte ich zu ihm, ich würde gar nicht von ihm erwarten, dass er was bezahlte, aber ob er mir nicht wenigstens was schenken wollte.«

»Und dann hat er dich geschlagen.«

»Nein. Er kam auf mich zu. Ich wich zurück. Aber er kam immer näher, bis ich schließlich mit dem Rücken zur Wand stand. Dann streckte er die Hand aus. Ich war schon angezogen. Er legte seine Hand an diese Stelle und drückte mit zwei Fingern zu. Anscheinend ist das irgendein Nervenende oder ein spezieller Druckpunkt; jedenfalls tat es verteufelt weh. Erst waren allerdings keine Spuren zu sehen. Den blauen Fleck habe ich erst seit heute Morgen.«

»Wahrscheinlich wird es morgen noch schlimmer.«

»Na großartig. Es tut zwar immer noch weh, aber es ist nicht weiter tragisch. Aber in dem Moment, als er zugedrückt hat, waren die Schmerzen kaum auszuhalten. Ich bekam ganz weiche Knie, und mir wurde buchstäblich schwarz vor den Augen. Ich dachte, ich würde jeden Augenblick umkippen.«

»Und er hat nur mit zwei Fingern zugedrückt?«

»Ja, und nur ganz kurz. Ich war so schwach auf den Beinen, dass ich mich für einen Moment an der Wand abstützen musste. Aber er hat mich nur fies angegrinst und noch mal gesagt: *Wir werden uns jetzt öfter sehen. Und du wirst alles tun, was ich dir sage.* Dann ist er endlich gegangen.«

»Hast du schon mit Connie gesprochen?«

»Ich konnte sie bisher noch nicht erreichen.«

»Wenn dieser Witzbold noch mal anruft ...«

»Werde ich ihm sagen, er soll sich meinetwegen ins Knie ficken. Keine Sorge, Matt, der kommt mir nicht mehr in die Wohnung.«

»Kannst du dich noch an seinen Namen erinnern?«

»Motley. James Leo Motley.«

»Er hat dir seinen vollen Namen genannt?«

Sie nickte. »Und er hat auch nicht gesagt, ich sollte ihn Jimmy nennen. Nein, ganz förmlich: James Leo Motley. Was machst du da?«

»Ich schreibe mir das nur mal auf. Vielleicht kann ich herausfinden, wo der Kerl wohnt.«

»Vermutlich im Central Park, unter einem flachen Stein.«

»Außerdem werde ich mal nachsehen, ob wir in unserer Kartei was über ihn haben. Bei dieser Personenbeschreibung würde mich das nicht wundern.«

»James Leo Motley«, sagte sie darauf. »Solltest du mal dein Notizbuch verlieren, brauchst du nur mich anzurufen. Den Namen werde ich bestimmt nicht so schnell vergessen.«

Ich bekam zwar seine Adresse nicht heraus, aber dafür wurde ich in der Verbrecherkartei fündig. Er hatte eine stattliche Liste von sechs oder sieben Festnahmen vorzuweisen, fast ausschließlich wegen Gewalttätigkeit gegen Frauen. In allen Fällen hatten die Opfer ihre Anzeigen jedoch wieder zurückgezogen, so dass kein einziges Mal Anklage gegen ihn erhoben wurde. Einmal war er auch auf dem Van Wyck Expressway in einen Verkehrsunfall verwickelt gewesen; an sich war es dabei nur zu einem geringfügigen Blechschaden gekommen, aber Motley hatten den Fahrer des anderen Wagens so brutal zusammengeschlagen, dass dieser ihn anzeigte. Motley wurde wegen Körperverletzung angeklagt. Allerdings deutete die Aussage eines Augenzeugen darauf hin, dass möglicherweise der andere Fahrer die Schlägerei angefangen hatte und mit einem Radschlüssel auf Motley losgegangen war, während dieser sich nur mit seinen bloßen Händen verteidigt hatte. Trotzdem hatte er den Kerl krankenhausreif geschlagen.

Sechs oder sieben Festnahmen, keine einzige Verurteilung. Ausnahmslos Gewaltdelikte. Das gefiel mir gar nicht, und ich nahm mir fest vor, Elaine anzurufen und ihr zu erzählen, was ich herausgefunden hatte. Irgendwie kam ich dann aber nicht dazu.

Etwa eine Woche später rief sie mich an. Ich war gerade selbst am Apparat, so dass sie nicht ihre Cousine Frances-Nummer abziehen musste.

»Er war wieder da«, sagte sie. »Und er hat mir wieder wehgetan.«

»Ich bin gleich da.«

Sie hatte inzwischen Connie erreicht. Erst hatte Connie nicht mit der Sprache herausrücken wollen. Aber schließlich hatte sie zugegeben, dass James Leo Motley schon seit mehreren Wochen regelmäßig bei ihr aufkreuzte. Er hatte von irgendjemandem – wer wusste sie nicht – ihre Telefonnummer bekommen, und sein erster Besuch bei ihr hatte sich ziemlich genauso abgespielt wie bei Elaine. Auch Connie gegenüber hatte er ganz unverblümt erklärt, dass er nicht im Traum daran dächte, ihr irgendetwas zu bezahlen, und dass sie in Zukunft noch öfter mit seinem Besuch rechnen könnte. Und auch ihr hatte er wehgetan – nicht wirklich ernsthaft, aber doch schlimm genug, um ihr nachhaltig in Erinnerung zu bleiben.

Von da an war er regelmäßig mehrere Male die Woche bei ihr aufgetaucht. Er hatte angefangen, Geld von ihr zu fordern. Außerdem misshandelte er sie sowohl während als auch nach dem Geschlechtsakt. Und er versuchte ihr immer wieder einzureden, dass er am besten wüsste, was sie wollte, und dass sie nichts als eine billige Nutte wäre, die dementsprechend behandelt werden müsste. »Ich bin ab sofort dein Macker«, erklärte er ihr. »Du gehörst jetzt ganz mir – und zwar mit Haut und Haaren.«

Verständlicherweise hatte das Elaine sehr beunruhigt, und eigentlich hatte sie sich unverzüglich mit mir in Verbindung setzen wollen. Aus irgendeinem Grund hatte sie das dann aber doch nicht getan und sich stattdessen vorgenommen, mir davon zu erzählen, wenn ich sie das nächste Mal besuchen kam. Was hatte sie schon von diesem Kerl zu befürchten? Schließlich hatte sie nicht vor, ihn noch mal in ihre Wohnung zu lassen. Als er sich einen Tag nach ihrer Unterhaltung mit Connie prompt wieder bei ihr meldete, versuchte sie ihn mit dem Hinweis abzuwimmeln, dass sie gerade keinen Termin frei hätte.

»Dann mach dir doch einen frei für mich«, meinte er.

»Jetzt hör mal gut zu«, erklärte sie ihm darauf bestimmt.

»Ich will dich hier nicht mehr sehen.«

»Wie kommst du darauf, das könntest du entscheiden?«

»Jetzt tu uns mal beiden ein Gefallen, du Arschloch, und vergiss meine Nummer, ja?«

Zwei Tage später rief er wieder an. »Vielleicht hast du dir's in der Zwischenzeit noch mal anders überlegt.« Sie sagte ihm aber nur, er könnte sie mal, und hängte auf.

Noch am selben Tag schärfte sie allen drei Türstehern ein, niemanden zu ihr raufzulassen, ohne sie vorher anzurufen. An sich war das sowieso üblich, aber es konnte trotzdem nicht schaden, ihnen das noch einmal mit allem Nachdruck einzuschärfen.

Aus Angst, es könnte sich dabei um Strohmänner Motleys handeln, ließ sie sogar mehrere Termine mit ein paar neuen Kunden sausen. Wenn sie ihre Wohnung verließ, hatte sie mit einem Mal ständig das Gefühl, dass ihr jemand folgte – oder sie heimlich beobachtete. Das war äußerst beängstigend. Sie verließ deshalb die Wohnung nur noch, wenn unbedingt nötig.

Als sie darauf mehrere Tage nichts mehr von ihm hörte, dachte sie schon, die Sache hätte sich von selbst erledigt. Sie nahm sich auch vor, sowohl mich als auch Connie anzurufen. Das tat sie aber dann doch nicht.

Am selben Nachmittag bekam sie einen Anruf von einem Filmfritzen von der Westküste, der sich regelmäßig bei ihr meldete, wenn er in New York war. Sie nahm sich ein Taxi zum Sherry-Netherland und verbrachte dort in seiner Suite lauschige eineinhalb Stunden mit ihm. Er erzählte ihr allen möglichen Showbiz-Klatsch, schob zwei Nummern mit ihr und gab ihr anschließend hundert oder zweihundert Dollar oder was auch immer. Jedenfalls genug, um damit das Taxi zu bezahlen.

Als sie darauf nach Hause kam, saß Motley auf der Couch im Wohnzimmer. Seine Miene verhieß nichts Gutes. Sie versuchte zwar zu fliehen, aber da sie gleich nach dem Betreten der Wohnung die Eingangstür von innen abgeschlossen hatte, war er bei ihr, bevor sie auch nur dazu kam, die Tür wieder aufzuschließen. Aber selbst wenn sie nicht abgeschlossen gewesen wäre, hätte sie vermutlich keine Chance gehabt, ihm zu entkommen. »Wenn ich nicht vor lauter Aufregung über den Teppich im Flur gestolpert wäre oder sonst etwas in der Art, hätte er mich spätestens am Lift eingeholt«, sagte sie mir später. »Ich hätte keine Chance gehabt. Er hätte mir keine gelassen.«

Er zerrte sie ins Schlafzimmer und riss ihr die Kleider vom Leib. Dann begann er sie wieder mit seinen Händen zu bearbeiten. Der blaue Fleck an ihrer Seite war inzwischen verheilt, aber er traktierte sie wieder an derselben Stelle. Die Schmerzen waren genauso schlimm wie beim ersten Mal. Außerdem drückte er diesmal noch gegen eine Stelle an der Innenseite ihres Oberschenkels. Es war kaum auszuhalten, und sie dachte allen Ernstes, jeden Augenblick sterben zu müssen.

Mit dieser Methode quälte er sie so lange, bis ihr letzter Widerstand erlahmt warf. Dann warf er sie bäuchlings aufs Bett, ließ seine Hose runter und nahm sie von hinten.

»Das mache ich sonst nie«, erklärte sie mir. »Es tut weh und ist widerlich und überhaupt habe ich es von hinten noch nie gemocht. Deshalb lehne ich das auch von vornherein strikt ab, wenn ein Freier damit anfängt. In diesem Fall war es allerdings nicht mal so schlimm. Nach den Schmerzen, die er mir mit seinen Fingern zugefügt hatte, habe ich sowieso kaum mehr etwas gespürt. In meinem damaligen Zustand wäre es mir, glaube ich, sogar egal gewesen, wenn er mich umgebracht hätte – was ihm übrigens durchaus zuzutrauen gewesen wäre.«

Er gab sich jedoch nicht damit zufrieden, sie nur auf brutalste Weise zu misshandeln. Zugleich beschimpfte er sie auf die unflätigste Weise. Unter anderem versuchte er ihr immer wieder einzureden, dass sie nichts als ein Haufen Dreck wäre und es gar nichts anders verdient hätte, und außerdem wollte sie es auch gar nicht anders.

Er prahlte damit, dass die Frauen immer von ihm bekämen, was sie wollten; und die meisten wollten, dass man ihnen wehtat. Bei einigen ging das sogar so weit, dass sie umgebracht werden wollten.

»Er hat allen Ernstes behauptet, es würde ihm absolut nichts ausmachen, mich umzubringen. Erst vor kurzem hätte er ein Mädchen ermordet, das mir sehr ähnlich gesehen hätte. Und nachdem er sie umgebracht hatte, hätte er sie auch noch gefickt. Dazu meinte er, eine tote Frau wäre mindestens genauso gut wie eine lebende – wenn nicht sogar besser. Zumindest wenn sie noch warm sind und noch nicht zu stinken angefangen haben. Das hat er wortwörtlich gesagt.«

Danach nahm er alles Geld aus ihrer Handtasche – einschließlich der Scheine, die sie gerade im Sherry-Netherland verdient hatte. Als Begründung sagte er ihr, dass sie jetzt eines seiner Mädchen wäre und künftig nur noch für ihn anschaffen würde. Außerdem warnte er sie, ihm künftig lieber keine Schwierigkeiten mehr zu machen, wenn er sie sehen wollte. Und schon gar nicht sollte sie noch mal versuchen, frech zu werden. Ob sie das verstanden hätte? Ja, sagte sie. Sie hätte verstanden. Und ob ihr auch klar wäre, dass sie verstanden hatte? Ja, versicherte sie ihm. Das wäre ihr klar.

Darauf legte sich zum ersten Mal so etwas wie ein Lächeln über seine Lippen. Er strich sich mit der Hand über seine komische Topffrisur und rieb sich sein langes Kinn. »Nur, damit wir uns nicht falsch verstehen«, sagte er abschließend und legte ihr die Hand auf den Mund. Mit der anderen tastete er nach der Stelle an ihrer Seite. Und diesmal wurde sie tatsächlich ohnmächtig, als er zudrückte. Als sie wieder zu sich kam, war er verschwunden.

Als Erstes nahm ich Elaine aufs Achtzehnte Revier mit. Dort setzten wir uns mit einem Polizisten namens Klaiber zusammen, und Elaine erstattete Anzeige gegen Motley. Wegen Tätlichkeit, Körperverletzung und Sodomie. »Dazu werden noch andere Anklagepunkte kommen, wenn wir den Kerl festgenommen haben«, sagte ich zu Klaiber. »Er hat Geld aus ihrer Handtasche genommen; das ist Raub oder Erpressung oder beides. Und nicht zuletzt ist er in ihrer Abwesenheit in ihre Wohnung eingedrungen.«

»Irgendwelche Spuren, dass er sich gewaltsam Zutritt verschafft hat?«

»Nein, solche waren leider nicht festzustellen. Trotzdem handelt es sich dabei eindeutig um einen Fall von gewaltsamem Eindringen.«

»Ein Anklagepunkt lautet doch bereits auf zwangsweise ausgeübte Sodomie«, gab mir Klaiber zu verstehen.

»Na und?«

»Zwangsweise ausgeübte Sodomie und gewaltsames Eindringen – damit bringen Sie nur die Geschworenen durcheinander. Die denken in so einem Fall doch nur, das wären zwei verschiedene Bezeichnungen für ein und dieselbe Sache.« Als Elaine zwischendurch auf die Toilette verschwand, beugte er sich vor und flüsterte mir vertraulich zu. »Ist das Mädchen so eine Art Freundin von Ihnen, Matt?«

»Sagen wir mal, sie hat mir während der letzten paar Jahre zu einer Reihe recht brauchbarer Informationen verholfen.«

»Na schön, wir nennen so jemanden in der Regel einen Spitzel. Und die Dame ist doch im horizontalen Gewerbe tätig?«

»Na und?«

»Dann brauche ich Ihnen wohl nicht eigens zu erklären, dass es nicht einfach werden wird, eine Anklage wegen Tätlichkeit durchzukriegen, wenn die Klägerin eine Prostituierte ist. Ganz zu schweigen von Vergewaltigung oder Sodomie. In den Augen der Geschworenen hat sie nicht mehr und nicht weniger über sich ergehen lassen müssen, als sie sonst gegen Bezahlung macht.«

»Das weiß ich.«

»Hätte mich auch gewundert, wenn nicht.«

»Ebenso wenig rechne ich damit, dass bei einem Haftbefehl gegen ihn viel herauskommt. Sein letzter bekannter Wohnsitz ist ein Hotel am Times Square, und dort hat er sich schon seit mehr als eineinhalb Jahren nicht mehr blicken lassen.«

»Ach, Sie haben sich schon nach ihm erkundigt?«

»Ein bisschen. Vermutlich hat er bei einem Mädchen Unterschlupf gefunden, oder er hat sich in irgendeiner anderen Absteige ein Zimmer genommen; jedenfalls dürfte es nicht einfach werden, ihn aufzuspüren. Im Grunde genommen geht es mir nur darum, dass ihre Anzeige zu Protokoll genommen wird. Das kann später auf keinen Fall schaden.«

»Ach, so ist das also«, nickte Klaiber. »Na gut, meinetwegen. Und wir werden auch einen Haftbefehl ausstellen lassen – für den Fall, dass er uns zufällig in die Arme läuft.«

Ich rief meine Frau Anita an und sagte ihr, ich könnte die nächsten paar Tage nicht nach Hause kommen, weil ich gerade an einem Fall arbeitete, der ständige Dienstbereitschaft erforderte. Es war nicht das erste Mal, dass ich das tat – manchmal, weil ich tatsächlich so einen Fall hatte; manchmal, weil ich einfach keine Lust hatte, nach Hause zu kommen. Wie gewohnt glaubte mir Anita auch diesmal – oder tat zumindest so. Darauf schloss ich erst einmal alle meine offenstehenden Fälle ab oder gab sie an meine Kollegen weiter, damit ich mich ganz auf diesen einen Fall konzentrieren konnte. Ich war fest entschlossen, James Leo Motley das Handwerk zu legen, und zwar gründlich.

Dann weihte ich Elaine in mein Vorhaben ein. Ich wollte Motley eine Falle stellen, und dafür brauchte ich sie als Lockvogel. Von dieser Idee war sie zwar gar nicht begeistert, aber ich hatte mich in Elaine trotzdem nicht getäuscht. Sie war eine ungewöhnlich couragierte Frau und erklärte sich deshalb nach anfänglichem Zögern bereit, das Spiel mitzuspielen.

Ich zog zu ihr, und gemeinsam machten wir uns in ihrer Wohnung ans Warten. Sie sagte alle Termine ab und vertröstete jeden Anrufer mit dem Hinweis, dass sie eine Grippe hätte und eine Woche nicht zu sprechen wäre. »Das wird mich ein Vermögen kosten«, lamentierte sie. »Eine ganze Menge dieser Kerle werden bestimmt nie wieder anrufen.«

»Je rarer du dich machst, desto mehr werden sie hinter dir her sein.«

»Davon bin ich zwar nicht so ganz überzeugt, aber in Motleys Fall hat es tatsächlich zugetroffen.«

Wir verließen die Wohnung kein einziges Mal. Einmal kochte Elaine selbst etwas, die anderen Male ließen wir uns etwas kommen. Wir ernährten uns mehr oder weniger von Pizza und chinesischem Essen. Dazu ließ ich mir aus einem Getränkemarkt noch einen ausreichenden Vorrat Bourbon kommen, und der junge Verkäufer aus dem Lebensmittelgeschäft um die Ecke brachte Elaine einen Kasten Tab vorbei.

Nach zwei Tagen rief Motley an. Elaine nahm den Anruf im Wohnzimmer entgegen. Ich hörte über den Apparat im Schlafzimmer mit. Das Gespräch nahm in etwa folgenden Verlauf:

Motley: Hallo, Elaine. Elaine: Ach, hallo.

Motley: Weißt du, wer ich bin? Elaine: Ja.

Motley: Ich wollte nur mal wieder was von mir hören lassen – um zu sehen, ob bei dir alles in Ordnung ist.

Elaine: Mhm.

Motley: Und? Ist es das? Elaine: Was soll was sein?

Motley: Ob alles in Ordnung ist? Elaine: Ich denke schon.

Motley: Gut. Elaine: Willst du …

Motley: Ob ich was will?

Elaine: Willst du vorbeikommen?

Motley: Warum fragst du? Elaine: Ach, nur so.

Motley: Möchtest du, dass ich vorbeikomme?

Elaine: Na ja, ich bin gerade allein zu Hause, und, ehrlich gestanden, langweile ich mich ein bisschen.

Motley: Warum gehst du nicht aus?

Elaine: Ach, ich weiß nicht. Ich habe keine rechte Lust. Motley: Wirklich? Du hast schon mehrere Tage keinen Fuß mehr vor die Tür gesetzt. Hast du Angst auszugehen?

Elaine: Ein bisschen.

Motley: Und wovor hast du Angst? Elaine: Ich weiß nicht.

Motley: Sprich lauter. Ich kann dich nicht hören.

Elaine: Ich habe gesagt, ich weiß nicht, wovor ich Angst habe.

Motley: Hast du etwa Angst vor mir? Elaine: Ja.

Motley: Sehr gut. Das höre ich gern. Ich komme jetzt nicht vorbei.

Elaine: Schade.

Motley: Aber vielleicht werde ich dich morgen oder übermorgen besuchen. Und dann kriegst du von mir, was du brauchst, Elaine. Du kriegst doch immer von mir, was du brauchst, oder?

Elaine: Kannst du nicht jetzt schon vorbeikommen?

Motley: Nur Geduld, Mädchen. Alles zu seiner Zeit. Sobald er aufgehängt hatte, kam ich wieder ins Wohnzimmer zurück. Elaine saß auf dem Ledersofa. Sie wirkte ziemlich mitgenommen. »Ich kam mir vor wie ein Kaninchen, das wie hypnotisiert die Schlange anstarrt«, murmelte sie. »Natürlich habe ich ihm nur was vorzumachen versucht. Er soll ruhig glauben, ich wäre ihm willenlos ergeben. Glaubst du, er ist darauf reingefallen?«

»Keine Ahnung.«

»Ich weiß auch nicht recht. Jedenfalls klang er so, als hätte er mir geglaubt. Aber vielleicht wollte er mir genauso was vormachen, um mich über seine weiteren Pläne im Unklaren zu lassen. Er weiß jedenfalls, dass ich die Wohnung schon mehrere Tage nicht mehr verlassen habe. Vielleicht beobachtet er mich.«

»Das ist durchaus möglich.«

»Wer weiß, vielleicht liegt er irgendwo mit einem Fernglas auf der Lauer; vielleicht kann er sogar durchs Fenster hier reinsehen. Soll ich dir mal was sagen? Was ich am Telefon mit ihm gesprochen habe, war natürlich alles nur Theater. Trotzdem habe ich am Ende fast selbst geglaubt, was ich gesagt habe;

etwa so, als stünde man an einem Abgrund und verspürte plötzlich den unwiderstehlichen Drang, sich in die Tiefe zu stürzen; jeden Widerstand aufgeben und sich einfach fallenlassen – wenn du weißt, was ich meine.«

»Ich glaube schon.«

»Wie ist er eigentlich deiner Meinung nach in meine Wohnung reingekommen? Ich meine, an dem Tag, als ich bei diesem Kerl von der Westküste im Sherry war. Immerhin musste er nicht nur am Türsteher vorbei, sondern auch noch die Wohnungstür aufbekommen. Wie hat er das bloß geschafft?«

»An einem Türsteher vorbeizukommen, ist nicht allzu schwer.«

»Ich weiß – obwohl die Jungs hier ziemlich auf Draht sind. Aber wie hat er die Wohnungstür aufgekriegt? Du hast doch selbst gesagt, du hättest keinerlei Spuren von Gewaltanwendung entdeckt.«

»Vielleicht hatte er einen Schlüssel.«

»Woher sollte er einen Schlüssel haben? Von mir jedenfalls nicht. Und mir fehlt auch keiner.«

»Hatte Connie einen Schlüssel zu deiner Wohnung?«

»Wozu? Um die Blumen zu gießen? Nein, niemand hat einen Schlüssel zu dieser Wohnung. Nicht mal du. Oder? Du hast doch auch keinen? Ich habe dir nie einen gegeben, oder?«

»Nein.«

»Und Connie habe ich erst recht keinen gegeben. Wie ist er also hier reingekommen? Das Türschloss ist ziemlich gut.«

»Hast du auch wirklich abgeschlossen, als du weggegangen bist?«

»Das tue ich eigentlich immer.«

»Wenn du nämlich nicht abgeschlossen hättest, hätte er das Schloss relativ einfach mit einer Kreditkarte oder einem ähnlichen Gegenstand aufbekommen können. Vielleicht hat er auch heimlich einen Wachs- oder Seifenabdruck von deinem Schlüssel angefertigt. Oder er ist ein professioneller Türschlossknacker.«

»Oder er hat nur mal kurz mit seinen Fingern gegen die Tür gedrückt«, setzte sie meine Aufzählung fort, »und schon ist sie wie von selbst aufgesprungen.«

In der vierten Nacht klingelte kurz vor vier das Telefon. Es war etwa zwei Stunden her, dass ich mich, gegen meinen ständig zunehmenden Höhlenkoller kräftig mit Bourbon abgefüllt, schlafen gelegt hatte. Ich hörte zwar das Läuten und versuchte auch, mich unter Aufbietung meiner ganzen Willenskraft aus dem Schlaf hochzurappeln, aber ich schaffte es nicht, meinem Tran Herr zu werden. Ich dachte zwar, ich wäre wach, aber mein Körper blieb weiter in Elaines Bett und mein Kopf in einer Art Traumzustand. Erst als Elaine mich heftig zu schütteln begann, schlug ich die Decke zurück und setzte mich auf.

»Er hat gerade angerufen«, stieß sie aufgeregt hervor. »Er kommt gleich vorbei.« Ich fragte sie, wie spät es wäre. Nachdem sie es mir gesagt hatte, fuhr sie fort: »Ich habe ihn hinzuhalten versucht; ich habe ihm gesagt, dass ich mich erst noch ein bisschen schön machen müsste. Aber er wollte spätestens in einer halben Stunde vorbeikommen. Er ist bereits auf dem Weg hierher, Matt. Was sollen wir jetzt tun?«

Ich sagte ihr, sie sollte dem Türsteher Bescheid geben, dass sie einen Freier erwartete und dass er Mr. Motley gleich nach oben schicken sollte; anschließend sollte er ihr jedoch sofort Bescheid sagen, dass er angekommen war. Darauf telefonierte sie mit dem Türsteher, ging unter die Dusche und zog sich an. Ich weiß nicht mehr, für welches Kleid sie sich entschied; jedenfalls probierte sie eine ganze Reihe davon an und entschuldigte sich dabei fortwährend für ihre Unentschlossenheit.

»Ist das nicht vollkommen verrückt?«, sagte sie kopfschüttelnd. »Man könnte denken, ich mache mich für eine Verabredung schön.«

»Vielleicht tust du das ja auch.«

»Wirklich sehr witzig. Für eine Verabredung mit dem Teufel etwa? Was ist eigentlich los mit dir?«

»Ich bin noch nicht so ganz da«, musste ich zugeben. »Könntest du vielleicht frischen Kaffee aufsetzen?«

»Natürlich.«

Ich schlüpfte wieder in meine Klamotten; es waren dieselben, die ich erst vor zwei Stunden ausgezogen hatte und mit denen ich nun schon fast eine Woche herumlief. Damals trug ich zur Arbeit immer einen Anzug – in den meisten Fällen tue ich das übrigens auch heute noch –, und diesen Anzug zog ich wieder an. Mit dem Krawattenknoten hatte ich allerdings gewisse Schwierigkeiten. Nach zwei fehlgeschlagenen Versuchen kam ich schließlich zu der Überzeugung, dass ich mir die Krawatte genauso gut sparen konnte. Ich zog sie aus dem Hemdkragen und warf sie über einen Stuhl.

Meinen 38er Dienstrevolver trug ich in einem Schulterholster. Nachdem ich ihn ein paarmal probeweise gezogen hatte, legte ich Jackett und Holster wieder ab und steckte mir die Waffe am Rücken in den Hosenbund.

Die Bourbonflasche stand auf dem Nachttisch. Sie war noch etwa halb voll. Ich nahm einen kräftigen Schluck daraus – um mich etwas auf Trab zu bringen.

Dann rief ich nach Elaine, aber sie antwortete nicht. Ich schlüpfte wieder in mein Jackett und probierte weiter Ziehen. Irgendwie wollte sich kein rechter Bewegungsfluss einstellen; aber das ist meistens der Fall, wenn man einen Bewegungsablauf zu oft übt. Nach einer Weile steckte ich mir den Revolver vorne links in den Gürtel. Aber so ließ er sich noch schlechter ziehen, sodass ich mir schon fast wieder das Schulterholster umschnallen wollte.

Vielleicht musste ich den Revolver ja auch gar nicht ziehen. Vielleicht konnte ich ihn einfach in der Hand behalten. Elaine und ich hatten uns nämlich noch gar keine Gedanken über unser Vorgehen gemacht, und deshalb war mir völlig unklar, wo ich mich postieren sollte, wenn sie ihn hereinließ. Das Einfachste wäre vermutlich gewesen, hinter der Tür zu warten, bis sie ihm öffnete, und dann mit gezogener Waffe dahinter hervorzukommen, sobald er in der Wohnung war. Vielleicht wäre es auch vernünftiger gewesen, die beiden erst mal eine Weile sich selbst zu überlassen und so lange in der Küche oder im Schlafzimmer zu warten, bis sich eine günstige Gelegenheit zum Einschreiten bot. Unter taktischen Gesichtspunkten betrachtet, war das mit Sicherheit klüger; andrerseits war dabei das Risiko größer, dass in der Zwischenzeit etwas schief ging. Es war jedenfalls nicht auszuschließen, dass er etwas völlig Unvorhersehbares tat oder Elaines Nervosität spürte und Lunte roch. Einem Verrückten war bekanntlich alles zuzutrauen; das war es schließlich, was einen Verrückten ausmachte.

Ich rief noch einmal nach Elaine, aber anscheinend hatte sie gerade das Wasser laufen und konnte mich deshalb nicht hören. Darauf steckte ich den Revolver wieder in meinen Gürtel, zog ihn aber gleich wieder heraus und ging damit den kurzen Flur zum Wohnraum hinunter. Zum einen brauchte ich dringend eine Tasse Kaffee, und zum anderen wollte ich endlich klären, wie wir vorgehen sollten, wenn er hier auftauchte.

Ich betrat das Wohnzimmer, um in die Küche zu gehen. Aber ich kam nicht weit. Ich erstarrte mitten in der Bewegung. Da stand er, mitten im Raum, und hielt Elaine als Deckung vor sich. Mit der einen Hand hatte er sie über dem Ellbogen gepackt, mit der anderen am Handgelenk.

»Wirf sofort die Kanone weg«, forderte er mich auf. »Oder ich breche ihr den Arm.«

Der Lauf meines Revolvers zeigte nicht annähernd in seine Richtung. Außerdem hielt ich ihn nicht richtig; mein Finger schien endlos weit vom Abzug entfernt. Ich hatte den Revolver etwa so in der Hand, als wäre er ein Teller, mit dem ich etwas unschlüssig vor einem riesigen Frühstücksbüffet stand.

Ich legte ihn auf den Tisch.

Elaine hatte ihn durchaus treffend beschrieben. Groß und hager, mehr Haut als Knochen, aber sehnig und durchtrainiert. Das schmale, längliche Gesicht, der ausgefallene Haarschnitt. Es war tatsächlich so, als hätte ihm jemand einen Suppentopf übergestülpt und alles weggeschnippelt, was unter dem Rand hervorstand; was unter dem Topf übriggeblieben war, saß wie eine runde Kappe auf seinem Schädel. Seine Nase war lang, die Spitze fleischig; die Lippen ziemlich voll. Seine Stirn flachte auffallend stark nach hinten ab. Die Augen lagen tief hinter den weit vorspringenden Brauen; sie waren von einem schlammigen Braun und vollkommen ausdruckslos.

Sein Gesicht und seine Frisur verliehen ihm fast etwas Mittelalterliches, ein diabolischer Mönch aus einem Schauerroman. Seine Kleidung passte allerdings ganz und gar nicht in dieses Schema. Er trug eine olivfarbene Cordjacke mit Lederbesätzen an Ärmeln und Aufschlägen sowie Lederflicken an den Ellbogen. Seine khakifarbene Hose hatte eine messerscharfe Bügelfalte, und dazu trug er spitze Schlangenlederstiefel mit etwa drei Zentimeter hohen Absätzen und silbernen Beschlägen an den extrem schmal zulaufenden Spitzen. Sein Cowboyhemd hatte statt Knöpfen nur Druckknöpfe, und um den Kragen hatte er sich eines dieser Bindfadenschleifchen mit einer Türkisschnalle gebunden.

»Du bist also Scudder«, sagte er. »Der Bulle, der gern einen auf Zuhälter machen möchte. Elaine wollte dir eigentlich schon Bescheid sagen, dass ich hier bin, aber ich hätte es schade gefunden, dir diese nette kleine Überraschung zu verderben. Ich habe ihr bereits gesagt: Wie ich dich einschätze, magst du sicher Überraschungen. Und deshalb habe ich Elaine auch gesagt, sie soll sich lieber schön still verhalten. Und das hat sie auch getan – sogar dann, als ich ihr ein bisschen wehgetan habe. Sie tut nämlich alles, was ich ihr sage. Und willst du auch wissen, warum?«

»Warum?«

»Weil ihr langsam klar wird, dass ich am besten weiß, was sie wirklich will.«

Er war so blass, als hätte er nicht einen Tropfen Blut im Leib. Aber auch Elaine stand ihm in dieser Hinsicht kaum nach; aus ihrem Gesicht war jede Farbe gewichen und mit ihr auch ihre ganze bisherige Courage. Sie sah aus wie ein Zombie aus einem Horrorfilm.

»Ich weiß ganz genau, was Elaine braucht«, versicherte er mir noch einmal. »Und was sie ganz bestimmt nicht braucht, ist ein unterbelichteter Bulle, der für sie den Luden spielt.«

»Ich bin nicht ihr Zuhälter.«

»Ach. Und was bist du dann? Ihr Ehemann? Ihr Geliebter? Ihr Zwillingsbruder, der gleich nach der Geburt aufgrund tragischer Verstrickungen von ihr getrennt wurde? Ihr lange verschollener unehelicher Sohn? Los, sag schon, was du bist.«

Wirklich komisch, was einem in so einer kritischen Situation auffällt. Ich musste die ganze Zeit auf seine Hände schauen. Er hielt Elaine noch immer an Oberarm und Handgelenk fest. Sie hatte mir erzählt, welche Kraft er in den Händen hatte, und ich sah keinen Grund, an ihrer Aussage zu zweifeln. Trotzdem wirkten sie nicht sonderlich kräftig. Es waren große Hände mit langen Fingern und auffällig verdickten Knöcheln. Seine Fingernägel waren kurz geschnitten, ohne weißen Rand und mit deutlich ausgebildeten Monden an der Wurzel.

»Ich bin ihr Freund«, antwortete ich auf seine Frage.

»*Ich* bin ihr Freund«, erklärte er darauf. »Ich ersetze ihr Freunde und Verwandte.« Er machte eine kurze Pause, als müsste er diese gewichtige Feststellung selbst erst einmal verarbeiten. Allem Anschein nach fand er Gefallen an seiner neuen Rolle, denn er fuhr fort: »Außer mir braucht Elaine keinen Menschen. Und schon gar nicht so eine Krücke wie dich.« Er lächelte gerade so viel, dass seine Schneidezähne unter seinen Lippen zum Vorschein kamen. Sie waren auffallend groß und sprangen stark vor. Ein richtiges Pferdegebiss. Er fügte rasch hinzu: »Deine Dienste sind hier nicht mehr länger gefragt. Im Klartext: Du bist gefeuert, du Arschloch. Sie braucht dich nicht mehr. Es gibt also keinen Grund mehr, noch länger hier rumzuhängen wie ein Schlüpfer an der Wäscheleine. Verschwinde. Los, verpiss dich!«

»Ich weiß nicht recht«, antwortete ich. »Eigentlich bin ich hier, weil Elaine mich darum gebeten hat. Aber wenn sie natürlich möchte, dass ich gehe …«

»Sag's ihm, Elaine.«

»Matt …«

»Los, sag's ihm.«

»Matt, du solltest vielleicht besser gehen.«

Ich sah sie an und versuchte in ihrer Miene abzulesen, was tatsächlich in ihr vorging. »Willst du wirklich, dass ich gehe?«

»Ja, ich glaube, du solltest jetzt besser gehen.«

»Wie du meinst«, erklärte ich nach kurzem Zögern achselzuckend.

Ich ging zu dem Tisch, auf den ich meinen Revolver gelegt hatte.

»Halt! Was hast du vor?«, fuhr mich Motley an.

»Na, was wohl? Ich hole mir meine Kanone wieder.«

»Das geht leider nicht.«

»Dann kann ich leider auch nicht gehen«, sagte ich ganz ruhig. »Das ist mein Dienstrevolver. Ich bekäme eine Menge Scherereien, wenn ich ihn einfach hier ließe.«

»Ich breche ihr den Arm.«

»Meinetwegen kannst du ihr auch das Genick brechen. Aber ich gehe nicht eher, als bis ich meine Knarre wieder einstecken habe.« Und nach kurzem Nachdenken fügte ich hinzu: »Hör zu, ich mache dir einen Vorschlag. Ich werde den Revolver ganz vorne am Lauf nehmen. Schließlich habe ich nicht vor, damit auf jemanden zu schießen. Aber ohne dieses Ding gehe ich nicht.«

Während er sich das durch den Kopf gehen ließ, machte ich zwei weitere Schritte auf den Tisch zu und nahm den Revolver am Lauf. Außerdem achtete ich darauf, ihn so zu halten, dass er ihn ständig im Auge hatte und sehen konnte, dass ihm davon keine Gefahr drohte. Im Übrigen hätte ich ihn sowieso nicht erschießen können, da er Elaine genau zwischen sich und mir hielt. Ich konnte ganz deutlich sehen, dass sich seine Finger tief in ihre Haut gruben. Falls sie deswegen Schmerzen hatte, war sie sich dessen jedoch vermutlich gar nicht bewusst. Alles, was sich in ihrem Gesicht abzeichnete, waren Angst und Verzweiflung.

Mit der Waffe in der Hand machte ich ein paar Schritte schräg nach rechts, sodass ich mich einerseits ihm ein Stück näherte, zugleich aber auch den Couchtisch zwischen ihn und mich brachte. Ich sagte: »Eines muss man dir lassen: Du hast mich eben ganz schön dumm aussehen lassen. Wie bist du eigentlich am Türsteher vorbeigekommen?«

Er grinste nur.

»Und dann auch noch in die Wohnung?«, fuhr ich fort. »Das Türschloss ist an sich nicht so leicht zu knacken, und Elaine hat steif und fest behauptet, dass du keinen Schlüssel hast. Oder hast du doch einen? Oder hat sie dir sogar selbst aufgemacht?«

»Steck die Kanone weg«, knurrte er nur. »Und verpiss dich endlich.«

»Ach, den Revolver meinst du? Macht er dich nervös?«

»Steck ihn endlich weg.«

»Wenn er dich nervös macht – da!« Gleichzeitig warf ich ihm den Revolver zu.

Er hatte Elaine fest am Arm gepackt. Das war sein Fehler. Denn dadurch verzögerte sich seine Reaktion. Bevor er irgendetwas tun konnte, musste er sie loslassen. Stattdessen packte er sie nur noch fester am Arm, sodass sie vor Schmerzen laut aufschrie. Erst dann ließ er sie los, um den Revolver aufzufangen. Aber inzwischen hatte ich bereits mit voller Wucht gegen den Couchtisch getreten, sodass er gegen sein Schienbein flog. Ich stürzte mich auf ihn, und wir taumelten quer durchs Zimmer, bis er ganz dicht neben dem Fenster mit dem Rücken so heftig gegen die Wand schlug, dass ihm die Luft wegblieb. Er sackte zu Boden, und ich kam direkt auf ihm zu liegen. Aber ich riss mich von ihm los und sprang auf, während er gegen die Wand gelehnt mit gestreckten Beinen sitzen blieb. Ich verpasste ihm einen Kinnhaken, worauf sich sofort ein glasiger Schimmer über seine Augen legte. Dann packte ich ihn am Revers seiner Jacke, schmetterte seinen Hinterkopf gegen die Wand und versetzte ihm drei mächtige Magenschwinger. Seine Bauchdecke war zwar hart wie Stahl, aber ich legte mein ganzes Gewicht in die Schläge, und dem hatte auch er nichts entgegenzusetzen. Er sackte vornüber, und ich rammte ihm mit voller Wucht den Ellbogen gegen das Kinn. Darauf gingen ihm endgültig die Lichter aus.

Er lag wie ein Mehlsack vor mir auf dem Boden. Nur Kopf und Schultern waren noch gegen die Wand gelehnt; ein Bein war leicht angewinkelt, das andere durchgestreckt. Schwer atmend stand ich über ihm und starrte auf ihn hinab. Seine rechte Hand lag mit gespreizten Fingern flach auf dem Boden. Ich hatte noch ganz deutlich in Erinnerung, wie sich diese Finger tief in Elaines Arm gegraben hatten. Ich war versucht, meinen Fuß ein Stück nach vorn zu schieben, sodass er auf seiner Hand zu stehen kam, und dann mein ganzes Gewicht auf diesen Fuß zu legen – nur um zu sehen, wie das diesen starken Fingern bekam.

Stattdessen nahm ich meinen Revolver wieder an mich und steckte ihn in meinen Gürtel. Dann wandte ich mich Elaine zu. In ihr Gesicht war inzwischen wieder etwas Farbe zurückgekehrt. Sie sah zwar noch immer nicht gerade aus wie das blühende Leben, aber immerhin schon wesentlich besser als noch vor wenigen Augenblicken, als sie ihm noch wehrlos ausgeliefert gewesen war.

Sie sah mich fragend an. »Du hast vorhin gesagt, es wäre dir egal, ob er mir das Genick bricht ...«

»Für wen hältst du mich eigentlich? Du musst doch gemerkt haben, dass das nur ein Ablenkungsmanöver war.«

»Natürlich. Mir war sofort klar, dass du irgendwas vorhattest. Aber trotzdem hatte ich schreckliche Angst, es könnte schiefgehen. Jedenfalls hätte ich ihm durchaus zugetraut, dass er mir dann tatsächlich das Genick gebrochen hätte – und sei es nur, um zu sehen, ob es dir wirklich nichts ausmacht.«

»Dieser Dreckskerl wird niemandem mehr das Genick brechen«, knurrte ich. »Aber erst muss ich mir was einfallen lassen, wie sich das am besten bewerkstelligen lässt.«

»Wirst du ihn denn nicht verhaften?«

»Natürlich werde ich das. Aber ich fürchte, sie werden ihn wieder laufen lassen.«

»Das ist doch wohl nicht dein Ernst! Nach allem, was passiert ist?«

»Solche Fälle sind vor Gericht verdammt schwer durchzubringen«, klärte ich sie auf. »Du bist eine Nutte. Und du wirst kaum einen Geschworenen finden, der sich von Gewaltanwendung gegen eine Nutte groß beeindrucken lässt – es sei denn, die Arme hatte das Pech, an den Folgen zu sterben.«

»Er hat behauptet, schon mal ein Mädchen umgebracht zu haben.«

»Damit wollte er vermutlich nur ein bisschen angeben. Und selbst wenn es so wäre – was ich durchaus für möglich halte –, wissen wir nicht, wer dieses Mädchen war oder wann er sie umgebracht hat. Wie willst du ihn deswegen also vor Gericht bringen? Bestenfalls können wir ihm tätlichen Widerstand gegen die Festnahme durch einen Polizeibeamten anhängen. Aber jeder Anwalt, der sein Geld auch nur annähernd wert ist, würde sofort unsere Beziehung dazu heranziehen, um eine Anklage von vorneherein abzuschmettern.«

»Wie?«

»Er würde den Sachverhalt so darstellen, als wäre ich dein Zuhälter. Und das würde vollauf genügen, um einen Freispruch für seinen Mandanten zu bekommen. Und selbst wenn wir unsere Beziehung ins allerbeste Licht rücken könnten, würde dadurch eine Verurteilung ganz erheblich erschwert. Das Problem ist folgendes: Vor Gericht bin ich nichts weiter als ein verheirateter Polizist, der mit einem Callgirl befreundet ist. Und nun frage ich dich: Welchen Eindruck würde das wohl auf die Geschworenen machen – von der Presse mal ganz zu schweigen.«

»Hast du nicht gesagt, er wäre schon mehrmals festgenommen worden?«

»Natürlich. Und immer wegen derselben Vergehen. Aber davon würden die Geschworenen nichts erfahren.«

»Wieso? Weil alle früheren Verfahren eingestellt wurden?«

»Nein, sie würden nicht einmal etwas davon erfahren, wenn er zu einer Haftstrafe verurteilt worden wäre. Die Vorstrafen des Angeklagten dürfen in einem Strafprozess nicht zur Sprache gebracht werden.«

»Warum denn das?«

»Keine Ahnung«, erwiderte ich. »Ich konnte das auch nie verstehen. Angeblich werden dadurch Vorurteile gegen den Angeklagten geschürt. Aber andrerseits möchte man doch meinen, dass gerade das Vorstrafenregister ganz wesentlich dazu beitragen könnte, sich ein Bild von der Person des Angeklagten zu machen. Deshalb finde ich, dass die Geschworenen unbedingt über seine Vorgeschichte Bescheid wissen sollten.« Ich hob die Schultern. »Natürlich könnte auch noch Connie gegen ihn aussagen. Er hat auch sie bedroht und misshandelt. Die Frage ist nur, ob sie tatsächlich bereit wäre, vor Gericht gegen ihn auszusagen.«

»Das weiß ich nicht.«

»Ich kann es mir jedenfalls nicht vorstellen.«

»Vermutlich hast du recht.«

»Aber vielleicht weiß ja auch unser Freund selbst einen Ausweg.« Ich beugte mich über Motley. Er war noch immer bewusstlos. Anscheinend hatte er ein Glaskinn. Es gab mal einen Boxer, Bob Satterfield. Was der an Schlägen einstecken konnte, ging auf keine Kuhhaut. Aber wehe, ein Gegner hat ihn am Kinn erwischt – dann lag er prompt auf der Schnauze und blieb dort auch liegen, bis ihn der Ringrichter ausgezählt hatte. Der Kerl war dann so was von weg, dass ihn nicht mal ein Bombenangriff zum Aufwachen gebracht hätte.

Ich bückte mich und schob die Hand in Motleys Jackentasche. Dann richtete ich mich wieder auf und zeigte Elaine, was ich dort gefunden hatte. »Das ist schon mal etwas«, sagte ich. »Eine Baby-Automatik, vermutlich eine 25er. Sicher ist die Waffe nicht registriert, und noch mehr würde es mich wundern, wenn unser Freund einen Waffenschein hätte. Das wäre krimineller Besitz einer tödlichen Waffe zweiten Grades – ein typisches Vergehen der Kategorie C.«

»Wäre das denn schlimm für ihn?«

»Das Genick würde es ihm nicht gleich brechen. Aber zumindest würde seine Kaution schon mal so hoch angesetzt, dass er sie unter keinen Umständen aufbringen könnte. Außerdem möchte ich ihm was anhängen, das sein Anwalt nicht so ohne weiteres mit ein paar schönen Worten unter den Teppich kehren kann. Diese miese Ratte gehört hinter Gitter. Und zwar möglichst lange.« Ich sah Elaine forschend an. »Würdest du gegen ihn aussagen?«

»Wie meinst du das?«

»Würdest du ihn vor Gericht beschuldigen?«

»Na klar.«

»Nicht nur das. Würdest du auch unter Eid eine Falschaussage machen?«

»Was soll ich sagen?«

Ich sah sie kurz prüfend an. »Du wärst also tatsächlich dazu bereit?«, sagte ich schließlich. »Also gut. Ich werde es riskieren.«

»Was hast du vor?«

Mit dem Taschentuch wischte ich die Automatik von sämtlichen Fingerabdrücken sauber. Dann schob ich meinen Arm hinter Motleys Rücken und richtete ihn in eine halb sitzende Position auf. Er war schwerer, als er aussah, und sein Körper fühlte sich ungewöhnlich hart an. Selbst in bewusstlosem Zustand hatten sich seine Muskeln nicht gänzlich entspannt.

Ich drückte ihm die Pistole in die Hand, krümmte seinen Zeigefinger um den Abzug und entsicherte die Waffe. Dann legte ich meine Hand über die seine, wuchtete ihn noch ein Stück weiter hoch und linste kurz über den Lauf der Automatik, um mich zu vergewissern, worauf sie gerichtet war. Sie zielte genau auf eines der Gemälde in Elaines Wohnung, und zwar auf das, das später fünfzigtausend Dollar wert werden sollte. Ich bewegte seinen Arm einen Stück nach links, drückte seinen Finger gegen den Abzug und schoss ein Loch in die Wand. Den zweiten Schuss platzierte ich etwas höher, und den dritten ließ ich fast in die Decke gehen. Anschließend ließ ich Motley wieder los, sodass er wieder in seine alte Stellung zurücksackte. Die Automatik plumpste neben ihm auf den Fußboden.

Dann sagte ich zu Elaine: »Er hat mich mit vorgehaltener Waffe bedroht. Ich habe gegen den Couchtisch getreten und ihn damit am Schienbein getroffen. Deswegen hat er das Gleichgewicht verloren. Aber im Fallen hat er noch drei Schüsse abgefeuert. Erst dann konnte ich mich auf ihn stürzen und ihn überwältigen.«

Elaine nickte. Sie wirkte plötzlich sehr konzentriert. Falls sie die Schüsse erschreckt hatten, so hatte sie sich sehr rasch wieder von dem Schock erholt. Das Krachen war allerdings nicht sehr laut gewesen, und die kleinkalibrigen Geschosse hatten außer ein paar kleinen Löchern im Putz keinerlei Schaden angerichtet.

»Er hat mehrere Schüsse auf mich abgefeuert«, fuhr ich fort. »Er hat versucht, einen Polizisten zu töten. Und das werden sie ihm nicht durchgehen lassen.«

»Ich werde alles beschwören.«

»Ich weiß«, sagte ich. »Ich weiß, dass ich mich auf dich verlassen kann.« Ich trat auf sie zu und hielt sie lange in den Armen. Anschließend ging ich ins Schlafzimmer, holte die Flasche mit dem Bourbon und nahm einen kleinen Schluck. Dann griff ich nach dem Telefon und meldete den Vorfall. Den Rest trank ich, während ich auf das Eintreffen der Polizei wartete.

Kapitel 4

Es kam jedoch nicht so weit, dass Elaine aussagen musste; zumindest nicht vor Gericht. Stattdessen gab sie eine eidesstattliche Erklärung zu Protokoll und legte ihren Meineid ganz ungeniert schriftlich nieder. Im Übrigen hielt sie sich dabei durchaus an die Tatsachen, zumindest bis zu dem Punkt, an dem Motleys Automatik ins Spiel kam; von da an gab sie den Hergang so wieder, wie ich es mit ihr verabredet hatte. Meine Darstellung des Tathergangs stimmte bis ins kleinste Detail mit ihren Angaben überein und wurde durch die Indizien zusätzlich bestätigt. Motleys Fingerabdrücke befanden sich an genau den Stellen seiner Automatik, wo sie auch hingehörten; außerdem wurden beim Paraffintest an seiner rechten Hand Nitratspuren festgestellt – eindeutiger Beweis dafür, dass er die Waffe abgefeuert hatte. Seine Automatik war übrigens nicht registriert, und noch weniger hatte er einen Waffenschein dafür.

Er schwor natürlich alle heiligen Eide, dass er die Automatik noch nie zuvor gesehen, geschweige denn einen Schuss daraus abgefeuert hatte. Darüber hinaus behauptete er, er hätte mit Elaine telefonisch einen Termin vereinbart und sie anschließend in ihrer Wohnung in der Fifty-first Street aufgesucht. Er hätte sie in fraglicher Nacht zum ersten Mal gesehen und wäre auch nicht dazu gekommen, ihre Dienste in Anspruch zu nehmen, da plötzlich ich aufgetaucht wäre und ihn um seine gesamte Barschaft zu erleichtern versucht hätte; da er dabei jedoch nicht mitspielen wollte, wäre ich handgreiflich geworden. Das nahm ihm allerdings kein Mensch ab. Wie kam es zum Beispiel, dass Elaine Mardell erst eine Woche vor dem fraglichen Zwischenfall Anzeige gegen ihn erstattet hatte, obwohl er sie angeblich in besagter Nacht zum ersten Mal gesehen hatte? Und wenn sein Vorstrafenregister auch den Geschworenen nicht zur Einsicht vorgelegt werden durfte, so kannten es der Staatsanwalt und der Richter umso genauer. Und so setzte letzterer die Kaution auch prompt auf eine Viertelmillion Dollar fest. Mit der Begründung, sein Mandant sei nicht vorbestraft, legte Motleys Anwalt dagegen zwar scharfen Protest ein, aber da alle bisherigen Festnahmen des Angeklagten aufgrund von Gewalttätigkeit gegen Frauen erfolgt waren und auch Connie Cooperman eine entsprechende Aussage machte, lehnte der Richter den Antrag auf Herabsetzung der Kaution ab.

Motley musste also in einer Zelle auf den Beginn seiner Verhandlung warten. Die Staatsanwaltschaft erhob wegen einer ganzen Reihe von Punkten Anklage gegen ihn. Der schwerwiegendste davon war versuchter Mord an einem Polizeibeamten. Nach eingehender Überprüfung des vorliegenden Beweismaterials sowie der Vorgeschichte seines Mandanten schlug der Verteidiger schließlich einen Vergleich vor, auf den die Staatsanwaltschaft ohne langes Hin und Her einging. Mit dem Fall war nicht groß Staat zu machen, das öffentliche Interesse daran war vergleichsweise gering, und nicht zuletzt hätten Elaine und ich nach einem scharfen Kreuzverhör ziemlich dumm dastehen können. Warum sollten sich Anklage und Verteidigung also nicht ohne Verhandlung einig werden und dem Staat auf diese Weise auch noch eine Menge Geld und Zeit ersparen? Der Hauptanklagepunkt wurde auf eine versuchte Verletzung von Paragraph 120 Absatz 11 abgeschwächt, was auf gut Deutsch hieß: massive Tätlichkeit gegen einen Polizeibeamten. Die restlichen Nebenklagepunkte wurden fallen gelassen, und als Gegenleistung trat James Leo Motley vor und bekannte sich vor Gott und aller Welt der gegen ihn erhobenen Anschuldigungen für schuldig. In Berücksichtigung von Motleys früheren Vergehen sowie der Tatsache, dass er wegen keinem von ihnen verurteilt worden war, verhängte der Richter schließlich in salomonischer Weisheit unter Anrechnung der bereits in Untersuchungshaft verbrachten Zeit eine Gefängnisstrafe zwischen einem und zehn Jahren.

Nach der Urteilsverkündung bat Motley darum, etwas sagen zu dürfen. Der Richter gab seinem Antrag mit dem Hinweis statt, dass er dazu auch schon vor dem Urteilsspruch Gelegenheit gehabt hätte. In weiser Voraussicht hatte Motley seine Zunge allerdings noch so lange im Zaum gehalten; hätte er nämlich dieselbe Erklärung schon vor der Urteilsverkündung abgegeben, hätte ihm der Richter mit Sicherheit eine höhere Strafe aufgebrummt.

Was er sagte, war folgendes: »Dieser Polizist hat mich reingelegt. Das weiß ich genauso gut wie er, dieses verkappte Zuhälterschwein. Wenn ich wieder draußen bin, kann er sich auf was gefasst machen. Und seine zwei Schnallen genauso.« Dann drehte er sich zur Seite und deutete mit seinem langen Kinn auf mich. »Hast du gehört, Scudder? Du und deine Weiber. Wir haben noch eine Rechnung offen.«

Es ist nicht weiter ungewöhnlich, dass verurteilte Verbrecher mit wilden Drohungen um sich werfen. Kaum einer, der den an seiner Verurteilung Beteiligten nicht erbitterte Rache schwört, und genauso ist natürlich jeder unschuldig und nur das Opfer hinterhältiger Machenschaften. Wenn man das öfter zu hören bekam, hätte man allen Ernstes glauben können, in unseren Gefängnissen säßen nur Unschuldige.

Motley hörte sich allerdings an, als wäre es ihm ernst. Aber auch das trifft eigentlich auf alle zu. Und am Ende kommt doch nichts dabei heraus.

Das alles lag nun schon gut zwölf Jahre zurück. Zwei, drei Jahre später hatte ich bei der Polizei meinen Abschied eingereicht – die Gründe dafür hatten jedoch nichts mit Elaine Mardell oder James Leo Motley zu tun. Der endgültige Auslöser, wenn auch vermutlich nicht der wahre Grund für diese Entscheidung war ein Vorfall, der sich eines Abends nach Dienstschluss in einer Kneipe in Washington Heights ereignete. Ich genehmigte mir am Tresen gerade einen Drink, als zwei Männer die Bar überfielen und auf dem Weg nach draußen den Barmann erschossen. Ich folgte ihnen auf die Straße hinaus und eröffnete das Feuer auf sie. Einer der beiden Einbrecher erlag seinen Verletzungen. Allerdings wurde von einem Querschläger aus meiner Waffe auch ein sechsjähriges Mädchen tödlich getroffen. Ich weiß zwar nicht, was die Kleine um diese Zeit noch auf der Straße zu suchen hatte, aber mit dem gleichen Recht hätte man das auch mich fragen können.

Meine Vorgesetzten machten mir zwar keinerlei Vorwürfe aus dem Zwischenfall; im Gegenteil, mein Vorgehen wurde sogar ausdrücklich gutgeheißen. Trotzdem verging mir davon endgültig die Lust an meinem Job und an dem Leben, das ich bis dahin geführt hatte. Ich reichte bei der Polizei meinen Abschied ein, und ziemlich genau zum gleichen Zeitpunkt gab ich es auch auf, weiter den treusorgenden Familienvater zu spielen. Ich zog zu Hause aus und nahm mir ein Zimmer in einem Hotel, wo gleich um die Ecke eine Kneipe war.

Meine Erinnerungen an die darauf folgenden sieben Jahre sind etwas verschwommen, obwohl es ihnen gewiss nicht an Glanzlichtern fehlte. In dieser Phase erwies mir der Alkohol lange treue Dienste. Aber irgendwann verkehrte sich das ins Gegenteil. Trotzdem soff ich unverdrossen weiter, weil ich das Gefühl hatte, gar keine andere Wahl zu haben. Dann begann ich immer häufiger in irgendeiner Ausnüchterungsstation zu landen, und wenn ich wieder zu mir kam, fehlten mir oft bis zu drei, vier Tage. Irgendwann bekam ich einen schweren Anfall. Tja, und dann passierte etwas.

All das und mehr war Vergangenheit, doch die Gegenwart heute und morgen ...

»Er ist wieder draußen«, sagte Elaine.

»Aber das ist er doch schon seit Jahren. Warum sollte er erst jetzt, nach so langer Zeit, zugeschlagen haben? Ich muss allerdings zugeben, dass ich es damals lieber gesehen hätte, wenn ihm der Richter ein paar Jahre mehr aufgebrummt hätte.«

»Davon hast du mir nie etwas erzählt.«

»Ich wollte dich nicht unnötig beunruhigen. Er bekam zwischen einem und zehn Jahren. Demnach hätte er schon nach weniger als einem Jahr wieder entlassen worden sein können. Davon bin ich damals allerdings nicht ausgegangen; Motley ist nicht der Typ, der bei den Mitgliedern eines Bewährungsausschusses sonderlich gut ankommt und bereits nach Verbüßung der Mindeststrafe wieder auf die Menschheit losgelassen wird. Trotzdem würde ich ihm bestenfalls drei bis vier Jahre – allerhöchstens fünf – geben. Und über so lange Zeit retten nur die allerwenigsten ihren Hass hinweg. Selbst wenn er also fünf Jahre gesessen hätte, hieße das, dass er schon wieder sieben Jahre auf freiem Fuß ist. Weshalb sollte er also so lange gewartet haben, um es Connie heimzuzahlen?«

»Woher soll ich das wissen?«

»Was willst du jetzt tun, Elaine?«

»Keine Ahnung. Aber wenn ich ehrlich bin, würde ich am liebsten auf der Stelle meine Koffer packen und mir ein Taxi zum Flughafen nehmen. Und genau das werde ich, glaube ich, auch tun.«

Obwohl ich ihre Reaktion gut verstehen konnte, sagte ich ihr, dass ich diese Entscheidung für etwas überstürzt hielt. »Ich werde gleich morgen früh ein bisschen rumtelefonieren«, schlug ich ihr vor. »Es ist keineswegs auszuschließen, dass er in der Zwischenzeit wieder etwas ausgefressen hat und längst wieder im Knast sitzt. Warum also nach Brasilien fliegen, wenn er hinter Gittern ist.«

»Ich hatte eigentlich mehr an Barbados gedacht.«

»Oder vielleicht ist er sogar schon tot«, fuhr ich fort. »Bei einer Type wie Motley hätte es mich schon damals nicht gewundert, wenn er nur in einem Sarg wieder rausgekommen wäre. Ein Kerl wie der macht sich schnell unbeliebt, und vor allem im Knast hat so jemand dann schnell ein Messer zwischen den Rippen.«

»Aber wer soll mir dann den Zeitungsausschnitt geschickt haben?«

»Darüber können wir uns den Kopf zerbrechen, wenn wir mit Sicherheit wissen, dass er es nicht gewesen sein kann.«

»Na gut. Und noch etwas, Matt. Würde es dir viel ausmachen, heute Nacht hier zu bleiben?«

»Natürlich nicht.«

»Ich weiß, ich bin ein bisschen hysterisch, aber mir wäre trotzdem wohler in meiner Haut. Macht es dir auch bestimmt nichts aus?«

»Nein, ganz bestimmt nicht.«

Sie legte ein Laken über die Couch und bezog mir frisches Bettzeug. Erst hatte sie mir sogar angeboten, ob ich nicht das Bett mit ihr teilen wollte, aber ich hatte ihr erklärt, dass ich lieber auf der Couch schlafen würde; ich fühlte mich noch zu überdreht, um einschlafen zu können, und wollte sie mit meinem ständigen Rumgewälze nicht stören. »Du würdest mich aber bestimmt nicht stören«, meinte sie darauf. »Ich werde nämlich ein Seconal nehmen. Das mache ich etwa drei –, viermal im Jahr. Und dann könnte das ganze Haus über mir einstürzen, ohne dass ich davon wach werde. Möchtest du nicht auch eines nehmen? Das ist genau das Richtige, wenn man total überdreht ist. Davon bist du schon weg, bevor du dich richtig abgeregt hast.«

Ich lehnte jedoch trotzdem dankend ab und entschied mich für die Couch. Nachdem sie zu Bett gegangen war, zog ich mich bis auf die Unterhose aus und schlüpfte unter die Decke. Es gelang mir nicht, die Augen geschlossen zu halten. Immer wieder schlug ich sie auf und schaute auf die Lichter von Queens auf der anderen Seite des Flusses hinaus. Ein paarmal weinte ich wehmütig der verschmähten Schlaftablette nach, aber im Grunde war mir völlig klar, dass ich sie unter keinen Umständen genommen hätte. Als trockener Alkoholiker kann ich es mir nicht leisten, irgendwelche Schlaf –, Beruhigungs –, Schmerz – oder Aufputschmittel zu nehmen, die stärker sind als ein Aspirin. Sie sollen nicht nur den Ausnüchterungsprozess beeinträchtigen, sondern auch die dafür nötige Grundeinstellung untergraben; jedenfalls heißt es, dass fast alle, die solche Mittel nehmen, früher oder später wieder zu trinken anfangen.

Für eine Weile muss ich wohl doch geschlafen haben, obwohl ich das Gefühl hatte, eine schlaflose Nacht hinter mir zu haben, als endlich die Sonne aufging und die ersten Strahlen durch das Wohnzimmerfenster fielen. Ich ging in die Küche und setzte frischen Kaffee auf. Dann steckte ich ein altes Brötchen in den Toaster und spülte es mit zwei Tassen Kaffee hinunter.

Ich warf einen Blick ins Schlafzimmer. Elaine schlief noch. Sie lag auf der Seite und hatte die Beine hochgezogen. Das Gesicht war tief im Kissen vergraben. Auf Zehenspitzen schlich ich an ihrem Bett vorbei ins Bad und duschte. Auch davon wurde sie nicht wach. Nachdem ich mich abgetrocknet hatte, ging ich in den Wohnraum zurück und zog mich an. Inzwischen war es auch spät genug, um die nötigen Anrufe zu machen.

Es waren eine ganze Menge, und manchmal war es mit ziemlichem Aufwand verbunden, die Person zu erreichen, die ich sprechen wollte. Aber ich ließ nicht locker, bis ich herausgefunden hatte, was ich wissen wollte. Erst dann schaute ich wieder zu Elaine ins Schlafzimmer. Sie lag noch immer genauso da wie zuvor, und in einem Moment plötzlicher Panik dachte ich, sie wäre tot. Mir kamen mit einem Mal die verrücktesten Ideen. Vielleicht hatte er sich schon vor Tagen Zutritt zu ihrer Wohnung verschafft und hatte ihre Seconal-Kapseln mit Zyanid versetzt. Oder er war eben erst, während ich mich unruhig auf dem Sofa gewälzt hatte, wie ein Geist durch Türen und Wände gekommen, hatte sie im Schlaf erstochen und sich dann unbemerkt wieder aus dem Staub gemacht.

Das war natürlich alles Unsinn, wie ich mich sehr rasch selbst überzeugen konnte. Ich ließ mich neben Elaine auf die Knie nieder und lauschte ihrem ruhigen Atem. Das änderte jedoch nichts an der Tatsache, dass ich mir nun nicht mehr länger etwas vormachen konnte, wie mir bei dieser Geschichte tatsächlich zumute war. Zugleich hatte mich dieser kleine Anfall von Panik jedoch auch auf eine Idee gebracht. Ich ging ins Wohnzimmer zurück, holte mir das Branchenfernsprechbuch und griff noch einmal nach dem Telefon.

Der Mann vom Schlüsseldienst kam gegen zehn. Nachdem ich ihm erklärt hatte, was ich wollte, führte er mir die verschiedenen Modelle vor. Nachdem ich mich für eins entschieden hatte, machte er sich in der Küche an die

Arbeit. Erst, als er auch im Wohnraum schon halb fertig war, hörte ich, wie sich im Schlafzimmer etwas rührte. Ich ging nach nebenan.

»Was ist das für ein Geräusch?«, wollte Elaine als Erstes wissen. »Ich dachte schon, du würdest staubsaugen.«

»Nein, das ist ein Bohrer. Ich lasse ein paar zusätzliche Schlösser einbauen. Der ganze Spaß wird dich etwa vierhundert Dollar kosten. Möchtest du mit Scheck bezahlen?«

»Nein, lieber in bar.« Sie ging zur Kommode, nahm einen Umschlag aus der obersten Schublade, holte einen Packen Geldscheine heraus und begann sie abzuzählen. »Vierhundert Dollar?« Sie warf mir einen kurzen Blick zu. »Was lässt du hier eigentlich einbauen? Einen Tresor?«

»Nein, nur ein paar Polizeischlösser.«

»Polizeischlösser?« Sie zog fragend eine Braue hoch. »Um die Polizei draußen zu halten – oder drinnen?«

»Das hängt ganz von dir ab.«

»Da sind fünfhundert Dollar. Und lass dir eine Quittung geben.«

»Jawohl, Ma'am.«

»Ich weiß zwar nicht, was mein Steuerberater damit anfängt, aber er ist jedenfalls ganz wild auf Quittungen.«

Während Elaine darauf unter die Dusche ging, kehrte ich ins Wohnzimmer zurück und leistete dem Mann vom Schlüsseldienst Gesellschaft. Als er fertig war, gab ich ihm das Geld und vergaß auch nicht, mir eine Quittung ausstellen zu lassen. Ich legte sie zusammen mit dem Wechselgeld auf den Couchtisch. Kurz darauf kam Elaine aus dem Schlafzimmer. Sie trug eine kurzärmelige rote Bluse mit Schulterbesätzen und eine dieser olivfarbenen Kampfanzughosen, wie man sie sonst von den Diktatoren irgendwelcher Bananenrepubliken kennt. Ich zeigte ihr, wie die Schlösser funktionierten. Zwei waren an der Wohnzimmertür angebracht, eins in der Küche.

»Auf diesem Weg ist er vermutlich vor zwölf Jahren in die Wohnung gelangt.« Ich deutete auf den Notausgang in der Küche. »Wahrscheinlich ist er durch den Hintereingang in das Gebäude gelangt und dann durchs Treppenhaus nach oben gekommen. Das wäre auch die einleuchtendste Erklärung dafür, wie er unbemerkt am Türsteher vorbeigekommen ist. Die Tür ist zwar mit einem Schnappschloss gesichert, aber vielleicht war es damals nicht abgeschlossen. Oder er hatte einen Schlüssel dafür.«

»Ich benutze diese Tür nie.«

»Demnach konntest du also auch nicht wissen, ob sie tatsächlich abgeschlossen war.«

»Wenn ich mir's genau überlege, nein. Sie führt zum Lastenaufzug und zum Müllschlucker. Allerdings nehme ich nur in den seltensten Fällen diese Tür, wenn ich was zum Müllschlucker bringe. Wie du selbst siehst, wird es ein bisschen eng, wenn man sich mit einem Müllsack am Kühlschrank vorbeizwängen will. Deshalb nehme ich normalerweise lieber den kleinen Umweg in Kauf und gehe durch die Wohnungstür nach draußen.«

»Möglicherweise«, fuhr ich fort, »ist er auch bei seinem ersten Besuch bei dir kurz unbemerkt in die Küche verschwunden und hat bei dieser Gelegenheit die Tür von innen aufgeschlossen. In diesem Fall wäre sie beide Male, als er wie aus heiterem Himmel in deiner Wohnung aufgetaucht ist, unverschlossen gewesen. Natürlich hätte sie auch danach noch offen sein müssen. Aber vielleicht hast du diesen Ausgang erst wesentlich später wieder benutzt, so dass dir zu diesem Zeitpunkt gar nichts mehr als besonders ungewöhnlich aufgefallen ist.«

»Das ist durchaus möglich. Ich könnte dann einfach angenommen haben, dass ich die Tür beim letzten Mal abzuschließen vergessen habe.«

»Am besten, du benutzt diese Tür in Zukunft überhaupt nicht mehr.« Ich führte ihr vor, wie der massive Panzerriegel funktionierte; er verlief über die gesamte Breite der Tür und steckte auf beiden Seiten in einem fest in der Wand verankerten Bügel. »Mit diesem Schlüssel hier lässt sich der Panzerriegel sichern und entsichern«, fuhr ich mit meinen Ausführungen fort. »Allerdings würde ich vorschlagen, du lässt diese Tür immer abgeschlossen. Es gibt keine Möglichkeit, sie von außen zu öffnen. Ich habe an der Außenseite ganz bewusst keinen Schließzylinder anbringen lassen. Du kannst die Tür also von außen nicht aufschließen. Aber vermutlich kommst du durch diese Tür ja auch nie in die Wohnung, oder?«

»Nein, natürlich nicht.«

»Diese Tür ist also jetzt für immer dicht. Im Notfall kannst du die Wohnung allerdings jederzeit durch sie verlassen. Aber du kannst sie anschließend nicht mehr von außen verriegeln. Das alte Schnappschloss lässt sich zwar nach wie vor mit einem Schlüssel von außen verschließen, aber mit dem Panzerriegel ist das nur von innen möglich.«

»Ich weiß gar nicht, ob ich überhaupt einen Schlüssel für diese Tür habe«, sagte Elaine. »Aber das ist im Augenblick ja auch nicht weiter wichtig. Ich werde sie einfach die ganze Zeit abgeschlossen lassen, und zwar sowohl das Schnappschloss als auch den Panzerriegel.«

»Gut.« Wir gingen ins Wohnzimmer zurück. »Und jetzt hier.« Ich deutete auf die Tür zum Flur. »Hier habe ich gleich zwei Panzerriegel anbringen lassen. Einer davon funktioniert nach demselben Prinzip wie der in der Küche. Weil an der Außenseite kein Schließzylinder angebracht ist, lässt er sich nur von innen abschließen. Da hätte nicht einmal der ausgefuchsteste Türschlossknacker eine Chance. Das heißt: Wenn du dich in der Wohnung befindest und beide Schlösser zu sind, kommt man von außen nur mit einem Rammbock in die Wohnung. Der zweite Panzerriegel lässt sich allerdings auch von außen abschließen. Das ist der Schlüssel dafür. Der Schließzylinder ist angeblich einbruchsicher, und der Schlüssel selbst lässt sich mit den gängigen Maschinen nicht nachmachen. Du solltest ihn also möglichst nicht verlieren, weil sonst nämlich niemand mehr in deine Wohnung kommt, auch du selbst nicht.«

»Ich werde es mir hinter die Ohren schreiben.«

»Du hast jetzt also ein Optimum an Sicherheit«, fuhr ich fort. »Ich habe auch einen Sicherheitsbeschlag über dem Schließzylinder anbringen lassen, damit er nicht herausgestemmt werden kann; außerdem ist der Schließzylinder selbst aus irgendeiner neuartigen Legierung, die man nicht aufbohren kann. Bei der Gelegenheit habe ich übrigens auch noch gleich über dem alten Schnappschloss einen Sicherheitsbeschlag anbringen lassen. Das hört sich natürlich alles reichlich übertrieben an – vor allem, wenn du tatsächlich noch immer beabsichtigst, dich in die nächste Maschine nach Barbados zu setzen. Aber schaden kann es auf keinen Fall – und das ganz unabhängig von Motley.«

»Weil du gerade von ihm sprichst ...«

»Er ist weder tot noch hinter Gittern.«

»Wann ist er rausgekommen?«

»Im Juli.«

»Erst diesen Juli?« In ihren Augen machte sich Bestürzung breit. »Er wurde zu ein bis zehn Jahren verurteilt und ist erst nach zwölf entlassen worden?«

»Er war nicht gerade das, was man einen Musterhäftling nennt.«

»Kann man denn auch über das gerichtlich festgesetzte Höchstmaß hinaus eingesperrt werden? Ist das nicht gesetzwidrig?«

»Nicht, wenn sich der Betreffende entsprechend schlecht geführt hat. So etwas kommt immer wieder vor. Es kann also durchaus passieren, dass jemand für neunzig Tage ins Gefängnis wandert und nach vierzig Jahren immer noch nicht draußen ist.«

»Mein Gott«, hauchte sie. »Dann hat dieser Gefängnisaufenthalt wohl kaum zu seiner Besserung beigetragen.«

»Sieht nicht danach aus.«

»Er ist im Juli rausgekommen. Demnach hatte er genügend Zeit, um herauszufinden, wo Connie inzwischen lebt und ...«

»Ja, das dürfte in dieser Zeit problemlos herauszufinden gewesen sein.«

»Dann hat er diesen Zeitungsartikel ausgeschnitten und an mich geschickt. Und jetzt treibt er sich irgendwo in der Stadt herum und beobachtet, wie ich es immer mehr mit der Angst zu tun bekomme. Für diesen Kerl gibt es nämlich nichts Schöneres, als sich an der Angst anderer zu weiden.«

»Trotzdem könnte alles nur ein Zufall sein.«

Sie sah mich skeptisch an. »Kannst du mir das vielleicht auch mal erklären?«

»Wie ich bereits gestern Abend gesagt habe: Eine von Connies Bekannten wusste, dass du mit ihr befreundet warst, und wollte dir Bescheid sagen, was passiert ist.«

»Ohne einen kurzen Brief beizufügen? Und ohne ihren Absender anzugeben?«

»Manche Leute bleiben lieber anonym.«

»Und der New Yorker Poststempel?«

Auch dafür hatte ich mir eine Erklärung zurechtgelegt, als ich an diesem Morgen von meinem Platz auf der Couch auf die Skyline von Long Island City hinausgestarrt hatte. »Vielleicht hatte sie deine Adresse nicht. Vielleicht hat sie den Zeitungsausschnitt an einen Bekannten in New York geschickt und ihn gebeten, deine Adresse ausfindig zu machen und den Brief an dich weiterzuleiten.«

»Das hört sich alles ziemlich weit hergeholt an.«

Mir war es eigentlich recht einleuchtend erschienen, als ich auf dem Sofa lag und zusah, wie über der Stadt der Tag anbrach. Inzwischen musste ich allerdings Elaine recht geben.

Noch unwahrscheinlicher erschien mir meine Theorie, als ich eine Stunde später in mein Hotel zurückkehrte. Ich warf einen kurzen Blick in mein Fach. Dort lagen zwar keine neuen telefonischen Nachrichten, aber noch immer die Post vom Vortag, die ich am Abend zuvor an mich zu nehmen vergessen hatte. Es waren die üblichen Werbesendungen und die Monatsabrechnung für meine Kreditkarte. Und ein Umschlag ohne Absender. Nur mit meiner Adresse. In Blockschrift. Mit Kugelschreiber.

Es war der gleiche Zeitungsbericht. Kein Begleitbrief. Keine Notizen an den Rand gekritzelt. Aus irgendeinem Grund las ich den Artikel noch einmal von Anfang bis Ende. Wort für Wort. Ungefähr so, wie man sich einen traurigen alten Film ansieht – in der Hoffnung, er könnte diesmal ein Happy End haben.

Kapitel 5

Vom La Guardia Airport gab es eine United-Airlines-Maschine direkt nach Cleveland. Abflug 13 Uhr 45, Ankunft 14 Uhr 59. Ich packte ein Hemd, ein Paar Socken und Unterwäsche in meine Aktentasche, steckte auch noch das Buch ein, das ich gerade zu lesen versuchte, und nahm mir ein Taxi zum Flughafen. Dort traf ich über eine Stunde vor dem Abflug ein, aber nachdem ich in der Cafeteria eine Kleinigkeit gegessen, die *Times* gelesen und Elaine angerufen hatte, musste ich nicht mehr lange warten.

Wir starteten pünktlich und landeten sogar fünf Minuten früher als geplant am Cleveland-Hopkins International. Bei Hertz stand der Wagen, den ich telefonisch reserviert hatte, schon für mich bereit. Die junge Frau am Schalter hatte mir die Strecke nach Massillon mit einem gelben Marker in eine Straßenkarte eingetragen. Ich brauchte weniger als eine Stunde.

Unterwegs wurde mir bewusst, dass anscheinend auch das Autofahren zu den Dingen gehört, die man nicht mehr verlernt. Jedenfalls war ich in den letzten Jahren ziemlich aus der Übung geraten, und wenn ich mich recht erinnere, war es schon mindestens ein Jahr her, dass ich zum letzten Mal am Steuer eines Autos gesessen hatte. Im Oktober vergangenen Jahres hatte ich mir mit Jan Keane einen Leihwagen genommen, um über ein verlängertes Wochenende ins Amish Country in Pennsylvania zu fahren. Dort hatten wir in der herrlichen Herbstlandschaft lange Spaziergänge gemacht, waren in urigen Kneipen eingekehrt und hatten der hervorragenden heimischen Küche kräftig zugesprochen. Erst hatte alles recht vielversprechend begonnen, aber dann schoben sich ziemlich bald wieder die alten Beziehungsprobleme in den Vordergrund, zu deren Behebung wir diesen Ausflug eigentlich unternommen hatten; wie sich herausstellte, war das einfach zu viel Ballast für einen Kurzurlaub auf dem Land. Unsere Schwierigkeiten waren jedenfalls keineswegs bereinigt, als wir fünf Tage später wieder nach New York zurückkamen. Uns war beiden klar, dass es nun endgültig vorbei war, und zwar nicht nur das Wochenende. In gewisser Hinsicht könnte man sogar sagen, dass unser Wochenendausflug durchaus seinen Zweck erfüllt hatte, wenn auch nicht unbedingt den, den wir uns erhofft hatten.

Das Polizeihauptquartier von Massillon befand sich in einem Neubau in der Tremont Avenue. Ich stellte meinen Leihwagen, einen Ford Tempo, ein paar Häuser weiter am Straßenrand ab und erkundigte mich am Eingang nach Lieutenant Havlicek. Er entpuppte sich als ein großer, kräftig gebauter Mann mit kurzgeschnittenem hellbraunem Haar und deutlich sichtbaren Fettreserven am Bauch und im Gesicht. Er trug einen braunen Anzug und eine braun-golden gestreifte Krawatte. Am Ringfinger seiner linken Hand steckte ein Ehering, an seiner anderen trug er einen Freimaurerring.

Er hatte ein eigenes Büro mit Fotos von seiner Frau und seinen Kindern auf dem Schreibtisch; die Wände zierten gerahmte Belobigungsschreiben verschiedener Bürgergruppen. Er fragte mich, wie ich meinen Kaffee wollte, und ging dann selbst welchen holen.

Wieder zurück, sagte er: »Drei Punkte waren mir nicht ganz klar, als Sie heute Morgen angerufen haben. Stellen wir die also am besten gleich mal klar. Sie sind von der New Yorker Polizei?«

»Das war ich früher mal.«

»Und jetzt haben Sie sich selbständig gemacht?«

»Ich arbeite für ein Detektivbüro namens Reliable.« Ich zeigte ihm meinen Ausweis. »Diese Angelegenheit hat jedoch nichts mit meiner Tätigkeit für diese Firma zu tun. Ich stelle diese Nachforschungen auch nicht im Auftrag eines Klienten an, sondern in eigenem Interesse. Ich bin hier, weil ich glaube, dass die Sturdevant-Morde mit einem alten Fall von mir in Zusammenhang stehen.«

»Wie lange liegt dieser Fall schon zurück?«

»Zwölf Jahre.«

»Und damals waren Sie noch bei der Polizei?«

»Ja. Ich habe einen Mann festgenommen, der bereits mehrfach wegen Gewalttätigkeit gegen Frauen aufgefallen war. In meinem Fall hat er jedoch auch noch mehrere Schüsse aus einer 25er auf mich abgefeuert, weshalb sich Verteidigung und Anklage schließlich auf eine schwere Tätlichkeit gegen einen Polizeibeamten geeinigt haben. Der Richter hat ihm dafür zwar weniger aufgebrummt, als er meiner Meinung nach verdient hätte, aber da seine Führung offensichtlich einiges zu wünschen übrig ließ, wurde er erst vor vier Monaten aus der Haft entlassen.«

»Wenn es nach Ihnen ginge, hätte er wohl lieber gar nicht mehr rauskommen sollen?«

»Als ich mich in Dannemora nach ihm erkundigt habe, hieß es, dass er mit Sicherheit für den Tod von zwei Mitinsassen verantwortlich war und in ein paar anderen Mordfällen zum engsten Kreis der Hauptverdächtigen gehört habe.«

»Warum hat man den Kerl dann überhaupt wieder auf die Menschheit losgelassen?« Er beantwortete seine Frage jedoch gleich selbst. »Es ist natürlich nicht dasselbe, ob man nur weiß, dass jemand etwas getan hat, oder ob man es auch beweisen kann. Und ganz besonders dürfte das vermutlich im Gefängnis gelten.« Er schüttelte den Kopf und nahm einen Schluck Kaffee. »Aber wo besteht nun der Zusammenhang mit dem Mordfall Sturdevant? Phil Sturdevant war ein hochangesehener Mann. Seine Familie und diesen Kerl müssen Welten getrennt haben.«

»Mrs. Sturdevant hat damals noch in New York gelebt. Und sie hat zu den Frauen gehört, die von diesem Motley belästigt wurden.«

»Ist das sein Name? Motley?«

»James Leo Motley. Mrs. Sturdevant – damals hieß sie noch Miss Cooperman – hat Motley wegen Körperverletzung und Erpressung angezeigt. Deshalb hat er ihr nach seiner Verurteilung gedroht, sich an ihr zu rächen.«

»Wenn das alles ist ... Wie lange, sagen Sie, liegt das schon zurück? Zwölf Jahre?«

»Ja.«

»Und sie hat ihn lediglich angezeigt?«

»Im Fall einer zweiten Frau hat er es genauso gemacht. Außerdem hat sie gestern das hier mit der Post bekommen.« Ich schob den Zeitungsausschnitt über seinen Schreibtisch. Genau genommen, handelte es sich dabei nur um eine Fotokopie; aber unter diesen Umständen hätte das eigentlich keinen Unterschied machen dürfen.

»Ach ja, natürlich«, nickte Havlicek. »Das ist aus dem *Evening-Register*.«

»Der Ausschnitt kam in einem einfachen Umschlag. Ohne Absender und ohne Begleitschreiben, mit einem New Yorker Poststempel.«

»Mit einem New Yorker Poststempel? Es war also nicht irgendein Nachgebührenstempel oder so, sondern der Brief wurde tatsächlich in New York aufgegeben?«

»Ja.«

Das ließ er sich eine Weile durch den Kopf gehen, bevor er sagte: »Jetzt beginne ich langsam zu begreifen, warum Sie sich gleich ins Flugzeug gesetzt haben. Trotzdem leuchtet mir nicht recht ein, wie das, was an fraglichem Abend in Walnut Hills passiert ist, auf Mr. Motleys Konto gehen sollte. Es sei denn, er hat mittels magischer Kräfte irgendwelche geheimen Befehle ausgesendet, die Phil Sturdevant mit seinen Amalgamfüllungen empfangen hat.«

»War der Fall denn tatsächlich so klar, dass sie ihn so schnell zu den Akten legen konnten?«

»Allerdings. Aber wenn Sie möchten, können Sie sich gern mal selbst am Tatort umsehen?«

»Wäre das tatsächlich möglich?«

»Ich wüsste nicht, was dagegen spräche. Soviel ich weiß, haben wir hier noch irgendwo einen Hausschlüssel herumliegen. Den werde ich uns gleich mal besorgen. Dann können wir gemeinsam zum Haus der Sturdevants rausfahren und uns dort umsehen.«

Das Haus lag in einer Villengegend am Ende einer Sackgasse. Es war ein zweistöckiger Bau mit einem Steildach und einer Fassade aus Naturstein und Redwoodholz. Der geschmackvoll angelegte Garten war vorwiegend mit Nadelbäumen bepflanzt. Nur in einer Ecke des Grundstücks stand eine kleine Birkengruppe.

Auf dem dezenten grauen Wollteppichboden im Wohnraum lagen mehrere Perserteppiche. Einer davon befand sich vor dem Kamin. Darauf waren mit Kreide die Umrisse einer menschlichen Gestalt eingezeichnet; nur die Beine ragten ein Stück auf den grauen Teppichboden hinaus.

»Hier haben wir ihn gefunden«, sagte Havlicek. »Es muss sich wohl so abgespielt haben: Nachdem er bei uns angerufen hat, ist er zum Kamin gegangen. Sehen Sie den Waffenschrank? Neben der Flinte, mit der er sich erschossen hat, hatte er dort auch noch eine Bockbüchse und eine 22er hängen. Natürlich haben wir die Waffen aus Sicherheitsgründen einbehalten. Sturdevant stand genau hier. Er hat sich den Flintenlauf in den Mund gesteckt und abgedrückt. Sie hätten mal sehen sollen, wie es hier ausgesehen hat. Alles war voller Blut und Knochensplitter. Aus hygienischen Gründen haben wir natürlich längst saubermachen lassen. Aber Sie können sich gern die Fotos vorn Tatort ansehen, wenn Sie wollen.«

»Und hier lag er also? Mit dem Gesicht nach oben?«

»Ja. Die Flinte lag neben ihm auf dem Boden – so ziemlich an der Stelle, wo sie erwartungsgemäß hätte liegen müssen. Irgendwie kommt man sich hier vor wie in einem Leichenschauhaus, finden Sie nicht auch? Kommen Sie, ich zeige Ihnen, wo wir die anderen gefunden haben.«

Die Kinder waren in ihren Betten ermordet worden. Jedes hatte ein eigenes Zimmer, und in jedem bot sich mir derselbe Anblick: blutgetränktes Bettzeug und eine Umrisszeichnung in weißer Kreide, jede ein Stück kleiner als die vorige. Die drei Kinder und die Mutter waren mit demselben Küchenmesser erstochen worden; es wurde im Bad gefunden. Die Leiche von Connie Sturdevant hatte im Elternschlafzimmer gelegen. Die blutige Bettwäsche deutete darauf hin, dass sie im Bett ermordet worden war, aber die weiße Umrisszeichnung befand sich auf dem Boden am Fußende des Betts.

Havlicek sagte: »Wir nehmen an, dass er sie auf dem Bett umgebracht hat und anschließend auf den Boden geworfen hat. Da sie ein Nachthemd anhatte, hat sie vermutlich bereits geschlafen – oder zumindest schon im Bett gelegen.«

»Was hatte Sturdevant an?«

»Einen Schlafanzug.«

»Pantoffeln?«

»Soweit ich mich erinnern kann, war er barfuß. Aber wir können ja auf den Fotos nachsehen. Warum?«

»Ich versuche mir nur ein Bild des Hergangs zu machen. Von welchem Apparat hat er bei der Polizei angerufen?«

»Das weiß ich nicht. Es gibt im Haus mehrere Anschlüsse. Und er hat nach dem Anruf aufgehängt.«

»Haben Sie an einem der Apparate blutige Fingerabdrücke entdeckt?«

»Nein.«

»Hatte er Blut an den Händen?«

»Sturdevant? Er war über und über mit Blut beschmiert. Sein Kopf war übers ganze Wohnzimmer verteilt. Und so was ist in der Regel mit enormem Blutverlust verbunden.«

»Ich weiß. War alles seins?«

»Worauf wollen Sie eigentlich hinaus? Ach so, jetzt verstehe ich. Sie meinen, sein Körper müsste auch Spuren vom Blut seiner Frau und seiner Kinder aufgewiesen haben.«

Ich nickte. »Da auch sie sehr stark geblutet haben, müsste er eigentlich etwas von ihrem Blut abbekommen haben.«

»Im Waschbecken im Bad haben wir jede Menge Blutspuren gefunden; vermutlich hat er sich dort die Hände gewaschen. Ob er allerdings auch Blutspritzer abbekommen hat, die er nicht abwaschen konnte – zum Beispiel an seinem Schlafanzug –, kann ich Ihnen leider nicht sagen. Ich weiß nicht einmal, ob sich ihr Blut überhaupt voneinander hätte unterscheiden lassen. Wäre doch möglich, dass sie alle dieselbe Blutgruppe hatten.«

»Inzwischen gibt es Methoden, mit deren Hilfe sich so etwas sehr genau feststellen lässt.«

Er nickte. »DNA-Analysen und dieser ganze Kram. Davon habe ich selbstverständlich schon gehört. Allerdings war der Fall in unseren Augen so sonnenklar, dass uns der damit verbundene Aufwand in keiner Weise gerechtfertigt erschien. Aber ich weiß jetzt, worauf Sie hinauswollen. Wenn an Sturdevant nur Spuren seines eigenen Bluts festgestellt worden wären, hätte sich automatisch die Frage gestellt: Wie hat der gute Mann seine Frau und seine drei Kinder umgebracht, ohne sich die Hände schmutzig zu machen? Abgesehen davon, hat er sie sich sehr wohl schmutzig gemacht. Aufgrund der Blutspuren im Waschbecken im Bad wissen wir nämlich, dass er sich anschließend gewaschen hat.«

»Demnach müssten sich auf jeden Fall fremde Blutspuren an seiner Leiche befunden haben.«

»Warum? Ach so, weil wir wissen, dass er sich Blut abgewaschen hat; und alles bekommt man so ja nie ab. Wenn sich nun aber kein Blut von seiner Frau und seinen Kindern an seinen Händen und auf seinen Kleidern befunden hätte und wenn wir außerdem Spuren ihres Bluts im Waschbecken im Bad hätten feststellen können, hieße das, dass jemand anderer ihn getötet hat.« Das ließ er sich stirnrunzelnd eine Weile durch den Kopf gehen. »Wenn auch nur der geringste Anlass zu der Annahme bestanden hätte, dass sich der Vorfall anders abgespielt haben könnte, als es den Anschein hatte, hätten wir uns vermutlich eingehender mit diesen Fragen beschäftigt. Aber andererseits hat er doch selbst bei uns angerufen, um seine Tat zu gestehen. Daraufhin haben

wir zwar sofort einen Wagen losgeschickt, aber als die beiden Beamten ankamen, war er bereits tot. Sie wissen ja selbst: Wenn man ein Geständnis hat
und dazu auch noch einen Mörder, der sich nach der Tat selbst gerichtet hat,
nimmt man es bei den Ermittlungen in der Regel nicht mehr allzu genau.«

»Das kenne ich aus eigener Erfahrung nur zu gut«, musste ich ihm bestätigen.

»Und mir ist hier auch heute nichts aufgefallen, was meine Meinung ändern könnte. Das Vorhängeschloss an der Eingangstür haben Sie ja selbst gesehen. Wir haben es angebracht, weil wir die Tür aufbrechen mussten, um
ins Haus zu kommen. Übrigens war von innen die Sicherheitskette vorgelegt
– genauso, wie man eben nachts sein Haus abschließt.«

»Der Mörder könnte das Haus über einen anderen Ausgang verlassen haben.«

»Auch die Küchentür war von innen verriegelt.«

»Er könnte durch ein Fenster ausgestiegen sein und es anschließend wieder zugezogen haben. Das wäre nicht weiter schwierig gewesen. Sturdevant
war vermutlich schon tot, als der Mörder bei der Polizei anrief. Zeichnen Sie
die Anrufe, die bei Ihnen eingehen, auf Band auf?«

»Nein. Wir registrieren sie, aber wir nehmen sie nicht auf Band auf. Machen Sie das denn in New York?«

»Ja, alle Anrufe unter der Notrufnummer werden auf Band aufgezeichnet.«

»Schade, dass das Ganze nicht in New York passiert ist«, murmelte Havlicek. »Dann hätten wir den Anruf auf Band und die Leute vom Labor hätten uns vermutlich genau aufgelistet, was jeder einzelne zum Frühstück hatte.
Aber leider sind wir hier in dieser Hinsicht noch etwas hinter dem Mond.«

»Das wollte ich damit nicht sagen.«

Er dachte kurz nach. »Nein, vermutlich haben Sie es tatsächlich nicht so
gemeint.«

»Anrufe bei den einzelnen Revieren werden auch in New York noch nicht
aufgezeichnet – zumindest war das nicht der Fall, als ich noch bei der Polizei
war. Und auch die Notrufe haben sie nur deshalb aufzuzeichnen begonnen,
weil sich herausstellte, dass den Telefonisten ständig irgendwelche Fehler un-
terliefen. Ich habe absolut nicht vor, hier einen auf Stadtmaus-Feldmaus mit
Ihnen zu machen, Lieutenant, zumal ich fest überzeugt bin, dass wir in so

einem Fall keineswegs sorgfältiger ermittelt hätten als Sie. Wenn Sie etwas von der New Yorker Polizei unterscheidet, dann nur, dass Sie wesentlich zuvorkommender und hilfsbereiter sind, als das Ihre Kollegen in New York in so einem Fall wären. Wenn ein ehemaliger oder auch ein richtiger Polizist von auswärts mit derselben Geschichte nach New York käme, würde er erst einmal gegen eine Menge verschlossener Türen anrennen.«

Darauf sagte Havlicek eine Weile nichts. Erst als wir wieder im Wohnzimmer zurück waren, meinte er: »Wenn ich mir's recht überlege, wäre es wirklich keine so schlechte Idee, alle eingehenden Anrufe auf Band aufzuzeichnen. Zumal es nur mit relativ geringfügigen zusätzlichen Kosten verbunden wäre. Die Frage ist nur, was es in diesem Fall gebracht hätte. Vermutlich denken Sie dabei an einen Stimmenvergleich. Allerdings hätten wir dazu eine Tonbandaufnahme von Sturdevants Stimme benötigt.«

»Das dürfte kein Problem sein. Er hatte doch sicher einen Anrufbeantworter.«

»Das halte ich für ziemlich unwahrscheinlich. Hier in der Gegend sind diese Dinger noch nicht sehr weit verbreitet. Trotzdem könnte es natürlich irgendwo eine Tonbandaufnahme von seiner Stimme geben. Wenn er zum Beispiel eine Videokamera hatte oder sonst etwas in der Art. Ich weiß zwar nicht, ob sich auch solche Aufnahme dafür eignen würden – aber warum eigentlich nicht?«

»Wenn Sie den Anruf auf Band hätten, könnten Sie zumindest eines ganz einfach feststellen«, sagte ich. »Ob der Anrufer Motley war.«

»Das ist allerdings richtig«, pflichtete er mir bei. »Daran habe ich, ehrlich gestanden, nie gedacht. Wenn man bereits einen konkreten Verdacht hat, macht das die Sache natürlich wesentlich einfacher. Angenommen, wir hätten den Anruf auf Band, und die Stimme wäre identisch mit der von diesem Motley, dann könnten wir ihm daraus vielleicht einen Strick drehen.«

»Nicht, solange sie hier keinen neuen Gouverneur kriegen.«

»Das allerdings. Ihr Mann in New York schmettert ja auch sämtliche Bemühungen um eine Wiedereinführung der Todesstrafe hartnäckig ab. Aber im übertragenen Sinn wäre der Kerl damit tatsächlich geliefert.« Er schüttelte den Kopf. »Weil wir gerade bei dem sind, was wir bei den Ermittlungen alles *nicht* getan haben – vermutlich wird es Sie auch nicht sonderlich überraschen, wenn ich Ihnen sage, dass wir auch nicht nach Fingerabdrücken gesucht haben.«

»Weshalb auch? Der Fall schien ja sonnenklar.«

»Sonst führen wir oft jede Menge vollkommen überflüssiger Routineuntersuchungen durch. Wirklich zu dumm, dass wir das in diesem Fall nicht getan haben.«

»Ich glaube nicht, dass Motley Fingerabdrücke hinterlassen hat.«

»Einen Versuch wäre es trotzdem wert gewesen. Ich könnte natürlich die Spurensicherung immer noch das ganze Haus nach Fingerabdrücken absuchen lassen. Allerdings haben sich dort in der Zwischenzeit so viele Leute zu schaffen gemacht, dass ich mir davon nicht viel verspreche. Außerdem hieße das, dass wir den Fall neu aufrollen müssen, und bei aller Liebe, bisher haben mich Ihre Argumente noch nicht davon überzeugt, dass das tatsächlich erforderlich ist.« Er hakte seine Daumen in den Bund seiner Hose und sah mich an. »Glauben Sie wirklich, dass er es war?«

»Ja.«

»Haben Sie irgendwelche konkreten Beweise, durch die sich dieser Verdacht erhärten ließe? Ein Zeitungsausschnitt und ein Umschlag mit einem New Yorker Poststempel, das war vielleicht Anlass genug, um Sie zum Nachdenken zu bringen; aber wir sehen den Fall deswegen noch keineswegs in einem anderen Licht.«

Als wir darauf das Haus verließen, zog Havlicek die Eingangstür hinter sich zu und brachte das Vorhängeschloss wieder an. Inzwischen war es merklich kühler geworden, und die Birken warfen lange Schatten über den Rasen. Ich fragte Havlicek, wann die Morde passiert waren.

»Mittwochnacht«, sagte er.

»Vor genau einer Woche also.«

»Ja, in ein paar Stunden. Der Anruf ging ziemlich genau um Mitternacht ein. Wenn Sie möchten, kann ich Ihnen den Zeitpunkt sogar auf die Minute genau sagen. Wir führen nämlich über alle Anrufe genauestens Buch.«

»Ich wollte nur wissen, wann es passiert ist. Davon stand in dem Zeitungsausschnitt nämlich nichts. Ich bin allerdings davon ausgegangen, dass die Meldung in der Donnerstagabendausgabe stand.«

»Ganz richtig. Die Zeitungen haben auch an den darauffolgenden Tagen noch über den Mord berichtet, aber da keinerlei neue Einzelheiten ans Licht gekommen sind, gab es nicht mehr viel zu schreiben. Nur, dass alle, die ihn kannten, ziemlich überrascht waren; es gab niemanden, der ihm so etwas zugetraut hätte. Eben das Übliche, was man in solchen Fällen von Nachbarn und Bekannten zu hören bekommt.«

»Welche medizinischen Untersuchungen haben Sie eigentlich genau durchführen lassen?«

»Dafür ist der Chef der Pathologie im städtischen Krankenhaus zuständig. Ich glaube nicht, dass er mehr getan hat, als sich die Leichen daraufhin anzusehen, ob ihre Verletzungen auch tatsächlich mit unserer Darstellung des Tathergangs übereingestimmt haben. Warum fragen Sie?«

»Haben Sie die Leichen noch?«

»Meines Wissens sind sie noch nicht freigegeben worden. Das liegt daran, dass noch immer nicht geklärt ist, an wen wir sie überhaupt herausgeben sollen. An was speziell haben Sie dabei gedacht?«

»Glauben Sie, sie sind auf Spermaspuren hin untersucht worden?«

»Herr im Himmel! Sie meinen, er könnte sie vergewaltigt haben?«

»Es wäre zumindest möglich.«

»Wir sind allerdings auf keinerlei Anzeichen gestoßen, dass es zwischen den beiden zu einem Kampf gekommen sein könnte.«

»Erstens ist dieser Motley ziemlich stark, und zweitens könnte sie sich auch ganz bewusst nicht zur Wehr gesetzt haben. Weil Sie mich vorher nach konkreten Beweisen für meine Theorie gefragt haben – wenn sich zum Beispiel Spermaspuren feststellen ließen und wenn sich aufgrund der Laboranalysen außerdem nachweisen ließe, dass sie nicht von Sturdevant stammen ...«

»Das wäre auf jeden Fall schon mal ein Anfang. Möglicherweise ließe sich durch einen Vergleichstest sogar nachweisen, dass die Spuren von diesem Motley stammen. Ich muss Ihnen jedoch ganz ehrlich gestehen, dass ich nicht mal daran gedacht habe, eine Überprüfung auf Spermaspuren anzuordnen. Auf so eine Idee wäre ich nicht im Traum gekommen.«

»Wenn Sie die Leichen noch haben ...«

»Wir könnten die entsprechenden Untersuchungen natürlich auch jetzt noch durchführen lassen. Sie dürfte ja in der letzten Woche kaum mehr geduscht haben.«

»Das würde mich zumindest sehr wundern.«

»Dann wollen wir doch gleich mal sehen«, schlug er vor. »Vielleicht erreichen wir den Doktor sogar noch, bevor er zum Abendessen nach Hause geht. Wenn ich mir's recht überlege – dieser Job muss seinem Appetit nicht gerade zuträglich sein. Ist ja schon unsere normale Polizeiarbeit schlimm genug. Mir ist davon der Appetit allerdings trotzdem noch nicht vergangen.« Er klatschte sich mit einem schuldbewussten Grinsen auf den Bauch. »Kommen Sie«, forderte er mich auf. »Vielleicht erreichen wir den Doc noch.«

Der Pathologe war jedoch bereits nach Hause gegangen. »Er fängt erst morgen früh um acht wieder an«, sagte Havlicek. »Aber wenn ich dich recht verstanden habe, wolltest du sowieso erst morgen wieder nach New York zurückfliegen.«

Wir waren inzwischen zum Du übergegangen. Ich bestätigte ihm, dass ich erst in der Nachmittagsmaschine nach New York einen Platz gebucht hatte.

»Am besten, du nimmst dir im Great Western ein Zimmer«, empfahl er mir. »Es liegt im Osten der Stadt, am Lincoln Way. Wenn du italienisches Essen magst, liegst du im Padula's bestimmt nicht falsch; das ist gleich in der First Street. Ansonsten ist auch das Restaurant im Great Western nicht schlecht. Obwohl, ich habe da noch eine bessere Idee. Ich werde mal kurz meine Frau anrufen und fragen, ob sie nicht noch ein Extragedeck auflegen kann.«

»Das ist wirklich sehr nett, Tom«, winkte ich ab. »Aber ich muss dein freundliches Angebot trotzdem ausschlagen. Ich habe nämlich letzte Nacht so gut wie kein Auge zugedrückt und möchte deshalb nicht riskieren, über meinem Teller einzunicken. Aber wie wär's, wenn ich dich stattdessen morgen zum Mittagessen einlade.«

»Über die Frage, wer da wen einlädt, müssen wir zwar erst noch ein ernstes Wörtchen reden, aber abgemacht: morgen zum Mittagessen. Kommst du morgen früh in mein Büro, damit wir von dort ins Krankenhaus fahren können? Ist dir acht Uhr zu früh?«

»Nein, acht Uhr ist wunderbar.«

Ich ging zu meinem Wagen und fuhr zu dem Motel, das er mir empfohlen hatte. Ich nahm mir ein Zimmer im ersten Stock und stellte mich erst mal lange unter die Dusche. Dann schaute ich auf CNN Nachrichten. Sie hatten einen Kabelanschluss und bekamen dreißig Kanäle herein. Nach den

Nachrichten schaltete ich mit der Fernbedienung erst einmal sämtliche Kanäle durch, bis ich bei einem Privatsender hängen blieb, auf dem sie einen Boxkampf brachten. Allerdings verbrachten die zwei lateinamerikanischen Weltergewichtler die meiste Zeit im Clinch. Ich sah mir den Kampf trotzdem an, und es dauerte eine ganze Weile, bis ich merkte, dass ich gar nicht registrierte, was sich eigentlich auf dem Bildschirm abspielte. Darauf ging ich ins Restaurant runter und bestellte mir ein Kalbskotelett mit gebackenen Kartoffeln und Kaffee. Anschließend kehrte ich wieder auf mein Zimmer zurück.

Dort rief ich Elaine an. Erst meldete sich nur ihr Anrufbeantworter. Aber sobald ich meinen Namen genannt hatte, kam sie selbst ans Telefon. Sie sagte, es ginge ihr den Umständen entsprechend ganz gut, obwohl sie nichts weiter täte, als sich in ihrer Wohnung zu verbarrikadieren und zu warten. Bisher hätte sie noch keine auffälligen Anrufe oder Briefe bekommen. Ich erzählte ihr, was ich in der Zwischenzeit herausgefunden hatte und dass ich am nächsten Morgen ins Krankenhaus fahren würde, um Connies Leiche auf Spermaspuren untersuchen zu lassen.

»Sieh zu, dass er auch hinten nachsieht«, schärfte mir Elaine ein.

Danach unterhielten wir uns noch eine Weile über alle möglichen anderen Dinge. Elaine machte einen erstaunlich gefassten Eindruck. Schließlich sagte ich ihr, ich würde mich nach meiner Ankunft in New York sofort bei ihr melden.

Nachdem ich aufgehängt hatte, zappte ich mich mit der Fernbedienung wieder durchs Programm, ohne jedoch auf eine Sendung zu stoßen, die meine Aufmerksamkeit fesseln konnte.

Ich holte mein Buch aus der Aktentasche. Es waren die *Selbstbetrachtungen* von Marc Aurel, die mir mein AA-Tutor Jim Faber empfohlen hatte. Da er ein paar Sätze daraus zitiert hatte, die sich recht interessant anhörten, ging ich eines Tages ins Strand und erstand dort für ein paar Dollar eine antiquarische Ausgabe der Modern-Library-Übersetzung. Die Lektüre fand ich dann allerdings doch etwas zäh. Ein paar von Marc Aurels Ideen fand ich zwar sehr gut, aber in den meisten Fällen hatte ich ernsthafte Schwierigkeiten, seinen Gedankengängen zu folgen. Und wenn ich mal auf einen Satz stieß, der den Nagel wirklich auf den Kopf traf, dann musste ich das Buch erst mal beiseitelegen, um eine halbe Stunde oder noch länger darüber nachzudenken.

Ich hatte vielleicht zwei Seiten gelesen, als ich auf folgende Textstelle stieß:

Was auch immer geschieht, geschieht genau so, wie es geschehen soll; wenn du dir nur die Mühe machst, genau hinzusehen, wirst du dies für richtig befinden.

Ich klappte das Buch zu und legte es auf den Tisch. Dann versuchte ich mir vorzustellen, was vor einer Woche im Haus der Sturdevants passiert war. Mir war zwar nicht klar, in welcher Reihenfolge er sie umgebracht hatte, aber der Einfachheit halber ging ich davon aus, dass er Sturdevant zuerst ausgeschaltet hatte, weil er die größte Bedrohung für ihn darstellte.

Dagegen sprach allerdings, dass das Krachen der Flinte alle anderen geweckt hätte. Möglicherweise hatte er sich also erst die Kinderzimmer vorgenommen und hatte dort der Reihe nach die zwei Jungen und das Mädchen erstochen.

Und dann Connie? Nein, sie sparte er sich mit Sicherheit bis zum Schluss auf. Er ging ins Bad, um sich zu waschen. Dann setzte er aller Wahrscheinlichkeit nach Connie außer Gefecht, um anschließend ihren Mann mit vorgehaltener Waffe zu zwingen, ihm ins Wohnzimmer zu folgen. Nachdem er ihn dort mit der Flinte erschossen hatte, ging er wieder nach oben und nahm sich Connie vor. Die Frage war nur noch, ob er sie bei dieser Gelegenheit auch vergewaltigt hatte. Das würde sich unter Umständen schon am nächsten Morgen zeigen, falls sich an Connies Leiche auch nach einer Woche noch Spermaspuren feststellen ließen.

Dann der Anruf bei der Polizei, gefolgt von einem kurzen Rundgang durchs Haus, der vor allem dem Zweck diente, sämtliche Fingerabdrücke zu entfernen. Danach noch still und heimlich durchs Fenster ausgestiegen, und weg war er. Fünf Menschen tot, drei davon kleine Kinder. Eine ganze Familie ausgelöscht, bloß weil vor zwölf Jahren eine Frau einen Mann angezeigt hatte, der sich ihr mit brutaler Gewalt aufgedrängt hatte.

Ich hing eine Weile meinen Gedanken über Connie nach. Sein Geld als Callgirl zu verdienen war bestimmt nicht die schlechteste Art, sich über die Runden zu bringen, zumindest nicht unter den Bedingungen, unter denen Connie und Elaine ihrem Job nachgegangen waren – mit einer schönen Wohnung in der East Side und einer exklusiven Klientel. Als sich Connie dann aber die Möglichkeit bot, sich zu verbessern, ergriff sie die Gelegenheit beim Schopf und landete prompt in einer Villa im exklusiven Walnut Hills. Aber dann hatte alles plötzlich ein Ende genommen. Mein Gott, und *was* für ein Ende ...

Was auch immer geschieht, geschieht genau so, wie es geschehen soll. Es war vielleicht ganz interessant, irgendwann einmal an den Punkt zu kommen, an dem man das tatsächlich begriff. Aber so weit war ich wohl noch nicht. Vielleicht sah ich auch nur nicht genau genug hin.

Am nächsten Morgen wurde ich telefonisch geweckt. Nach dem Frühstück packte ich meine Sachen und bezahlte das Zimmer. Punkt acht Uhr nannte ich dem diensthabenden Beamten im Polizeihauptquartier meinen Namen, worauf er mich unverzüglich zu Havliceks Büro durchwinkte.

An diesem Morgen trug Tom einen grauen Anzug und eine andere gestreifte Krawatte, diesmal rot und marineblau. Er kam hinter seinem Schreibtisch hervor, um mir die Hand zu schütteln, und fragte, ob ich eine Tasse Kaffee wollte. Ich sagte, ich hätte schon gefrühstückt.

»Dann fahren wir am besten gleich mal zu Doc Wohlmuth ins Krankenhaus«, schlug er vor.

Es muss in Massillon zwar auch ein paar ältere Gebäude geben, aber trotzdem hatte ich während meines kurzen Aufenthalts in der Stadt noch kein einziges Haus gesehen, das älter als zehn Jahre aussah. Auch das Krankenhaus war neu, die Wände in frischen Pastelltönen gestrichen, die Fußböden blitzsauber. Die Pathologie befand sich im Keller. Wir fuhren in einem lautlosen Lift nach unten und gingen einen langen Korridor hinunter. Havlicek kannte den Weg, und ich folgte ihm einfach.

Ich weiß nicht warum, aber irgendwie hatte ich mir Dr. Wohlmuth als einen bärbeißigen alten Kauz vorgestellt, der schon ein paar Jahre übers Pensionsalter hinaus war. Stattdessen war er jedoch bestenfalls fünfunddreißig, mit einem dichten, strähnigen Blondschopf, einem fliehenden Kinn und einem offenen Jungengesicht wie von einer Norman Rockwell-Illustration.

Nachdem Havlicek uns miteinander bekanntgemacht hatte, schüttelte er mir die Hand, um sich dann aber erst einmal einen längeren, zwischen Polizisten und Rechtsmedizinern offenbar unumgänglichen Schlagabtausch mit Tom zu liefern. Als Havlicek ihn schließlich fragte, ob er an der Leiche von Cornelia Sturdevant irgendwelche Spermaspuren oder andere Hinweise auf sexuelle Aktivitäten entdeckt hätte, machte er aus seiner Verwunderung keinen Hehl.

»Also ehrlich gestanden«, gab er zu, »wusste ich gar nicht, dass ich auf sowas überhaupt achten sollte.«

An dieser Stelle schaltete ich mich ein. »Es besteht nämlich die Möglichkeit, dass dieser Fall wesentlich komplizierter ist, als es ursprünglich den Anschein erweckt hat. Haben Sie die Leiche noch hier?«

»Natürlich.«

»Könnten Sie das vielleicht noch überprüfen?«

»Klar. Vermutlich will sie sowieso niemand haben.« Der Arzt war bereits halb durch die Tür, als mir einfiel, was Elaine gesagt hatte. »Überprüfen Sie die Leiche nicht nur auf vaginale Penetration, sondern auch auf anale«, rief ich ihm hinterher. Ich konnte richtig sehen, wie er zusammenzuckte. Da er sich jedoch nicht umdrehte, weiß ich nicht, was er in diesem Moment für ein Gesicht machte.

»Wird gemacht«, war alles, was er sagte.

Tom Havlicek und ich setzten uns, um auf ihn zu warten. Wohlmuth hatte einen Plexiglaswürfel mit Fotos von seiner Frau und seinen Kindern auf seinem Schreibtisch stehen. Das veranlasste Tom zu der Bemerkung, dass Harvey Wohlmuth eine ausgesprochen nette und sympathische Frau hatte. Nachdem ich ihr Foto ausgiebig bewundert hatte, fragte er mich, ob ich verheiratet wäre.

»Ich war's mal«, antwortete ich. »Aber unsere Ehe ist in die Brüche gegangen.«

»Oh, das tut mir leid.«

»Das ist schon eine Weile her. Sie hat inzwischen wieder geheiratet, und die Jungen sind schon fast erwachsen. Einer geht noch zur Schule, der andere ist beim Militär.«

»Hast du noch viel Kontakt mit ihnen?«

»Nicht so viel, wie ich gern hätte.«

Das brachte unser Gespräch erst mal wieder zum Erliegen, und eine Weile legte sich lastendes Schweigen über den Raum. Doch dann griff er den Gesprächsfaden wieder auf und erzählte mir von seinen eigenen Kindern, einem Mädchen und einem Jungen, beide auf der Highschool. Von der Familie kamen wir fast wie von selbst auf die Polizeiarbeit zu sprechen, und plötzlich waren wir nichts weiter als zwei altgediente Hasen, die sich Geschichten erzählten. Damit waren wir noch immer beschäftigt, als Wohlmuth wieder auftauchte und uns mit betretener Miene erzählte, dass er in Mrs. Sturdevants Anus tatsächlich Spermaspuren festgestellt hatte.

»Da haben wir's«, platzte Havlicek heraus.

Wohlmuth sagte, dass er damit nicht im Traum gerechnet hätte. »Die Leiche wies keinerlei Spuren auf, die darauf hingedeutet haben, dass es zu einem Kampf gekommen sein könnte. Absolut nichts. Keine Hautpartikel unter den Fingernägeln, keine Abschürfungen an Händen und Unterarmen.«

Havlicek wollte wissen, ob sich noch feststellen ließe, ob das Sperma von Sturdevant stammte oder nicht.

»Unter Umständen ja«, antwortete der Doktor. »Versprechen kann ich es Ihnen allerdings nach so langer Zeit nicht. Hier können wir die dafür nötigen Untersuchungen allerdings nicht durchführen – so viel steht auf jeden Fall fest. Ich könnte die einzelnen Proben höchstens ans Booth Memorial in Cleveland einschicken, damit die alles noch einmal genau analysieren.«

»Es würde mich wirklich sehr interessieren, was dabei herauskommt.«

»Mich auch«, nickte Wohlmuth.

Als ich ihn darauf fragte, ob ihm sonst noch etwas Ungewöhnliches an der Leiche aufgefallen wäre, sagte er, dass sie körperlich in hervorragender Verfassung gewesen sei. Das wiederum kam mir etwas eigenartig vor; denn schließlich war hier von einer Toten die Rede. Außerdem wollte ich von ihm wissen, ob er irgendwelche blauen Flecken entdeckt hätte, vor allem im Rippenbereich oder an den Oberschenkeln.

»Das verstehe ich nicht, Matt«, schaltete sich an dieser Stelle Havlicek ein. »Was hätten solche blauen Flecken zu bedeuten?«

»Motley verfügt in den Händen über enorme Kraft«, erklärte ich ihm darauf. »Es war sozusagen seine Spezialität, seine Opfer mit einem gezielten Fingerdruck gegen eine ganz bestimmte Stelle im Rippenbereich oder an den Oberschenkeln zu quälen.«

Wohlmuth versicherte mir, dass ihm diesbezüglich nichts Ungewöhnliches aufgefallen sei, dass solche Verletzungen aber auch nie sehr ausgeprägte Spuren hinterließen, wenn die betreffende Person kurz danach starb. In einem solchen Fall verfärbte sich die betreffende Stelle nicht annähernd so stark, wie das zum Beispiel bei einem lebenden Menschen einen Tag später der Fall war.

»Aber Sie können sich gern selbst überzeugen«, bot er mir an. »Wollen Sie sich die Leiche mal ansehen?«

Das wollte ich eigentlich nicht. Trotzdem folgte ich ihm pflichtschuldig einen langen Flur hinunter und in einen Raum, in dem es so kalt war wie in einem Kühlhaus und auch ganz ähnlich roch. Der Doktor führte mich zu einem Tisch, auf dem eine Leiche lag, und zog die durchsichtige Plastikfolie zurück, die darüber gebreitet war.

Es war Connie, unverkennbar. Ich war mir zwar nicht sicher, ob ich sie noch wiedererkannt hätte, wenn ich ihr zufällig auf der Straße begegnet wäre. Aber da ich wusste, wen ich vor mir hatte, erkannte ich in ihren starren Zügen sofort das junge Mädchen wieder, das ich vor vielen Jahren einmal gekannt hatte. Tief unten in meinem Bauch machte sich ein seltsam mulmiges Gefühl breit, nicht so sehr Übelkeit als tiefer, brennender Schmerz.

Eigentlich hatte ich nach blauen Flecken suchen wollen, aber ich spürte plötzlich eine seltsame Scheu, ihre Nacktheit mit meinen Blicken zu verletzen; und noch schwerer fiel es mir, sie zu berühren. Wohlmuth hatte in dieser Hinsicht weniger Hemmungen – was nur gut war, denn schließlich war das sein Job. Ohne große Umschweife schob er einfach eine Brust beiseite und machte sich daran, die Rippenpartie abzutasten. Schon nach kurzem verharrten seine Finger an einer ganz bestimmten Stelle. »Genau hier«, wandte er sich an mich. »Sehen Sie?«

Ich konnte jedoch nichts erkennen. Darauf ergriff er meine Hand und führte meine Finger an die Stelle. Die Haut fühlte sich kalt an, und seltsam schlaff. Außerdem war mir sofort klar, was der Doktor meinte; an einer Stelle war die Haut eindeutig weicher und weniger elastisch. Eine Verfärbung war jedoch nicht zu erkennen.

»Und an der Innenseite der Schenkel, haben Sie gesagt? Mal sehen. Aha. Da hätten wir schon was. Allerdings weiß ich nicht, ob es sich dabei um einen besonders schmerzempfindlichen Druckpunkt handelt. Auf diesem Gebiet bin ich nicht sonderlich bewandert. Aber auf jeden Fall liegt hier ein Trauma vor. Möchten Sie sich selbst davon überzeugen?«

Ich schüttelte den Kopf. Ich hatte nicht die geringste Lust, einen Blick zwischen Connies gespreizte Schenkel zu werfen, geschweige denn sie dort zu berühren. Ich hatte genug gesehen und wollte nur noch weg von hier. Offensichtlich ging es Havlicek genauso. Wohlmuth schien das zu spüren und führte uns in sein Büro zurück.

Dort sagte er: »Ich, äh, habe auch die Kinder auf Spermaspuren untersucht.«

»Mein Gott!«, entfuhr es Havlicek.

»Allerdings habe ich keine entdeckt«, beeilte sich Wohlmuth hinzuzufügen. »Aber der Gründlichkeit halber hielt ich es für angebracht, auch sie zu untersuchen.«

»Schaden konnte das auf keinen Fall.«

»Sie haben doch die Stichwunden gesehen?«

»Die waren schwerlich zu übersehen.«

»Allerdings.« Er druckste einen Moment verlegen herum. »Sie wurden ihr alle von vorn beigebracht«, fuhr er schließlich fort. »Drei Messerstiche zwischen die Rippen und direkt ins Herz. Einer hätte vollauf genügt.«

»Und?«

»Die Frage ist: Was hat er eigentlich mit ihr angestellt? Hat er sich erst von hinten an ihr vergangen und sie dann herumgedreht und umgebracht?«

»Möglicherweise.«

»In welcher Stellung haben Sie die Tote gefunden? Lag sie auf dem Rücken?«

Stirnrunzelnd dachte Havlicek nach. »Ja, auf dem Rücken. Sie war vom Bett gerutscht und muss auf jeden Fall das Nachthemd angehabt haben, als er sie erstach. Die Stiche waren durch den Stoff gedrungen. Es reichte bis auf ihre Knie. Vielleicht war das Sperma von davor.«

»Das lässt sich leider nicht mehr feststellen.«

»Oder auch von danach«, warf ich ein. Sie sahen mich überrascht an. »Versuchen Sie sich den Hergang der Tat doch mal folgendermaßen vorzustellen: Sie liegt rücklings auf dem Bett, als er sie ersticht. Dann wälzt er sie auf den Bauch, zieht ihr das Nachthemd hoch und zerrt sie halb vom Bett, damit er sich besser über sie hermachen kann. Als er fertig ist, dreht er sie wieder um und zieht ihr das Nachthemd nach unten. Dabei rutscht sie vom Bett. Anschließend geht er ins Bad, um sich zu waschen. Und bei dieser Gelegenheit säubert er auch gleich sein Messer. Damit ließe sich auch erklären, weshalb keinerlei Spuren an ihr entdeckt wurden, die auf einen Kampf hindeuten. Wenn man bereits tot ist, kann man sich in der Regel nicht mehr groß zur Wehr setzen.«

»Allerdings nicht«, stimmte mir Wohlmuth zu. »Und es interessiert einen auch nicht mehr, ob sich der Mann genügend Zeit fürs Vorspiel lässt. Ich weiß nichts über den Mann, um den es hier geht. Würde dieses Vorgehen denn in sein typisches Verhaltensmuster passen? Jedenfalls stünde es nicht in Widerspruch zu den vorliegenden Fakten.«

Ich musste an das denken, was er zu Elaine gesagt hatte; dass tote Mädchen genauso gut waren wie lebende – zumindest, solange sie noch ganz frisch waren. »Ja«, sagte ich deshalb. »Das sähe ihm durchaus ähnlich.«

»Dann haben wir es hier offensichtlich mit einem Sadisten der übelsten Sorte zu tun.«

»Mein Gott«, murmelte Tom Havlicek kopfschüttelnd.

»Es war jedenfalls nicht der Heilige Franz von Assisi, der diese Kinder auf dem Gewissen hat.«

Kapitel 6

»James Leo Motley«, sagte Havlicek. »Was kannst du mir über den Kerl erzählen?«

»Seine Vorgeschichte und den Grund seiner Haftstrafe kennst du bereits. Was willst du sonst noch wissen?«

»Wie alt ist er?«

»Vierzig oder einundvierzig. Er war achtundzwanzig, als er in den Knast gekommen ist.«

»Hast du ein Foto von ihm?«

Ich schüttelte den Kopf. »Notfalls könnte ich zwar sicher eines auftreiben, aber das wäre dann mindestens zwölf Jahre alt.« Ich beschrieb ihm Motley, wie ich ihn in Erinnerung hatte – seine Größe, seine Figur, sein Gesicht, seine Frisur. »Ich weiß allerdings nicht, wie er inzwischen aussieht. Sein Gesicht dürfte sich jedoch kaum nennenswert verändert haben; dazu hat er zu ausgeprägte Züge. Aber er könnte im Gefängnis natürlich erheblich zu- oder abgenommen haben; und dass er noch immer dieselbe Frisur hat, halte ich ebenfalls für unwahrscheinlich – ganz abgesehen davon, dass er inzwischen auch eine Glatze haben könnte. Zwölf Jahre sind schließlich eine lange Zeit.«

»In manchen Gefängnissen werden die Insassen bei der Entlassung fotografiert.«

»Ob das auch in Dannemora üblich ist, weiß ich leider nicht. Aber das dürfte sich problemlos feststellen lassen.«

»Er hat in Dannemora gesessen?«

»Zumindest zum Schluss. Ursprünglich war er in Attica, aber nach ein paar Jahren haben sie ihn dann nach Dannemora verlegt.«

»War in Attica nicht diese Gefängnisrevolte? Aber das muss gewesen sein, bevor er dort war. Mein Gott, wie die Zeit vergeht.«

Zum Mittagessen gingen wir in das italienische Restaurant, das mir Havlicek am Abend zuvor empfohlen hatte. Das Essen war nicht schlecht, aber die Einrichtung war eine Spur zu penetrant auf Italienisch getrimmt, sodass man sich vorkam, als hätte man sich auf den Set von *Der Pate* verirrt. Als die Bedienung fragte, ob wir ein Glas Wein zum Essen wollten, winkte Tom kurzerhand ab. »Ich trinke tagsüber so gut wie nie etwas«, wandte er sich gleich darauf an mich. »Aber tu dir meinetwegen bloß keinen Zwang an.«

Ich begnügte mich mit der Feststellung, dass es auch für mich noch ein bisschen früh wäre. Darauf entschuldigte sich Tom bei mir, dass er sich nicht weiter um mich hatte kümmern können, nachdem wir uns von Wohlmuth verabschiedet hatten. »Hoffentlich hast du dich in der Zwischenzeit nicht allzu sehr gelangweilt«, meinte er. Diesbezüglich konnte ich ihn jedoch guten Gewissens beruhigen; ich hatte in Ruhe die Zeitung gelesen und einen kleinen Stadtbummel gemacht. »Da fällt mir gerade etwas ein, worauf ich dich noch hätte aufmerksam machen sollen«, fügte er hinzu. »In Canton gibt es die Pro Football Hall of Fame. Wenn du dich auch nur ein bisschen für Football interessierst, solltest du dir das auf keinen Fall entgehen lassen.«

Das brachte uns auf das Thema Football, und das wiederum lieferte uns genügend Gesprächsstoff, bis wir bei Kaffee und Cheesecake angelangt waren. In puncto Football, erklärte er mir bei dieser Gelegenheit, wäre Massillon wie Kansas während des Bürgerkriegs, die eine Hälfte der Stadt auf der Seite der Browns, die andere auf der Seite der Bengals. Beide Mannschaften waren dieses Jahr groß in Form, und wenn Kosar nicht wieder irgendwelche Dummheiten machte, schafften es vermutlich beide Teams in die Playoffs. Und dann wäre in der Stadt erst mal der Teufel los. Da beide Mannschaften in derselben Division spielten, würden sie zwar auf keinen Fall im Super Bowl aufeinandertreffen, aber es war keineswegs auszuschließen, dass sie sich im Endspiel um die Divisionsmeisterschaft gegenüberstanden. Und das hätte was gegeben.

»In New York dachten wir auch schon, dass es dieses Jahr vielleicht ein U-Bahn-Finale geben könnte«, warf ich an dieser Stelle ein. »Zwischen den Mets und den Yankees. Aber dann haben die Mets in den Playoffs stark nachgelassen, und die Yankees sind sogar ganz rausgeflogen.«

»Schade, dass ich nicht genügend Zeit habe, um mir mehr Baseballspiele anzusehen«, meinte Havlicek. »Aber das lässt sich zeitlich einfach nicht machen. Was dagegen Football angeht, habe ich den halben Sonntag meistens frei, und die Montagabendspiele kann ich mir fast immer ansehen.«

Beim Kaffee kamen wir schließlich wieder auf den eigentlichen Grund meines Besuchs zu sprechen. »Warum ich dich übrigens nach einem Foto von dem Kerl gefragt habe«, begann er. »Bisher habe ich noch nicht genügend konkrete Anhaltspunkte, um den Fall noch einmal aufrollen zu können. Erst mal werden wir also wohl oder übel abwarten müssen, was die Laboruntersuchungen am Booth in Cleveland ergeben. Wenn die uns mit Sicherheit bestätigen können, dass das Sperma von einem anderen Mann stammt, könnte das den Ausschlag geben. Vorläufig haben wir allerdings nichts weiter vorliegen als einen Brief, der in New York City aufgegeben und ausgeliefert worden ist. Und damit dürfte sich unser Polizeichef wohl schwerlich hinter dem Ofen hervorlocken lassen.«

»Das kann ich gut verstehen.«

»Mal angenommen, du hast recht, und es war tatsächlich dieser Kerl. Die Morde haben sich gestern Nacht vor genau einer Woche ereignet. Demzufolge müsste sich der Mörder eigentlich schon ein paar Tage zuvor in der Stadt aufgehalten haben, wenn nicht sogar eine ganze Woche. Theoretisch könnte er die Morde natürlich auch gleich am Tag seiner Ankunft begangen haben, aber aller Wahrscheinlichkeit nach hat er sich bestimmt etwas mehr Zeit genommen haben, um vorher in Ruhe die Lage zu sondieren.«

»Das glaube ich auch. Und das umso mehr, als er zwölf Jahre Zeit hatte, um sich einen Plan zurechtzulegen. Es würde mich jedenfalls sehr wundern, wenn er sich nicht ausgiebig Zeit genommen hätte, um alles sorgfältig vorzubereiten.«

»Außerdem hatte er einen Ausschnitt aus der Donnerstagabendausgabe unserer Zeitung im Gepäck, als er aus Massillon abgereist ist. Demnach muss er mindestens so lange in der Stadt geblieben sein, bis die Donnerstagszeitung ausgeliefert wurde. In der Innenstadt gibt es einen Kiosk, in dem man die Abendausgabe schon um vier Uhr nachmittags bekommt, aber an den meisten anderen Zeitungsständen liegt sie in der Regel erst ab fünf oder sechs Uhr abends auf. So lange muss er also auf jeden Fall hier gewesen sein, wenn er nicht sogar über Nacht geblieben ist. Wann war der Brief abgestempelt?«

»Am Samstag.«

»Er hat also am Donnerstagabend in Massillon einen Artikel aus der Zeitung geschnitten und am Samstag in New York aufgegeben. Und wann wurde der Brief ausgeliefert? Am Montag?«

»Nein, erst am Dienstag.«

»Auch nicht schlecht. Manchmal braucht die Post eine ganze Woche. Aber weshalb ich nach dem Poststempel gefragt habe: Wenn er den Brief schon am Freitag aufgegeben hätte, könnten wir mit ziemlicher Sicherheit davon ausgehen, dass er nach New York geflogen ist. Nicht hundertprozentig natürlich, weil man es auch mit dem Auto in zehn Stunden schaffen kann, wenn man es darauf anlegt. Du weißt nicht zufällig, ob er einen Wagen hat?«

Ich schüttelte den Kopf. »Ich weiß nicht einmal, wo er lebt oder was er sonst getrieben hat, seit er wieder draußen ist.«

»Wir könnten auf jeden Fall die Passagierlisten der in Frage kommenden Fluggesellschaften überprüfen, ob vielleicht sein Name darauf ist. Glaubst du, er hat seinen richtigen Namen angegeben?«

»Kaum. Vermutlich hat er in bar bezahlt und das Ticket auf einen falschen Namen ausstellen lassen.«

»Oder er hat mit einer gestohlenen Kreditkarte bezahlt, und auf der hätte auch ein anderer Name gestanden. Aller Wahrscheinlichkeit hat er sich in einem Hotel oder Motel der Stadt ein Zimmer genommen, aber auch hier wird er sich wohl kaum als James Leo Motley ins Gästebuch eingetragen haben. Wenn wir allerdings ein Foto von ihm hätten, bestünde eher Aussicht, dass sich jemand an ihn erinnert.«

»Mal sehen, ob sich in dieser Hinsicht was machen lässt.«

»Falls er mit dem Flugzeug hier angekommen ist, hätte er sich auf jeden Fall ein Auto mieten müssen. Von Cleveland hierher hätte er zwar den Bus nehmen können, aber in Massillon selbst hätte er auf jeden Fall einen Wagen gebraucht. Und um einen Leihwagen zu bekommen, hätte er einen Führerschein und eine Kreditkarte vorlegen müssen.«

»Er könnte auch einen Wagen gestohlen haben.«

»Auch möglich. Jedenfalls wären das schon mal eine Menge Dinge, die überprüft werden müssten, obwohl ich nicht weiß, ob dabei wirklich etwas herauskommt. Außerdem kann ich nicht mit Sicherheit sagen, inwieweit ich meine Vorgesetzten dazu bewegen kann, den Fall noch einmal neu aufzurollen. Wenn wir allerdings aus dem Booth Memorial einen entsprechenden Befund bekämen, sähe die Sache gleich ganz anders aus. Ansonsten kann ich dir allerdings jetzt schon versichern, dass sich unsere Bemühungen auf das absolute Mindestmaß beschränken werden.«

»Das kann ich gut verstehen.«

»Wenn man nur über begrenztes Personal verfügt«, erklärte er achselzuckend, »und wenn man es mit einem Fall zu tun hat, der bereits nach einer halben Stunde abgeschlossen ist, dann ist man in der Regel nicht sonderlich scharf drauf, ihn noch einmal neu aufzurollen. «

Zum Schluss erklärte er mir noch, wie ich am besten zur Hall of Fame in Canton kam. Allerdings hörte ich ihm nur mit halbem Ohr zu. Ich zweifelte zwar nicht im Geringsten daran, dass sich ein Besuch dort lohnte, aber ich war im Moment nicht in der Stimmung, um mir Bronko Nagurskis altes Trikot oder Sid Luckmans Lederhelm anzuschauen. Außerdem musste ich meinen Leihwagen zurückgeben, da sie mir sonst bei Hertz einen zweiten Tag berechnen würden.

Ich brachte den Wagen rechtzeitig zurück. Wie sich herausstellte, war meine Maschine überbucht. Deshalb wurden alle Fluggäste beim Einchecken gefragt, ob jemand bereit wäre, freiwillig auf seinen Platz zu verzichten und einen späteren Flug zu nehmen; zur Entschädigung wurde einem dafür ein Freiflug in eine beliebige Stadt innerhalb der Vereinigten Staaten angeboten. Mir fiel jedoch keine Stadt ein, in die ich gern geflogen wäre. Aber es gab eine Menge anderer Passagiere, auf die das offensichtlich zutraf; jedenfalls dauerte es nicht lange, bis genügend Fluggäste freiwillig von ihrem Flug zurückgetreten waren.

Ich schnallte mich an, schlug meinen Marc Aurel auf, las ein paar Abschnitte und schlief prompt mit dem Buch in meinem Schoss ein. Ich wachte erst wieder auf, als wir auf dem La Guardia Airport zur Landung ansetzten.

Meine Sitznachbarin – sie trug eine Nickelbrille und ein Western Reserve-Sweatshirt – deutete auf mein Buch und fragte, ob das so was ähnliches wäre wie Transzendentale Meditation. In etwa, sagte ich. »An der Sache scheint wirklich was dran zu sein«, sagte sie mit einem Anflug von Neid. »Sie waren ganz schön weggetreten.«

Vom Flughafen nahm ich den Bus und die U-Bahn in die Stadt zurück. Wegen des Feierabendverkehrs war das um diese Zeit nicht nur schneller, sondern auch um zwanzig Dollar billiger. Ich ging sofort in mein Hotel und sah dort als Erstes die Post durch; allerdings war nichts Wichtiges dabei. Anschließend ging ich nach oben und duschte. Dann rief ich Elaine an und setzte sie über den neuesten Stand der Dinge in Kenntnis. Wir telefonierten nicht sehr lange. Danach ging ich essen und anschließend zu einem Treffen in St. Paul's.

Der Redner dieses Abends war ein festes Mitglied meiner Stammgruppe und schon einige Jahre nüchtern. Anstatt eine Geschichte aus seinen Säufertagen zum Besten zu geben, erzählte er, wie es ihm im Augenblick gerade ging. Er hatte Schwierigkeiten an seinem Arbeitsplatz, und einer seiner Söhne hatte ernste Probleme mit Drogen und Alkohol. Dabei kam er immer wieder darauf zu sprechen, wie wichtig es sei, sich geduldig in sein Schicksal zu fügen, und sei es auch noch so hart. Um diesen Gedanken drehte sich auch die anschließende Diskussion. Das erinnerte mich an Marc Aurels schlaue Sprüche zu diesem Thema: dass alles genau so geschah, wie es geschehen sollte.

Während der Diskussion zog ich deshalb ernsthaft in Erwägung, mich zu Wort zu melden und diesen Gedanken anhand der Vorfälle in diesem Heile-Welt-Villenvorort in Massillon, Ohio, näher zu erläutern. Aber bevor ich dazu kam, meine Hand zu heben, war das Treffen bereits zu Ende.

Am nächsten Morgen rief ich bei Reliable an, um Bescheid zu geben, dass ich heute nicht zur Arbeit kommen könnte. Das gleiche hatte ich schon am Tag zuvor gesagt, weshalb mich die Sekretärin, die ich am Telefon hatte, bat, einen Moment zu warten; sie würde mich durchstellen. Kurz darauf hatte ich den für mich zuständigen Abteilungsleiter am Apparat.

»Ich hätte sowohl gestern als auch heute einiges für Sie zu tun gehabt, Scudder«, sagte er. »Kann ich wenigstens morgen mit Ihnen rechnen?«

»Mit Sicherheit kann ich das noch nicht sagen. Aber eher nicht.«

»Eher nicht. Soll das heißen, Sie arbeiten an einem eigenen Fall?«

»Nein, was Persönliches.«

»Was Persönliches also. Und wie sieht's mit Montag aus?« Ich zögerte, und noch bevor ich etwas erwidern konnte, sagte er: »Wissen Sie, es gibt jede Menge Leute, die Ihren Job mit Handkuss übernehmen würden.«

»Ich weiß.«

»Sie sind zwar nicht fest angestellt, aber trotzdem brauche ich Leute, auf die ich zählen kann, wenn Not am Mann ist.«

»Das kann ich gut verstehen«, versicherte ich ihm. »Aber ich glaube nicht, dass Sie in nächster Zeit sicher mit mir rechnen können.«

»In nächster Zeit. Wie lange ist das?«

»Das kann ich noch nicht sagen. Hängt ganz davon ab, wie sich die Dinge entwickeln.«

Darauf verfiel er erst einmal in längeres Schweigen, bevor er plötzlich schallend loslachte. »Sie haben also wieder zu trinken angefangen«, prustete er in den Hörer. »Mein Gott, Scudder, warum haben Sie das nicht gleich gesagt? Rufen Sie mich einfach an, wenn Sie wieder nüchtern sind. Dann werde ich schon sehen, ob ich wieder was für Sie habe.«

Urplötzlich stieg blinde Wut in mir auf. Ich konnte sie aber noch so lange hinunterschlucken, bis ich ihn einhängen hörte; erst dann knallte auch ich den Hörer auf die Gabel. Mit dem gerechten Zorn des zu Unrecht Verdächtigten begann ich in meinem Zimmer auf und ab zu gehen. Mir fielen mindestens ein Dutzend Dinge ein, die ich diesem Dreckskerl gern an den Kopf geworfen hätte – und zwar im buchstäblichen wie im übertragenen Sinn. Aber zuallererst würde ich losziehen und seine gesamte Büroeinrichtung zu Kleinholz zu machen, und dann würde ich ihm ordentlich die Meinung sagen, und dass er sich mein Tageshonorar in Zehncentstücken auszahlen lassen und eins nach dem anderen sonst wohin stecken konnte ...

Entgegen aller meiner guten Vorsätze rief ich dann allerdings nur Jim Faber in der Druckerei an. Nachdem er mir eine Weile zugehört hatte, begann er zu lachen. »Wenn du nicht tatsächlich ein Alkoholiker wärst«, sagte er völlig zu Recht, »hätte dir das überhaupt nichts ausgemacht.«

»Dieser Heini hat kein Recht zu denken, ich hätte wieder zu trinken angefangen.«

»Seit wann kümmert es dich, was er über dich denkt?«

»Willst du damit sagen, ich wäre zu Unrecht sauer?«

»Ich will damit nur sagen, dass du es dir nicht leisten kannst, sauer zu sein. Wie ernsthaft spielst du im Augenblick mit dem Gedanken, was zu trinken?«

»Ich habe nicht vor, was zu trinken.«

»Ich weiß, ich weiß. Trotzdem stehst du jetzt näher davor als zu dem Zeitpunkt, bevor du mit diesem Blödmann telefoniert hast. Wenn du ehrlich bist, juckt es dich doch ganz gewaltig in den Fingern, zur Flasche zu greifen. Oder etwa nicht?«

Darüber dachte ich kurz nach und sagte schließlich: »Vermutlich hast du recht.«

»Aber zum Glück hast du stattdessen nach dem Telefon gegriffen und mich angerufen. Und inzwischen nimmst du das Ganze auch nur noch halb so tragisch.«

Wir unterhielten uns noch ein paar Minuten, und als ich schließlich aufhängte, war meine Wut tatsächlich fast verraucht. Auf wen war ich eigentlich so wütend? Auf diesen Kerl bei Reliable, der nichts weiter gesagt hatte, als dass er mir wieder Arbeit geben würde, sobald ich mich von meinem Kater erholt hatte? Wohl kaum.

Auf Motley, beschloss ich. Auf Motley, mit dem diese blöde Geschichte überhaupt erst angefangen hatte.

Oder vielleicht auch auf mich. Weil ich so machtlos war, irgendetwas gegen ihn zu unternehmen.

Aber was regte ich mich eigentlich auf? Ich griff wieder nach dem Hörer, führte ein paar Telefonate und machte mich schließlich auf den Weg nach Midtown North, um mit Joe Durkin zu reden.

Obwohl Joe Durkin schon bei der Polizei gewesen war, als auch ich noch dabei war, hatte ich ihn erst wesentlich später kennengelernt. Das war allerdings auch schon wieder drei oder vier Jahre her, und ich stand Joe inzwischen mindestens genauso nahe wie meinen besten Kollegen, als ich noch dabei war. Jedenfalls hatten wir uns während der letzten paar Jahre schon den einen oder anderen Gefallen erwiesen. Er hatte mir gelegentlich einen Klienten zugeschanzt, und ich hatte ihm dafür hin und wieder ein paar nützliche Tipps gegeben.

Als ich ihn kennenlernte, zählte er bereits die Monate bis zum Ende seines zwanzigsten Dienstjahrs und redete ständig davon, dass er auf der Stelle in Pension gehen würde, sobald er dieses Jahr endlich rumgebracht hätte; er könnte es gar nicht erwarten, seinen Job endlich an den Nagel zu hängen und dieser verfluchten Stadt für immer den Rücken zu kehren. Davon redete er auch jetzt noch, aber nachdem er die Zwanzig-Jahre-Schallmauer mittlerweile längst durchbrochen hatte, hatte er sich sein Fünfundzwanzigjähriges als neues Limit gesetzt.

Die Jahre hatten ihm einiges an überschüssigem Fett auf die Rippen geklatscht und einiges an Haaren gekostet – die paar schmutzig braunen Strähnen, die ihm noch geblieben waren, hatte er sorgfältig nach hinten gekämmt. An seinem Gesicht fielen einem als Erstes die rosigen Wangen und die zahllosen geplatzten Äderchen auf – untrügliches Kennzeichen eines starken Trinkers. Er hatte eine Weile mit dem Rauchen aufgehört, inzwischen aber wieder damit angefangen. In seinem Aschenbecher türmten sich die Kippen, und zwischen seinen Fingern glomm eine zur Hälfte niedergerauchte Zigarette vor sich hin. Er drückte sie bereits aus, als ich mit meiner Geschichte noch kaum angefangen hatte, und ich war noch nicht annähernd zu Ende damit, als er sich bereits die nächste ansteckte.

Als ich schließlich fertig war, kippte er in seinem Stuhl nach hinten und blies kurz hintereinander drei perfekt geformte Rauchringe in die Luft. Sie behielten ihre Form bei, bis sie die Decke erreichten.

»Tolle Geschichte«, lautete sein ganzer Kommentar.

»Allerdings.«

»Dieser Typ in Ohio scheint ganz in Ordnung zu sein. Wie heißt er gleich wieder? Havlicek? Hat nicht mal ein Typ, der so hieß, für die Celtics gespielt?«

»Ganz richtig.«

»Wenn ich mich nicht täusche, hieß er sogar auch Tom mit Vornamen.«

»Nein, ich glaube, John.«

»Wirklich? Ist ja auch egal. Ist dein Havlicek irgendwie verwandt mit ihm?«

»Das habe ich ihn nicht gefragt.«

»Nicht? Na ja, du hattest vermutlich andere Probleme. Und was hast du jetzt vor?«

»Ich will diesen Kerl wieder dorthin bringen, wo er hingehört.«

»Wie es scheint, hat er auch schon sein Bestes getan, um dort bleiben zu dürfen. Bei solchen Vögeln stehen die Chancen ziemlich hoch, dass sie nicht mehr lebend aus dem Knast kommen. Glaubst du, die Jungs in Massillon können ihm irgendwas anhängen?«

»Keine Ahnung. Vorerst ist er jedenfalls aus dem Schneider. Die haben das Ganze als Mord mit anschließendem Selbstmord qualifiziert und den Fall auf der Stelle zu den Akten gelegt.«

»Wir hätten es vermutlich kaum anders gemacht.«

»Vielleicht. Vielleicht auch nicht. Immerhin hätten wir schon mal seinen Anruf auf Band gehabt. Und damit hätten wir einen Stimmenvergleich vornehmen können. Außerdem hätten wir an sämtlichen fünf Opfern eine wesentlich gründlichere Obduktion vornehmen lassen.«

»Das heißt noch lange nicht, dass wir auf das Sperma in ihrem Arsch gestoßen wären – zumindest nicht, wenn wir nicht ausdrücklich danach Ausschau gehalten hätten.«

Ich zuckte mit den Achseln. »Aber immerhin hätten wir festgestellt, ob der Mann außer seinem eigenen auch noch Spuren von fremdem Blut an sich hatte.«

»Ja, das auf jeden Fall. Aber wir bauen auch eine Menge Scheiß, Matt. Du bist schon zu lange nicht mehr dabei, um noch zu wissen, wie der Laden hier läuft.«

»Kann schon sein.«

Er beugte sich vor und drückte seine Zigarette aus. »Jedes Mal, wenn ich mir diese verdammten Dinger abzugewöhnen versuche, ziehe ich mir anschließend noch mehr davon rein. Inzwischen bin ich zu der Überzeugung gelangt, dass es regelrecht gesundheitsschädigend ist, mit dem Rauchen aufzuhören. Glaubst du, die rollen den Fall wieder auf, wenn sich herausstellt, dass das Sperma nicht von ihrem Mann ist?«

»Keine Ahnung.«

»Sie werden sich nämlich verdammt schwer tun, ihm irgendwas anzuhängen. Da wäre schon mal das Problem, dass sie ihm nicht mal nachweisen können, dass er überhaupt in Ohio war. Wo hält er sich eigentlich jetzt auf? Irgendeine Ahnung?«

Ich schüttelte den Kopf. »Ich habe bei der Zulassungsstelle angerufen. Er hat weder ein Auto noch einen Führerschein.«

»Das haben sie dir einfach so erzählt?«

»Vielleicht dachten sie, ich hätte in offizieller Funktion angerufen.«

Er warf mir einen vielsagenden Blick zu. »Hast du dich etwa als Polizeibeamter ausgegeben?«

»Nicht ausdrücklich.«

»Wenn du dir vielleicht mal die Zeit nehmen würdest, die Vorschriften etwas genauer zu studieren, könntest du dort unter anderem auch lesen, dass du nichts tun darfst, was andere in dem Glauben bestärken könnte, dass du Polizist bist.«

»Das wäre versuchte Irreführung, oder?«

»Wenn du's ganz genau wissen willst: Versuchte Irreführung, um andere unter Vorspiegelung falscher Tatsachen dazu zu verleiten, etwas für dich zu tun, was sie sonst nicht für dich tun würden. Aber was spiele ich mich hier auf? Er hat also kein Auto und keinen Führerschein. Natürlich könnte er auch der führerscheinlose Fahrer eines nicht registrierten Fahrzeugs sein. Wo wohnt er?«

»Keine Ahnung.«

»Da er nicht auf Bewährung rausgekommen ist, braucht er das auch keinem unter die Nase zu binden. Was war sein letzter bekannter Wohnsitz?«

»Ein Hotel am Upper Broadway. Aber das liegt schon mehr als zwölf Jahre zurück.«

»Sie werden ihm sein Zimmer wohl kaum so lange freigehalten haben.«

»Trotzdem habe ich dort angerufen – sicherheitshalber.«

»Und er steht nicht im Gästebuch.«

»Zumindest nicht unter seinem richtigen Namen.«

»Ja, das wäre ein weiteres Problem«, brummte Durkin. »Er dürfte wohl kaum unter seinem richtigen Namen auftreten. Vielleicht hat er sogar ein ganzes Dutzend falscher Ausweise. Zwölf Jahre Knast – da hat er sicher genau die richtigen Leute kennengelernt. Und seit wann, hast du gesagt, ist er wieder draußen? Seit Mitte Juli? In der Zeit könnte er sich von einer American Express-Karte bis zu einem Schweizer Pass so ziemlich alles zugelegt haben.«

»Daran habe ich auch schon gedacht.«

»Aber du bist ziemlich sicher, dass er in New York ist.«

»Ganz sicher sogar.«

»Und du glaubst, er hat es auch auf das andere Mädchen abgesehen. Wie heißt sie gleich wieder?«

»Elaine Mardell.«

»Und um den Hat Trick perfekt zu machen, wird er sich zum Schluss auch noch dich vorknöpfen.« Darüber dachte Durkin eine Weile nach. »Wenn die in Massillon ein offizielles Gesuch um Unterstützung an uns schicken würden«, fuhr er schließlich fort, »könnten wir vielleicht ein paar von der Streife auf den Fall ansetzen und versuchen, den Kerl ausfindig zu machen. Aber das geht nur, wenn sie den Fall neu aufrollen und einen Haftbefehl auf diese Ratte ausstellen.«

»Havlicek würde das auf jeden Fall machen«, versicherte ich ihm. »Aber nur hinter dem Rücken seines Chefs.«

»Dazu hat er sich vielleicht bereit erklärt, als ihr beide friedlich Rigatoni in euch reingeschaufelt und euch über Football unterhalten habt. Aber wie heißt es so schön? Aus den Augen, aus dem Sinn. Du bist inzwischen wieder hier, und er hat genügend andere Probleme am Hals. Für ihn wäre es mit Sicherheit einfacher, das Ganze einfach auf sich beruhen zu lassen. Niemand rollt einen abgeschlossenen Fall gern noch mal neu auf.«

»Wem sagst du das?«

Er fischte eine frische Zigarette aus der Packung, klopfte damit ein paarmal auf seinen Daumennagel und steckte sie wieder zurück. »Und wie sieht es mit Fotos von dem Kerl aus? Haben sie in Dannemora welche?«

»Nur von seinem Einlieferungsgespräch vor acht Jahren.«

»Du meinst doch wohl zwölf?«

»Nein, vor acht. Erst war er in Attica.«

»Ach ja, stimmt. Hast du bereits gesagt.«

»Das einzige Foto, das von ihm existiert, ist also acht Jahre alt. Ich habe sie trotzdem gebeten, mir eine Kopie davon zu schicken. Der Mann, mit dem ich deswegen gesprochen habe, schien sich jedoch nicht sicher zu sein, ob er das überhaupt darf.«

»Eher hatte er wahrscheinlich Zweifel, ob du wirklich von der Polizei bist.«

»Nein.«

»Natürlich könnte ich noch mal in Dannemora anrufen«, meinte Durkin. »Aber ich weiß nicht, ob das wirklich was brächte. In der Regel sind diese Knastbürokraten durchaus kooperationsbereit, aber ein Bein hat sich von denen auch noch keiner ausgerissen. Wenn man von denen was will, dauert das meistens seine Zeit. Andrerseits brauchst du das Foto sowieso erst, wenn dein Freund in Ohio grünes Licht erhält, den Fall neu aufzurollen. Und dazu wiederum muss erst einmal der neue Obduktionsbefund vorliegen.«

»Und vielleicht werden sie nicht einmal dann was unternehmen.«

»Ja, vielleicht nicht mal dann. Aber bis dahin hast du ja wenigstens das Foto aus Dannemora. Es sei denn, sie überlegen es sich doch anders und schicken dir keins.«

»So lange möchte ich auf keinen Fall warten.«

»Warum nicht?«

»Weil ich mich sofort auf die Suche nach ihm machen will.«

»Und deshalb möchtest du ein Foto, das du rumzeigen kannst.«

»Meinetwegen auch nur eine Zeichnung.«

Er sah mich an. »Komische Idee«, brummte er. »Du meinst, von einem unserer Zeichner?«

»Ich dachte, dass du vielleicht jemand kennst, dem es nichts ausmacht, ein paar Überstunden zu machen.«

»Du meinst wohl eher, sein Gehalt ein bisschen aufzubessern? Ein Bildchen zu zeichnen und ein paar Scheine dafür einzustecken?«

»So in etwa habe ich mir das gedacht.«

»Vielleicht kenne ich tatsächlich so jemanden. Und du willst dich mit ihm zusammensetzen und dir nach deinen Angaben ein Phantombild von einem Kerl zeichnen lassen, den du vor zwölf Jahren zum letzten Mal gesehen hast?«

»Der Typ hatte ein Gesicht, das man nicht so schnell vergisst.«

»Aha.«

»Außerdem war zum Zeitpunkt seiner Festnahme ein Bild von ihm in der Zeitung.«

»Das hast du dir nicht zufällig aufgehoben?«

»Nein, aber ich könnte es mir in der Stadtbibliothek auf Mikrofilm noch mal ansehen – um mein Gedächtnis ein bisschen aufzufrischen.«

»Und dann setzt du dich mit dem Zeichner zusammen.«

»Genau.«

»Natürlich weißt du nicht, ob dieser Kerl nach all den Jahren noch genauso aussieht. Aber zumindest hättest du dann ein Bild von ihm, wie er mal ausgesehen hat.«

»Der Zeichner könnte ihn ein bisschen älter machen. So was ist für die doch kein Problem.«

»Wirklich erstaunlich, was es alles gibt. Vielleicht könntet ihr euch ja auch zu dritt zusammensetzen – du und der Zeichner und diese Wie-heißt-sie-gleich-wieder?«

»Elaine.«

»Ach ja, Elaine.«

»Daran habe ich noch gar nicht gedacht«, musste ich gestehen. »Ist aber eine gute Idee.«

»Was bin ich schließlich anderes als eine unerschöpfliche Quelle guter Ideen? Mir fallen übrigens schon mal aus dem Stegreif drei Leute ein, die dafür in Frage kommen. Einen von ihnen werde ich gleich mal anrufen. Mal sehen, ob ich ihn erreichen kann. Du kippst doch hoffentlich nicht gleich aus den Latschen, wenn dich der Spaß einen Hunderter kostet?«

»Keineswegs. Wenn nötig, lege ich sogar noch was drauf.«

»Ein Hunderter müsste auf jeden Fall genügen.« Er griff nach dem Hörer. »Der Junge, den ich dabei im Auge habe, ist ein echter Könner. Und was noch wichtiger ist: Diese Aufgabe stellt wahrscheinlich eine Herausforderung dar, die ihn ziemlich reizen dürfte.«

Kapitel 7

Ray Galindez sah mehr wie ein Polizist aus als wie ein Künstler. Er war mittelgroß und untersetzt, mit buschigen Brauen und braunen Spanielaugen. Erst schätzte ich ihn auf Ende dreißig. Aber das lag vor allem an seiner korpulenten Figur und seinem seltsam steifen Gehabe. Es dauerte nicht lange, und ich korrigierte meine Schätzung um zehn bis zwölf Jahre nach unten.

Wie verabredet, kam er noch am selben Abend gegen halb acht in Elaines Wohnung. Ich war schon etwas früher angerückt, um noch in Ruhe eine Tasse Kaffee trinken zu können. Galindez wollte keinen Kaffee. Als ihm Elaine daraufhin ein Bier anbot, sagte er: » Vielleicht später, Ma'am. Aber wenn ich vielleicht ein Glas Wasser haben könnte. «

Er sprach uns mit Sir und Ma'am an und kritzelte fortwährend auf seinem Notizblock herum, während ich ihm erklärte, worum es ging. Als er mich darauf bat, Motley kurz zu beschreiben, tat ich das.

»Das müsste eigentlich gehen«, nickte er schließlich. »Hört sich jedenfalls nach einer Person mit sehr markanten Gesichtszügen an. Das erleichtert die Sache ganz erheblich. Es gibt nämlich nichts Schlimmeres als diese typisch nichtssagenden Augenzeugenaussagen wie: *Ach, wissen Sie, das war so ein richtiger Allerweltstyp, ziemlich unauffällig und ohne irgendwelche besonders hervorstechenden Züge.* So etwas kann immer nur zweierlei bedeuten: Entweder hatte der Verdächtige tatsächlich ein typisches Allerweltsgesicht, oder der Augenzeuge hat ihn sich gar nicht richtig angesehen. Ganz besonders häufig kommt das vor, wenn man es mit den Angehörigen verschiedener Rassen zu tun hat. Wenn zum Beispiel ein weißer Zeuge mit einem Schwarzen konfrontiert wird, ist in der Regel alles, was ihm an ihm auffällt, dass er schwarz ist. Die meisten achten in so einem Fall nur auf die Hautfarbe, nicht auf das Gesicht. «

Bevor er mit dem Zeichnen anfing, machte Galindez ein paar Übungen mit uns, die vor allem dem Zweck dienen sollten, uns Motley besser vorstellen zu können. »Je deutlicher Sie sich an ihn erinnern können«, erklärte er dazu, »desto besser kann ich ihn zeichnen.« Dann bat er mich, Motley in allen Einzelheiten zu beschreiben, und während ich das tat, fertigte er mit

Bleistift und Radiergummi eine Skizze von ihm an. Bevor ich zu Elaine gekommen war, hatte ich noch genügend Zeit gefunden, um in der Bibliothek in der Forty-second Street vorbeizuschauen und dort zwei alte Pressefotos von Motley aufzutreiben; eines davon war zum Zeitpunkt seiner Festnahme aufgenommen worden, das andere während der Verhandlung. Eigentlich hatte ich nicht den Eindruck gehabt, dass mein Gedächtnis aufgefrischt werden musste, aber die Fotos halfen trotzdem, das Bild, das ich von ihm hatte, noch lebhafter zu machen – etwa so, als trüge man von einem alten Gemälde die dicke Schmutzschicht ab, die sich im Lauf der Jahrhunderte dort angesammelt hat.

Es war wirklich erstaunlich, wie das Gesicht auf dem Zeichenblock allmählich Gestalt annahm. Galindez ließ sich von uns zeigen, welche Details nicht stimmten. Dann machte er sich an den betreffenden Stellen mit dem Radiergummi zu schaffen und brachte mit dem Stift ein paar geringfügige Korrekturen an, bis sich das Gesicht auf dem Papier zusehends mehr mit dem aus unserer Erinnerung zu decken begann. Als wir keine weiteren Verbesserungsvorschläge mehr zu machen hatten, legte er letzte Hand an die Zeichnung. »Der Mann, den Sie hier sehen«, wandte er sich schließlich wieder an uns, »sieht bereits um einiges älter als achtundzwanzig aus. Zum Teil liegt das daran, dass wir alle drei wissen, dass er inzwischen vierzig oder sogar einundvierzig sein muss; ohne uns dessen bewusst zu sein, haben wir unser Bild von ihm diesem Wissen automatisch angepasst. Trotzdem ist das noch keineswegs alles, was wir tun können. Da wäre zum einen folgendes: Mit zunehmendem Alter treten die einzelnen Gesichtszüge eines Menschen noch ausgeprägter hervor. Wenn Sie zum Beispiel eine Karikatur eines jungen Mannes zeichnen, wird sie schon zehn oder zwanzig Jahre später nicht mehr annähernd so übertrieben wirken. Ich hatte mal eine Lehrerin, die immer sagte, dass wir alle zu Karikaturen unserer selbst werden. Ich werde nun folgendes tun: Ich mache die Nase etwas größer und lasse die Augen noch etwas tiefer unter den Brauen zurücktreten.« Das tat er mit wenigen gezielten Strichen, durch das Vertiefen eines Schattens hier, durch eine winzige Änderung einer Linie dort. Schon allein, dabei zuzusehen, war ein Erlebnis für sich.

»Nicht zuletzt machen sich mit zunehmendem Alter auch die Folgen der Schwerkraft verstärkt bemerkbar«, fuhr Galindez fort. »Sie beginnt an allen Ecken und Enden nach unten zu ziehen.« Ein Wischen mit dem

Radiergummi, ein kurzer Strich mit dem Bleistift. »Und dann der Haaransatz. Was das angeht, tappen wir leider völlig im Dunkeln. Hat er noch genauso viel Haare wie früher? Oder hat er inzwischen eine Vollglatze? Gehen wir deshalb einfach mal davon aus, dass es ihm in dieser Hinsicht genauso gegangen ist wie den meisten anderen auch – oder genauer: wie den meisten Männern. Das heißt, sein Haar dürfte sich zu lichten begonnen haben; gleichzeitig ist sein Haaransatz ein Stück zurückgewichen. Das bedeutet jedoch keineswegs, dass dadurch der Eindruck entsteht, als hätte er keine Haare mehr auf dem Kopf. Es bedeutet lediglich, dass sich sein Haaransatz verändert hat und seine Stirn deshalb höher wirkt – so zum Beispiel.«

Zum Schluss fügte er noch ein paar Fältchen um die Augen und in den Mundwinkeln hinzu und arbeitete die Konturen der Wangenknochen noch deutlicher heraus. Dann hielt er den Block auf Armeslänge von sich und brachte noch einmal ein paar geringfügige Korrekturen an.

»Und?«, wandte er sich schließlich wieder an uns. »Was halten Sie davon? Fertig zum Rahmen?«

Nach getaner Arbeit akzeptierte Galindez ein Heineken. Elaine und ich teilten uns ein Perrier. Jetzt fing er auch langsam an, etwas aus sich herauszugehen und ein wenig von sich selbst zu erzählen. Vor allem war das wohl auf Elaine zurückzuführen, die es hervorragend verstand, ihm seine Schüchternheit zu nehmen. Er erzählte uns, dass er schon immer sehr gut hatte zeichnen können und dass er diese Begabung als so selbstverständlich angesehen hatte, dass er nicht im Traum daran gedacht hatte, einen Beruf daraus zu machen. Schon sehr früh war für ihn festgestanden, dass er zur Polizei gehen wollte. Sein Lieblingsonkel war ebenfalls bei der Polizei. Und nachdem er seine zwei Jahre auf dem Kingsborough Community College hinter sich hatte, machte er sofort den Eignungstest für den Polizeidienst.

In seiner Freizeit frönte er jedoch weiter seiner Zeichenleidenschaft, zeichnete Porträts und Karikaturen von seinen Kollegen und wurde eines Tages in Ermangelung eines Polizeizeichners dazu herangezogen, ein Phantombild von einem Sexualverbrecher anzufertigen. Mittlerweile tat er kaum mehr etwas anderes. Aber so sehr ihm diese Tätigkeit auch Spaß machte, hatte er trotzdem das Gefühl, dass sie herzlich wenig mit richtiger Polizeiarbeit zu tun hatte. Es gab sogar Leute, die ihm als Künstler eine wesentlich erfolgreichere

Karriere prophezeiten als bei der Polizei. Er selbst war sich da allerdings nicht so sicher.

Als ihm Elaine ein zweites Bier anbot, winkte er ab, bedankte sich bei mir für die zwei Fünfziger, die ich ihm zusteckte, und verabschiedete sich mit der Bitte, ihm bei Gelegenheit über den Ausgang der ganzen Geschichte Bescheid zu geben. »Ich würde diesen Kerl gern mal in natura sehen, wenn Sie ihn gefasst haben – oder zumindest ein Foto von ihm. Nur um zu sehen, wie gut ich ihn getroffen habe. Hin und wieder bekommt man die Porträtierten ja tatsächlich zu sehen. Dabei muss man jedoch relativ häufig feststellen, dass der Betreffende keinerlei Ähnlichkeit mit seinem Phantombild hat. Aber es gibt auch Fälle, in denen man denken könnte, man hätte nach dem lebenden Modell gearbeitet.«

Nachdem Galindez gegangen war, verriegelte Elaine erst einmal sämtliche Türen. »Ich komme mir dabei zwar immer leicht hysterisch vor«, gestand sie mir, »aber schaden kann es auf keinen Fall.«

»Es gibt unzählige Leute, die ein halbes Dutzend Schlösser an jeder Tür haben – und jede Menge Alarmanlagen und sonstige Sicherheitsvorkehrungen. Und das, obwohl ihnen niemand gedroht hat, sie umzubringen.«

»Das ist ja schon mal ein gewisser Trost«, nickte sie. »Ein sympathischer Bursche, dieser Galindez. Glaubst du, er bleibt bei der Polizei?«

»Schwer zu sagen.«

»Wolltest du eigentlich mal was anderes werden? Außer Polizist, meine ich?«

»Ich wollte ursprünglich gar nicht Polizist werden. Das hat sich mehr oder weniger so ergeben. Allerdings wurde mir dann schon bei der Ausbildung klar, dass ich geradezu geschaffen bin für diesen Job. Nur war mir das vorher nie bewusst. Als kleiner Junge wollte ich immer ein großer Baseballstar werden – so eine Art zweiter Joe DiMaggio. Das wollte damals jeder Junge in meinem Alter. Aber leider hat es mir dafür am nötigen Talent gefehlt.«

»Wie schade. Sonst hättest vielleicht du Marilyn Monroe geheiratet.«

»Und im Fernsehen Werbung für Kaffeemaschinen gemacht? Nur über meine Leiche.«

Als sie mit den leeren Gläsern in die Küche ging, folgte ich ihr. Sie wusch sie unter dem Wasserhahn aus und stellte sie in das Abtropfgestell. »Mir fällt langsam die Decke auf den Kopf«, sagte sie. »Was machst du heute Abend? Hast du schon was vor?«

Ich sah auf die Uhr. Freitagabends gehe ich normalerweise zum Halbneun-Uhr-Treffen in St. Paul's. Dafür war es jedoch bereits zu spät. Außerdem hatte ich heute Mittag schon an einem Treffen in Downtown teilgenommen. Ich hatte also nichts vor.

»Hättest du Lust, ins Kino zu gehen?«

Das fand ich keine schlechte Idee. Wir gingen zu einem Premierenkino in der Sixtieth, Ecke Third. Wegen des Wochenendes hatte sich vor dem Eingang eine lange Schlange gebildet, aber wir wurden für unser geduldiges Warten mit einem ganz passablen Film belohnt – eine witzige Mafia-Klamotte mit Kevin Costner und Michelle Pfeiffer. »So wahnsinnig hübsch ist sie eigentlich gar nicht«, fand Elaine, als wir aus dem Kino kamen. »Aber sie hat so ein gewisses Etwas, findest du nicht auch? Wenn ich ein Mann wäre, wäre ich ziemlich scharf drauf, mit ihr ins Bett zu gehen.«

»Und das nicht nur einmal«, nickte ich.

»Ach, so eine heiße Nummer ist sie also?«

»Das müsste sich erst zeigen.«

»Nicht nur einmal«, wiederholte sie schmunzelnd. Auf der Third Avenue wimmelte es von jungen Leuten, die alle den Eindruck machten, als wäre es um die wirtschaftliche Situation des Landes tatsächlich so gut bestellt, wie uns die Republikaner ständig einzureden versuchten. »Ich habe Hunger«, sagte Elaine. »Hast du Lust, was essen zu gehen? Ich lade dich ein.«

»Gern, aber wieso willst du mich einladen?«

»Weil du schon fürs Kino bezahlt hast. Weißt du in der Nähe ein gutes Restaurant? Freitagabend dürfte es allerdings nicht ganz einfach werden, hier in der Gegend was zu finden, wo man nicht bis über die Titten in Yuppies herumsteht.«

»Ich wüsste da trotzdem was, nicht weit von meinem Hotel. Sie haben dort erstklassige Hamburger und Ofenkartoffeln. Halt, da fällt mir ein: Du isst ja kein Fleisch mehr. Der Fisch ist dort allerdings auch ganz passabel – das heißt, isst du denn wenigstens noch Fisch?«

»Nein, auch keinen Fisch. Haben sie dort denn halbwegs passable Salate?«

»Ich finde schon. Aber wirst du davon satt?«

Sie meinte, das sollte nicht meine Sorge sein – vor allem, wenn sie mir ein paar von meinen Kartoffeln stibitzen dürfte. Es war weit und breit kein freies Taxi zu sehen, dafür umso mehr Leute, die nach einem Ausschau hielten. Wir gingen also zu Fuß los, nahmen in der Fifty-seventh Street den Bus und stiegen in der Ninth Avenue wieder aus. Von dort waren es noch fünf Blocks bis zum Paris Green. Der Barmann, ein schlaksiger Kerl mit einem braunen Vollbart, der ihm wie ein Pirolsnest vom Kinn hing, winkte uns mit erhobener Hand zu, als wir zur Tür hereinkamen. Er hieß Gary und hatte mir vor ein paar Monaten bei einem Fall geholfen, in dem es darum ging, ein Mädchen ausfindig zu machen, das häufig im Paris Green gewesen war. Dagegen hatte sich damals der Geschäftsführer, ein gewisser Bryce, nicht ganz so hilfsbereit gezeigt; umso zuvorkommender war er dafür jetzt. Er begrüßte uns mit einem freundlichen Lächeln und teilte uns einen sehr guten Platz zu. Kaum hatten wir uns gesetzt, kam eine Bedienung mit kurzem Rock und langen Beinen an unseren Tisch, um unsere Getränkewünsche aufzunehmen und kurz darauf mit einem Perrier für mich und einem Virgin Mary für Elaine zurückzukommen. Ich muss dem Mädchen wohl ziemlich auffällig hintergeglotzt haben, da Elaine mit ihrem Glas gegen meines stieß und sagte, ich sollte mich lieber an Michelle Pfeiffer halten.

»Ich habe doch nur nachgedacht«, stritt ich alles ab.

»Ach so«, schmunzelte sie.

Als die Bedienung zurückkam, bestellte Elaine einen großen Gärtnersalat. Ich blieb bei dem, was ich hier fast immer aß – einem Jarlsberg Cheeseburger. Als das Essen kam, dachte ich kurz, ich hätte eine Art *Déjà vu*; aber dann wurde mir rasch klar, dass es sich dabei nur um einen Nachhall von Dienstagabend handelte, als ich mit Toni im Armstrong's auf ein spätes Abendessen gewesen war. Die beiden Lokale hatten allerdings nicht viel miteinander gemein, und ebenso wenig hätte man das von meinen beiden Begleiterinnen behaupten können. Vielleicht lag es an den Cheeseburgern.

Ich hatte meinen bereits zur Hälfte gegessen, als mir plötzlich einfiel, dass ich Elaine eigentlich fragen sollte, ob es ihr was ausmachte, dass ich einen Cheeseburger aß. Sie sah mich an, als wäre ich plötzlich verrückt geworden, und fragte, weshalb sie das stören sollte.

»Ich weiß auch nicht«, erwiderte ich. »Weil du kein Fleisch isst, dachte ich, es könnte dir vielleicht was ausmachen.«

»Das kann doch nicht dein Ernst sein, Matt. Ich habe mich aus freien Stücken dazu entschlossen, kein Fleisch mehr zu essen. Kein Arzt hat mir geraten, damit aufzuhören, und es war auch keine Sucht, mit der ich mich herumzuschlagen hatte.«

»Und du musst auch nicht ständig zu irgend welchen Treffen gehen?«

»Zu was für Treffen?«

»Von den Anonymen Fleischfressern.«

»Was für eine verrückte Vorstellung.« Sie lachte. Doch plötzlich verengten sich ihre Augen, und sie sah mich fragend an. »Bist du denn bei den Anonymen Alkoholikern?«

»Mhm.«

»Hab ich mir fast gedacht, dass du deinen Entzug auf diese Weise machen würdest. Hätte es dir denn was ausgemacht, Matt, wenn ich mir einen Drink bestellt hätte?«

»Hast du doch sowieso.«

»Na gut, einen Virgin Mary. Aber hätte es dir …«

»Weißt du übrigens, wie die Engländer dazu sagen? Ich meine, statt Virgin Mary?«

»Ja, Bloody Shame.«

»Ganz richtig. Nein, es hätte mir auch nichts ausgemacht, wenn du dir einen richtigen Drink bestellt hättest. Du kannst dir übrigens jederzeit einen kommen lassen, wenn du willst.«

»Das will ich aber nicht.«

»Hast du dir deshalb einen Virgin Mary bestellt? Weil *du* dachtest, es könnte mir was ausmachen?«

»Ehrlich gestanden, wäre ich von selbst nie auf so eine Idee gekommen. Ich trinke in letzter Zeit kaum mehr Alkohol. Und im Grunde genommen habe ich eigentlich noch nie viel getrunken. Ich habe dich vorhin nur gefragt, weil du wegen des Cheeseburgers damit angefangen hast. Und während wir uns nun über Fleisch und Alkohol unterhalten, esse ich dir sämtliche Kartoffeln weg.«

»Aha, das Ganze war also nur ein Ablenkungsmanöver. Sollen wir dir nicht doch noch eine Extraportion bestellen?«

Sie schüttelte nur lächelnd den Kopf. »Schon mal was von Kirschen aus Nachbars Garten gehört?«

Als es ans Zahlen ging, blieb sie eisern. Sie wollte nicht einmal etwas von meinem Vorschlag hören, die Rechnung wenigstens zu teilen. »Erstens habe ich dich eingeladen«, erklärte sie kurz und bündig. »Und zweitens schulde ich dir sowieso noch Geld.«

»Wieso denn das?«

»Wegen Ray Galindez. Ich schulde dir hundert Dollar.«

»Quatsch.«

»Was heißt hier Quatsch? Irgendein Verrückter versucht mich umzubringen, und du beschützt mich vor ihm. Eigentlich sollte ich dir dein übliches Honorar zahlen.«

»Ich habe kein festes Honorar.«

»Trotzdem sollte ich dich wie ein normaler Klient bezahlen. Und das Mindeste ist in diesem Fall, dass ich wenigstens für deine Ausgaben aufkomme. Apropos Ausgaben – du bist nach Cleveland geflogen, du hast dort in einem Hotel übernachtet, du ...«

»Das kann ich mir leisten.«

»Natürlich kannst du dir das leisten. Aber darum geht es nicht.«

»Außerdem tue ich das alles nicht nur deinetwegen«, rief ich ihr in Erinnerung. »Auf mich hat er es genauso abgesehen wie auf dich.«

»Glaubst du? Nur wird er dich wahrscheinlich nicht in den Arsch ficken.«

»Woher willst du wissen, was sie dem im Knast alles beigebracht haben. Doch Spaß beiseite – was ich tue, tue ich auch in meinem eigenen Interesse.«

»Aber auch in meinem. Außerdem hast du deswegen einen erheblichen Verdienstausfall. Hast du nicht selbst gesagt, dass du nicht mehr dazu kommst, für diese Detektivagentur zu arbeiten? Wenn du schon deine kostbare Zeit opferst, kann ich wenigstens für deine Ausgaben aufkommen.«

»Warum teilen wir sie uns nicht?«

»Weil das nicht fair wäre. Du bist schließlich derjenige, der wegen dieser dummen Geschichte ständig unterwegs ist und seinem Job nicht nachgehen kann. Außerdem kann ich es mir besser leisten als du. Mach jetzt bloß nicht so ein Gesicht; das tut deiner Männerehre keinerlei Abbruch. Das ist nichts weiter als eine simple Feststellung. Ich habe nun mal eine Menge Geld.«

»Das du dir hart erarbeitet hast.«

»Ach was. Ich hab's gemacht wie jeder andere auch. Ich habe mein Geld nicht gleich wieder zum Fenster rausgeworfen, sondern gewinnbringend angelegt. Ich bin zwar nicht reich, aber ich werde auch nie am Hungertuch nagen. Ich bin ins Immobiliengeschäft eingestiegen. Die Wohnung, in der ich wohne, gehört mir; ich habe sie sofort gekauft, als das Haus in Eigentumswohnungen umgewandelt wurde. Außerdem gehören mir eine ganze Reihe von Häusern und Wohnungen in Queens. Die meisten in Jackson Heights, aber auch ein paar in Woodside. Die Mieteinnahmen werden jeden Monat von der Hausverwaltung auf mein Konto überwiesen, und irgendwann kommt dann mein Steuerberater mit seiner üblichen Leier daher, dass es langsam wieder an der Zeit ist, mein überschüssiges Geld in Immobilien zu investieren.«

»Das nenne ich eine in jeder Hinsicht selbständige Frau.«

»Das will ich doch meinen.«

Sie bezahlte die Rechnung. Bevor wir gingen, machten wir noch einen Abstecher an die Bar, wo ich sie Gary vorstellte.

Er wollte wissen, ob ich gerade wieder an einem Fall arbeitete. »Er hat mich nämlich mal den Watson spielen lassen«, wandte er sich augenzwinkernd an Elaine. »Und jetzt kann ich es gar nicht mehr erwarten, dass er mal wieder was für mich hat.«

»Vielleicht ein andermal, Gary«, zwinkerte ich ihm zu. Als wir das Lokal verließen, sagte Elaine mit einem wohligen Seufzen: »Was für ein wundervoller Abend. Wie lange sich das Wetter wohl noch hält?«

»Wenn es nach mir ginge, könnte es ruhig noch eine Weile so bleiben.«

»Kaum zu glauben – in sechs Wochen ist bereits Weihnachten. Ehrlich gestanden, habe ich überhaupt keine Lust, schon nach Hause zu gehen. Weißt du ein nettes Lokal, in das wir noch gehen könnten – ich meine, das auch zu Fuß erreichbar ist?«

Ich überlegte kurz. »Ich wüsste da eine Bar, die ich ganz in Ordnung finde.«

»Du gehst in Bars?«

»Normalerweise eigentlich nicht. Die Bar, die ich meine, hat noch etwas sehr Urwüchsiges. Der Besitzer – fast hätte ich gesagt, der Besitzer ist ein Freund von mir; aber das trifft es nicht wirklich.«

»Jetzt hast du mich aber richtig neugierig gemacht.«

Wir machten uns auf den Weg zum Grogan's. Nachdem wir uns einen Tisch ausgesucht hatten, ging ich an den Tresen, um uns was zu trinken zu holen. Bedienung gibt es dort keine. Wenn man was zu trinken will, holt man es sich selbst.

Der Mann hinterm Tresen hieß Burke. Falls er einen Vornamen hatte, habe ich ihn noch nie gehört. Ohne die Lippen zu bewegen, sagte er: »Wenn Sie den Chef suchen, er war gerade hier. Aber ich weiß nicht, ob er heute noch mal vorbeikommt.«

Mit zwei Gläsern Club Soda kehrte ich wieder an unseren Tisch zurück. Während wir sie tranken, erzählte ich Elaine ein paar Geschichten über Mick Ballou. Die spektakulärste drehte sich um einen gewissen Paddy Farrelly, der aus irgendeinem Grund Ballous Zorn auf sich gezogen hatte. Eines Nachts war Ballou zu einer Runde durch sämtliche irischen Kneipen in der West Side aufgebrochen. Er hatte eine Bowlingtasche bei sich. Und weiter hieß es, dass er Paddy Farrellys Kopf in dieser Tasche mit sich herumtrug und ihn jedem zeigte, der ihn sehen wollte.

»Diese Geschichte habe ich auch schon gehört«, sagte Elaine. »Stand sie nicht sogar in der Zeitung?«

»Soviel ich mich erinnere, wurde in einer Kolumne mal darauf angespielt. Was Mick selbst betrifft, so hüllt er sich diesbezüglich in Schweigen. Tatsache ist nur, dass Farrelly seitdem nicht wieder aufgetaucht ist.«

»Glaubst du, er war's?«

»Dass er Farrelly umgebracht hat, steht für mich so gut wie außer Frage. Ichglaube auch, dass er mit einer Bowlingtasche die Runde durch die Kneipen gemacht hat. Ob er allerdings auch jeden einen Blick hat hineinwerfen lassen und ob tatsächlich ein Kopf in der Tasche war, möchte ich dahingestellt lassen.«

Elaine dachte kurz nach und sagte schließlich: »Interessante Freunde hast du.«

Noch bevor wir unsere Gläser leergetrunken hatten, bekam sie die Gelegenheit, Ballou persönlich kennenzulernen.

Er betrat das Lokal in Begleitung von zwei wesentlich kleineren Männern in Jeans und Bomberjacken. Er nickte mir im Vorübergehen kurz zu und verschwand mit seinen beiden Begleitern durch eine Tür im hinteren Teil der Bar. Etwa fünf Minuten später kamen sie wieder zurück. Die zwei Männer verließen die Bar und gingen auf der Tenth Avenue in Richtung Süden davon. Ballou blieb kurz am Tresen stehen und kam dann mit einem Glas zwölf Jahre altem Jameson an unseren Tisch.

»Tag, Matthew«, begrüßte er mich. »Wie geht's?« Ich deutete auf einen Stuhl, aber er schüttelte den Kopf. »Dringende Geschäfte. Auch wenn man sein eigener Herr ist, ist man letztlich nur der Sklave seiner Kunden.«

»Elaine, das ist Mick Ballou«, machte ich die beiden miteinander bekannt. »Elaine Mardell.«

»Freut mich.« Ballou nickte ihr lächelnd zu und wandte sich dann wieder an mich: »Matthew, ich habe mir schon die ganze Zeit gewünscht, du würdest mal wieder vorbeischauen. Und jetzt bist du endlich da, und ich muss weg. Komm doch demnächst noch mal vorbei, ja?«

»Klar.«

»Dann schlagen wir uns wieder mit irgendwelchen alten Geschichten die Nacht um die Ohren, und am Morgen gehen wir gemeinsam zur Messe. Miss Mardell, ich würde mich freuen, wenn bei dieser Gelegenheit auch Sie uns Gesellschaft leisten würden.«

Er hatte sich bereits abgewandt, um zu gehen, als ihm plötzlich einfiel, dass er ja noch immer sein volles Glas in der Hand hatte. Er hob es, mehr zu sich selbst, trank es in einem Zug leer und stellte es auf dem Weg zum Ausgang auf einen leeren Tisch.

Als sich die Tür hinter ihm geschlossen hatte, sagte Elaine: »Ist das aber ein Riesenkerl. Fast wie eine dieser Statuen von der Osterinsel.«

»Allerdings.«

»Ein Mann wie unbehauener Granit. Was hat er eigentlich gemeint, ihr würdet am Morgen zur Messe gehen? Ist das eine Art geheimes Codewort?«

Ich schüttelte den Kopf. »Sein Vater hat in einem der Schlachthöfe in der Washington Street gearbeitet. Und hin und wieder bindet sich Mick die alte Schlachterschürze seines Vaters um und geht damit zur Acht-Uhr-Messe in St. Bernard's.«

»Und du begleitest ihn dabei?«

»Das war bisher nur einmal der Fall.«

»Mit dir lernt man wirklich die erstaunlichsten Kneipen kennen – und die erstaunlichsten Leute.«

* * *

Wieder auf der Straße, sagte sie: »Du wohnst doch gleich hier in der Gegend, Matt? Wenn du mir vielleicht noch ein Taxi besorgen könntest, komme ich auch allein nach Hause.«

»Kommt nicht in Frage. Ich bringe dich nach Hause.«

»Das ist aber wirklich nicht nötig.«

»Und mir macht es wirklich nichts aus.«

»Wirklich nicht?«

»Nein, wirklich nicht«, versicherte ich ihr. »Außerdem möchte ich noch Galindez' Zeichnung bei dir abholen. Ich werde sie gleich morgen früh fotokopieren lassen und dann meine Runde damit machen.«

»Ach so, natürlich.«

Inzwischen gab es jede Menge freier Taxis. Ich winkte eines an den Straßenrand. Schweigend fuhren wir durch die Stadt. Als wir vor dem Haus, in dem Elaine wohnte, hielten, kam der Türsteher zum Wagen, um uns beim Aussteigen behilflich zu sein. Dann eilte er uns zum Eingang voraus und hielt uns die Tür auf.

Als wir im Lift nach oben fuhren, sagte Elaine: »Warum hast du das Taxi nicht gleich warten lassen?«

»Um diese Zeit bekomme ich jederzeit wieder eins.«

»Das allerdings.«

»Außerdem gehe ich vielleicht zu Fuß nach Hause.«

»So spät noch?«

»Warum nicht?«

»Ist das denn nicht ziemlich weit?«

»Ich mag lange Spaziergänge.«

Sie sperrte beide Schlösser auf, das reguläre Segal-Schnappschloss und das Fox-Polizeischloss mit dem Panzerriegel. Anschließend schloss sie von innen sofort wieder ab und legte auch den zweiten Panzerriegel vor, der sich nur von innen abschließen ließ. In Anbetracht dessen, dass ich gleich wieder gehen würde, war das ein ziemlicher Aufwand. Aber ich war über ihre Vorsicht sehr zufrieden. Es konnte auf keinen Fall schaden, wenn sie sich möglichst bald angewöhnte, nach dem Betreten der Wohnung sofort wieder hinter sich abzuschließen. Und das nicht nur ab und zu, sondern immer.

»Vergiss das Taxi nicht«, sagte sie plötzlich.

»Was soll mit dem Taxi sein?«

»Am besten, du notierst dir sämtliche Taxifahrten, damit ich mich an den Kosten beteiligen kann.«

»Fang doch nicht schon wieder damit an!«

»Wieso nicht?«

»Mit derlei Kleinkram will ich mich jetzt nicht abgeben«, erklärte ich ihr. »Das tue ich auch bei meinen normalen Klienten nicht.«

»Wie regelst du das mit denen?«

»Ich vereinbare eine Pauschale, in der auch meine Ausgaben inbegriffen sind. Ich habe weiß Gott Besseres zu tun, als ständig Quittungen zu sammeln und über jede U-Bahnfahrt buchzuführen. Sowas macht mich ganz wahnsinnig.«

»Und wie ist das, wenn du für Reliable arbeitest?«

»In diesem Fall muss ich natürlich über alle meine Ausgaben genau buchführen. Das ist zwar lästig, lässt sich aber leider nicht umgehen. Außerdem werde ich vielleicht sowieso nicht mehr für die arbeiten – nach dem Gespräch, das ich heute Morgen mit meinem Abteilungsleiter hatte.«

»Was ist passiert?«

»Ach, nichts, was der Rede wert wäre. Er war ein bisschen sauer, dass ich mir ein paar Tage freinehmen wollte, und ich bin nicht sicher, ob er mich wieder nimmt, wenn diese Geschichte vorüber ist. Außerdem weiß ich auch gar nicht, ob ich überhaupt noch mal für ihn arbeiten will.«

»Kommt Zeit, kommt Rat.« Elaine ging an den Couchtisch, griff nach einer bronzenen Katzenfigur und wog sie nachdenklich in den Händen. »Ich habe damit ja auch nicht gemeint, du solltest über jeden Pfennigbetrag Rechenschaft ablegen. Aber auf keinen Fall solltest du auch noch für die anfallenden Kosten aufkommen müssen. Wie du dich freilich über die Höhe deiner Ausgaben auf dem Laufenden hältst, ist deine Sache.«

»Ich weiß, was du meinst.«

Sie ging ans Fenster und blieb davor stehen. Gedankenversunken wechselte sie die kleine Katzenfigur von einer Hand in die andere. Ich folgte ihr, und gemeinsam sahen wir über den Fluss auf das nächtliche Queens hinaus. »Eines Tages«, sagte ich, »wird das alles dir gehören.«

»Du bist echt witzig. Ich wollte dir nur für den heutigen Abend danken.«

»Da gibt es nichts zu danken.«

»Oh, finde ich schon. Du hast mich vor einem schweren Höhlenkoller bewahrt. Ich musste endlich mal wieder raus aus meiner Wohnung. Sonst wäre mir tatsächlich noch die Decke auf den Kopf gefallen. Aber es war nicht nur das. Ich habe mich auch blendend amüsiert.«

»Das Vergnügen war ganz meinerseits.«

»Jedenfalls bin ich dir für diesen Abend sehr dankbar – und dass du mich in deine Stammkneipen mitgenommen hast. Für mich ist es nämlich keineswegs eine Selbstverständlichkeit, dass du mir so ohne weiteres Einblick in deine eigene kleine Welt gewährt hast.«

»Ich habe mich heute Abend mindestens genauso gut amüsiert wie du«, versicherte ich ihr. »Außerdem schadet es meinem Image keineswegs, mit einer schönen Frau am Arm gesehen zu werden.«

»Ich bin nicht schön.«

»Red keinen Unsinn. Soll ich etwa vor dir auf die Knie sinken und es mit einem feierlichen Eid beschwören. Du musst dir doch bewusst sein, dass du umwerfend aussiehst.«

»Ich weiß, dass ich nicht hässlich bin«, erwiderte sie. »Aber schön bin ich nicht.«

»Erzähl mir doch nichts. Wie wärst du wohl sonst zu all den Häusern dort drüben gekommen?«

»Man muss nicht wie Elizabeth Taylor aussehen, um es in meinem Job zu was zu bringen. Das müsstest du eigentlich inzwischen gelernt haben, Matt. Dazu genügt es, eine Frau zu sein, mit der ein Mann gern ein paar Stunden verbringt. Ich will dir mal was verraten: Im Grunde genommen spielt sich in meinem Job fast alles auf der psychologisch-menschlichen Ebene ab.«

»Du musst es ja schließlich wissen.«

Sie wandte sich vom Fenster ab und stellte die Katzenfigur wieder auf den Couchtisch zurück. Mit dem Rücken zu mir sagte sie: »Findest du mich wirklich schön?«

»Das habe ich immer schon gefunden.«

»Das ist wirklich nett von dir.«

»Das war nicht als Kompliment gemeint. Ich wollte damit sagen ...«

»Ich weiß.«

Für eine Weile sagte keiner von uns etwas. Über den Raum breitete sich tiefe Stille. Einen ähnlichen Moment hatte es auch in dem Film gegeben, den wir uns vor ein paar Stunden angesehen hatten. Plötzlich war die Musik verstummt, und es wurde ganz still. Umso deutlicher konnte man das Knistern spüren, das in der Luft lag.

Nach einer Weile sagte ich: »Dann werde ich mich jetzt mal auf den Weg machen. Wenn du mir noch das Phantombild geben könntest.«

Sie nahm die Zeichnung vom Tisch und reichte sie mir. »Aber vielleicht sollte ich sie dir vorher noch ein bisschen einpacken – damit sie nicht verwischt. Macht es dir was aus, wenn ich vorher noch mal kurz verschwinde, oder hast du es sehr eilig?«

Während sie auf der Toilette war, stand ich einfach nur da und starrte James Leo Motley an – so, wie Ray Galindez ihn gezeichnet hatte. Dabei versuchte ich angestrengt, in seinen Augen zu lesen. An sich war das vollkommen absurd. Schließlich hatte ich hier eine Zeichnung vor mir und kein Foto. Außerdem wusste ich noch sehr gut, dass Motleys Augen auch dann völlig unergründlich waren, wenn man ihn leibhaftig vor sich hatte.

Ich überlegte, wo er sich wohl in diesem Moment herumtrieb. Vielleicht hatte er sich in irgendein leerstehendes Abbruchhaus verkrochen und pumpte sich mit Crack voll. Vielleicht lebte er mit einer Frau zusammen, der er mit seinen Fingerspitzen das Leben schwer machte, alles Geld wegnahm und weiszumachen versuchte, dass sie es gar nicht anders wollte. Vielleicht war er aber auch gar nicht in New York, sondern saß in Atlantic City am Spieltisch oder lag in Miami in der Sonne.

Ich starrte noch eine ganze Weile wie gebannt auf das Phantombild und versuchte meine tief verschütteten animalischen Instinkte zu wecken, damit sie mir einflüsterten, wo er war und was er gerade tat. Irgendwann kam Elaine wieder zurück und blieb neben mir stehen. Ganz schwach konnte ich ihre Schulter an meiner Seite spüren, und der Duft ihres Parfüms kitzelte in meiner Nase.

Sie sagte: »Am besten stecke ich die Zeichnung in einen Pappzylinder. Dann wird sie nicht geknickt und kann nicht schmutzig werden.«

»Und woher willst du so einen Pappzylinder nehmen? Ich dachte, du wirfst immer gleich alles weg.«

»Das allerdings. Aber wie wär's zum Beispiel mit dem Pappkern einer Rolle Haushaltstücher.«

»Gute Idee.«

»Na, was sage ich denn.«

»Wenn du glaubst, dass die Zeichnung das wert ist.«

»Was kostet so eine Rolle Küchentücher schon? Einen Dollar neunzehn vielleicht?«

»Mich darfst du sowas nicht fragen.«

»Irgendwas um den Dreh rum muss es jedenfalls sein. Und so viel ist die Zeichnung auf jeden Fall wert.« Sie tippte mit dem Zeigefinger darauf.» Wenn alles vorbei ist, möchte ich die Zeichnung wiederhaben.«

»Wozu?«

»Um sie rahmen zu lassen. Weißt du noch, was Galindez gesagt hat? *Fertig zum Rahmen.* Das war natürlich als Witz gemeint. Aber das liegt nur daran, dass er seine Arbeit nicht wirklich ernst nimmt. Das ist ein richtiges Kunstwerk.«

»Im Ernst?«

»Natürlich. Eigentlich hätte ich ihn die Zeichnung signieren lassen sollen. Aber vielleicht ergibt sich dazu später noch eine Gelegenheit. Was hältst du davon?«

»Galindez würde sich bestimmt sehr geschmeichelt fühlen. Eigentlich wollte ich mir nur ein paar Fotokopien davon machen lassen. Aber jetzt hast du mich auf eine Idee gebracht. Warum bringen wir sie nicht gleich in einer limitierten Auflage von fünfzig Stück als Druckgraphik heraus?«

»Keine schlechte Idee.« Sie legte ihre Hand auf die meine. »Du alter Witzbold.«

»So bin ich eben.«

»Mhm.«

Darauf trat wieder dieses intensive Schweigen ein. Um es zu brechen, räusperte ich mich und sagte: »Du hast Parfüm aufgetragen.«

»Ja.«

»Eben erst.«

»Mhm.«

»Riecht gut.«

»Schön, dass du es magst.«

Ich bückte mich, um die Zeichnung auf den Couchtisch zu legen. Dann richtete ich mich wieder auf. Mein Arm legte sich um ihre Taille, meine Hand kam auf ihrer Hüfte zu ruhen. Mit einem kaum hörbaren Seufzer lehnte sie sich an mich und ließ den Kopf auf meine Schulter sinken.

»Ich fühle mich richtig schön«, hauchte sie.

»Dazu hast du auch allen Grund.«

»Ich habe nicht nur Parfüm aufgetragen. Ich habe mich auch ausgezogen.«

»Davon ist aber nichts zu sehen.«

»Trotzdem. Vorher hatte ich noch BH und Slip an. Jetzt nicht mehr. Unter den Kleidern bin nur noch ich.«

»Nur du.«

»Nur ich und ein bisschen Parfüm.« Sie drehte sich zu mir herum. »Und ich habe mir auch die Zähne geputzt.« Sie legte den Kopf auf die Seite und sah mich mit leicht geöffneten Lippen an. Für einen Moment trafen sich unsere Blicke. Dann schloss sie die Augen.

Ich nahm sie in die Arme.

Es war wundervoll. Voller drängender Ungeduld und doch ohne Hast, leidenschaftlich und doch ruhig, vertraut und zugleich überraschend neu. Wir liebten uns mit der gelassenen Selbstverständlichkeit eines alten Paares und der Gier frisch Verliebter. Im Bett hatte es zwischen uns schon immer gut geklappt, und daran hatte sich auch im Lauf der Jahre nichts geändert. Es war sogar besser denn je.

Danach sagte sie: »Ich konnte schon den ganzen Abend an nichts anderes denken. Ständig gingen mir Dinge durch den Kopf wie: Ich mag diesen Kerl und habe ihn schon immer gemocht; wäre es nicht schön, mal wieder auszuprobieren, ob der alte Zauber nach all den Jahren noch immer nicht verflogen ist. In gewisser Weise habe ich also schon den ganzen Abend an nichts anderes mehr gedacht – aber wie gesagt nur im Kopf, wenn du weißt, was ich meine.«

»Ich glaube schon.«

»Vom Kopf her fand ich diese Vorstellung schon von Anfang an sehr erregend. Aber dann hast du gesagt, ich wäre schön, und plötzlich stand ich mit einem nassen Höschen da.«

»Ehrlich?«

»Ja. Ich war sofort ganz stark erregt.«

»Der Weg ins Herz einer Frau ...«

»Führt durch ihr Höschen. Tun sich da nicht plötzlich ganz neue Welten für dich auf? Du brauchst einer Frau nur zu sagen, dass sie schön ist.« Sie legte ihre Hand auf meinen Arm. »Aber funktioniert hat es vermutlich nur deshalb, weil du es so überzeugend gebracht hast, dass ich es dir tatsächlich abgenommen habe – nicht, dass ich tatsächlich schön bin; aber, dass ich es zumindest in deinen Augen bin.«

»Du bist wirklich schön.«

»Das ist nur deine Masche, um mich rumzukriegen. Kennst du übrigens diesen Witz über Pinocchio? Er treibt's gerade mit einem Mädchen und besorgt's ihr mit dem Mund. Da fängt sie zu stöhnen an: *Belüg mich. Bitte, belüg mich.*«

»Habe ich dich etwa je belogen?«

»Ach, weißt du«, erwiderte sie darauf. »Ich dachte, es könnte ganz schön werden, und mir war auch klar, dass es früher oder später dazu kommen musste. Aber dass es so toll werden könnte, hätte ich, ehrlich gesagt, nicht gedacht.«

»Mhm.«

»Wann haben wir eigentlich zum letzten Mal miteinander geschlafen? Es ist inzwischen drei Jahre her, dass du das letzte Mal hier warst; aber damals sind wir nicht mehr ins Bett gegangen.«

»Nein, das muss noch ein paar Jahre mehr zurückliegen.«

»Vor sieben Jahren vielleicht?«

»Vielleicht sind es auch schon acht.«

»Jetzt ist mir alles klar. Angeblich erneuern sich doch alle sieben Jahre sämtliche Zellen des menschlichen Körpers.«

»Das hört man zumindest immer wieder.«

»Demnach haben sich meine Zellen und deine noch nie zuvor getroffen. Ich habe das übrigens nie so recht verstanden – ich meine, dass sich die Zellen alle sieben Jahre von Grund auf erneuern. Wenn du zum Beispiel eine Narbe hast, dann ist sie doch nach sieben Jahren noch genauso zu sehen.«

»Oder eine Tätowierung. Die Zellen werden ausgetauscht, aber die Tinte bleibt.«

»Woher weiß der Körper wohl, wie das funktioniert?«

»Keine Ahnung.«

»Genau das ist es, was ich nicht verstehe. Wie macht er das? Du hast doch keine Tätowierungen, oder?«

»Nein.«

»Obwohl du Alkoholiker bist? Lassen sich die meisten denn nicht im Vollrausch tätowieren?«

»Zumindest kann ich mir nicht vorstellen, wie sich jemand im Vollbesitz seiner geistigen Kräfte so etwas antun kann.«

»Ich auch nicht. Übrigens habe ich mal gelesen, dass ein hoher Prozentsatz von Gewaltverbrechern stark tätowiert ist. Hast du davon auch schon gehört?«

»Hört sich jedenfalls ganz plausibel an.«

»Woran das wohl liegt? Hängt das vielleicht mit der Vorstellung zusammen, die man von sich selbst hat?«

»Schon möglich.«

»Hatte Motley eine?«

»Vorstellung von sich selbst?«

»Nein, eine Tätowierung, du Blödmann.«

»Ach so. Du meinst, ob er tätowiert war? Mal sehen – daran kann ich mich nicht mehr erinnern. Außerdem müsstest du das eigentlich besser wissen; schließlich hast du mehr von ihm zu sehen bekommen als ich.«

»Nett von dir, mich daran zu erinnern. Aber wenn mich nicht alles täuscht, hatte er keine Tätowierungen – nur diese Narben auf seinem Rücken. Habe ich dir davon eigentlich schon erzählt?«

»Nicht, dass ich wüsste.«

»Er hatte mehrere vernarbte Streifen auf dem Rücken. Vermutlich ist er als Kind schwer misshandelt worden.«

»So was soll vorkommen.«

»Mhm. Bist du müde?«

»Ein bisschen.«

»Denk bloß nicht, dass ich dich jetzt einschlafen lasse. Genau das ist nämlich das Problem mit dem Sex. Während Frauen davon erst richtig munter werden, wollen die Männer danach nur noch schlafen. Vorerst wird also noch nichts aus deinem Winterschlaf, du alter Brummbär.«

»Schnarch.«

»Ich bin übrigens froh, dass du nicht tätowiert bist. Und jetzt lasse ich dich endlich in Frieden. Schlaf schön.«

*   *   *

Ich schlief ein. Irgendwann in der Nacht wachte ich auf. Ich hatte geträumt, und dann war der Traum plötzlich weg, und ich lag wach im Bett. Elaine hatte sich ganz dicht an mich geschmiegt. Ich spürte ihre Wärme auf meiner Haut und ihren Duft in meiner Nase. Behutsam strich ich mit der Hand über die wundervoll zarte Haut an ihrer Taille. Die Plötzlichkeit, mit der mein Körper reagierte, überraschte mich.

Meine Hände begannen sie am ganzen Körper zärtlich zu streicheln. Nach einer Weile fing sie an zu schnurren wie eine Katze und drehte sich auf den Rücken. Ich folgte ihrer Einladung und legte mich auf sie, und ohne dass ich etwas dazu tun musste, war ich schon wenige Augenblicke später in sie eingedrungen. Mit derselben Selbstverständlichkeit fanden auch unsere Körper ihren eigenen Rhythmus. Ein endloses Wiegen, Schaukeln und Wogen begann.

Danach lachte sie im Dunkeln leise in sich hinein. Ich fragte sie, was so komisch wäre.

»*Nicht nur einmal*«, kicherte sie.

Am nächsten Morgen stieg ich aus dem Bett, ging unter die Dusche und zog mich an. Erst dann weckte ich Elaine, damit sie mir aufschloss und anschließend gleich wieder hinter mir absperren konnte. Sie fragte, ob ich an das Phantombild gedacht hätte. Statt einer Antwort hielt ich den Pappkern der Küchenrolle mit Ray Galindez' Zeichnung hoch.

»Und vergiss nicht, dass ich das Bild zurückhaben will«, schärfte sie mir ein.

Ich versprach ihr, gut darauf aufzupassen.

»Und vor allem auch auf dich selbst«, fügte sie mit Nachdruck hinzu. »Versprichst du mir das?«

Ich versprach es ihr.

Kapitel 8

Ich machte mich zu Fuß auf den Weg in mein Hotel. Als ich an einem Kopier-
laden vorbeikam, der auch am Wochenende offen hatte, ließ ich mir hundert
Kopien von der Zeichnung machen. Die meisten davon ließ ich zusammen
mit dem Original, das ich sorgfältig zusammengerollt wieder in den Pappzylinder gesteckt hatte, in meinem Zimmer. Als ich mich gleich darauf wieder
auf den Weg machte, nahm ich nur etwa ein Dutzend mit und steckte mir
dazu einen Packen Visitenkarten ein – nicht die von Reliable, sondern meine
eigenen, die Jim Faber mal für mich gedruckt hatte, nur mit meinem Namen
und meiner Telefonnummer drauf.

Ich nahm die S-Bahn in Richtung Uptown und stieg in der Eighty-sixth aus.
Mein erster Besuch galt dem Bretton Hall, Motleys letzter Adresse vor seiner
Verhaftung. Mir war von Anfang an klar, dass er sich dort, wenn überhaupt,
auf keinen Fall unter seinem richtigen Namen ein Zimmer genommen hatte.
Trotzdem versuchte ich mein Glück und hielt dem Portier das Phantombild
unter die Nase. Er studierte es aufmerksam und schüttelte schließlich den
Kopf. Trotzdem gab ich ihm die Zeichnung, steckte ihm auch eine Visiten-
karte zu und sagte: »Für den Fall, dass Ihnen doch noch etwas dazu einfällt.
Und natürlich wird bei so einem Tipp auch für Sie was rausspringen.«

Anschließend arbeitete ich mich die Ostseite des Broadway bis zur 110th
Street hinauf vor und ließ dabei keines der Hotels im Broadway und in den
Seitenstraßen aus. Anschließend ging das Ganze auf der anderen Seite wieder
von vorne los, nur in umgekehrter Richtung; allerdings machte ich auf dem
Rückweg noch ein Stück über meinen Ausgangspunkt hinaus bis zur Seven-
ty-second Street weiter. Dort genehmigte ich mir in einem kubanisch-chine-
sischen Stehimbiss einen Teller schwarze Bohnen mit gelbem Reis und ging
anschließend auf der Ostseite wieder zur Eighty-sixth zurück, wo ich meine
Runde begonnen hatte. Obwohl ich dabei wesentlich mehr Visitenkarten als
Phantombilder unter die Leute brachte, hatte ich am Schluss nur noch eine
Kopie übrig, und ich bereute bereits, dass ich nicht mehr davon eingesteckt
hatte. Sie hatten sowieso nur zehn Cent das Stück gekostet, und zu diesem

Preis hätte ich es mir auch leisten können, die ganze Stadt damit vollzupflastern.

Ein paar der Leute, mit denen ich sprach, meinten, dass ihnen Motley irgendwie bekannt vorkam. Und in einem Wohlfahrtshotel, dem Benjamin Davis in der Ninety-fourth, erkannte ihn der Portier auf den ersten Blick. »Der hat hier mal gewohnt«, sagte er sofort. »Und zwar diesen Sommer.«

»Wann genau?«

»Fragen Sie mich was Leichteres. Ich weiß nur, dass er ein paar Wochen hier gewohnt hat. Wann er allerdings eingezogen – oder wieder ausgezogen ist, kann ich Ihnen leider beim besten Willen nicht sagen.«

»Könnten Sie vielleicht mal in Ihren Unterlagen nachsehen?«

»Könnte ich schon, wenn ich seinen Namen noch wüsste.«

»Sein richtiger Name ist James Leo Motley.«

»Ich muss Sie wohl nicht extra darauf hinweisen, dass nur die wenigsten unserer Gäste ihren richtigen Namen angeben.« Er blätterte an den Anfang des Gästebuchs zurück. Die Eintragungen reichten allerdings nur bis September. Darauf verschwand er kurz in seinem Büro und kam mit dem Band davor zurück. »Motley«, murmelte er und begann darin zu blättern. »Motley steht hier keiner. Ehrlich gestanden, glaube ich auch nicht, dass er sich unter diesem Namen ein Zimmer genommen hat. Ich weiß zwar nicht, unter welchem Namen er sich tatsächlich ins Gästebuch eingetragen hat; aber wenn ich ihn hören würde, wüsste ich sofort wieder Bescheid – wenn Sie wissen, was ich meine. Jedenfalls sagt mir der Name Motley absolut nichts. Fehlanzeige.«

Trotzdem ging er sämtliche Eintragungen für mich durch. Seine Lippen bewegten sich stumm, während sein Finger über die Namen der Hotelgäste am linken Seitenrand glitt. Unser kurzer Wortwechsel war nicht unbemerkt geblieben, und schon nach kurzem hatten sich mehrere Hotelgäste oder auch Leute, die sich gerade im Foyer herumtrieben, neugierig um uns geschart, um zu sehen, was wir da machten.

»Kannst du dich an den Kerl noch erinnern?«, wandte sich der Portier an einen der Umstehenden und deutete dabei auf das Phantombild. »Der hat doch diesen Sommer ein paar Wochen hier gewohnt. Wie hieß der Kerl gleich wieder?«

Der andere Mann griff nach der Zeichnung und hielt sie ans Licht, um sie besser sehen zu können. »Das ist ja nicht mal ein Foto«, brummte er, »sondern nur 'ne Zeichnung, die einer von ihm gemacht hat.«

»Von dem Mann existiert leider kein Foto.«

»Aber ich weiß, wen Sie meinen«, nickte der Mann. »Ziemlich gut getroffen. Und wie, sagen Sie, soll der Kerl heißen?«

»Motley. James Leo Motley.«

Der Mann schüttelte den Kopf. »Motley hieß der ganz bestimmt nicht. Und auch nicht James irgendwas.« Er wandte sich wieder dem Portier zu. »Wie hieß der Typ doch gleich wieder, Rydell? Du kannst dich doch sicher auch noch an ihn erinnern.«

»Klar«, nickte Rydell.

»Aber wie hat der Kerl nur geheißen?«

»Die Zeichnung ist ziemlich ähnlich, nur seine Frisur war anders.«

»Inwiefern anders?«, wollte ich wissen.

»Kürzer«, sagte der Portier. »Auffallend kurz, und zwar sowohl oben wie an den Seiten.«

»Ja, sehr kurz«, bestätigte auch der andere Mann mit einem nachdrücklichen Nicken. »Als käme er gerade woher, wo sie einem 'nen ziemlich kurzen Haarschnitt verpassen.«

»Genau«, stimmte ihm der Portier zu. »Wo sie noch diese alten Haarschneidemaschinen haben und einem damit einfach den Schädel kahlrasieren. Ich gehe jede Wette ein, dass ich seinen Namen noch weiß. Ich müsste ihn nur hören, dann würde er mir wieder einfallen.«

»Mir geht's genauso«, nickte der andere Mann.

»Coleman«, sagte Rydell plötzlich.

»Nein, nicht Coleman«, schüttelte der andere den Kopf.

»Nein, aber so ähnlich wie Coleman. Colton? Copeland!«

»Genauso hieß er – Copeland.«

»Ronald Copeland«, sagte der Portier mit stolzgeschwellter Brust. »Weißt du, wie ich auf Coleman gekommen bin? Es gab doch mal einen Schauspieler, der hieß Ronald Coleman. Aber der Typ da hieß Ronald Copeland.«

Und tatsächlich. Der Name stand im Gästebuch. Er hatte sich am 27. Juli ein Zimmer genommen, zwölf Tage nach seiner Entlassung aus Dannemora. Als seinen vorhergehenden Wohnsitz hatte er eine Adresse in Mason City, Iowa, angegeben. Ohne selbst recht zu wissen warum, schrieb ich sie mir auf.

Der Buchführung im Benjamin Davis lag ein etwas eigenartiges System zugrunde. Jedenfalls war im Gästebuch nirgendwo vermerkt, wann Copeland alias Motley wieder ausgezogen war. Um das herauszufinden, musste der Portier in einem speziellen Karteikasten nachsehen. Dabei stellte sich heraus, dass Motley genau einen Monat im Benjamin Davis gewohnt hatte. Bis zum vierundzwanzigsten August. Eine neue Adresse hatte er nicht hinterlassen, und der Portier konnte sich auch nicht erinnern, dass ihm nach seinem Auszug irgendwelche Post nachgeschickt worden war; er hatte schon keine bekommen, als er noch im Hotel gewohnt hatte – genauso wenig wie irgendwelche Anrufe.

Keiner der beiden Männer konnte sich erinnern, sich mal mit ihm unterhalten zu haben. »Er machte einen ziemlich verschlossenen Eindruck«, erklärte der Portier. »Wenn ich ihn gesehen habe, ist er entweder auf sein Zimmer gegangen oder gerade von dort gekommen. Jedenfalls stand er nie hier unten herum, um sich mit ein paar anderen Gästen zu unterhalten.«

»Irgendwie war mir der Kerl nicht ganz geheuer«, fügte dem der andere Mann hinzu. »Man hat es sich lieber zweimal überlegt, bevor man mit dem eine Unterhaltung anfing.«

»Ja, was der allein für einen komischen Blick hatte.«

»Allerdings.«

»Wenn der einen nur ansah«, bestätigte der Portier, »lief es einem schon kalt den Rücken runter. Dabei hat er einen nicht irgendwie bedrohlich oder fies angesehen. Nur kalt.«

»*Eis*kalt.«

»Gerade so, als ob er einen ohne den leisesten Grund killen könnte. Wenn Sie mich fragen: Dem Kerl ist alles zuzutrauen. Wenn ich jemals einem eiskalten Killer begegnet bin, dann diesem Typen.«

»Ich kannte mal eine Frau mit so einem Blick«, warf der Portier ein.

»Auf so 'ne Tante kann ich gern verzichten.«

»Und noch weniger hättest du mit dieser Type was zu tun haben wollen«, versetzte der Portier gewichtig. »Nicht mal am kürzesten Tag deines Lebens.«

Wir unterhielten uns noch eine Weile. Dann gab ich jedem der beiden eine Visitenkarte und ließ dabei durchblicken, dass ich mich im Fall eines brauchbaren Tipps nicht lumpen lassen würde. Das veranlasste den Portier zu der Frage, ob das nicht auch schon auf unser kurzes Gespräch zuträfe. Statt mich auf lange Diskussionen einzulassen, steckte ich ihm und seinem Freund einen Zehner zu. Darauf war sich der Portier zwar nicht zu schade, durchblicken zu lassen, dass mir unser kleiner Plausch durchaus noch etwas mehr hätte wert sein können; andrerseits wirkte er jedoch auch nicht sonderlich überrascht, als ich deswegen meine Brieftasche nicht noch mal zückte.

»Sie sollten mal diese Typen im Fernsehen sehen«, meinte er. »Die schmeißen mit Zwanzigern nur so um sich – und das, ohne dass ihnen ein Mensch auch nur irgendwas erzählt. Können Sie mir vielleicht verraten, warum nicht öfter mal ein paar von der Sorte hier vorbeikommen?«

»Weil sie ihr ganzes Geld schon ausgegeben haben«, sagte sein Freund, »bevor sie so weit nach Uptown hochkommen.«

Ich hatte zwar jede dritt- und viertklassige Absteige am ganzen Broadway abgeklappert, aber das blieb die einzige Gelegenheit, bei der ich etwas von meinem Geld unter die Leute brachte. Es war auch der einzige konkrete Anhaltspunkt, auf den ich stieß. Für den Anfang war das trotzdem mehr, als ich erwarten konnte. Zumindest wusste ich schon mal, dass sich Motley in der Zeit zwischen vierundzwanzigstem Juli und vierundzwanzigstem August in New York aufgehalten hatte. Außerdem wusste ich, dass er sich unter einem falschen Namen ein Hotelzimmer gemietet hatte; und das wiederum konnte nur bedeuten, dass er nichts Gutes im Schilde führte. Wozu hätte er sich sonst einen falschen Namen zulegen sollen? Und was noch wichtiger war: Ich wusste inzwischen auch, dass Galindez' Zeichnung Motleys gegenwärtigem Aussehen ziemlich nahe kam. Nur sein Haar war im Sommer wesentlich kürzer gewesen; aber es konnte inzwischen nachgewachsen sein. Darüber hinaus hätte er sich natürlich Koteletten oder einen Bart stehen lassen können. Aber das hielt ich für ziemlich unwahrscheinlich; zum einen war das nicht der Fall gewesen, bevor er ins Gefängnis gekommen war, und er hatte sich auch keinen Bart stehen lassen, solange er im Benjamin Davis gewohnt hatte.

Bis ich wieder am Ausgangspunkt meiner Runde angelangt war, zeigten meine Beine erste Verschleißerscheinungen. Und das war noch das geringste Problem. Vor allem zehrt diese blöde Fragerei ganz gewaltig an den Nerven. Ständig stellt man irgendwelchen Leuten die ewig gleichen Fragen und hat dabei das Gefühl, gegen eine Wand zu reden. Der einzige Lichtblick dieses Tages war mein Besuch im Benjamin Davis gewesen, mit einer langen Durststrecke davor und einer noch längeren danach. Aber das war typisch. Wenn man so eine Umfrage macht – Polizisten nennen das Klinkenputzen, obwohl ich an diesem Tag nicht viele Türklinken in die Hand genommen hatte –, dann tut man das von vorneherein in dem Bewusstsein, dass man dabei zu fünfundneunzig Prozent seine Zeit vergeudet. Trotzdem führt kein Weg an dieser Quälerei vorbei, weil man ohne die überflüssigen fünfundneunzig nicht an die fünf Prozent rankommt, die schließlich die Mühe lohnen. Das ist, wie wenn man mit einer Schrotflinte auf einen Vogel schießt. Die meisten Schrotkörner verfehlen zwar ihr Ziel, aber das stört einen nicht weiter, solange wenigstens eines den Vogel trifft. Mit einem Gewehr würde man das nie im Leben schaffen; dazu ist das Vieh zu klein und der Himmel drum herum zu groß.

Wie gesagt, diese Fragerei zehrt gewaltig an den Kräften. Ich fuhr mit dem Bus ins Hotel zurück und setzte mich vor den Fernseher. Dort kam gerade ein Footballmatch zwischen zwei Collegemannschaften. Bei einem Team spielte ein Quarterback, der als aussichtsreicher Kandidat für die Heisman Trophy galt.

Nachdem ich das Spiel eine Weile verfolgt hatte, konnte ich den Rummel, den sie um den Burschen machten, ganz gut verstehen. Er war ein Weißer, der auch für die Profiliga die nötige Statur mitbrachte, und irgendwie konnte ich mich des Eindrucks nicht erwehren, dass dieser Junge in den nächsten zehn Jahren etwas mehr verdienen würde als ich. Irgendwann muss ich wohl eingenickt sein, denn ich träumte gerade, als das Telefon klingelte. Ich schlug die Augen auf, drehte am Fernseher den Ton ab und griff nach dem Hörer.

Es war Elaine. »Hallo, Matt. Ich habe früher schon mal versucht, dich zu erreichen, aber du warst noch unterwegs.«

»Davon haben sie mir unten an der Rezeption aber gar nichts gesagt.«

»Ich habe ja auch keine Nachricht hinterlassen. Eigentlich wollte ich mich nur bei dir bedanken, und zwar ganz persönlich. Du bist wirklich ein Schatz. Aber das bekommst du sicher ständig zu hören.«

»Na, ich weiß nicht. Erst heute habe ich zum Beispiel mit Dutzenden von Leuten gesprochen, und es war keiner darunter, der mir auch nur annähernd etwas in der Richtung gesagt hätte. Die meisten haben mir sogar überhaupt nichts gesagt.«

»Was hast du gemacht?«

»Nach unserem Freund gesucht. Übrigens habe ich das Hotel gefunden, in dem er nach seiner Entlassung einen Monat gewohnt hat.«

»Tatsächlich?«

»Ja, eine Absteige in den West Nineties. Das Benjamin Davis. Allerdings nehme ich nicht an, dass dir der Name etwas sagt.«

»Sollte er das?«

»Kaum. Offensichtlich ist das Phantombild ziemlich gut getroffen – so viel steht zumindest schon mal fest. Und vielleicht ist das auch das Wichtigste, was ich heute herausgefunden habe.«

»Hast du das Original noch?«

»Du willst es also immer noch haben?«

»Natürlich. Hast du für heute Abend schon was vor? Hättest du zum Beispiel Lust, es vorbeizubringen?«

»Ich muss leider noch mal los, und außerdem wollte ich anschließend zu einem Treffen gehen. Aber vielleicht rufe ich dich danach noch an, wenn es nicht schon zu spät ist. Und falls dir dann noch nach spätem Besuch ist, komme ich bei dir vorbei.«

»Gut. Und noch was, Matt. Ich fand es richtig schön mit dir.«

»Ich auch.«

»Hattest du eigentlich schon immer so eine romantische Ader? Damit will ich eigentlich nur sagen, dass mir das sehr gut an dir gefällt.«

Nachdem ich aufgehängt hatte, stellte ich den Ton wieder an. Das Footballmatch war inzwischen bereits im letzten Viertel angelangt; demnach musste ich ziemlich lange geschlafen haben. In dieser Phase des Spiels war zwar die Spannung schon ziemlich draußen, aber ich sah mir das Match trotzdem bis zum Schluss an. Dann ging ich essen.

Diesmal hatte ich mir nicht nur einen dicken Packen Visitenkarten eingesteckt, sondern auch wesentlich mehr Phantombilder als bei meiner ersten Runde. Damit machte ich mich nach dem Essen auf den Weg in Richtung Downtown. Nachdem ich die SRO-Hotels und Pensionen in Chelsea abgeklappert hatte, machte ich im Village weiter. Ich hatte mir meine Tour zeitlich so eingeteilt, dass ich an einem Storefront-Treffen in der Perry Street teilnehmen konnte. Obwohl der Raum für maximal fünfunddreißig Personen gedacht war, drängten sich dort mindestens doppelt so viele Leute. Die Sitzplätze waren längst weg, als ich eintraf, und auch die Stehplätze waren ziemlich knapp. Das Treffen war jedoch so unterhaltsam, dass ich die Enge gern in Kauf nahm. Und als nach der Pause ein paar Leute gingen, konnte ich sogar einen Sitzplatz ergattern.

Als das Treffen gegen zehn zu Ende war, setzte ich meinen Rundgang fort. Diesmal waren die Lederschwulenbars, das Boots and Saddles in der Christopher, das Chuckwagon in der Greenwich und ein paar zwielichtige Hafenkaschemmen in der West Street an der Reihe. Die Schwulenbars, insbesondere die der Sado-Maso-Szene, hatten für mich schon immer etwas Bedrückendes gehabt, aber seit neuestem, im Zeitalter von AIDS, fand ich die Atmosphäre dort noch desolater. Zum Teil war das vermutlich darauf zurückzuführen, dass ein großer Teil der Männer, die dort in ihren Jeans oder Lederklamotten so betont lässig herumstanden und sich zu ihrem Coors ihre Marlboros reinzogen, Zeitbomben auf zwei Beinen waren, bereits infiziert mit dem Virus, der ihre Körper in ein paar Monaten oder auch Jahren erbarmungslos dahinraffen würde. War es also weiter verwunderlich, dass ich hinter jedem dieser Gesichter bereits die Konturen eines Totenschädels durchscheinen sah?

Im Grunde genommen hatte es mich nur auf einen sehr vagen Verdacht hin in diese Szene verschlagen. An dem Tag, als ich Motley zum ersten Mal gesehen hatte, war er nämlich wie eine Art Stadtcowboy angezogen gewesen, und zwar bis hinab zu den Silberkappen seiner Stiefelspitzen. Ihn deshalb gleich als Lederschwuchtel abzustempeln, war zwar ein bisschen weit hergeholt, aber trotzdem fand ich, dass er ganz gut in diese Szene gepasst hätte, lässig am Tresen lehnend, die langen, kräftigen Finger um eine Bierflasche geschlossen, der kalte Schlangenblick herausfordernd die Umgebung taxierend. Soviel ich wusste, waren Motleys bevorzugte Opfer Frauen, aber das hieß natürlich nicht, dass seine sexuellen Vorlieben in dieser Hinsicht tatsächlich so scharf umrissen waren. Wenn es für ihn schon keinen Unterschied machte, ob seine Sexualpartner lebendig oder tot waren, wieso hätte er es dann bei ihrem Geschlecht so genau nehmen sollen?

Ich hielt also jedem, der es sehen wollte, Motleys Phantombild unter die Nase und sagte dazu mein Sprüchlein auf. Zwei Barkeepern kam Motley vage bekannt vor; mit Sicherheit identifizieren konnten sie ihn allerdings nicht.

In einer der Bars in der West Street hatten sie am Wochenende eine äußerst strenge Kleiderordnung. Zutritt erhielt man dort nur in Jeans oder Leder. Der Türsteher verstellte mir sofort den Weg, als er meines Anzugs ansichtig wurde, und deutete statt einer Erklärung nur auf ein Schild an der Wand, auf dem darauf hingewiesen wurde.

In gewisser Weise konnte ich das sogar verstehen. Nehmen Sie umgekehrt nur mal die Unmengen von Leuten in Jeans und Bomberjacken, die zum Beispiel im Plaza nichts zu trinken bekommen. »Ich bin nicht aus privaten Gründen hier«, erklärte ich dem Türsteher und zeigte ihm das Phantombild mit Motleys Konterfei.

»Was hat der Kerl ausgefressen?«

»Ein paar Leuten ein bisschen wehgetan.«

»Manche mögen das.«

»Na, in diesem Fall wage ich das zu bezweifeln.«

»Zeigen Sie her.« Er schob seine Sonnenbrille auf die Stirn hoch und nahm die Zeichnung genauer in Augenschein. »Klar«, sagte er nach einer Weile.

»Sie kennen ihn?«

»Ja, den habe ich hier schon öfter gesehen. Er gehört zwar nicht gerade zu unseren Stammgästen, aber ich habe ein gutes Gedächtnis für Gesichter – neben anderen Körperteilen.«

»Wie oft war er schon hier?«

»Schwer zu sagen. Viermal? Vielleicht auch fünfmal. Das erste Mal, dass ich ihn gesehen habe, muss irgendwann um den Labor Day gewesen sein. Vielleicht auch etwas früher. Und seitdem war er noch drei –, viermal hier. Wenn er allerdings abends schon immer ziemlich früh hier antanzt, könnte er auch schon öfter hier gewesen sein, ohne dass ich es mitbekommen habe. Ich fange nämlich immer erst um neun hier an.«

»Was hatte er an?«

»Unser Freund hier? Das weiß ich nicht mehr. Er ist mir nie groß aufgefallen. Jeans und Stiefel, würde ich mal sagen. Da ich nie etwas an ihm zu beanstanden hatte, dürfte er sich ziemlich genau an die Kleiderordnung gehalten haben.«

Ich stellte dem Türsteher noch ein paar weitere Fragen. Nachdem ich ihm meine Visitenkarte und eine Kopie der Zeichnung gegeben hatte, fragte ich ihn, ob er mich nicht doch kurz reinlassen könnte, damit ich auch dem Barmann das Pantombild zeigen konnte – aber selbstverständlich nur, wenn das kein zu grober Verstoß gegen die Kleiderordnung wäre.

»Hin und wieder muss man auch mal eine Ausnahme machen«, erklärte er achselzuckend. »Sie sind doch von der Polizei, oder nicht?«

»Ich arbeite privat.« Welcher Teufel mich ritt, das zu sagen, wusste ich selber nicht.

»Mann, ein Privatdetektiv! Geil!«

»Finden Sie?«

»Na klar, Mann, das ist so in etwa das Schärfste, was es überhaupt gibt.« Er seufzte schmachtend. »Glaub mir, Süßer, *dich* würde ich sogar in einem Taftkleid reinlassen.«

Es war schon weit nach Mitternacht, als ich meine Runde durch die Schwulenszene beendet hatte. Es gab natürlich noch eine ganze Reihe anderer Kneipen, in denen ich mein Glück hätte versuchen können: die Kellerclubs zum Beispiel, die jetzt erst ihre Pforten öffneten; aber die meisten, die ich noch von früher kannte, hatten in Folge der immer mehr um sich greifenden Schwulenseuche dichtmachen müssen. Trotzdem hatten sich ein paar davon über Wasser halten können, und wie ich feststellte, waren sogar ein paar neue dazugekommen. Jedenfalls hatte ich das untrügliche Gefühl, dass sich James Leo Motley in diesem Augenblick in einer von ihnen herumtrieb und darauf wartete, dass ihn jemand in ein dunkles Hinterzimmer entführte.

Aber es war schon ziemlich spät. Ich war müde und hatte nicht mehr den Nerv, weiter nach ihm zu suchen. Außerdem hatte ich das dringende Bedürfnis nach etwas frischer Luft. Ich machte mich zu Fuß auf den Heimweg. Der Kneipenmief, der sich so hartnäckig in meiner Nase festgesetzt hatte, begann allmählich zu verfliegen – diese penetrante Geruchsmixtur aus abgestandenem Bier und Rauch, schweißgetränktem Leder, Amylnitrat und Sex. Die frische Luft tat mir gut, und ich wäre die ganze Strecke zu Fuß gegangen, wenn ich nicht schon ein beachtliches Tagespensum hinter mir gehabt hätte. Deshalb nahm ich mir nach einer Weile ein Taxi, das zufällig gerade vorbeikam.

Zurück im Hotel, überlegte ich, ob ich Elaine noch anrufen sollte; aber es war bereits zu spät. Ich stellte mich lange unter die heiße Dusche und legte mich schlafen.

Kapitel 9

Kirchenglocken weckten mich. Ich muss wohl kurz vor dem Aufwachen gewesen sein, da ich sie sonst nicht gehört hätte. Mühsam richtete ich mich auf und schwang meine Beine über die Bettkante. Irgendetwas lag mir im Magen, aber ich wusste nicht, was.

Ich versuchte Elaine anzurufen, aber es war besetzt. Als ich es nach dem Rasieren noch einmal probierte, kam ich wieder nicht durch. Daraufhin beschloss ich, es nach dem Frühstück noch mal zu versuchen.

Es gibt drei Lokale, die für mich zum Frühstücken in Frage kommen; nur eines davon ist auch sonntags offen. Als ich dort ankam, waren alle Tische besetzt. Ich hatte keine Lust, so lange zu warten, bis einer frei wurde. Deshalb ging ich ein paar Blocks weiter in ein Café, das erst vor ein paar Monaten aufgemacht hatte und in dem ich noch nicht gewesen war. Ich bestellte mir ein komplettes Frühstück, aß aber nur die Hälfte. Wenn es meinen Appetit auch nicht befriedigen konnte, so stillte es ihn zumindest einigermaßen erfolgreich. Als ich das Lokal wieder verließ, hatte ich ganz vergessen, dass ich eigentlich Elaine anrufen wollte.

Ich ging die Eighth Avenue hinunter und begann die Hotels um den Times Square abzuklappern. Früher hatte es davon mal wesentlich mehr gegeben. Aber ein Großteil der alten Häuser in dieser Gegend hatte größeren und neueren Bauten weichen müssen, und die meisten Hausbesitzer hatten sich diesen Sanierungsmaßnahmen nur zu bereitwillig gefügt. Deshalb arbeitet die Stadt nun schon seit ein paar Jahren an einem Gesetzesentwurf, der den Abbruch oder die Zweckentfremdung von Hotels für Dauermieter verhindern soll, damit das beständig zunehmende Obdachlosenproblem nicht noch katastrophalere Ausmaße annimmt.

Je mehr man sich der Forty-second Street nähert, desto weniger einladend ist die Atmosphäre in den Lobbys der Hotels. Ständig wird man dort von dem Gefühl beschlichen, dass jeder, der sich dort herumtreibt, wegen irgendwas polizeilich gesucht wird. Selbst die noch halbwegs respektablen Absteigen, drittklassige Hotels, in denen eine Übernachtung zwischen fünfzig und sechzig Dollar kostet, haben etwas eindeutig Halbseidenes, und je weiter man sich unterhalb dieser Kategorie bewegt, desto häufiger werden die Hinweis-schilder im Eingangsbereich: Kein Besuch nach acht Uhr. Kochen in den Zimmern verboten. Keine Feuerwaffen im Haus. Höchstaufenthaltsdauer achtundzwanzig Tage – auf diese Weise soll vermieden werden, dass jemand in den Status eines Dauermieters aufrückt und nicht mehr beliebig die Miete erhöht bekommen kann.

Auch hier opferte ich mehrere Stunden meiner Zeit und eine entsprechen-de Anzahl an Phantombildern und Visitenkarten. Die Portiers an den Rezep-tionen der Hotels waren entweder misstrauisch oder desinteressiert; manche sogar beides. Je weiter ich mich über den Port Authority-Busbahnhof hinaus vorarbeitete, desto mehr hatte ich den Eindruck, als wären die Straßen nur noch von Cracksüchtigen bevölkert. Wenn Motley sich in einer dieser Ab-steigen verkrochen hatte, hätte es sich eigentlich erübrigt, ihn aus seinem Bau zu locken und unschädlich zu machen. In diesem Fall hätte ich nur warten müssen, bis das die Droge für mich übernahm.

Als ich an einer intakten Telefonzelle vorbeikam, rief ich Elaine an. Erst meldete sich der Anrufbeantworter, aber kaum hatte ich meinen Namen ge-nannt, kam sie selbst an den Apparat. »Ich bin gestern Nacht erst sehr spät nach Hause gekommen«, sagte ich. »Deshalb habe ich mich nicht mehr ge-meldet.«

»Macht doch nichts. Im Gegensatz zu dir bin ich schon sehr früh ins Bett gegangen. Ich habe geschlafen wie ein Stein.«

»Das hattest du vermutlich auch nötig.«

»Ja, wahrscheinlich.« Und nach einer kurzen Pause: »Deine Blumen sind heute übrigens noch schöner als gestern.«

»Tatsächlich?«, erwiderte ich betont neutral.

»Ja. Fast wie hausgemachte Suppe. Die schmeckt bekanntlich auch erst am Tag danach am besten.«

Auf der anderen Straßenseite lehnten zwei Jugendliche gegen das Eisengit-ter vor dem Schaufenster eines Army-Shops. Wenn sie nicht aufmerksam die Straße hinauf und hinunter sahen, schauten sie zu mir herüber. Ich sagte in den Hörer: »Ich hätte Lust, dich zu sehen.«

»Gute Idee. Würde es dir viel ausmachen, erst in einer Stunde vorbeizu-kommen?«

»Nein, nein, natürlich nicht.«

Sie lachte. »Besonders begeistert hört sich das allerdings nicht an. Jetzt lass mich mal kurz überlegen: Jetzt ist es viertel vor zwölf. Kannst du so gegen eins vorbeikommen? Vielleicht auch ein bisschen später? Ist das in Ordnung?«

»Klar.«

Ich hängte auf. Die zwei Jugendlichen auf der anderen Straßenseite behielten mich noch immer im Auge. Plötzlich verspürte ich das unwiderstehliche Bedürfnis, zu ihnen rüberzugehen und sie zu fragen, was es zu glotzen gäbe. Das wäre zwar in dieser Umgebung nicht unbedingt ratsam, aber mir war trotzdem danach.

Stattdessen kehrte ich ihnen jedoch den Rücken zu und setzte meinen Weg fort. Etwa einen halben Block weiter schaute ich mich nach ihnen um. Sie standen noch immer gegen das vergitterte Schaufenster gelehnt und hatten sich nicht von der Stelle gerührt.

Vielleicht hatten sie mich auch gar nicht registriert.

Ich ließ Elaine die eineinviertel Stunde Zeit, um die sie mich gebeten hatte. Etwa die Hälfte davon verbrachte ich genauso produktiv wie die beiden Jugendlichen in der Eighth Avenue. Ich postierte mich in einem Hauseingang gegenüber von ihrem Haus und beobachtete die Leute, die dort ein und aus gingen. Es war kein bekanntes Gesicht darunter. Ich weiß nicht einmal, wonach ich eigentlich Ausschau hielt. Vermutlich nach Motley. Aber der ließ sich nicht blicken.

Ich wartete bis Punkt ein Uhr, bevor ich die Straße überquerte und dem Türsteher meinen Namen nannte. Er rief übers Haustelefon in Elaines Wohnung an und reichte mir gleich darauf den Hörer. Als mich Elaine fragte, von wem die Zeichnung wäre, wusste ich im ersten Moment nicht, was sie meinte. Doch dann sagte ich, von Galindez, und drückte dem Türsteher den Hörer wieder in die Hand, damit sie ihm sagen konnte, dass er mich rauflassen sollte. Als ich an die Wohnungstür klopfte, warf sie erst einen Blick durch den Spion, bevor sie die Sicherheitsschlösser entriegelte.

»Du musst entschuldigen«, begann sie. »Ich komme mir dabei immer ein bisschen idiotisch vor ...«

»Schon in Ordnung.«

Ich ging zum Couchtisch. Dort stand ein üppiger Blumenstrauß, der mir im strengen Schwarzweiß von Elaines Wohnung wie eine Explosion aus Farben in die Augen stach. Zwar kannte ich nicht alle der exotischen Gewächse beim Namen, aber auf jeden Fall waren auch ein paar Strelitzien und Tigerlilien darunter. Grobgeschätzt, musste diese Orgie an blumiger Zuneigung gut und gern ihre fünfundsiebzig Dollar gekostet haben.

Elaine kam auf mich zu und küsste mich. Sie trug eine gelbe Seidenbluse und eine schwarze Pluderhose, keine Schuhe. »Verstehst du jetzt, was ich gemeint habe?«, sagte sie. »Heute sind sie noch schöner als gestern.«

»Du musst es schließlich wissen.«

»Vermutlich liegt es daran, dass sich einige Knospen erst jetzt zu öffnen beginnen.« Erst jetzt ließ sie der mürrische Ton, in dem ich geantwortet hatte, stutzen. Sie sah mich forschend an und fragte, was los wäre.

»Die Blumen sind nicht von mir«, erklärte ich ihr.

»Hast du im Geschäft andere ausgesucht?«

»Nein, ich habe dir überhaupt keine Blumen geschickt, Elaine.«

Sie schaltete ziemlich schnell. Ich glaubte, förmlich sehen zu können, wie es bei ihr klick machte. »Gütiger Gott«, hauchte sie entsetzt. »Du machst doch hoffentlich keine Witze, Matt?«

»Nein, natürlich nicht.«

»Dem Strauß war zwar kein Brief beigefügt, aber ich war trotzdem der festen Überzeugung, die Blumen könnten nur von dir sein. Außerdem habe ich dir doch bereits dafür gedankt. Gestern. Kannst du dich denn nicht mehr an meinen Anruf erinnern?«

»Von irgendwelchen Blumen war da aber mit keinem Wort die Rede.«

»Tatsächlich nicht?«

»Nicht ausdrücklich. Du hast nur gesagt, ich wäre so romantisch.«

»Und was, dachtest du, habe ich damit wohl gemeint?«

»Keine Ahnung. Ich war in diesem Moment sowieso noch nicht ganz da; ich war vor dem Fernseher eingeschlafen. Vermutlich dachte ich einfach, du würdest damit auf unsere letzte Nacht anspielen.«

»Das ist natürlich ebenfalls richtig«, nickte sie. »Aber ich habe damit sowohl unsere gemeinsame Nacht als auch die Blumen gemeint. Für mich gehört das irgendwie zusammen.«

»Und es war keine Nachricht dabei? Nicht einmal ein Absender?«

»Nein, nichts. Ich dachte, du hättest nicht extra etwas geschrieben, weil du dachtest, dass ich sowieso wüsste, von wem sie sind …«

»Aber sie sind nicht von mir.«

»Offensichtlich nicht.« Inzwischen war wieder etwas Farbe in ihr Gesicht zurückgekehrt. »Du musst entschuldigen, aber das muss ich erst mal verdauen. Ich hatte seit gestern Nachmittag eine solche Freude an diesen Blumen, und das natürlich vor allem, weil ich dachte, sie wären von dir. Und jetzt stellt sich heraus, dass das gar nicht der Fall ist. Das kann nur eines heißen: Sie sind von *ihm*.«

»Wenn sie dir nicht irgendein anderer Verehrer geschickt hat ...«

Sie schüttelte den Kopf. »Meine Kunden schicken mir keine Blumen. Mein Gott, am liebsten würde ich sie aus dem Fenster werfen.«

»Aber es sind doch immer noch dieselben Blumen wie vor zehn Minuten.«

»Ich weiß, aber ...«

»Wann wurden sie geliefert?«

»Wann habe ich dich angerufen? Gegen fünf?«

»In etwa.«

»Sie kamen ein oder zwei Stunden früher.«

»Wer hat sie gebracht?«

»Das weiß ich nicht.«

»Ich meine, war es der Lehrling aus dem Blumenladen oder ein Ausfahrer? Weißt du, von welchem Blumenladen er kam? Stand der Name des Geschäfts nicht auf dem Papier?«

Sie schüttelte den Kopf. »Niemand hat sie gebracht.«

»Was soll das heißen? Sie können doch nicht einfach aus dem Nichts vor deiner Tür aufgetaucht sein.«

»Genauso war es aber.«

»Sie lagen einfach vor deiner Tür?«

»So ungefähr. Ich bekam Besuch von einem Freier, und als ich ihm die Tür öffnete, hat er sie mir gegeben. Im ersten Augenblick dachte ich, sie wären von ihm, obwohl ich von meinen Kunden eigentlich nie Blumen bekomme. Aber er hat gleich gesagt, sie wären vor der Tür gelegen, und daraufhin habe ich sofort angenommen, sie wären von dir.«

»Du dachtest, ich hätte sie vor deine Tür gelegt und wäre dann wieder gegangen?«

»Ich dachte, du hättest sie mir schicken lassen – und ich wäre vielleicht gerade in der Dusche gewesen oder sonst etwas und hätte die Türglocke nicht gehört, sodass sie der Bote einfach vor die Tür gelegt hätte. Oder sie hätten auch beim Türsteher abgegeben worden sein können, und der hat sie dann einfach vor die Tür gelegt, als ich nicht geöffnet habe.«

Sie legte ihre Hand auf meinen Arm. »Ehrlich gestanden, habe ich mir darüber nicht allzu lange den Kopf zerbrochen. Ich war – wie soll ich es sagen? – viel zu gerührt, dass du mir Blumen geschickt hast.«

»Umso bedauerlicher, dass sie nicht von mir sind.«

»Ach, Matt, ich wollte damit nicht …«

»Doch, das ist mein voller Ernst. Außerdem ist es wirklich ein schöner Strauß. Ich hätte lieber den Mund halten und so tun sollen, als wären sie tatsächlich von mir gewesen.«

»Findest du?«

»Warum nicht? Wäre doch eine verliebte Geste gewesen. Außerdem kann ich mir gut vorstellen, wie man mit so was eine Frau rumkriegen kann.«

Inzwischen war alle Anspannung aus ihrem Gesicht gewichen, und sie legte mir den Arm um die Taille. »Wie kommst du darauf, so etwas hättest du nötig?«

Danach lagen wir lange eng aneinandergeschmiegt im Bett, noch nicht ganz eingeschlafen, aber auch nicht mehr richtig wach. Plötzlich musste ich an etwas Komisches denken und lachte leise in mich hinein. Allerdings nicht leise genug. Denn Elaine wollte sofort wissen, was so komisch wäre.

»Von wegen Vegetarierin«, sagte ich darauf.

»Wie bitte? Ach so.« Sie drehte sich zu mir herum und sah mich aus großen Augen an. »Ein Mensch, der keinerlei tierisches Eiweiß zu sich nimmt, riskiert damit langfristig akute Vitamin B-12-Mangelerscheinungen.«

»Ist das denn schlimm?«

»Es kann zu Anämie führen.«

»Das hört sich allerdings ziemlich schlimm an.«

»Ist es auch. Es ist sogar tödlich.«

»Tatsächlich?«

»Habe ich mir zumindest sagen lassen.«

»Ein solches Risiko würdest du doch sicher nicht eingehen«, sagte ich darauf. »Und bei einer strikt vegetarischen Ernährung könnte dieser Fall unter Umständen eintreten?«

»Zumindest habe ich das mal irgendwo gelesen.«

»Enthalten denn Milchprodukte kein Vitamin B-12?«

»Doch, an sich schon.«

»Na, siehst du. Und du isst doch Milchprodukte. Dein Kühlschrank ist voll von Milch und Joghurt.«

Sie nickte. »Natürlich esse ich Milchprodukte, und angeblich kann man seinen Vitamin-B-12-Bedarf auch mit Milchprodukten decken. Aber man kann trotzdem nie vorsichtig genug sein, wenn du verstehst, was ich meine.«

»Ich glaube schon.«

»Wieso also so etwas dem Zufall überlassen? Wer bekommt schon gern Anämie?«

»Täglich eine Tasse zur Vorbeugung ...«

»Eine Tasse dürfte wohl etwas übertrieben sein«, sagte sie schmunzelnd. »Aber ein Löffel voll tut's auch.«

Irgendwann muss ich wohl doch weggedämmert sein, denn als ich aufwachte, lag ich allein im Bett, und aus dem Bad war das Rauschen der Dusche zu hören. Wenig später kam Elaine, in ein Badetuch gehüllt, ins Schlafzimmer. Darauf ging ich unter die Dusche. Als ich schließlich fertig angezogen den Wohnraum betrat, standen bereits eine frische Tasse Kaffee und ein Teller mit mundgerechten Käse- und Gemüsehappen für mich bereit. Wir setzten uns zum Frühstück an den Esstisch. Im warmen Licht der Nachmittagssonne leuchteten die Farben des Blumenstraußes auf dem Couchtisch intensiver denn je.

»Dieser Mann, der dir die Blumen gebracht hat.«

»Was soll mit ihm sein?«, fragte sie.

»Wer war er?«

»Ein Freier.«

»Vielleicht steckt er mit Motley unter einer Decke. Vielleicht hat er ihn damit beauftragt, dir die Blumen zu bringen. Möglicherweise kann er uns sogar auf seine Spur bringen.«

»Vollkommen ausgeschlossen.«

»Woher willst du das so sicher wissen?«

Sie schüttelte den Kopf. »Zwischen den beiden besteht bestimmt keine Verbindung. Ich kenne diesen Mann nämlich schon seit mehreren Jahren.«

»Und er kam ganz zufällig vorbei?«

»Nein, er hat vorher einen Termin mit mir vereinbart.«

»Einen Termin? Was für einen Termin?«

»Jetzt stell dich bitte nicht so an, Matt. Was für einen Termin wohl? Er wollte kurz vorbeikommen und eine Stunde über Wittgenstein mit mir diskutieren.«

»Ein Freier also.«

»Natürlich ein Freier.« Sie sah mich scharf an. »Macht dir das etwas aus?«

»Weshalb sollte es mir was ausmachen?«

»Das weiß ich doch nicht. Macht es dir was aus?«

»Nein.«

»Das ist nun mal mein Job«, fuhr sie darauf fort. »Ich verkaufe mich an Freier. Das dürfte dir eigentlich nicht neu sein. So war es schon, als wir uns kennengelernt haben, und so ist es auch heute noch.«

»Ich weiß.«

»Was soll dann dieses blöde Gerede?«

»Ich weiß auch nicht. Ich dachte nur ...«

»Du dachtest was?«

»Na ja, dass du bis auf weiteres niemanden mehr in deine Wohnung lassen würdest.«

»Habe ich ja auch nicht.«

»Ach ja?«

»Ja, Matt, habe ich wirklich nicht. Ich nehme keine Hotelverabredungen mehr an; wenn du wüsstest, wie viele Kunden ich die letzten paar Tage schon vertrösten musste. Und ich lasse auch niemanden in meine Wohnung, wenn ich nicht sehr gut kenne. Und der Mann, der gestern Nachmittag hier war, kommt schon seit mehreren Jahren regelmäßig vorbei. Er taucht ungefähr jeden dritten oder vierten Samstag hier auf und hat noch nie Ärger gemacht. Warum hätte ich ihn also abwimmeln sollen?«

»Natürlich, dazu bestand kein Grund.«

»Wo liegt also das Problem?«

»Da gibt es kein Problem. Ein Mädchen muss schließlich von irgendwas leben.«

»Matt ...«

»Sie muss immer mehr Geld verdienen, damit sie sich immer mehr Häuser und Wohnungen kaufen kann. So ist es doch, oder?«

»Du hast kein Recht, so zu reden.«

»Wie zu reden?«

»Dazu hast du einfach kein Recht.«

»Entschuldige bitte.« Ich griff nach einem Stück Käse. Ein Milchprodukt also. Demnach enthielt es vermutlich auch Vitamin B-12. Ich legte es auf den Teller zurück.

Dann sagte ich: »Als ich heute Vormittag angerufen habe.«

»Ja?«

»Du wolltest nicht, dass ich gleich vorbeikomme.«

»Ja, ich habe dich gebeten, erst in einer Stunde zu kommen.«

»In einer Stunde und fünfzehn Minuten, wenn ich mich richtig erinnere.«

»Na gut, dann eben eine Stunde und fünfzehn Minuten später. Und?«

»Als ich dich angerufen habe – hattest du da gerade jemanden zu Besuch?«

»Wenn ich gerade Besuch gehabt hätte, wäre ich nicht ans Telefon gegangen. Ich hätte das Läuten abgestellt und den Anruf auf Band aufzeichnen lassen – übrigens genau wie vorgestern Nacht, als ich mit dir ins Schlafzimmer verschwunden bin.«

»Warum sollte ich erst in eineinviertel Stunden vorbeikommen?«

»Du willst es also unbedingt wissen? Na gut, weil sich für zwölf Uhr ein Freier angemeldet hatte.«

»Du hast also doch Besuch bekommen.«

»Das habe ich dir doch gerade gesagt. Er hat mich kurz vor dir angerufen und sich für zwölf Uhr mit mir verabredet.«

»Am Sonntagmittag?«

»Er kommt immer am Sonntag, entweder am späten Vormittag oder am frühen Nachmittag. Er wohnt gleich in der Nähe und erzählt seiner Frau, er würde schnell mal eine Zeitung kaufen gehen. Bei dieser Gelegenheit kommt er aber immer mich besuchen. Ich nehme an, dass er sich anschließend auf dem Heimweg noch irgendwo eine *Times* kauft. Vermutlich macht genau das den besonderen Reiz für ihn aus – seiner Frau auf diese Weise eins auszuwischen.«

»Deshalb hast du gesagt ...«

»Du sollst erst nach eins vorbeikommen. Ich wusste, dass er pünktlich sein würde – und spätestens nach einer halben Stunde wieder gehen würde. Das war bisher immer so. Und danach wollte ich noch ein bisschen Zeit haben, um zu duschen und mich anzuziehen und ...«

»Und was noch?«

»Und mich für dich schön zu machen. Könntest du mir vielleicht endlich mal sagen, was dieser Unsinn eigentlich soll? Wieso musst du ständig auf mir herumhacken?«

»Ich hacke doch gar nicht auf dir herum.«

»Ach nein! Kannst du mir dann vielleicht wenigstens erklären, warum ich mich ständig zu rechtfertigen versuche? Kannst du mir das vielleicht mal erklären?«

»Woher soll ich das wissen?« Ich griff nach meiner Tasse. Aber sie war leer. Ich stellte sie wieder ab und griff stattdessen nach einem Stück Käse. Aber auch das legte ich wieder zurück. Dann sagte ich: »Du hast also deine Dosis Vitamin B-12 heute schon gehabt.«

Darauf erwiderte sie erst einmal nichts, sodass mir genügend Zeit blieb, meine Bemerkung zu bereuen. Erst nach einer Weile sagte sie: »Nein, das habe ich nicht, weil wir es nämlich nicht so gemacht haben. Aber würdest du vielleicht gerne wissen, wie wir es getrieben haben?«

»Nein.«

»Trotzdem werde ich es dir sagen. Wir haben genau das gemacht, was wir immer tun. Er hat's mir mit dem Mund besorgt und sich dabei einen runtergeholt. Das macht ihn nämlich am meisten an, und deshalb machen wir es auch immer so, wenn er bei mir vorbeikommt.«

»Hör sofort auf.«

»Warum? Was möchtest du sonst noch wissen? Ob ich gekommen bin? Nein, aber ich habe so getan. Davon kommt er dann nämlich. Sonst noch etwas, das du gern wissen möchtest? Zum Beispiel, wie groß sein Schwanz war? *Untersteh dich, mich zu schlagen, Matt!*«

»Ich werde dich nicht schlagen.«

»Ich kann doch sehen, wie es dich in den Fingern juckt.«

»Jetzt hör aber mal zu. Ich hab nicht mal die Hand gehoben.«

»Aber du wolltest.«

»Nein.«

»Doch. Und ich wollte es auch. Nicht, dass du mich schlägst, aber dass du es willst.« Ihre Augen waren riesengroß, und in ihren Winkeln standen Tränen. Leise, wie erstaunt, sagte sie plötzlich: »Was ist nur plötzlich in uns gefahren? Wieso müssen wir in so einem Ton miteinander reden?«

»Ich weiß auch nicht.«

»Aber ich weiß es«, sagte sie. »Weil wir beide enttäuscht sind. Du bist sauer auf mich, weil ich noch immer eine Nutte bin. Und ich bin sauer auf dich, weil du mir keine Blumen geschickt hast.«

Sie sagte: »Ich weiß jetzt, wie es dazu gekommen ist. Wegen der enormen psychischen Belastung sind wir im Augenblick beide deutlich dünnhäutiger als sonst. Außerdem macht sich jeder von uns vollkommen übertriebene Vorstellungen vom anderen. Und natürlich kann keiner von uns dem Idealbild, das sich der andere von ihm macht, auch nur annähernd gerecht werden; ich habe in dir plötzlich den edlen Ritter Galahad gesehen, und du hast mich mit weiß Gott wem verwechselt.«

»Ich weiß auch nicht, vielleicht mit Lady Shalott.« Sie sah mich an.

»Wie geht dieses Gedicht gleich wieder? Elaine, die holde, *Elaine, die schöne, Elaine, die Lilie von Astolat.*«

»Hör auf mit diesem Quatsch.«

Draußen war es dunkel geworden. Über das Lichtermeer von Queens zog das einsame Blinken eines Flugzeugs hinweg, das zur Landung auf dem La Guardia Airport ansetzte.

Nach einer Weile sagte Elaine: »Dieses Gedicht haben wir mal auf der Highschool gelesen. Es ist von Tennyson. Ich habe mir damals eingebildet, es wäre auf mich gemünzt.«

»Das hast du mir mal erzählt.«

»Tatsächlich?« Ihr Blick kehrte sich für einen Moment nach innen, bevor sie, plötzlich wieder bestens gelaunt, erklärte: »Jedenfalls bin ich keine holde Lilie, Matt, und deine Rüstung hat auch etwas von ihrem Glanz verloren. Außerdem war es Lancelot, dem Lady Shalott verfallen war, nicht Galahad.

Trotzdem ändert das nichts an der Tatsache, dass keiner von uns einem Vergleich mit ihnen auch nur annähernd standhält. Wir sind nach wie vor nichts weiter als zwei ganz normale Menschen, die sich schon immer mochten und sich gegenseitig geholfen haben, wenn es ging. Und das ist doch immerhin schon etwas, oder nicht?«

»Mehr habe ich nie erwartet.«

»Und plötzlich haben wir es mit einem Verrückten zu tun, der uns beide umbringen will. Nicht gerade der günstigste Zeitpunkt, um uns gegenseitig in die Wolle zu kriegen, oder?«

»Allerdings nicht.«

»Dann lass uns erst mal das Finanzielle regeln. Wäre das möglich?«

Das war es. Ich addierte meine bisherigen Ausgaben zusammen. Sie erinnerte mich noch an ein paar, die ich vergessen hatte, rundete das Ganze nach oben auf und schnitt meine Einwände mit einem scharfen Blick ab. Dann ging sie ins Schlafzimmer und kam mit einer Handvoll Fünfziger und Hunderter wieder zurück. Ich sah ihr zu, wie sie zweitausend Dollar abzählte und mir die Scheine über den Tisch zuschob.

Ich nahm sie aber nicht an mich. »Das ist nicht die Summe, von der gerade die Rede war.«

»Ich weiß, Matt. Aber du solltest dein Gedächtnis nicht auch noch mit deinen Ausgaben belasten. Ebenso wenig solltest du mich ständig um Geld bitten müssen. Nimm das schon mal, und wenn es aufgebraucht ist, dann sag einfach Bescheid, damit ich dir mehr geben kann. Und bitte jetzt keine langen Diskussionen. Wenn ich etwas habe, dann Geld – Geld, das ich sauer verdient habe. Und wenn ich nicht einmal in einer Situation wie dieser etwas damit anfangen kann, wozu habe ich es dann überhaupt?«

Ich steckte das Geld ein.

»Also gut«, fuhr sie darauf fort. »Das hätten wir also geklärt. Was allerdings unsere Gefühlslagen betrifft, bin ich mir noch nicht so sicher. Aufs Geschäftliche habe ich mich immer schon besser verstanden. Deshalb würde ich vorschlagen, wir lassen den Dingen vorerst einfach ihren Lauf und sehen zu, wie sich die Sache weiterentwickelt. Immer schön einen Tag nach dem andern. Was hältst du davon?«

Ich stand auf. »Könnte ich mir vielleicht noch eine Tasse Kaffee holen, bevor ich mich wieder auf die Socken mache?«

»Musst du aber nicht.«

»Doch, muss ich schon. Ich will nämlich noch ein bisschen Detektiv spielen und etwas von dem Geld ausgeben, das du mir gerade gegeben hast. Du hast übrigens völlig recht; am besten, wir warten einfach ab, wie sich die Dinge entwickeln. Und noch was: Es tut mir leid wegen vorhin.«

»Mir auch.«

Als ich mit dem Kaffee aus der Küche zurückkam, sagte sie: »Kaum zu glauben; ich habe sechs Nachrichten auf dem Anrufbeantworter.«

»Wann haben die denn alle angerufen? Während wir im Bett waren?«

»Muss wohl so gewesen sein. Was dagegen, wenn ich sie kurz mal abhöre?«

»Natürlich nicht.«

Achselzuckend drückte sie auf den Abspielknopf. Darauf ertönte ein leises Rauschen, begleitet von verschwommenen Hintergrundgeräuschen, dann ein kurzes Klicken. »Aufgehängt«, sagte Elaine. »Das tun die meisten. Du würdest dich wundern, wie viele Leute es gibt, die nichts auf einen Anrufbeantworter sprechen wollen.«

Auch der nächste hatte einfach aufgehängt. Dann war eine forsche, sehr selbstbewusste Männerstimme zu hören: »Tag, Elaine, hier ist Jerry Pines. Ich werde in ein paar Tagen noch mal anrufen.« Der nächste hatte wieder aufgehängt. Und dann ein Anrufer, der nach einem ausgiebigen Räuspern erst mal zu überlegen schien, was er sagen sollte, dann aber ohne ein Wort einhängte.

Schließlich der sechste Anruf. Stille, untermalt vom Summen des Anrufbeantworters und leisen Hintergrundgeräuschen. Dann ein heiseres Flüstern: »*Hallo, Elaine. Haben dir die Blumen gefallen?*« Dann wieder Stille, so lange wie am Anfang. Das schwache Hintergrundgeräusch hörte sich an wie das Rumpeln einer U-Bahn.

Und dann in demselben heiser eindringlichen Flüsterton: »Ich habe dich keineswegs vergessen. Aber du bist noch nicht dran. Du musst dich noch ein bisschen gedulden, bis auch du an die Reihe kommst. Dich spare ich mir nämlich bis zum Schluss auf.« Noch einmal eine Pause, eine sehr kurze allerdings. »Das heißt, nicht ganz. Als Letzter ist er dran.«

Das war alles, was er zu sagen hatte. Aber das Band lief noch etwa zwanzig bis dreißig Sekunden weiter, bevor er einhängte. Dann ertönte ein leises Klicken, gefolgt von einem kurzen Surren, und das Gerät hatte sich wieder automatisch auf Bereitschaft gestellt, um die eingehenden Anrufe aufzuzeichnen. Elaine und ich saßen nur da, und unser Schweigen hing im Raum wie kalter Rauch.

Kapitel 10

Ich kam zwar noch vor Tagesanbruch ins Hotel zurück, aber ich war der Sonne nur um eine Nasenlänge voraus. Es ging bereits auf fünf Uhr zu, als ich nach einer langen Nacht die Zimmertür hinter mir schloss. Ich hatte auf meinem nächtlichen Streifzug durch die Stadt unzählige Lokale aufgesucht, in denen ich schon seit Jahren nicht mehr gewesen war. Ein paar davon gab es allerdings längst nicht mehr, und das galt auch für einige der Leute, nach denen ich suchte; sie waren entweder tot oder im Gefängnis oder in einer sonstigen anderen Welt. Aber es gab genügend neue Kneipen und Leute, um mich die ganze Nacht auf Trab zu halten.

Ich fand Danny Boy Bell im Poogan's. Danny Boy ist ein kleiner, schwarzer Albino mit ausdrucksstarker Gestik und tadellosen Manieren. Seit ich ihn kenne, trägt Danny Boy ausschließlich betont konservative dreiteilige Anzüge; außerdem hat er die Schlafgewohnheiten eines Vampirs. Jedenfalls kann ich mich nicht erinnern, ihn zwischen Sonnenauf- und -untergang jemals außerhalb seiner eigenen vier Wände angetroffen zu haben. An diesen Gewohnheiten hatte sich auch in der Zwischenzeit nichts geändert. Er trank auch immer noch russischen Wodka, pur und eisgekühlt. Neben dem Top Knot war das Poogan's Pub sein zweites Zuhause; entsprechend hatten sie dort immer eine Flasche Stolichnaya für ihn kaltgestellt. Das Top Knot gab es inzwischen nicht mehr.

»Dort hat jetzt ein französisches Restaurant aufgemacht«, erzählte mir Danny Boy. »Ziemlich teuer und nicht besonders gut. Deshalb bin ich die meiste Zeit hier – oder im Mother Goose in der Amsterdam. Dort spielt sechs Abende die Woche ein erstklassiges Trio. Sozusagen Jazz vom Feinsten. Da stimmt wirklich alles: Der Drummer benutzt nie was anderes als seine Besen und nervt das Publikum auch nicht mit halbstündigen Soli. Und die Beleuchtung ist auch genau richtig.«

Genau richtig bedeutete in diesem Fall ziemlich gedämpft. Danny Boy trug immer eine Sonnenbrille, und wie ich ihn kannte, hätte er sie vermutlich nicht mal in einem Kohlebergwerk abgesetzt. »Die Welt ist eindeutig zu laut und zu hell«, war einer seiner Lieblingssprüche. »Warum ist eigentlich noch niemand auf die Idee gekommen, ihr endlich mal einen Dimmer und einen Lautstärkeregler einzubauen?«

Das Gesicht auf dem Phantombild sagte ihm zwar nichts, aber der Name Motley ließ ihn aufhorchen. Ich schilderte ihm in kurzen Zügen die Hintergründe der ganzen Geschichte, und dann fiel ihm alles wieder ein. »Er ist also wieder draußen«, murmelte er. »Und jetzt will er es dir heimzahlen. Warum setzt du dich nicht einfach ins Flugzeug und machst irgendwo in der Sonne Urlaub, bis er sich wieder abreagiert hat? Eine Type wie der hält es doch sowieso nicht lange in Freiheit aus. Gib ihm ein paar Wochen Zeit, und er stolpert über seine eigenen Füße und landet ganz von selbst wieder im Knast. Dann hast du ihn erst mal wieder zehn Jahre los.«

»Dazu ist der Kerl leider zu clever.«

»Na, so weit kann es doch kaum mit ihm her sein. Kriegt ein bis zehn Jahre aufgebrummt und kommt erst nach zwölf wieder raus.« Er trank sein Glas leer und machte eine kaum merkliche Handbewegung. Sie genügte, um die Bedienung auf ihn aufmerksam zu machen. Nachdem sie ihm nachgeschenkt und mich gefragt hatte, ob ich noch etwas wollte, fuhr er fort: »Ich werde mich trotzdem mal umhören, Matt. Mehr kann ich im Augenblick nicht für dich tun.«

»Dafür wäre ich dir sehr dankbar.«

»Schwer zu sagen, wo und in welcher Gesellschaft sich der Kerl rumtreibt. Trotzdem gibt es ein paar Bars, in denen du dich auf jeden Fall schon mal nach ihm umhören könntest.«

Darauf nannte er mir verschiedene Adressen, und ich zog wieder los. Meine Kneipentour führte mich kreuz und quer durch die Stadt. Nachdem ich einem Chicken-and-Ribs-Imbiss in der Lenox Avenue und einer bei den Spielern von Uptown sehr beliebten Bar ein paar Türen weiter einen kurzen Besuch abgestattet hatte, nahm ich mir ein Taxi nach Downtown. Das Patchwork lag in der Third Avenue auf Höhe der Twenties. Dort gab es blanke Ziegelwände, die mit alten Quilts behängt waren. Ich ging an den Tresen und sagte dem Barmann, dass ich Tommy Vincent sprechen wollte. »Der ist gerade nicht hier«, musste ich mir sagen lassen. »Aber in der Regel taucht er um diese Zeit hier auf. Wenn Sie also noch so lange auf ihn warten wollen ...«

Ich bestellte mir ein Coke und richtete mich auf ein längeres Warten ein. Über die verspiegelte Rückwand der Bar konnte ich den Eingang im Auge behalten, ohne mich umdrehen zu müssen. Ich sah einige Leute kommen und gehen, und als ich nur noch ein paar Eiswürfel in meinem Glas hatte, kam der Dicke, der ein paar Plätze weiter an der Bar gesessen hatte, auf mich zu, legte mir wie einem alten Bekannten den Arm um die Schulter und sagte: »Ich bin Tommy V. Was kann ich für Sie tun?«

Anschließend führte mich mein Streifzug in die Park Avenue auf Höhe der Twenties, in die Third Avenue unterhalb der Fourteenth Street, in den Broadway auf Höhe der Eighties und in die Lexington zwischen Fortyseventh und Fiftieth. Das waren die Reviere der Strichmädchen, die dort in Hot Pants, hautengen Oberteilen und orangen Perücken auf Kundenfang gingen. Ich sprach mit Dutzenden von ihnen und gab mir erst gar nicht groß Mühe, sie davon zu überzeugen, dass ich nicht von der Polizei war; sie hätten mir sowieso nicht geglaubt. Ich zeigte Motleys Phantombild herum und vergaß dabei nicht, darauf hinzuweisen, dass er sich mit Vorliebe Mädchen wie sie als Opfer aussuchte und nicht einmal vor einem Mord zurückschreckte; meistens machte er sich als Freier an sie heran, um dann aber plötzlich den starken Macker herauszukehren und sich als großer Zuhälter aufzuspielen, der auf diese Tour ein paar Unabhängige dazu bringen wollte, für ihn anzuschaffen.

Eine blasse Blondine in der Third, deren dunkle Haarwurzeln ihr zu einer schicken Zweitonfärbung verhalfen, glaubte sich an ihn erinnern zu können. »Den habe ich schon mal gesehen«, sagte sie. »Sieht sich die Ware sehr genau an, ohne dann aber zuzugreifen. Einmal hat er das auch bei mir versucht. Hat angefangen, mich mit Fragen zu löchern – was ich mache und was nicht, worauf ich stehe und worauf nicht.« Sie machte eine Faust, hielt sie an ihren Unterleib und vollführte damit eine pumpende Bewegung. »Dann wollte er sogar zu grabschen anfangen. Aber da ist er bei mir genau an die Richtige geraten. Wenn er dann später wieder mal hier aufgetaucht ist, habe ich jedes Mal einen weiten Bogen um ihn gemacht.«

Ein Mädchen am Broadway, mit einer ausladenden Figur und einem Akzent wie aus dem tiefsten Süden, konnte sich ebenfalls an ihn erinnern; allerdings war es schon einige Zeit her, dass sie ihn zum letzten Mal gesehen hatte. Er war damals mit einer gewissen Bunny abgezogen. Und wo ich Bunny finden könnte? Sie hatte wohl das Revier gewechselt; jedenfalls hatte sie sich schon mehrere Wochen nicht mehr blicken lassen. »Vielleicht hat sie sich einen anderen Standplatz gesucht«, sagte sie. »Oder ihr ist was zugestoßen.«

Was zum Beispiel? Sie hob nur die Schultern. »Alles Mögliche«, meinte sie. »Da sieht man jemanden Tag für Tag, und dann taucht er plötzlich nicht mehr auf. Erst denkt man sich nichts dabei, aber dann beginnt man sich doch Gedanken zu machen: *Was ist eigentlich aus dem oder der geworden?* Und meistens weiß keiner eine Antwort darauf.« Hatte sie Bunny noch mal gesehen, nachdem sie mit Motley abgezogen war? Nach einigem Nachdenken konnte sie das weder verneinen noch bejahen. Außerdem war es ja vielleicht auch gar nicht Motley gewesen, mit dem Bunny abgezogen war. Je mehr sie darüber nachdachte, desto unsicherer schien sie zu werden.

Zwischendurch nahm ich am Mitternachtstreffen im Alanon House teil; das ist ein heruntergekommenes Bürogebäude in der West Forty-sixth Street, wo die Anonymen Alkoholiker im dritten Stock ein paar feste Räume gemietet haben. Dort verkehrten vorwiegend jüngere Leute, die erst sehr kurz mit dem Trinken aufgehört hatten und in der Regel nicht nur mit dem Alkohol Probleme hatten, sondern auch mit Drogen. Die Teilnehmer an dem Treffen unterschieden sich so gut wie nicht von dem Volk, das sich in diesem Viertel auf der Straße herumtrieb – mit einem Unterschied: Die Teilnehmer an dem Treffen versuchten nüchtern zu bleiben und sich aus dem Sumpf ihrer Sucht zu befreien; die auf der Straße ließen sich immer mehr von ihm verschlingen.

Ich kam ein paar Minuten zu spät. Die Rednerin war deshalb in ihrer Lebensgeschichte bereits bei ihrem zwölften Geburtstag angelangt; zu diesem Zeitpunkt konnte sie immerhin schon auf eine zweijährige Bekanntschaft mit dem Alkohol zurückblicken und hatte kurz davor auch Marihuana für sich entdeckt. Im weiteren Verlauf der Geschichte sollte sie dann auch noch alle anderen Drogen durchprobieren, darunter selbstverständlich auch Heroin und Kokain, und das alles gewürzt mit Ladendiebstahl, Straßenstrich und dem Verkauf ihres Babys. Das Mädchen brauchte einige Zeit, um das alles zu erzählen, obwohl es nicht sonderlich viel Zeit in Anspruch genommen hatte, es zu durchleben; sie war gerade neunzehn geworden.

Das Treffen dauerte eine Stunde, und ich blieb bis zum Schluss. Nachdem die Rednerin geendet hatte, ließ meine Aufmerksamkeit allerdings merklich nach, weshalb ich mich auch nicht an der anschließenden Diskussion beteiligte, die sich offensichtlich um das Thema Wut drehte. Nur wenn ab und zu ein Diskussionsteilnehmer seiner Wut so lautstark Ausdruck verschaffte, dass ich dadurch aus meinen Gedanken gerissen wurde, folgte ich der Diskussion wieder eine Weile. Aber meistens dauerte es nicht lange, bis ich mich wieder von meinen Gedanken davontragen ließ und mich damit zufriedengab, allein daraus Trost zu schöpfen, dass ich physisch bei dem Treffen anwesend war. Die Welt draußen war verdammt hart, und ich hatte mir während der letzten paar Stunden auch noch einen ganz besonders unerfreulichen Teil davon zu Gemüte geführt, aber hier drinnen war ich nichts weiter als ein Alkoholiker unter vielen, dem es wie allen anderen vor allem darum ging, nüchtern zu bleiben. Und das war mir im Augenblick Trost genug.

Zum Schluss standen wir alle auf und sprachen das Gebet. Dann ging ich wieder auf die gottverdammte Straße hinaus.

Als ich am Montagmorgen nach fünf Stunden Schlaf wieder aufwachte, fühlte ich mich wie verkatert. Völlig zu Unrecht, muss ich sagen. Da ich allerdings literweise miesen Kaffee und verwässertes Coke in mich hineingeschüttet und Unmengen von Rauch aus zweiter Hand in meine Lungen gepumpt hatte, war es nicht weiter verwunderlich, dass ich den Tag nicht gerade in bester Verfassung antrat. An sich war ich bisher der festen Überzeugung gewesen, dass solche Katerstimmungen in meinem Fall ebenso der Vergangenheit angehörten wie der Alkohol. Trotzdem war mein Mund wie ausgedörrt; ich hatte Kopfschmerzen, die sich gewaschen hatten; und jede Minute brauchte mindestens drei oder vier Minuten, um zu verstreichen.

Ich nahm ein paar Aspirin, duschte und rasierte mich und ging dann auf einen Orangensaft und einen Kaffee in meine Frühstückskneipe um die Ecke. Als das Aspirin und der Kaffee zu wirken begannen, brach ich zu einem kleinen Spaziergang auf und kaufte mir eine Zeitung. Damit ging ich ins Flame und bestellte mir was Richtiges zu essen. Bis das Essen kam, waren sämtliche körperlichen Symptome meines Katers verflogen. Das galt jedoch nicht für meine miese Laune. Aber damit würde ich mich wohl abfinden müssen.

Was in der Zeitung stand, trug auch nicht gerade dazu bei, meine Stimmung zu bessern. Auf der ersten Seite stand ein großaufgemachter Bericht über ein Massaker in Jamaica Heights, bei dem eine ganze venezolanische Familie umgebracht worden war; vier Erwachsene und sechs Kinder erschossen oder erstochen, das Haus in Brand gesteckt, und von dem Feuer auch noch ein paar Nachbarhäuser in Mitleidenschaft gezogen. Es deutete einiges darauf hin, dass die Tat in Zusammenhang mit Drogen stand. Und das wiederum bedeutete, dass die breite Öffentlichkeit den Vorfall lediglich mit einem teilnahmslosen Achselzucken zur Kenntnis nehmen und die Polizei sich kein Bein ausreißen würde, um den Fall zu klären.

Nicht einmal im Sportteil gab es erfreuliche Nachrichten. Beide New Yorker Teams hatten verloren; die Jets haushoch, die Giants gegen die Eagles ganz knapp. Das einzig Gute an den Sportmeldungen war ihre absolute Belanglosigkeit; niemand war ums Leben gekommen, und wen kümmerte es ein paar Stunden nach Spielende noch, wer gewonnen oder verloren hatte?

Zumindest nicht mich. Aber was interessierte mich im Augenblick überhaupt? Ich blätterte wieder zu den vorderen Seiten zurück und las von einem weiteren Mord in Verbindung mit Drogen; im Bezirk Marine Park in Brooklyn hatte ein unbekannter Täter einem vierundzwanzigjährigen Schwarzen mit einer längeren Drogenvergangenheit mit einer abgesägten Schrotflinte ein Loch in den Bauch geschossen. Auch das trug nicht zur Besserung meiner Stimmung bei, obwohl ich gestehen muss, dass es mir weniger ausmachte als die Niederlage gegen Philadelphia; und selbst die hatte mich schon nicht sonderlich gewurmt.

Dann stieß ich auf Seite 7 auf eine wirklich verrückte Story. Ein gewisser Michael Fitzroy, zweiundzwanzig, hatte mit seiner Freundin in St. Malachy's die Messe besucht. Sie war Schauspielerin, hatte schon bei verschiedenen Werbespots mitgewirkt und wohnte im Manhattan Plaza, einem von der Stadt subventionierten Hotel für Schauspieler in der Forty-second, Ecke Ninth. Die beiden gingen gerade die Forty-ninth Street hinunter, als eine gewisse Antoinette Cleary zu der Überzeugung gelangte, dass sie endgültig genug vom Leben hatte.

Diese Einsicht setzte sie in die Tat um, indem sie ihr Wohnzimmerfenster öffnete und sich in die Tiefe stürzte. Wie es das Schicksal wollte, lag ihre Wohnung im zweiundzwanzigsten Stock, und bekanntlich erreicht man bei einem Sturz aus dieser Höhe eine recht beachtliche Fallgeschwindigkeit; um die zu ermitteln, gibt es sogar eine Formel, die man zwar an jeder anständigen Highschool im Physikunterricht eingebläut bekommt, an die sich aber trotzdem niemand erinnern kann. Wie dem auch sei, ihre Fallgeschwindigkeit war hoch genug, um nicht nur ihrem Leben ein Ende zu machen, sondern auch dem von Michael Fitzroy, der die ihr vom Schicksal vorherbestimmte Stelle auf dem Gehsteig den Bruchteil einer Sekunde vor ihr erreichte. Seine Freundin – ihr Name war Andrea Dautsch – blieb bei dem Vorfall unverletzt, erlitt jedoch laut Zeitungsbericht einen schweren Schock. Völlig verständlich, fand ich.

Ich blätterte den Rest der Zeitung durch. Vor kurzem hatte der Bürgermeister von Baltimore den Vorschlag gemacht, Drogen zu legalisieren, und ich las, was Bill Reel dazu zu sagen hatte. Die Comicseite überflog ich ohne den Anflug eines Lächelns. Irgendetwas ließ mich dann wieder auf Seite 7 zurückblättern, und ich las noch einmal die Meldung über die letzten Momente des Michael Fitzroy.

Ich weiß nicht, weshalb mir die Geschichte so naheging. Vielleicht lag es daran, dass sie nicht weit von meinem Hotel passiert war. Die Selbstmörderin hatte in der West Forty-ninth 301 gewohnt, einem Gebäude, an dem ich schon hunderte Male vorbeigegangen war. Unter anderem war ich erst gestern auf dem Weg zum Times Square daran vorbeigekommen. Wenn ich ein bisschen länger geschlafen hätte, hätte auch ich dort vorbeigehen können, als sich die Frau aus dem Fenster stürzte.

Unwillkürlich erinnerte mich das an Marc Aurel, und wie doch alles genauso geschah, wie es geschehen sollte. Ich dachte eine Weile darüber nach, inwieweit sich das auch für Michael Fitzroy bewahrheitet hatte, als ihn auf dem Weg zur Wohnung seiner Freundin sein Schicksal ereilte. Dem Bericht der *News* zufolge war die Frau, die auf ihn gestürzt war, achtunddreißig Jahre alt gewesen. Außerdem stand dort noch zu lesen, dass sie sich aller Kleider entledigt hatte, bevor sie sich in die Tiefe stürzte.

Es heißt, Gottes Ratschluss ist unerforschlich, und an dieser Geschichte verdeutlichte sich das meiner Ansicht besonders schön. Irgendeine himmlische Macht war offensichtlich zu der Überzeugung gelangt, dass Michael Fitzroy nicht älter als zweiundzwanzig Jahre alt werden sollte und dass gleichzeitig dem Wohl aller am besten gedient wäre, wenn er in der Blüte seiner Jahre von einer auf ihn herabstürzenden nackten Frau ins Jenseits befördert wurde.

Für diejenigen, die denken, hat mal jemand gesagt, ist das Leben eine Komödie; für die, die fühlen, eine Tragödie. In meinen Augen ist es beides, und zwar selbst für die, die von beidem nicht sonderlich viel halten.

*　　　*　　　*

Als ich am frühen Nachmittag Tom Havlicek in Massillon zu erreichen versuchte, war er zum Glück gerade in seinem Büro. »So ein Zufall«, war seine erste Reaktion. »Ich wollte dich auch schon anrufen. Und? Was gibt's Neues in Fun City?«

Es war schon eine Weile her, dass ich jemanden New York so hatte nennen hören. »Mehr oder weniger ist hier alles beim alten«, antwortete ich.

»Und was sagst du zu den Bengals?«

Ich hatte nicht einmal darauf geachtet, ob sie gewonnen oder verloren hatten. »Mann, war das vielleicht ein Match.«

»Das kann man wohl sagen. Und wie kommst du mit deinem Fall voran?«

»Er ist in New York. Ich bin ihm bereits auf den Fersen, aber New York ist eine große Stadt. Erst gestern hat er einer Frau gedroht, einer alten Freundin von Connie Sturdevant.«

»Na, großartig.«

»Ja, wirklich ein netter Zeitgenosse. Hast du schon was aus Cleveland gehört?«

»Du meinst, aus dem Labor?« Er räusperte sich. »Aufgrund der Spermauntersuchung liegt uns inzwischen die Blutgruppe der Frau vor.«

»Das ist ja schon mal etwas.«

»Freu dich mal lieber nicht zu früh, Matt. Die Blutgruppe ist A positiv, und das ist dieselbe wie die des Ehemanns. Aber selbst wenn das Sperma von deinem Freund stammen würde, hieße das noch nicht allzu viel. Es handelt sich dabei nämlich um die mit Abstand häufigste Blutgruppe. Unter anderem hatten auch alle Kinder A positiv. Das heißt, wir könnten gar nicht feststellen, von wem die Blutspuren an Sturdevants Leiche waren, da die Kinder dieselbe Blutgruppe hatten wie er.«

»Kannst du denn keine DNA-Analyse des Spermas vornehmen lassen?«

»Das wäre nur unmittelbar nach der Tat möglich gewesen«, klärte er mich auf, »aber eine Woche später nicht mehr. Wie es im Augenblick aussieht, ließe sich vorerst bestenfalls beweisen, dass das Sperma nicht von deinem Verdächtigen stammt. Wenn er zum Beispiel eine andere Blutgruppe hat als A positiv, wäre er bereits aus dem Schneider.«

»Wegen Sodomie vielleicht. Aber nicht unbedingt wegen Mordes.«

»Schon möglich. Wie es im Augenblick aussieht, ist das das Einzige, was bei den Laboruntersuchungen herausgekommen ist; das Ergebnis wird ihn, je nach Blutgruppe, mehr oder weniger entlasten; aber anhängen kann man ihm damit absolut nichts.«

»Das ist natürlich wenig erfreulich«, murmelte ich. »Trotzdem werde ich versuchen, Motleys Blutgruppe herauszubekommen. In seinen Haftunterlagen müsste so was doch auf jeden Fall vermerkt sein. Ach, ich habe dir übrigens heute Morgen per Eilboten was zugeschickt; du müsstest es morgen bekommen. Es ist ein Phantombild von Motley, zusammen mit dem falschen Namen, unter dem er vor ein paar Monaten in New York aufgetreten ist – für den Fall, dass du die Hotels und die Passagierlisten der Fluggesellschaften überprüfst.«

Darauf trat erst einmal kurzes Schweigen ein, bevor Havlicek sagte: »Also, ich weiß nicht, Matt, ob es dazu überhaupt noch kommen wird.«

»Wieso nicht?«

»Wie hier die Sache aussieht, besteht momentan kein Grund, den Fall noch einmal neu aufzurollen. Selbst wenn das Sperma nicht von Sturdevant stammt, was beweist das schon? Vielleicht hatte sie eine Affäre mit dem Kellner eines griechischen Restaurants; eines Tages hat ihr Mann Wind davon bekommen, und dann ist ihm die Sicherung durchgebrannt. Wie dem auch sei, für uns besteht nach wie vor kein triftiger Grund, unnötige Zeit und Arbeit in einen Fall zu investieren, der in unseren Augen längst geklärt ist.«

Ich ließ trotzdem nicht locker. Ob er nicht wenigstens einen Haftbefehl auf Motley ausstellen lassen könnte, damit ihn die New Yorker Polizei aus dem Verkehr ziehen konnte, bevor er noch mehr Menschen umbrachte. Nichts lieber als das, versicherte mir Havlicek; nur würde sich sein Chef auf so etwas auf keinen Fall einlassen; und selbst wenn, hieß das noch lange nicht, dass auch der Richter genügend Anlass für die Ausstellung eines Haftbefehls gegeben sah.

»Du hast doch vorhin gesagt, er hätte einer Frau gedroht«, meinte er. »Könnte die denn nicht Anzeige gegen ihn erstatten?«

»Unter Umständen ja. Allerdings hat er ihr nicht direkt gedroht, sondern nur eine Nachricht auf ihrem Anrufbeantworter hinterlassen.«

»Umso besser. Dann hast du sogar schon was Konkretes gegen ihn vorliegen. Oder hat sie das Band bereits wieder gelöscht?«

»Nein, ich habe das Band noch. Allerdings lässt sich damit nicht viel beweisen. Er hat seine Drohung im wahrsten Sinn des Wortes durch die Blume ausgesprochen. Außerdem ließe sich damit nicht nachweisen, dass es wirklich seine Stimme ist. Er hat nämlich nur geflüstert.«

»Damit es bedrohlicher klingt? Oder damit man seine Stimme nicht erkennen kann?«

»Ich glaube eher, dass er damit verhindern wollte, dass die Stimme bei einem Stimmenvergleich identifiziert werden kann. Sowas Blödes! Vor zwölf Jahren war dieser Kerl noch nicht annähernd so gerissen. Aber seit er im Knast war, ist er mit allen Wassern gewaschen.«

»Das trifft auf fast alle zu«, seufzte Havlicek. »Im Gefängnis werden sie keine besseren Menschen, sondern bessere Ganoven.«

Gegen drei begann es zu regnen. An einer Straßenecke kaufte ich mir für fünf Dollar einen Schirm. Noch bevor ich jedoch im Hotel zurück war, hatte ihn mir ein kräftiger Windstoß umgestülpt. Ich warf ihn in einen Abfallkorb und stellte mich unter einen überdachten Hauseingang, bis der Regen nachgelassen hatte. Endlich auf meinem Zimmer, schlüpfte ich als erstes aus meinen nassen Sachen, und nachdem ich ein paar Telefongespräche geführt hatte, machte ich ein kleines Nickerchen.

Es war acht Uhr, als ich wieder aufwachte, und halb neun, als ich den Versammlungsraum im Keller von St. Paul's betrat, in dem unsere Treffen stattfanden. Der Redner dieses Abends war gerade vorgestellt worden. Ich holte mir eine Tasse Kaffee, suchte mir einen freien Stuhl und hörte mir eine geradezu beispielhafte Aufzählung der Stationen einer typischen Trinkerkarriere an. Job verloren, Beziehung kaputt, Dutzende von Einlieferungen in die Ausnüchterungsstation, Wohnung gekündigt, Schnorrtouren mit einer Pennerclique, zahllose Anläufe bei den Anonymen Alkoholikern. Dann eines Tages das große Aha-Erlebnis. Und nun stand dieser alte Suffkopf vor uns, in Anzug und Krawatte, sauber rasiert und gekämmt, und sah so gar nicht nach der kaputten Vergangenheit aus, die er uns eben in den leuchtendsten Farben ausgemalt hatte.

Bei diesem Treffen hatte man sich darauf geeinigt, bei der Diskussion alle Teilnehmer der Reihe nach aufzurufen. Und da sie dabei hinten den Anfang machten, kam ich ziemlich bald dran. Ich wollte eigentlich passen, aber der Hauptredner hatte so viel über seine verheerenden Kater gesprochen, und dann gesagt, dass Nüchternsein im Grunde genommen auf nichts anderes hinauslief, als sich künftig solche Kater zu ersparen, und dass schon allein das die Sache wert wäre.

Deshalb sagte ich, als ich an die Reihe kam: »Ich heiße Matt und bin Alkoholiker, und meine Kater waren auch ziemlich übel. Eigentlich dachte ich, davon bliebe ich für immer verschont, sobald ich mal mit dem Trinken aufgehört habe. Deshalb war ich ziemlich frustriert, als ich heute Morgen mit einem Mordskater aufgewacht bin. Das fand ich eine Riesensauerei, und ich hatte schon beim Aufstehen eine Mordswut im Bauch. Doch dann fiel mir wieder ein, dass vor nicht allzu langer Zeit mal jeder Tag so angefangen hat. Allerdings fand ich das damals so selbstverständlich, dass ich gar nicht auf die Idee kam, es könnte auch anders gehen. Und dazu muss ich sagen, dass es meine Kater wirklich in sich hatten. Jeder halbwegs normale Mensch, der mit so einem Gefühl aufgewacht wäre, wäre vermutlich auf der Stelle zum Arzt gegangen; ich biss nur die Zähne zusammen und ging zur Arbeit.«

Nach mir meldeten sich noch ein paar andere Leute zu Wort, und dann kam eine gewisse Carole an die Reihe. »Ich bin zwar noch nie mit einem Kater aufgewacht, seit ich nüchtern bin«, begann sie. »Trotzdem kann ich sehr gut nachvollziehen, was Matt vorhin gesagt hat. Ich dachte nämlich mal, dass sich in meinem Leben mehr oder weniger alles von selbst regeln würde, sobald ich mal zu trinken aufgehört hätte; ich war der festen Überzeugung, dass mir dann nichts Schlimmes mehr zustoßen könnte. Aber das ist natürlich ein verhängnisvoller Trugschluss. Das Wunder des Nüchternseins ist nicht, dass man ein besseres und leichteres Leben hat, sondern dass man auch nüchtern bleibt, wenn mal nicht alles nach Wunsch läuft. Trotzdem macht es mich immer noch ganz schön fertig, wenn nicht alles so läuft, wie ich es gern hätte. Als Cody AIDS bekam, fand ich das ein himmelschreiendes Unrecht. Wer zu trinken aufgehört hat, hat einfach kein AIDS zu bekommen. Aber das ist natürlich Unsinn. Man bekommt es genauso und stirbt auch genauso daran wie alle anderen. Oder: Wer nüchtern ist, begeht keinen Selbstmord. Von wegen. Ich wage gar nicht mehr daran zu denken, wie oft ich mich umzubringen versucht habe, als ich noch getrunken habe. Als ich dann zu trinken aufgehört habe, dachte ich, damit wäre nun endgültig Schluss. Wer nichts trinkt, bringt sich nicht um. Und dann habe ich heute erst erfahren, dass sich

Toni umgebracht hat. Meine erste Reaktion war: Wie ist das möglich? Das kann doch nicht sein. Aber natürlich ist alles möglich. Trotzdem werde ich deswegen nicht zur Flasche greifen.«

In der Pause ging ich zu Carole und fragte sie, ob Toni ein Mitglied unserer Gruppe gewesen sei. »Klar, Toni Cleary hat seit drei Jahren regelmäßig an unseren Treffen teilgenommen.«

»Irgendwie kann ich mit seinem Namen kein Gesicht verbinden.«

»Toni war eine Frau, Matt. Du hast sie bestimmt gekannt. Groß und dunkelhaarig, etwa in meinem Alter. Sie hat für eine Kleiderfirma gearbeitet – was genau, weiß ich nicht mehr. Aber sie hat ständig davonerzählt, dass sie eine Affäre mit ihrem Chef hatte. Du hast sie ganz sicher gekannt.«

»Gütiger Gott«, entfuhr es mir.

»Sie hat auf mich eigentlich nie den Eindruck einer potentiellen Selbstmordkandidatin gemacht. Aber du weißt ja, wie man sich manchmal täuschen kann.«

»Es ist noch nicht mal eine Woche her, dass wir in Queens gemeinsam essen waren«, sagte ich. »Toni, Richie Gelman und ich sind damals extra nach Richmond Hill rausgefahren, um bei einem Treffen als Gastredner aufzutreten.« Ich sah mich im Raum um, als hielte ich nach Richie Ausschau, damit er bestätigte, was ich gerade gesagt hatte. Ich konnte ihn nirgendwo entdecken. »Sie hat eigentlich an diesem Abend einen sehr ausgeglichenen Eindruck gemacht«, fuhr ich schließlich fort. »Sie war sogar richtig gut drauf.«

»Ich habe sie erst letzten Freitag gesehen. Auch an dem Abend war ihr nicht das Geringste anzumerken. Ich weiß zwar nicht mehr, was sie alles gesagt hat, aber sie wirkte in keiner Weise deprimiert oder niedergeschlagen.«

»Wir sind anschließend noch was essen gegangen. *Sie* hat vollkommen ausgeglichen und zufrieden gewirkt. Wie hat sie sich umgebracht? Schlaftabletten?«

Carole schüttelte den Kopf. »Sie ist aus dem Fenster gesprungen. Es stand nicht nur in der Zeitung; sie haben es sogar in den Abendnachrichten gebracht. Eine ziemlich verrückte Geschichte übrigens; sie ist nämlich auf einem jungen Kerl gelandet, der aus der Kirche kam und zufällig gerade unter ihrem Fenster vorbeiging. Er kam dabei ebenfalls ums Leben. Ganz schön verrückt, nicht?«

*   *   *

Ihre Cousine anrufen, lautete die Nachricht.

Diesmal meldete sich nicht erst der Anrufbeantworter. »Er hat angerufen«, hauchte Elaine nach dem ersten Läuten in den Hörer.

»Und?«

»Er hat gesagt: *Elaine, ich weiß, dass du zu Hause bist. Nimm den Hörer ab und schalte den Anrufbeantworter aus.* Das habe ich getan.«

»Warum?«

»Ich weiß nicht, warum. Er hat gesagt, dass ich es tun soll, und ich habe es getan. Dann hat er gesagt, ich sollte dir was ausrichten.«

»Und was war das?«

»Matt, kannst du mir vielleicht erklären, warum ich den Anrufbeantworter ausgeschaltet habe? Bloß, weil er es gesagt hat? Und jetzt stell dir mal vor, er sagt, ich soll die Tür aufschließen, und ich tue es tatsächlich? Hältst du das für möglich?«

»Nein, so etwas würdest du nie tun.«

»Woher willst du das so sicher wissen?«

»Weil es sehr gefährlich wäre und weil du genau weißt, dass du so etwas auf keinen Fall tun darfst. Dagegen war es für dich mit keinerlei Risiken verbunden, den Anrufbeantworter abzustellen. Das ist ein großer Unterschied.«

»Na, ich weiß nicht.«

Mir ging es ganz ähnlich, aber ich behielt meine Zweifel lieber für mich. Stattdessen fragte ich Elaine noch einmal: »Was solltest du mir bestellen?«

»Ach so, natürlich. Es hat keinen rechten Sinn ergeben, zumindest nicht für mich. Deshalb habe ich es mir sofort aufgeschrieben, nachdem er aufgehängt hatte – damit ich es nicht vergesse. Wo habe ich den Zettel bloß hingelegt?«

Ich glaubte bereits zu wissen, was er mir hatte ausrichten lassen. Eigentlich gab es keine andere Möglichkeit.

»Ach, da ist er ja«, sagte Elaine. »*Sag ihm, dass ich ihm alle seine Frauen wegnehmen werde. Sag ihm, dass gestern Nummer zwei dran war. Den Jungen auf der Straße kann er gratis dazuhaben – sozusagen als Bonus.* Ergibt das für dich irgendeinen Sinn?«

»Nein«, sagte ich. »Aber ich weiß, was es bedeutet.«

Kapitel 11

Ich rief Anita an. Sie hatte wieder geheiratet, und es war ihr Mann, der an den Apparat kam. Ich entschuldigte mich für die späte Störung und fragte, ob ich Mrs. Carmichael sprechen könnte. Es war ein komisches Gefühl, Anita so zu nennen, aber andrerseits hatte ich bei dem ganzen Anruf ein reichlich komisches Gefühl.

Ich sagte ihr gleich zu Beginn, dass eigentlich kein wirklicher Grund zur Besorgnis bestünde; trotzdem wäre eine Situation eingetreten, über die sie besser Bescheid wissen sollte. Darauf schilderte ich ihr in kurzen Zügen, worum es ging. Ein Mann, den ich vor zwölf Jahren hinter Gitter gebracht hatte, hatte nach seiner Freilassung beschlossen, eine Art psychopathischer Vendetta mit mir auszutragen, indem er der Reihe nach alle meine Frauen umzubringen versuchte.

»Das Problem dabei ist, dass ich eigentlich gar keine Frau habe«, erklärte ich ihr weiter. »Er ist deshalb gezwungen, diesen Begriff relativ weit auszulegen. Zuerst hat er eine Frau ermordet, die vor zwölf Jahren vor Gericht gegen ihn ausgesagt hat, und erst gestern hat er eine Frau umgebracht, die man bestenfalls als eine entfernte Bekannte von mir bezeichnen könnte. Jedenfalls kannte ich bis dahin nicht mal ihren Nachnamen.«

»Und das war für ihn Anlass genug, sie umzubringen? Warum nimmt ihn die Polizei nicht fest?«

»Ich kann nur hoffen, dass sie das demnächst tun wird. Aber momentan befindet er sich noch ...«

»Glaubst du, er hat es auch auf mich abgesehen?«

»Das kann ich leider nicht sagen. Möglicherweise weiß er nicht einmal, dass es dich überhaupt gibt. Und falls doch, kann ich mir nicht vorstellen, dass er deinen neuen Namen und deine neue Adresse kennt. Trotzdem muss man bei diesem Kerl auf alles gefasst sein.«

»Und was ist mit den Jungen?«

Einer war beim Militär, der andere ging an der Westküste aufs College. »Sie haben nichts zu befürchten«, konnte ich sie zumindest in diesem Punkt beruhigen. »Diesen Irren interessieren nur Frauen.«

»Aber doch nur, um sie umzubringen? Mein Gott. Was soll ich jetzt tun?«

Ich machte ihr ein paar Vorschläge. Zum Beispiel, ein paar Wochen Urlaub zu machen, wenn ihr das in den Kram passte. Andernfalls sollte sie sich bei ihrer zuständigen Polizeistation erkundigen, ob man dort etwas für sie tun könnte. Notfalls konnte sie sich auch mit einem privaten Wachdienst in Verbindung setzen. Und in jedem Fall sollte sie Augen und Ohren offenhalten, ob ihr jemand folgte; sie sollte keinem Fremden die Tür öffnen und ...«

»Jetzt hör aber mal zu!«, fiel sie mir ins Wort. »Wir sind seit Jahren geschieden. Ich bin mit einem anderen Mann verheiratet. Macht das etwa keinen Unterschied?«

»Das kann ich leider nicht sagen. Vielleicht hält er es in diesem Punkt wie die katholische Kirche und erkennt keine Scheidung an.«

Wir unterhielten uns noch eine Weile, bevor ich sie bat, mir ihren Mann an den Apparat zu holen. Mit ihm ging ich dann alles noch einmal durch. Er reagierte sehr nüchtern und vernünftig, sodass ich schließlich mit dem Gefühl einhängte, dass er sich die Sache erst mal in Ruhe durch den Kopf gehen lassen und dann schon das Richtige tun würde. Ich wünschte nur, dass sich das auch von mir behaupten ließe.

Danach stellte ich mich ans Fenster und sah auf die Stadt hinaus.

Als ich hier eingezogen war, konnte man von meinem Fenster noch das World Trade Center sehen; allerdings haben sich in der Zwischenzeit auch in diesem Viertel die Baulöwen breitgemacht und die letzten Flecken freien Himmels verbaut. Meine Aussicht kann sich zwar immer noch sehen lassen, aber das, was sie mal war, ist sie schon lange nicht mehr.

Es hatte wieder zu regnen begonnen. Ich dachte darüber nach, ob er sich wohl gerade irgendwo da draußen herumtrieb. Vielleicht wurde er dabei ordentlich nass; vielleicht holte er sich davon sogar den Tod.

Ich griff nach dem Telefon und rief Jan an.

Sie ist Bildhauerin und bewohnt ein Loft in der Lispenard Street, südlich der Canal. Wir hatten uns kennengelernt, als wir beide noch tranken, und wir haben in ihrer Wohnung so einiges weggeschluckt, sie und ich. Dann hörte sie mit dem Trinken auf, und wir hörten auf uns zu sehen. Als dann auch ich mit dem Trinken Schluss machte, kamen wir uns wieder näher. Irgendwann wollte es dann aber nicht mehr so recht klappen, und schließlich war es endgültig aus, ohne dass einer von uns so recht begriffen hätte, warum.

Als Jan abnahm, sagte ich: »Jan, hier ist Matt. Tut mir leid, dass ich so spät noch störe. «

»Es ist tatsächlich schon ziemlich spät«, erwiderte sie. »Ist etwas passiert?«

»Leider ja. Ich bin jedoch nicht sicher, ob du davon betroffen bist. Leider muss ich aber davon ausgehen, dass es so sein könnte. «

»Kannst du dich vielleicht etwas klarer ausdrücken?«

Ich schilderte ihr den Sachverhalt etwas detaillierter, als ich das mit Anita getan hatte. Zufällig hatte Jan im Fernsehen den Bericht über Tonis Tod gesehen. Freilich hatte sie zu diesem Zeitpunkt nicht ahnen können, dass es sich dabei nicht wirklich um einen Selbstmord gehandelt hatte. Ebenso wenig hatte sie gewusst, dass Toni bei den Anonymen Alkoholikern war.

»Glaubst du, ich könnte sie gekannt haben?«

»Durchaus möglich. Du warst doch auch ein paarmal in St. Paul's. Außerdem kam sie ziemlich viel herum; sie ist relativ häufig bei anderen Gruppen als Gastrednerin aufgetreten. «

»Und du bist mal mit ihr als Gastredner unterwegs gewesen? Du hast mir zwar erzählt, wo das war, aber ich habe es schon wieder vergessen. «

»In Richmond Hill. «

»Wo ist das denn? In Queens?«

»Ja, in Queens. «

»Und deshalb hat er sie umgebracht? Oder hattet ihr beide etwas miteinander?«

»Absolut nichts. Erstens war sie nicht mein Typ, und zweitens hatte sie ein Verhältnis mit ihrem Chef. Wir waren nicht mal näher miteinander befreundet. Manchmal habe ich mich zwar bei einem Treffen mit ihr unterhalten, aber dieser Auftritt als Gastredner war so ziemlich das einzige, was wir je gemeinsam unternommen haben. «

»Und einzig und allein aufgrund dessen ...«

»Ja. «

»Bist du sicher, dass es kein Selbstmord war? Natürlich bist du sicher. Was für eine dumme Frage. Hältst du es für möglich ...«

»Ich weiß nicht, was ich von der ganzen Geschichte halten soll«, unterbrach ich sie. »Dieser Kerl ist vor vier Monaten aus dem Gefängnis entlassen worden. Selbst wenn er mich während dieser vier Monate beschattet haben sollte, was ihm übrigens durchaus zuzutrauen wäre, hätte er mich in diesem Zeitraum nicht mit dir gesehen. Aber ich weiß leider nicht, wieviel er tatsächlich über mich weiß und in welchem Umfang er Erkundigungen über mich eingezogen hat. Soll ich dir sagen, was ich an deiner Stelle täte?«

»Ja.«

»Ich finde, du solltest dich schleunigst ins nächste Flugzeug setzen, dein Ticket in bar bezahlen und keinem Menschen erzählen, wohin du fliegst.«

»Ist das dein Ernst?«

»Ja.«

»Ich habe ein gutes Schloss an der Wohnungstür. Ich könnte ...«

»Nein«, schnitt ich ihr das Wort ab. »Das Haus, in dem du wohnst, ist alles andere als sicher. Dazu kommt, dass dieser Kerl offensichtlich ziemlich mühelos in jede Wohnung kommt. Du kannst es natürlich darauf ankommen lassen, aber dann musst du dir auch im Klaren darüber sein, dass du deines Lebens nicht mehr sicher bist, solange du dich in New York aufhältst.«

Das ließ sie sich eine Weile durch den Kopf gehen. »Ich hatte sowieso vor, mal wieder einen Besuch bei ...«

»Sag's mir lieber nicht«, unterbrach ich sie.

»Glaubst du, dein Telefon wird abgehört?«

»Ich glaube, es ist besser, wenn niemand weiß, wo du bist – mich eingeschlossen.«

»Na gut.« Sie seufzte. »Eines hast du damit jedenfalls erreicht, Matthew; ich nehme diese Sache inzwischen tatsächlich sehr ernst. Am besten, ich mache mich gleich ans Packen. Und wie erfahre ich, wann ich wieder nach New York zurückkommen kann? Kann ich dich anrufen?«

»Jederzeit. Aber auf keinen Fall darfst du deine Nummer hinterlassen.«

»Langsam komme ich mir vor wie eine Spionin – eine ziemlich unfähige allerdings. Was ist, wenn ich dich nicht erreichen kann? Wie werde ich erfahren, wann ich wieder aus der Kälte kommen kann?«

»Ein paar Wochen dürften auf jeden Fall genügen«, sagte ich. »Ganz gleich, wie die Sache ausgeht.«

*   *   *

Während ich mit Jan telefonierte, überkam mich plötzlich das unwiderstehliche Bedürfnis, mir ein Taxi zur Lispenard Street zu nehmen und mich als ihr Beschützer aufzuspielen. Wir hätten stundenlang zusammensitzen, Unmengen von Kaffee trinken und eine dieser unvergleichlich intensiven Unterhaltungen führen können, die schon vom ersten Abend unseres Kennenlernens an zum Markenzeichen unserer Beziehung geworden waren.

Mir fehlten diese Gespräche mit Jan sehr. Und auch sie selbst fehlte mir, so dass ich manchmal sogar mit dem Gedanken spielte, noch einmal einen neuen Anlauf zu machen.

Aber das hatten wir schon mehrere Male versucht, um allerdings jedes Mal wieder zu der Einsicht zu gelangen, dass es einfach nicht ging mit uns beiden. Allerdings hatten wir nicht das *Gefühl*, dass es nicht mit uns ging, auch wenn alles darauf hindeutete.

Als damals unsere Beziehung endgültig kaputt gegangen war, hatte ich Jim Faber angerufen und ihm gesagt: »Irgendwie will es mir einfach nicht in den Kopf, dass es zwischen uns endgültig aus sein soll. Ich war felsenfest davon überzeugt, dass es mit uns klappen könnte.«

»Hat es ja auch«, hatte Jim darauf lakonisch erwidert. »Nur nicht so, wie du erwartet hast.«

Fast hätte ich ihn auch jetzt wieder angerufen.

Das hätte ich natürlich tun können. Wir hatten uns zwar darauf geeinigt, dass ich ihn nach Mitternacht nicht mehr anrief. Und Mitternacht war schon längst vorbei. Aber in Notfällen konnte ich ihn jederzeit anrufen.

Nach kurzem Überlegen gelangte ich zu der Einsicht, dass es sich hier noch nicht um einen Notfall handelte. Zumindest bestand keinerlei Gefahr, dass ich wieder zu trinken anfing. Und das war so ziemlich die einzige Sorte Notfall, die es gerechtfertigt hätte, Jim zu nachtschlafender Zeit aus dem Bett zu klingeln. Seltsamerweise war mir überhaupt nicht nach etwas zu trinken. Eher war mir danach, jemandem ordentlich die Fresse zu polieren oder mir die Seele aus dem Leib zu brüllen oder ein Loch in die Tür zu treten. Aber nach was zu trinken war mir überhaupt nicht.

Schließlich brach ich zu einem längeren Spaziergang auf. Draußen fiel inzwischen nur noch leichter Nieselregen. Ich ging zur Eighth Avenue hinüber und marschierte von dort ziemlich ziellos acht Blocks in Richtung Downtown weiter. Da ich Toni nach den Treffen gelegentlich nach Hause begleitet hatte, kannte ich das Haus, in dem sie gewohnt hatte. Es lag an der Nordwest-ecke der Kreuzung, aber da ich nicht wusste, auf welcher Seite ihre Wohnung lag, wusste ich auch nicht, wo sie auf dem Gehsteig gelandet war.

Manchmal prallt ein Selbstmörder mit solcher Wucht auf das Pflaster, dass der Beton Risse bekommt. In diesem Fall waren jedoch keinerlei Spuren zu sehen. Das lag natürlich daran, dass die Wucht ihres Aufpralls zu einem ganz erheblichen Teil Fitzroy abgefangen hatte.

Es waren auch keine Flecken auf dem Gehsteig zu sehen, obwohl ein Sturz aus dieser Höhe eine ziemlich blutige Angelegenheit ist. Aber der starke Regen hatte vermutlich auch die letzten Spuren weggewaschen, die der Haus-meister beim Saubermachen nicht abbekommen oder übersehen hatte. Na-türlich wird nicht immer alles Blut weggewaschen. Manchmal sickert es auch in den Beton ein.

Vielleicht hatte das Blut auch Spuren hinterlassen, und ich sah sie nur nicht. Es war Nacht, und der Gehsteig glänzte vor Nässe. Also nicht gerade die idealen Voraussetzungen, um ein paar Blutflecken auf dem Pflaster auszu-machen. Außerdem wusste ich nicht einmal, wo ich nach ihnen suchen sollte.

Wenn man allerdings weiß, wo man suchen muss, stößt man in New York auf Schritt und Tritt auf Blutflecken.

Und vermutlich nicht nur in New York. Auf der ganzen Welt.

Ich muss mindestens eine Stunde ziellos durch die Stadt gestreift sein. Für eine Weile spielte ich mit dem Gedanken, im Grogan's vorbeizuschauen, ge-langte dann aber zu der Überzeugung, dass das keine sehr gute Idee gewesen wäre. Mir war im Moment nicht nach Reden zumute, und noch weniger hat-te ich Lust, mir in der Rolle des einsamen Wolfs am Tresen zu gefallen. Des-halb wanderte ich weiter durch die Nacht, und ließ mich auch nicht stören, als es wieder zu regnen begann. Ich ging einfach weiter und ließ mich vom Regen durchweichen.

Alle deine Frauen, Scudder. Mein Gott, dieser Irre wollte mir sogar die Frauen nehmen, die ich gar nicht hatte. Connie Cooperman hatte ich nur flüchtig gekannt, und vor allem hatte ich schon jahrelang nichts mehr mit ihr zu tun gehabt. Und auf wen hatte er es noch abgesehen? Auf Elaine, die für mich ramponierten Lancelot eine ebenfalls nicht mehr ganz taufrische Lady Shalott spielte. Auf Anita – mit der ich vor vielen Jahren mal verheiratet war. Auf Jan, mit der ich vor vielen Monaten mal befreundet war. Und nicht zuletzt auch auf Toni Cleary, die das Pech gehabt hatte, einmal mit mir essen gegangen zu sein.

Er muss uns an besagtem Abend gefolgt sein. Eigentlich war es ziemlich unwahrscheinlich, dass er sich die ganze Strecke bis nach Richmond Hill an unsere Fersen geheftet hatte. Vielleicht hatte er uns zufällig auf der Straße gesehen, als wir auf dem Weg ins Armstrong's waren oder als ich Toni nach Hause brachte.

Ich streifte weiter durch die nächtliche Stadt und versuchte mir einen Reim auf die ganze Geschichte zu machen.

Irgendwann gab ich schließlich auf, ging ins Hotel zurück und hängte meine nassen Sachen zum Trocknen auf. Es hatte plötzlich merklich abgekühlt, und da ich von der Kälte ebenso wenig Notiz genommen hatte wie vom Regen, war ich nicht nur bis auf die Haut durchnässt, sondern auch bis auf die Knochen durchgefroren. Ich stellte mich lange unter die heiße Dusche und kroch dann ins Bett.

Während ich danach noch eine Weile wach im Dunkeln lag, kam mir ein Gedanke. Oder genauer: Ein Gedanke versuchte sich Zutritt zu meinem Bewusstsein zu verschaffen. Irgendwo da draußen trieb sich Motley herum und bedrohte alle Frauen, mit denen ich mal was zu tun gehabt hatte. Und was tat ich? Ich rannte durch die Gegend wie ein aufgescheuchtes Huhn, das alle seine Küken unter seinen Fittichen in Sicherheit zu bringen versuchte. Ich gab mir alle nur erdenkliche Mühe, meine Frauen zu beschützen und diese schreckliche Bedrohung möglichst für immer von ihnen abzuwenden. Meine Frauen, das hieß Elaine, Anita und Jan. Fast notgedrungen betrachtete ich sie unter diesen Umständen wieder verstärkt als das, als was er sie bezeichnete: als meine Frauen; als etwas, das mir gehörte. Gleichzeitig versuchte ich beide Augen vor der bitteren Erkenntnis zu verschließen, dass mir diese Frauen nicht gehörten und vermutlich auch nie gehört hatten; dass ich keinen Menschen hatte und vermutlich auch nie haben würde.

Dass ich ganz allein war.

Kapitel 12

Bei Tageslicht konnte man die Blutflecken sehen. Aber man musste wissen, wonach man suchte, um sie als das zu erkennen, was sie waren. Ich war in Begleitung Joe Durkins, und der Türsteher zeigte uns die Stelle, wo Toni aufs Pflaster geschlagen war; sie befand sich auf der Seite des Gebäudes, etwa zwanzig Meter vom Eingang entfernt.

Der Türsteher war ein junger Latino. Seine Schultern waren zu schmal für seine Uniformjacke, und für das Bisschen Flaum auf seiner Oberlippe wäre die Bezeichnung Schnurrbart eindeutig übertrieben gewesen. Obwohl er an dem Sonntag, an dem es passiert war, freigehabt hatte, zeigte ich ihm das Phantombild von Motley. Er studierte es aufmerksam, schüttelte aber schließlich den Kopf.

Durkin hatte einen Hauptschlüssel. Wir fuhren nach oben in Tonis Wohnung. Da sich niemand die Mühe gemacht hatte, das Fenster zu schließen, hatte es am Tag zuvor ein wenig hereingeregnet. Ich beugte mich aus dem Fenster und versuchte die Stelle auszumachen, wo sie aufs Pflaster geschlagen war. Allerdings konnte ich von so weit oben nichts erkennen. Außerdem überkam mich sofort ein heftiges Schwindelgefühl, sodass ich meinen Kopf schleunigst zurückzog und mich aufrichtete.

Durkin ging ins Schlafzimmer. Das Bett war gemacht. Über dem Fußende lagen ein paar ordentlich zusammengelegte Kleidungsstücke. Ein marineblauer Rock, eine weiße Bluse, eine dunkelgraue Strickjacke. Ein weißes Spitzenhöschen. Ein BH, ebenfalls weiß, mit großen Körbchen.

Durkin nahm den BH vom Bett, studierte ihn kurz und legte ihn wieder zurück.

»Mordsdinger«, brummte er und warf mir einen kurzen Blick zu, um zu sehen, wie ich darauf reagierte. Ich glaube nicht, dass ich irgendeine Reaktion zeigte. Er steckte sich eine Zigarette an, schüttelte das Streichholz aus und sah sich nach einem Aschenbecher um. Es war jedoch in der ganzen Wohnung keiner zu sehen. Um sicherzugehen, dass das Streichholz auch wirklich aus war, blies er kurz darauf und legte es dann vorsichtig auf die Nachttischkante.

»Dein Freund hat also behauptet, er hätte sie umgebracht?«

Ich nickte. »Ja, genau das hat er zu Elaine gesagt.«

»Ist Elaine die Frau, die gegen ihn ausgesagt hat?« Er sah mich forschend an. »Und diese Geschichte liegt also inzwischen zwölf Jahre zurück?«

»Ja.«

»Und du hältst es zum Beispiel nicht für möglich, dass er es in diesem Punkt wie diese arabischen Terroristen halten könnte? Du weißt schon – kaum stürzt irgendwo ein Flugzeug ab, hängen sie sofort am Telefon und behaupten, sie wären es gewesen.«

»Nein, das glaube ich nicht.«

Durkin nahm einen Zug von seiner Zigarette und ließ langsam den Rauch entweichen. »Ich eigentlich auch nicht«, murmelte er nach einer Weile. »Bisher gibt es jedenfalls keinen eindeutigen Beweis dafür, dass es kein Mord gewesen sein kann. Diese Möglichkeit lässt sich vorerst nicht ausschließen. Da segelt jemand aus dem Fenster – wer will da schon mit Sicherheit sagen, wessen Idee das Ganze war?« Er ging zur Tür. »Der Riegel war vorgelegt. Beweist das irgendwas? Allein deshalb darauf zu schließen, dass niemand außer der Selbstmörderin in der Wohnung gewesen sein kann, wäre eindeutig verfrüht. Man kann diesen Türriegel von innen betätigen, indem man an diesem Knopf dreht; man kann ihn aber auch von außen mit dem Schlüssel verriegeln. Er wirft sie aus dem Fenster, nimmt ihren Wohnungsschlüssel an sich und schließt damit beim Verlassen der Wohnung hinter sich ab. Der vorgelegte Riegel beweist also gar nichts.«

»Nein.«

»Außerdem hat sie keinen Abschiedsbrief hinterlassen. Und ich muss gestehen, dass ich was gegen Selbstmorde ohne Abschiedsbriefe habe. Gegen so etwas sollte es ein Gesetz geben.«

»Und an welche Strafe hättest du dabei gedacht?«

»Ganz einfach. Man muss wieder zurückkommen und weiterleben.« Er sah sich ganz automatisch nach einem Aschenbecher um, stippte die Asche dann aber einfach auf den Parkettboden. »Es war ja auch mal strafbar, einen Selbstmordversuch zu begehen. Allerdings habe ich noch von keinem gehört, der deswegen auch belangt wurde. Eine typische Idiotenbestimmung. Da ist der Versuch, etwas zu tun, strafbar, der vollendete Tatbestand aber nicht. Das müsste doch genau das Richtige für dich sein – eine dieser bescheuerten Haarspaltereien, mit denen sie einen beim Sergeant-Examen nerven. Nehmen wir zum Beispiel folgenden Fall: Sie fällt aus dem Fenster und landet auf diesem Fitzroy. Er stirbt. Zugleich dämpft er jedoch die Wucht ihres Aufpralls, sodass sie überlebt. Was würde man ihr jetzt anlasten?«

»Keine Ahnung.«

»Ich würde entweder auf fahrlässige Tötung oder auf Totschlag zweiter Klasse tippen. Solche Fälle hat es übrigens bereits gegeben. Nicht gerade aus dem zwanzigsten Stock, aber wenn meinetwegen jemand im dritten Stock aus dem Fenster springt. Bisher ist allerdings noch niemand wegen so einer Sache vor Gericht gekommen.«

»Warum auch?«

»Für die Verteidigung dürfte es in so einem Fall vermutlich das Einfachste sein, auf Unzurechnungsfähigkeit zu plädieren. Aber zurück zum eigentlichen Grund unseres Besuchs: Ich werde gleich mal ein paar Leute von der Spurensicherung kommen lassen. Wäre natürlich toll, wenn wir am Fensterrahmen ein paar Fingerabdrücke von dem Kerl finden würden.«

»Oder sonst irgendwo in der Wohnung.«

»Ganz gleich wo«, nickte er. »Aber ich glaube nicht, dass er uns diesen Gefallen getan hat.«

»Ich auch nicht.«

»Schaden kann es trotzdem nicht. Ein paar unserer Uniformierten waren als Erste hier. Wenn also ein Ermittlungsverfahren eingeleitet wird, sind wir zuständig. Und du kannst mir glauben, ich täte nichts lieber, als diesen Kerl aus dem Verkehr zu ziehen. Allerdings deutet alles darauf hin, dass er nicht zu der Sorte gehört, die Fingerabdrücke hinterlassen. Und er hat deine Freundin schon zweimal angerufen? Aber das erste Mal hat er nur geflüstert?«

»Ja.«

»Und alles, was du auf dem Anrufbeantworter hast, ist eine flüsternde Männerstimme, die nicht für eine Identifizierung herangezogen werden kann, und die Mitteilung, dass er ihr Blumen geschickt hat? Und die vage Drohung, dass sie noch nicht an der Reihe ist; allerdings ohne einen Hinweis darauf, was damit gemeint ist. Und jetzt versuch mal, da einen Fall draus zu machen.«

Er sah sich nach einer Möglichkeit um, seine Zigarette loszuwerden. Erst wanderte sein Blick zum Fußboden, dann zum offenen Fenster. Schließlich ging er zur Spüle, hielt die Kippe kurz unter den laufenden Wasserhahn und warf sie in den Mülleimer.

»Und als er ihr bei seinem zweiten Anruf ziemlich massiv droht und mit seiner normalen Stimme spricht«, fuhr er fort, »fordert er sie vorher auf, ihren Anrufbeantworter abzustellen. Was sie auch prompt tut. Wir haben also nur ihre Aussage, dass er ihr gedroht und den Mord an Cleary und Fitzroy gestanden hat. Aber selbst damit lässt sich nicht viel anfangen, weil er keine Namen genannt hat und auch nicht gesagt hat, was er nun eigentlich genau getan hat.«

»Richtig.«

»Solange wir keine konkreten Beweise haben, kommen wir nicht weit. Ich werde mir mal das Phantombild kopieren. Damit versuchen wir dann unser Glück bei dem Türsteher, der an dem Tag, als es passiert ist, Dienst hatte. Und vielleicht zeigen wir das Bild auch noch dem Hausmeister – für den Fall, dass ihm zufällig irgendeine verdächtige Person aufgefallen ist, die sich in letzter Zeit hier herumgetrieben hat. Viel würde ich mir davon an deiner Stelle allerdings nicht erwarten – ganz abgesehen davon, dass wir ihm noch lange keinen Mord anhängen können, bloß weil wir beweisen können, dass er sich in diesem Gebäude aufgehalten hat. Dazu müsstest du erst mal beweisen können, dass es sich überhaupt um einen Mord handelt. Und das versuch erst mal.«

»Was ist bei der Obduktion herausgekommen?«

»Was soll dabei herausgekommen sein?«

»Was war die genaue Todesursache?«

Er sah mich nur an.

»Habt ihr denn keine Autopsie vorgenommen?«

»Wie du weißt, müssten wir das eigentlich. Aber du weißt auch, wie man nach einem Sturz aus dieser Höhe aussieht. Du willst also wissen, was bei der Obduktion herausgekommen ist? Diese Toni Cleary ist kopfvoran aus dem Fenster gestürzt und mit dem Kopf gegen den von Fitzroy geprallt. Versuch das mal mit Absicht hinzukriegen. Aber wie dem auch sei, die beiden haben es geschafft. Vielleicht kannst du dir jetzt auch vorstellen, wie ihre Köpfe ausgesehen haben. Wenn bei der Obduktion also nicht gerade eine Kugel in ihrem Körper gefunden worden wäre, hätten sie als Todesursache in jedem Fall die Verletzungen angegeben, die sie sich bei dem Sturz zugezogen hat. Denkst du, er könnte sie vorher bereits umgebracht haben?«

»Das halte ich sogar für sehr wahrscheinlich.«

»Na gut, aber versuch erst mal, das zu beweisen. Genauso gut könnte er sie auch nur bewusstlos geschlagen haben, bevor er sie aus dem Fenster geworfen hat. Wie willst du so was nachweisen? Mit Fingerspuren am Hals? Oder mit Prellungen am Kopf?«

»Wie sieht es mit Spermaspuren aus? In der Frau in Ohio hat er welche hinterlassen.«

»Ich weiß. Aber sie konnten nicht feststellen, von wem sie stammten. Ich will dir mal was sagen, Matt. Falls sie in dieser Toni Cleary irgendwelche Spermaspuren gefunden hätten, hätten die genauso gut von Fitzroy sein können – so innig waren die beiden im Tod vereint. Und selbst wenn sie von Motley stammen –was beweist das schon? Es ist nicht gegen das Gesetz, mit einer Frau ins Bett zu gehen. Es ist nicht mal gegen das Gesetz, sie in den Arsch zu ficken.« Er puhlte eine frische Zigarette aus der Packung, steckte sie aber gleich wieder zurück. »Ich will dir mal was sagen: Den Mord an dieser Frau werden wir deinem Freund auf keinen Fall anhängen können. Zumindest nicht ohne ein paar sehr deutliche Fingerabdrücke; und vermutlich nicht einmal dann. Selbst angenommen, wir können tatsächlich beweisen, dass er hier im Haus war oder meinetwegen sogar in ihrer Wohnung; einen Mord kannst du ihm damit noch lange nicht anhängen.«

»Womit ginge das überhaupt?«

Durkin sah mich nur wortlos an.

»Kannst du mir dann vielleicht sagen, was wir überhaupt tun sollen? Warten, bis er auf einer Leiche seine Unterschrift hinterlässt?«

»Früher oder später wird ihm ein Fehler unterlaufen, Matt.«

»Schon möglich«, sagte ich. »Aber ich weiß nicht, ob ich so lange warten kann.«

Durkin war ein echter Profi. Auch wenn er nicht glaubte, dass bei der Sache viel herauskäme, leitete er alle nötigen Schritte ein, und zwar umgehend. Er ließ die Wohnung von der Spurensicherung gründlich überprüfen und rief mich noch am selben Nachmittag an, um mir die ersten Untersuchungsergebnisse mitzuteilen. Zuerst die schlechte Nachricht: In der Wohnung war nicht ein Fingerabdruck Motleys aufgetaucht. Dann die gute, wenn man es so nennen wollte: An keiner einzigen Stelle des Fensterrahmens war ein Fingerabdruck entdeckt worden. Das konnte nur zweierlei bedeuten: Entweder hatte die Selbstmörderin vor ihrem Sprung aus dem Fenster ganz bewusst darauf geachtet, keine Fingerabdrücke zu hinterlassen; oder jemand hatte sie hinterher entfernt.

Das allein hatte jedoch noch keinerlei Beweiskraft; man hinterlässt nicht notgedrungen einen Fingerabdruck, wenn man einen Gegenstand berührt. Trotzdem bestätigte uns diese Entdeckung etwas, was uns im Grunde genommen längst klar gewesen war: Toni Cleary hatte sich nicht selbst umgebracht. Da hatte jemand ein bisschen nachgeholfen.

Mir fiel nichts mehr ein, was ich noch hätte tun können. Ich hatte die halbe Stadt abgeklappert und mit unzähligen Leuten gesprochen. Ich hatte Motleys Phantombild herumgezeigt und meine Visitenkarten verteilt.

Unwillkürlich erinnerte mich das an Jim Faber, der die Karten für mich gedruckt hatte. Ruf deinen Betreuer an, war eine der Grundregeln, die einem bei den Treffen immer wieder eingebläut werden. Trink keinen Alkohol, nimm an den Treffen teil, lies das Große Buch, ruf deinen Betreuer an. Ich trank nichts und ging fast täglich zu einem Treffen. Allerdings konnte ich mir nicht vorstellen, dass im Großen Buch etwas darüber stand, wie man mit psychopathischen Serienmördern umging, oder dass mein Betreuer Jim Faber zu diesem Thema etwas Hilfreiches beizutragen hatte. Trotzdem rief ich ihn an.

»Vielleicht gibt es tatsächlich nichts, was du noch tun kannst«, sagte er.

»Wirklich ein sehr hilfreicher Tipp.«

»Ob er wirklich so hilfreich ist, weiß ich nicht. Ermutigend ist er jedenfalls mit Sicherheit nicht.«

»Das kannst du laut sagen.«

»Oder vielleicht doch. Vielleicht kommt es in dieser Situation nur darauf an, dich damit abzufinden, dass du bereits alles Menschenmögliche getan hast. Deine verzweifelten Bemühungen, in einer Stadt von der Größe New Yorks einen Mann zu finden, der alles tut, um sich seiner Entdeckung zu entziehen, kommen ziemlich genau der sprichwörtlichen Suche nach der Nadel im Heuhaufen gleich.«

»So ziemlich jedenfalls.«

»Wenn es dir natürlich gelänge, die Polizei für den Fall zu interessieren …«

»Das habe ich bereits versucht. Unter den gegebenen Voraussetzungen kann die Polizei allerdings so gut wie nichts für mich tun.«

»Demzufolge hast du also tatsächlich schon alles in deiner Macht Stehende getan. Und da es sonst nichts mehr gibt, was du tun könntest, quälst du dich mit Selbstvorwürfen. Außerdem gerätst du in Panik, weil du die Sache nicht mehr unter Kontrolle hast.«

»Das kann man wohl sagen.«

»Dabei ist das doch vollkommen normal. Genauer besehen, gibt es doch nichts, was man wirklich unter Kontrolle hat. Das müsstest du inzwischen eigentlich gelernt haben. Wir können nichts weiter tun, als innerhalb der uns gegebenen Möglichkeiten alles zu versuchen und dann abzuwarten, was dabei herauskommt.«

»Nach dem Motto: Der Mensch denkt, Gott lenkt.«

»Genau.«

Das ließ ich mir kurz durch den Kopf gehen. »Wenn mich Gott aber diesmal im Stich lässt, kann das auch für ein paar andere Leute verdammt unangenehm werden.«

»Ach, so ist das also. Du möchtest dir die Kontrolle über die Situation also deshalb nicht entgleiten lassen, weil zu viel auf dem Spiel steht.«

»Na ja …«

»Kannst du dich noch an den Dritten Schritt erinnern?« Natürlich konnte ich das. Trotzdem ließ er es sich nicht nehmen, ihn mir noch einmal im genauen Wortlaut zu zitieren. »*Ich habe den festen Entschluss gefasst, meinen Willen und mein Leben ganz in Gottes Obhut zu stellen, was oder wer auch immer Gott für mich sein mag.* Wenn es um irgendwelchen Kleinkram geht, ist das natürlich nicht weiter schwer; aber wenn es mal hart auf hart geht, tragen wir die Verantwortung lieber wieder selber.«

»Ich weiß, worauf du hinauswillst.«

»Wie wär's mit einem kleinen Tipp, wie du den Dritten Schritt in die Praxis umsetzen kannst? Was hältst du zum Beispiel von folgendem Zwei-Punkte-Programm? Punkt A: Überlass den ganzen Kleinkram erst mal Ihm. Punkt B: Alles ist Kleinkram.«

»Danke«, war alles, was ich darauf noch zu sagen wusste.

»Du wirst doch keine Dummheiten machen, Matt? Hast du etwa vor, wieder zu trinken?«

»Nein. Ich habe nicht vor, wieder zu trinken.«

»Na, dann ist ja alles in bester Ordnung.«

»Klar, könnte gar nicht besser sein«, maulte ich zurück. »Soll ich dir mal was sagen? Manchmal möchte ich wirklich gern wissen, ob noch mal ein Tag kommt, an dem ich dich anrufe und du mir tatsächlich einen Rat gibst, den ich auch hören möchte.«

»Das kann durchaus passieren. Aber wenn das mal der Fall ist, solltest du dich schleunigst nach einem neuen Betreuer umschauen.«

Gegen sechs Uhr abends erkundigte ich mich an der Rezeption, ob irgendwelche Nachrichten für mich eingegangen waren. Joe Durkin hatte angerufen, ich solle mich bei ihm melden. Da er nicht mehr im Dienst war, rief ich ihn unter seiner Privatnummer an.

»Ich habe da was, das dich interessieren könnte«, begann er. »Als ich heute Nachmittag mit einem der Rechtsmediziner gesprochen habe, hat er mir als Erstes in aller Deutlichkeit zu verstehen gegeben, ich sollte das alles mal lieber schön wieder vergessen. Man könnte nämlich kaum mehr feststellen, wo der eine von beiden anfängt und der andere aufhört. Unter anderem hat er wörtlich gesagt: *Sagen Sie Ihrem Freund, er soll mal aufs Empire State Building rauffahren und eine Grapefruit runterwerfen. Und dann soll er wieder nach unten fahren, sie vom Gehsteig kratzen und versuchen festzustellen, aus welchem Teil Floridas sie kommt.*«

»Zumindest haben wir nichts unversucht gelassen«, erwiderte ich. »Das ist die Hauptsache.«

Ich hängte auf und dachte, dass Jim sicher stolz auf mich wäre. Ich machte gewaltige Fortschritte, und wenn das so weiter ging, würde ich demnächst heiliggesprochen.

Natürlich änderte das nichts an der Tatsache, dass wir noch immer keinen konkreten Anhaltspunkt hatten und keinen Schritt weitergekommen waren.

*   *   *

Am Abend ging ich zu einem Treffen.

Aus purer Gewohnheit trugen mich meine Füße kurz nach acht in Richtung St. Paul's. Ich war keinen Block mehr von der großen, alten Kirche entfernt, als ich plötzlich mitten auf der Straße stehenblieb.

Ich fragte mich, wen ich wohl diesmal durch meine Teilnahme an dem Treffen in Lebensgefahr bringen würde.

Von diesem Gedanken lief mir ein eisiger Schauder den Rücken hinunter, als wäre jemand laut quietschend mit einem Stück Kreide über die Große Tafel am Himmel gefahren. Meine Tante Peg, Gott hab sie selig, hätte in so einem Fall gesagt, dass gerade eine Gans über mein Grab gewatschelt ist.

Ich kam mir vor wie ein Aussätziger, ein Leprakranker, der mit einem Virus befallen war, das unschuldige Menschen zu potentiellen Mordopfern machte. Zum ersten Mal, seit ich an den Treffen im Keller von St.Paul's teilnahm, glaubte ich es nicht mehr verantworten zu können, mich dort blicken zu lassen – nicht meinetwegen, sondern der anderen Teilnehmer wegen.

Ich versuchte mir zwar einzureden, das wäre Unsinn, aber das ungute Gefühl, das mich beschlichen hatte, wurde ich davon trotzdem nicht mehr los. Deshalb machte ich kehrt, ging zu der Kreuzung von Fifty-eighth und Ninth zurück und versuchte erst mal wieder, einen klaren Kopf zu bekommen. Es war Dienstag. Wo fanden dienstagabends sonst noch Treffen statt?

Ich nahm mir ein Taxi zum Cabrini Hospital in der East Twentieth. Das Treffen fand in einem Konferenzsaal im dritten Stock statt. Der Redner hatte dicht gewelltes, graues Haar und ein sympathisches Lächeln. Er war mal Leiter einer Werbeagentur gewesen und bereits zum sechsten Mal verheiratet. Er hatte mit seinen verschiedenen Frauen insgesamt vierzehn Kinder gezeugt und seit 1973 keine Einkommensteuererklärung mehr eingereicht.

»Die Dinge gerieten mir etwas aus der Hand«, erklärte er dazu.

Jetzt arbeitete er in einem Kaufhaus in der Park Avenue South als Sportartikelverkäufer und lebte allein. »Mein ganzes Leben lang hatte ich Angst, allein zu sein«, sagte er, »und jetzt habe ich festgestellt, dass es mir sogar Spaß macht.«

Schön für dich, dachte ich.

Obwohl ich ein paar bekannte Gesichter im Publikum entdeckte, war niemand darunter, den ich näher kannte. Ich meldete mich bei der Diskussion nicht zu Wort und schlich vor dem Schlussgebet aus dem Saal, ohne mit irgendjemandem ein Wort gewechselt zu haben.

Draußen war es kalt. Nachdem ich ein paar Blocks zu Fuß gegangen war, nahm ich einen Bus.

An der Rezeption hatte Jacob Dienst; er teilte mir mit, dass mehrere Anrufe für mich eingegangen waren. Ich sah kurz in mein Postfach. Es war leer.

»Nachricht hat sie allerdings keine hinterlassen.«

»Es war eine Frau?«

»Ich denke schon. Es war immer dieselbe. Sie hat nach Ihnen gefragt und dann gesagt, sie würde später noch mal anrufen. Ich würde sagen, sie hat so alle fünfzehn bis zwanzig Minuten angerufen.«

Ich ging nach oben und rief Elaine an. Aber die Anrufe waren nicht von ihr gewesen. Wir unterhielten uns ein paar Minuten. Ich hatte kaum aufgehängt, als das Telefon wieder klingelte.

Es meldete sich eine volle Kontraaltstimme, die ohne lange Umschweife sagte: »Ich riskiere damit eine ganze Menge.«

»Womit?«

»Wenn er auch nur das Geringste davon erfährt«, fuhr sie fort, »kann ich mein Testament machen. Diesem Irren ist alles zuzutrauen.«

»Welchem Irren ist alles zuzutrauen?«

»Das sollten Sie doch eigentlich am besten wissen. Oder spreche ich nicht mit Matthew Scudder? Sie sind doch der Mann, der überall sein Bild rumzeigt?«

»Ja, der bin ich.«

Darauf trat längeres Schweigen ein. Mir war zwar klar, dass sie nicht aufgehängt hatte, aber nach einer Weile begann ich mich zu fragen, ob sie vielleicht den Hörer beiseitegelegt hatte und weggegangen war. Aber dann hauchte sie kaum hörbar: »Ich muss jetzt Schluss machen. Bleiben Sie, wo Sie sind. Ich rufe in zehn Minuten noch mal an.«

Daraus wurden fast fünfzehn. Diesmal sagte sie: »Ich habe Schiss, Mann. Er würde mich umbringen – und zwar, ohne mit der Wimper zu zucken.«

»Warum rufen Sie dann überhaupt an?«

»Weil er mich vielleicht auch so umbringt.«

»Dann sagen Sie mir, wo ich ihn finden kann. Ich werde Sie bestimmt nicht verraten.«

»Wirklich nicht?« Sie dachte kurz nach, bevor sie sagte: »Ich möchte lieber unter vier Augen mit Ihnen sprechen.«

»Gut.«

»Ich möchte Sie erst persönlich kennenlernen, bevor ich Ihnen irgendetwas sage.«

»Wenn Sie meinen. Nennen Sie Ort und Zeitpunkt.«

»Scheiße, wie spät ist es eigentlich schon? Kurz vor elf. Wie wär's um Mitternacht? Geht das?«

»Das kommt darauf an, wo.«

»Kennen Sie sich in der Lower East Side aus?«

»Ich werde mich schon irgendwie zurechtfinden.«

»Kommen Sie ... Scheiße, bin ich eigentlich komplett verrückt geworden, so etwas zu tun?« Ich sagte nichts, sondern wartete nur. »Kommen Sie ins Garden Grill. Das liegt in der Ridge Street, gleich an der Stanton. Wissen Sie, wo das ist?«

»Ich werde es schon finden.«

»Es ist auf der rechten Straßenseite, wenn Sie aus Richtung Uptown kommen. Im Souterrain. Es ist leicht zu übersehen, wenn man das nicht weiß.«

»Keine Sorge, das finde ich schon. Um Mitternacht also? Wie werde ich Sie erkennen?«

»Ich werde an der Bar sein. Lange Beine und kastanienbraunes Haar. Und ich werde einen Rob Roy vor mir stehen haben.« Ein kehliges Lachen. »Vielleicht können Sie mir ja einen zweiten spendieren.«

Die Ridge Street ist etwa sieben oder acht Blocks lang und liegt östlich von der First Avenue und südlich von der Houston Street. Keine sehr gute Gegend also und auch noch nie eine gewesen. Vor etwa hundert Jahren wurden in den engen Straßen dieses Viertels reihenweise billige Mietskasernen hochgezogen, um die Ströme osteuropäischer Einwanderer unterzubringen. Demnach hatten diese Häuser schon einiges zu wünschen übrig gelassen, als sie noch neu waren, und das hatte sich im Lauf der Jahre nicht gerade zum Positiven geändert.

Viele dieser Wohnblöcke sind längst abgerissen worden, da weite Teile der

Lower East Side neuen Sozialwohnungen weichen mussten, die nicht selten noch schlimmer sind als die Bruchbuden, die ihnen Platz machen mussten. Die Ridge Street ist jedoch noch auf beiden Seiten von langen Reihen alter Mietshäuser gesäumt, die lediglich hin und wieder von unbebauten Grundstücken durchsetzt sind.

Es war kurz vor zwölf, als ich an der Ecke Ridge und Houston aus dem Taxi stieg. Eine Weile stand ich einfach nur da. Das Taxi wendete und brauste auf der Suche nach ertragreicheren Jagdgründen davon. Die Straßen waren menschenleer. Keines der Schaufenster in der Houston war beleuchtet; vor den meisten waren eiserne Rollläden heruntergelassen, die über und über mit unentzifferbaren Graffitis beschmiert waren.

Ich ging die Ridge in Richtung Süden hinunter. Auf der anderen Straßenseite schalt eine Frau auf Spanisch ein Kind aus. Ein paar Häuser weiter standen drei junge Burschen in Lederjacken herum. Nachdem sie mich ausgiebig gemustert hatten, gelangten sie offensichtlich zu der Überzeugung, dass bei mir nicht viel zu holen war.

Ich überquerte die Stanton Street. Der Garden Grill war gar nicht so schwer zu finden, wenn man wusste, wo man zu suchen hatte; es befand sich vier Häuser von der Ecke. Der Name der Bar flimmerte in Neonschrift aus dem ansonsten dunklen Fenster. Ich betrat die Bar jedoch nicht sofort, sondern ging erst einmal ein Stück weiter die Straße hinunter, um mich zu vergewissern, dass mir niemand mehr Aufmerksamkeit schenkte, als mir lieb war.

Da dies allem Anschein nach nicht der Fall war, kehrte ich wieder um und stieg eine brüchige Betontreppe hinab, die vor einer massiven Tür mit einem Stahlgitter über dem Guckloch endete. Obwohl die Scheibe dunkel getönt war, konnte man einen Blick ins Innere der Bar werfen. Ich drückte die Klinke nieder und betrat eine der übelsten Kaschemmen, in der ich seit langem gewesen war.

Auf der linken Seite des langgezogenen Raums befand sich der Tresen, an dem etwa zwölf bis fünfzehn Leute standen oder auf Barhockern mit niedrigen Lehnen saßen. Ein paar von ihnen drehten sich nach mir um, aber niemand brachte mir übertriebenes Interesse entgegen. Entlang der anderen Wand standen etwa ein Dutzend Tische; etwa die Hälfte davon war besetzt. Die Beleuchtung war sehr gedämpft, die Luft zum Schneiden; unter all dem stechenden Zigarettenqualm war auch süßlicher Marihuanarauch auszumachen. An einem der Tische rauchten ein Mann und eine Frau ganz ungeniert einen Joint, den sie in typischer Kiffermanier mit einer Pinzette zwischen sich hin und her reichten. Sie machten nicht den Eindruck, als dächten sie sich was dabei. Weshalb auch? In dieser Räuberhöhle jemanden wegen Marihuanabesitz festzunehmen, wäre etwa das gleiche gewesen, wie inmitten der wildesten Rassenunruhen jemanden zu verhaften, weil er bei Rot über die Straße ging.

An der Bar saß auch eine einzelne Frau, die ein Stielglas vor sich stehen hatte. Ihr schulterlanges Haar war von einem kräftigen Kastanienbraun; wenn sich hin und wieder ein Lichtstrahl darin brach, leuchtete es in der gedämpften Beleuchtung so rot wie Blut. Sie trug rote Hot Pants und schwarze Netzstrümpfe. Ich ging an die Bar und stellte mich zwei Plätze neben ihr an den Tresen. Als der Barkeeper auf mich zukam, drehte ich mich zu ihr herum. Ich fing ihren Blick auf und fragte sie, was sie gerade trank.

»Einen Rob Roy«, antwortete sie.

Es war unverkennbar die Stimme, die ich am Telefon gehört hatte, tief und rauchig. Ich sagte dem Barmann, ihr nochmal dasselbe zu bringen; für mich bestellte ich ein Coke. Nachdem er unsere Drinks gebracht hatte, nahm ich einen Schluck von meinem Glas und schnitt ein Gesicht.

»Das Coke hier ist ziemlich verwässert«, sagte die Frau. »Ich hätte Sie warnen sollen.«

»Nicht weiter tragisch.«

»Sie sind also Scudder?«

»Sie haben mir noch nicht gesagt, wie Sie heißen.«

Als sie darüber kurz nachdachte, nutzte ich die Gelegenheit, sie näher in Augenschein zu nehmen. Sie war groß, mit einer breiten Stirn und einem deutlich hervortretenden Adamsapfel. Unter einem kurzen Bolerojäckchen trug sie ein bauchfreies Oberteil im selben Rot wie ihre Hot Pants. Ihre vollen Lippen waren grell rot geschminkt, die Nägel ihrer großen Hände rot lackiert.

Sie sah aus wie eine Nutte, und es hätte mich sehr gewundert, wenn sie was anderes gewesen wäre. Und sie sah auch aus wie eine Frau, wenn man mal von ihrer tiefen Stimme, ihren großen Händen und dem ausgeprägten Adamsapfel absah.

»Nennen Sie mich doch einfach Candy«, schlug sie schließlich vor.

»Na gut.«

»Wenn er herausfindet, dass ich Sie angerufen habe ...«

»Von mir wird er das mit Sicherheit nicht erfahren, Candy.«

»Er würde mich auf der Stelle umbringen.«

»Wen hat er sonst noch umgebracht?«

Sie spitzte die Lippen und stieß einen tonlosen Pfiff aus. »Das sage ich nicht.«

»Na schön.«

»Aber wenn Sie Lust haben mitzukommen, dann zeige ich Ihnen, wo Sie ihn finden können.«

»Ist er dort auch jetzt gerade?«

»Natürlich nicht. Im Augenblick treibt er sich irgendwo in Uptown rum. Mann, wenn der irgendwo südlich der Fourteenth Street wäre, würde ich wohl kaum hier mit Ihnen sitzen.« Sie hob die Hand und blies auf ihre Fingernägel, als müssten sie nach dem Lackieren erst noch trocknen. »Deshalb werden Sie vielleicht auch verstehen, dass ich das alles nicht umsonst für Sie tue.«

»Was wollen Sie?«

»Ich weiß nicht. Was alle anderen auch wollen. Geld vermutlich. Aber erst, wenn Sie ihn gefasst haben. Geben Sie mir einfach, was Sie für angemessen halten.«

»Es wird auf jeden Fall was für sie rausspringen, Candy.«

»Aber glauben sie bloß nicht, ich mache das wegen ein paar lausiger Kröten. Wenn ich schon Kopf und Kragen riskiere, steht mir dafür auch eine angemessene Belohnung zu.«

»Auf jeden Fall.«

Sie nickte und stand auf. Ihr Glas war noch halb voll. Als sie es in einem Zug hinunterstürzte, geriet ihr Adamsapfel heftig in Bewegung. Sie war eindeutig ein Mann, oder zumindest war sie als solcher auf die Welt gekommen.

In bestimmten Stadtteilen sind die meisten Strichmädchen in Wirklichkeit Männer. Fast alle nehmen Hormontabletten, und nicht wenige haben sich einen Silikonbusen verpassen lassen. Allerdings haben sie, wie auch Candy, einen wesentlich breiteren Brustkorb als ihre von Natur aus weiblichen Kolleginnen. Einige haben sich sogar einer operativen Geschlechtsumwandlung unterzogen, aber das trifft wirklich nur auf die allerwenigsten Mädchen auf dem Straßenstrich zu. Relativ viele sind übrigens nur deshalb auf dem

Strich gelandet, um möglichst schnell das Geld für eine Operation zusammenzubekommen. Einige lassen sich dabei auch den Adamsapfel kappen. Ich kann mir zwar nicht vorstellen, dass sich inzwischen auch schon Hände und Füße verkleinern lassen, aber sicher gibt es schon irgendwo einen Schönheitschirurgen, der auch daran arbeitet.

»Bleiben Sie erst mal noch fünf Minuten hier«, forderte mich Candy auf. »Dann folgen Sie mir zur Stanton, Ecke Attorney. Ich werde ganz langsam gehen. Sehen Sie zu, dass Sie mich einholen, wenn ich die Ecke erreicht habe. Von dort gehen wir gemeinsam weiter.«

»Wohin?«

»Nicht weit, nur ein paar Blocks.«

Ich nahm einen Schluck von meinem abgestandenen Cola und wartete fünf Minuten. Dann steckte ich mein Wechselgeld ein und ließ einen Dollar auf dem Tresen liegen. Ich verließ die Bar und stieg die Treppe zur Straße hoch.

Nach der stickig heißen Luft im Garden Grill ging mir die Kälte durch Mark und Bein. Ich sah mich nach allen Richtungen um, bevor ich in Richtung Stanton Street losging. Als ich die Stanton erreichte, hielt ich kurz nach Candy Ausschau. Und da ging sie, mit dem typischen Hüftwackeln, das hinsichtlich ihres Gewerbes nicht die geringsten Zweifel aufkommen ließ. Ich folgte ihr und holte sie ein paar Meter vor der Kreuzung Attorney Street ein.

Ohne mich anzusehen, sagte sie: »Jetzt nach links.« Gemeinsam bogen wir in die Attorney. Die Straße unterschied sich kaum von der Ridge Street – dieselben halb verfallenen Häuser, dieselbe gärende Verzweiflung in der Luft. Unter einer Straßenlampe lag ein noch ziemlich neuer Ford flach auf dem Boden; alle vier Räder fehlten. Die Straßenlampe auf der anderen Straßenseite brannte nicht, und das traf auch auf die nächste auf unserer Seite zu.

Ich sagte: »Leider habe ich kaum Geld bei mir. Nicht mal fünfzig Dollar.«

»Ich habe Ihnen doch gesagt, dass Sie mich später bezahlen können.«

»Ich weiß. Aber falls das eine Falle sein soll, möchte ich Sie jetzt schon darauf aufmerksam machen, dass die Sache den Aufwand kaum wert sein wird.«

Sie warf mir einen gequälten Blick zu. »Sie glauben also, ich will Sie in eine Falle locken? Dann lassen Sie sich mal was gesagt sein: Wenn ich wollte, könnte ich in einer halben Stunde wesentlich mehr verdienen, als ich Ihnen abknöpfen könnte, und die Kerle, die meine Dienste in Anspruch nehmen, bräuchte ich dafür auch nicht extra zusammenschlagen oder sonst was; die geben mir ihr Geld bereitwillig und gern.«

»Na gut. Wohin bringen Sie mich eigentlich?«

»Wir sind gleich da. Dieses Bild von ihm? Hat das jemand gezeichnet?«

»Ja.«

»Es ist ziemlich gut getroffen. Vor allem die Augen. Ich kann Ihnen sagen, Mann, wenn der einen ansieht, dann ist das, als würde er einfach durch einen durchschauen – wenn Sie wissen, was ich meine.«

Mir gefiel diese Geschichte ganz und gar nicht. Irgendetwas daran war mir schon von dem Augenblick an faul vorgekommen, als ich diese dunkle Treppe hinuntergestiegen war und die Bar betreten hatte. Mir war nur nicht recht klar, ob mich lediglich Candy mit ihrer Angst angesteckt hatte oder ob mich mein alter Polizisteninstinkt warnte, auf der Hut zu sein. Wie dem auch sei, irgendetwas an der Sache war faul.

»Hier lang«, sagte Candy und nahm mich am Arm. Als ich mich darauf mit einer übertrieben heftigen Bewegung von ihr losriss, wich sie einen Schritt zurück und sah mich erstaunt an. »Was ist denn mit Ihnen los? Mögen Sie es nicht, wenn man Sie anfasst?«

»Wohin gehen wir?«

»Da rein.«

Wir waren inzwischen vor einem unbebauten Grundstück angelangt, auf dem früher ein Mietshaus gestanden hatte. Es war zwar mit einem hohen Maschendrahtzaun mit einer Lage Stacheldraht oben drauf gesichert, aber irgendjemand hatte einfach eine mannsgroße Öffnung in den Zaun geschnitten. Auf dem dunklen Grundstück lagen ein verkohltes Sofa und ein paar ausrangierte Matratzen herum.

»In einem der Häuser in der Parallelstraße gibt es ein Hinterhaus«, flüsterte mir Candy zu. »Von vorne kommt man da allerdings nicht rein. Der einzige Zugang ist von hier. Das wissen selbst von den Leuten, die hier wohnen, nur die wenigsten.«

»Und dort kann ich ihn finden?«

»Ja, dort wohnt er im Augenblick. Kommen Sie, damit ich Ihnen noch den Eingang zeigen kann. Den würden Sie nämlich sonst nicht finden.«

Ich blieb stehen, und ohne zu wissen, was ich eigentlich zu hören erwartete, lauschte ich kurz in das Dunkel hinein. Ohne sich nach mir umzusehen, kletterte Candy durch die Öffnung im Zaun.

Nach kurzem Zögern folgte ich ihr. Eigentlich war mir längst klar, dass ich eine Riesendummheit beging, aber aus irgendeinem Grund tat ich es trotzdem. Es ging mir wie Elaine. Ihr hatte er befohlen, den Hörer abzunehmen und den Anrufbeantworter abzustellen; und obwohl sie genau wusste, dass sie das nicht tun sollte, hatte sie es trotzdem getan.

Vorsichtig tastete ich mich im Dunkeln über das abfallübersäte Grundstück voran. Es war schon draußen auf der Straße nicht gerade hell gewesen, und hier drinnen wurde es mit jedem Schritt dunkler.

Ich war noch keine zehn Meter weit gekommen, als ich hinter mir Schritte hörte.

Bevor ich mich umdrehen konnte, sagte eine Stimme: »So ist es brav, Scudder. Und jetzt schön stehenbleiben.«

Kapitel 13

Ich versuchte eine Drehung nach rechts zu machen, aber bevor ich dazu kam, legte sich über dem Ellbogen eine Hand um meinen Arm und drückte mit aller Kraft zu. Ein kurzes Tasten der Finger, und schon hatten sie die Stelle gefunden – ein Nervenende, einen besonders empfindlichen Druckpunkt oder etwas in der Art. Meinen Arm durchzuckte ein stechender Schmerz, und gleichzeitig wurde er vom Ellbogen abwärts taub. Die andere Hand packte mich am rechten Arm, allerdings ein Stück höher, näher an der Schulter. Der Daumen tastete kurz meine Achselhöhle ab, und als er ganz unvermutet zudrückte, waren die Schmerzen so stark, dass ich mich fast übergeben musste.

Ich gab jedoch keinen Laut von mir und machte auch keine Bewegung. Kurz darauf hörte ich erneut Schritte, begleitet vom leisen Knirschen von zerbrechendem Glas. Wenige Augenblicke später tauchte Candy neben mir auf. In einem ihrer goldenen Ohrreifen brach sich ein verirrter Lichtstrahl.

»Tut mir leid«, sagte sie ohne den leisesten ironischen oder auch entschuldigenden Unterton in der Stimme.

»Such ihn nach Waffen ab«, forderte Motley sie auf.

»Er hat keine Kanone. Er freut sich nur, mich zu sehen.«

»Los, tu schon, was ich sage.«

Wie kleine Vögel flatterten ihre Hände über meinen Brustkorb und meine Flanken, um schließlich auf der Suche nach einer versteckten Waffe meinen Hosenbund entlangzutasten. Dann ging sie vor mir in die Knie, um mit den Handflächen an den Außenseiten meiner Beine hinabzustreichen und sie anschließend auf der Innenseite wieder nach oben wandern zu lassen. Als es schließlich nicht mehr weiter ging, verharrten ihre Hände eine Weile zwischen meinen Beinen und schlossen sich schließlich um mein Geschlechtsteil. Ihrer Berührung haftete gleichzeitig etwas Bedrohliches und etwas Zärtliches an.

»Keine Regung«, erklärte sie nach einer Weile, an Motley gewandt. »Und Kanone hat er auch keine. Oder soll ich ihn zur Sicherheit auch noch seine Sachen ausziehen lassen, J.L.?«

»Nein, das genügt.«

»Wirklich nicht? Was ist zum Beispiel, wenn er in seinem Pimmel eine Waffe versteckt hat, J.L.? Dort hätte problemlos eine ausgewachsene Panzerfaust Platz.«

»Du kannst jetzt gehen.«

»Danach würde ich nur zu gern suchen.«

»Ich habe gesagt, du kannst jetzt gehen.«

Sie schmollte kurz, doch gleich darauf legte sie mir ihre großen Hände auf die Schultern. Ich konnte ihr Parfüm riechen – ein blumig-dezenter Duft, unterlegt mit einem Körpergeruch unbestimmbarer Geschlechtszugehörigkeit. Sie stellte sich auf die Zehenspitzen, beugte sich vor und drückte mir einen Kuss auf den Mund. Dabei schob sich ihre Zunge ein Stück zwischen ihren leicht geöffneten Lippen hervor. Doch schon im selben Augenblick ließ sie mich wieder los und zog sich zurück. Wegen der Dunkelheit blieb mir ihr Gesichtsausdruck verborgen.

»Es tut mir aufrichtig leid«, sagte sie, streifte mich im Vorbeigehen flüchtig und war verschwunden.

»Ich könnte dich jetzt auf der Stelle kaltmachen«, sagte Motley. Sein Ton war ruhig, sachlich, kühl. »Mit meinen bloßen Händen. Ich könnte dir solche Schmerzen zufügen, dass du nicht mehr weißt, wo oben und unten ist. Du würdest dir dein eigenes Grab schaufeln.«

Er hielt mich noch genauso wie bisher – mit einer Hand über dem linken Ellbogen, mit der anderen unterhalb der rechten Schulter. Der Druck, den er dabei ausübte, war schmerzhaft, aber erträglich.

»Aber wie du weißt, habe ich dir versprochen, dich bis zum Schluss aufzusparen. Erst kommen deine Weiber dran. Und dann du.«

»Warum?«

»Ist nicht bekanntlich eine der elementarsten Anstandsregeln, dass ein echter Kavalier Damen den Vortritt lässt?«

»Was soll dieser Unsinn eigentlich?«

Er lachte, aber das Geräusch, das er dabei von sich gab, hörte sich nicht wie ein Lachen an. Es war eher, als läse er eine Reihe von Silben von einem Zettel ab – ha, ha, ha, ha. »Du hast mir zwölf Jahre meines Lebens geraubt«, sagte er schließlich. »Zwölf Jahre, die ich hinter Gittern verbracht habe. Weißt du überhaupt, wie es ist, eingesperrt zu sein?«

»Dass es zwölf Jahre geworden sind, hast du nur dir selbst zuzuschreiben. Du hättest schon nach ein, zwei Jahren wieder rauskommen können. Du warst derjenige, der beschlossen hat, länger im Knast zu bleiben.«

Sein Griff verstärkte sich, bis mir die Knie weich wurden. Kann sein, dass ich sogar zu Boden gegangen wäre, wenn er mich nicht gehalten hätte. »Wenn alles mit rechten Dingen zugegangen wäre, hätte ich nicht einen einzigen Tag hinter Gittern verbringen müssen«, fuhr er fort. »*Massive Tätlichkeiten gegen einen Polizeibeamten.* Nicht ich habe dich angegriffen, sondern du mich. Du hast anschließend ganz bewusst falsch gegen mich ausgesagt. Sie haben den Falschen eingesperrt.«

»Du hattest es verdient.«

»Warum? Weil ich dir eine deiner Weiber ausgespannt habe und du sie nicht halten konntest? Du warst nicht stark genug, um sie aus eigener Kraft zu halten. Deshalb hast du sie auch nicht verdient. Aber das wolltest du natürlich nicht einsehen. Habe ich etwa nicht recht?«

Darauf erwiderte ich nichts.

»Aber es war ein gewaltiger Fehler, mir etwas anzuhängen, was ich gar nicht getan habe. Du dachtest, im Knast würden sie mich schon kleinkriegen. Auf die meisten trifft das ja auch zu, aber nicht auf mich. Wie heißt es doch so schön: Die Schwachen schwächt es; die Starken macht es nur noch stärker.«

»Ach, so funktioniert das also?«

»Ja, fast immer. Polizisten halten es im Knast nie lange aus. Kaum einer, der lebend wieder rauskommt. Ohne ihre Kanonen und ihre Abzeichen und Uniformen sind sie doch alle nur jämmerliche Schlappschwänze. Und da sie darauf im Gefängnis nicht mehr zurückgreifen können, gehen sie ein wie ein Fisch auf dem Trockenen. Dagegen werden die Starken nur noch stärker. Weißt du, was Nietzsche mal gesagt hat? *Was mich nicht zerstört, macht mich nur stärker.* Ganz gleich ob Attica oder Dannemora – jeder Knast, in dem ich gesessen bin, hat mich nur stärker gemacht.«

»Dann müsstest du mir eigentlich dankbar dafür sein, dass ich dich dorthin gebracht habe.«

Er ließ meine Schulter los. Im selben Moment verlagerte ich mein Gewicht auf mein Standbein, um ihm mit voller Wucht gegen das Schienbein zu treten. Bevor ich jedoch dazu kam, rammte er mir einen Finger in die Niere.

Das hatte eine Wirkung, als hätte er dazu ein Schwert benutzt. Vor Schmerz entfuhr mir ein lauter Schrei, und ich ging in die Knie.

»Ich war schon immer stark«, fuhr er fort. »Ich hatte schon immer enorme Kraft in den Händen. Dafür musste ich nicht eigens trainieren. Das wurde mir sozusagen in die Wiege gelegt.« Scheinbar mühelos packte er mich an den Oberarmen und stellte mich wieder auf die Beine.

Diesmal kam ich erst gar nicht auf die Idee, nach ihm zu treten. Ich war zu schwach, um mich aus eigener Kraft auf den Beinen zu halten, und wenn er mich nicht gehalten hätte, wäre ich vermutlich sofort wieder zu Boden gegangen.

»Richtig zu trainieren habe ich erst im Gefängnis angefangen«, fuhr er fort. »Auf dem Gefängnishof hatten sie ein paar Hanteln rumliegen, und ein paar von uns haben den ganzen Tag lang nichts anderes getan, als Gewichte zu stemmen. Vor allem die Nigger. Die hättest du mal sehen sollen. Schwitzend und stinkend wie die Schweine haben die sich hochgepäppelt, bis sie wandelnde Muskelpakete waren. Ich habe doppelt so hart an mir gearbeitet wie sie, aber das einzige, was ich dabei zugelegt habe, war Kraft, nicht Muskelmasse. Ich habe trainiert wie ein Besessener, aber ich habe kein Gramm Muskeln zugelegt; stattdessen wurde mein Körper so hart wie Stahl. Ich bin einfach nur stärker und immer stärker geworden.«

»In Ohio hast du aber noch ein Messer gebraucht. Und eine Knarre.«

»Von *brauchen* kann da überhaupt nicht die Rede sein. Ich hab'sie benutzt. Der Mann war so weich wie ein Teigmännchen vor dem Backen. Durch den hätte ich problemlos die Finger stecken können. Ich hab ihn ins Wohnzimmer geführt und mit seiner eigenen Knarre abgeknallt.« Er schwieg eine Weile, und als er weitersprach, war seine Stimme leiser geworden. »Bei Connie habe ich das Messer nur benutzt, damit es besser aussah. In ihrem Herzen war sie außerdem sowieso schon längst tot. Da gab es nicht mehr viel umzubringen.«

»Und die Kinder?«

»Die mussten nur der Ordnung halber dran glauben.« Eine Hand glitt über meine Rippen, und es dauerte nicht lange, bis er die Stelle, die er suchte, gefunden hatte. Er drückte mit der Fingerspitze zu.

Wie ein Stromstoß fuhr der Schmerz durch meinen Körper. Er drang bis in Arme und Beine vor und brachte meinen letzten Widerstand zum Erlahmen.

Er wartete einen Moment und drückte erneut zu, noch etwas fester. Mir wurde schwarz vor den Augen, und einen Augenblick lang hatte ich das Gefühl, als stürzte ich in einen gähnenden Abgrund.

Ich hatte nicht die leiseste Ahnung, was ich tun sollte. Meine Möglichkeiten waren ziemlich begrenzt – mit physischer Gewalt war dem Kerl jedenfalls nicht beizukommen. Soweit ich das beurteilen konnte, war er tatsächlich so stark, wie er von sich behauptete. Und ich war so geschwächt, dass ich mich kaum auf den Beinen halten, geschweige denn zur Wehr setzen konnte. Wenn ich also überhaupt eine Chance gegen ihn hatte, dann bestenfalls auf psychologischer Ebene, obwohl ich mir im Moment auch auf diesem Gebiet eindeutig unterlegen vorkam.

Ich hatte keine Ahnung, wie ich diesem Kerl beikommen könnte. Sollte ich pausenlos auf ihn einreden oder den Mund halten? Sollte ich ihm in allem beistimmen oder aus Prinzip in allem widersprechen?

In Ermangelung einer besseren Idee versuchte ich es deshalb erst mal mit Schweigen – vielleicht auch nur aus dem simplen Grund, dass ich nicht wusste, was ich sagen sollte. Auch er hüllte sich plötzlich in Schweigen und überließ das Reden stattdessen seinen Fingern; er hatte begonnen, auf ganz bestimmte Stellen an Brustkorb, Schulterblättern und Schlüsselbein zu drücken. Seine Berührungen waren extrem schmerzhaft, und das war sogar dann der Fall, wenn seine Finger, ohne dass sie dabei nennenswerten Druck ausübten, nach meinen schmerzempfindlichen Stellen tasteten. Er machte mit mir, was er wollte.

Nach einer Weile sagte er: »Bei Antoinette habe ich kein Messer gebraucht. Und auch keine Kanone.«

»Warum hast du sie überhaupt umgebracht?«

»Sie war eine deiner Frauen.«

»Ich habe sie nur ganz flüchtig gekannt.«

»Ich habe sie mit meinen bloßen Händen getötet«, sagte er in einem Ton, als ließe er die Erinnerung an seine grauenhafte Tat noch einmal genüsslich vor seinem inneren Auge Revue passieren. »Diese dumme Kuh. Sie hatte keine Ahnung, wer ich war oder was ich von ihr wollte. *Ich gebe Ihnen mein ganzes Geld,* hat sie mich angefleht. *Ich tue alles, was Sie von mir wollen.* Sie war übrigens gar nicht übel. Aber das weißt du ja selbst.«

»Ich habe nie mit ihr geschlafen.«

»Geschlafen habe ich auch nicht mit ihr. Ich habe sie nur gerammelt – genauso, wie man ein Schaf rammelt. Oder ein Huhn. Und wenn man kommt, dreht man ihnen den Hals um – so macht man es wenigstens mit Hühnern. Ihr habe ich allerdings nicht den Hals umgedreht. Ihr habe ich das Genick gebrochen. Knack – einfach so, wie man einen Zweig knickt.«

Ich sagte nichts.

»Und dann habe ich sie aus dem Fenster geworfen. Pures Glück, dass sie auf dem Jungen gelandet ist.«

»Aha, Glück.«

»Eigentlich hatte ich es auf Andrea abgesehen.«

»Auf wen?«

»Auf seine Freundin. An sich hatte ich nicht damit gerechnet, überhaupt jemanden zu treffen. Aber spaßeshalber habe ich einfach mal auf sie gezielt.«

»Warum?«

»Weil ich lieber eine Frau umbringe.«

An diesem Punkt konnte ich mich nicht mehr länger beherrschen. Ich sagte ihm, dass er verrückt wäre – ein Monster, das hinter Gitter gehörte. Darauf traktierte er mich wieder mit seinen Fingern. Zum Schluss stellte er sein Bein quer vor mich und gab mir von hinten einen Stoß. Ich landete auf dem Bauch. Als ich verzweifelt auf allen Vieren von ihm fortzukrabbeln versuchte, schnitt ich mir an den spitzen Steinen und den unzähligen Glasscherben, mit denen der Boden übersät war, die Handflächen auf. Außerdem stieß ich mir im Dunkeln immer wieder den Kopf an.

Als ich herumwirbelte, um mich auf seinen Angriff vorzubereiten, stürzte er sich bereits auf mich. Ich ließ meine Rechte vorschnellen und legte meine ganze Kraft in den Schlag.

Er wich jedoch so geschickt aus, dass ich nur ins Leere traf und von meinem eigenen Schwung das Gleichgewicht verlor. Obwohl ich verzweifelt versuchte, mich auf den Beinen zu halten, landete ich bäuchlings auf dem Boden.

Dort lag ich, heftig nach Atem ringend, und wartete, was er als nächstes tun würde.

Er ließ mich eine Weile warten, bevor er ganz leise sagte: »Ich könnte dich jetzt ohne weiteres umbringen.«

»Warum tust du's nicht?«

»Das hättest du wohl gern, wie? Warte nur ab, Freundchen. In einer Woche wirst du mich auf Knien darum bitten.«

Als ich versuchte, mich auf alle Viere aufzurichten, trat er mir unterhalb der Rippen in die Seite. Seltsamerweise spürte ich fast nichts dabei. Offensichtlich registrierte mein Hirn die Schmerzen gar nicht mehr. Aber ich versuchte trotzdem nicht mehr, mich aufzurichten.

Daraufhin kniete er neben mir nieder und legte seine Hand an meinen Hinterkopf. Sein Daumen tastete nach der Vertiefung hinter dem Ohrläppchen. Mir war zwar bewusst, dass er etwas sagte, aber ich konnte seinen Worten nicht mehr folgen.

Während er nun mit dem Daumen immer fester zudrückte, nahmen die Schmerzen irgendwann ein Ausmaß an, das gewissermaßen jenseits allen Schmerzes war. Fast war es, als nähme ich das dadurch hervorgerufene Gefühl wie ein außenstehender Beobachter wahr, der davon in keiner Weise betroffen war. Und was ich dabei empfand, war eher Staunen als Angst oder Schmerz.

Irgendwann drückte er noch fester zu.

Ich sah sowieso schon die ganze Zeit nur noch Schwarz vor den Augen, aber nun breitete sich dieses Schwarz auch hinter meinen Augäpfeln aus, bis nur noch ein winziger feuerroter Fleck inmitten eines Universums aus Schwarz zu sehen war. Dann schrumpfte dieser Fleck auf die Größe eines Stecknadelkopfs zusammen und war plötzlich ganz verschwunden.

Kapitel 14

Lange kann ich nicht weggewesen sein. Ich kam so abrupt wieder zu mir, als hätte mich jemand per Knopfdruck wieder zurückgeholt. Genauso war ich früher nach einer durchzechten Nacht wieder zu mir gekommen. Ich hatte mal eine Phase gehabt, in der ich weder einschlief noch aufwachte. Stattdessen war ich irgendwann einfach nur weg und kam irgendwann wieder zu mir.

Mir tat alles weh. Deshalb blieb ich erst einmal ganz ruhig liegen, um eine kurze Bestandsaufnahme meiner Wehwehchen vorzunehmen und das Ausmaß des Schadens abzuschätzen. Es dauerte übrigens auch eine ganze Weile, bis ich mich davon überzeugt hatte, dass ich allein war. Er hätte ja auch neben mir sitzen können, um in aller Ruhe zu warten, bis ich wieder zu mir kam.

Als ich schließlich aufstand, ließ ich mir dafür sehr viel Zeit; und zwar nicht nur aus Vorsicht, sondern auch weil ich gar nicht schneller gekonnt hätte. Mein Körper schien vollkommen unfähig, eine rasche oder anstrengende Bewegung zu machen. Als ich mich schließlich auf die Knie aufgerichtet hatte, musste ich erst einmal eine Weile in dieser Stellung verharren, bis ich genügend Kräfte gesammelt hatte, um vollends aufzustehen. Endlich auf den Beinen, musste ich wieder einige Zeit warten, bis das heftige Schwindelgefühl verflogen war. Sonst wäre ich auf der Stelle wieder zu Boden gegangen.

Mit viel Mühe brachte ich schließlich den Hinderniskurs über das mit allem nur erdenklichem Müll übersäte Grundstück hinter mich und tastete mich am Zaun entlang zu der Stelle vor, wo sich die Öffnung befand. Mühsam zwängte ich mich hindurch und stand wieder auf der Attorney Street. Zwar wusste ich noch, dass ich mich in dieser Straße befand, aber sonst hatte ich jede Orientierung verloren; ich hätte nicht einmal sagen können, in welcher Richtung Uptown lag. Ich ging zur nächsten Straßenecke. Dort kreuzte die Rivington. Und dann muss ich wohl versehentlich in Richtung Osten weitergegangen sein statt nach Westen, da ich wieder in der Ridge Street landete. In der Ridge bog ich nach links ab und erreichte zwei Blocks weiter schließlich die Houston Street. Dort musste ich nicht allzu lange warten, bis ein Taxi vorbeikam.

Ich hielt meine Hand hoch. Das Taxi bremste und kam langsam auf mich zugerollt. Ich ging ihm ein Stück entgegen. Erst jetzt kam der Fahrer vermutlich dazu, mich genauer in Augenschein zu nehmen. Was er zu sehen bekam, gefiel ihm offensichtlich nicht besonders, denn er trat wieder aufs Gas und brauste davon.

Wenn ich die Kraft dazu gehabt hätte, hätte ich ihm ein paar wüste Beschimpfungen hinterhergeschickt.

Wie die Dinge jedoch im Augenblick standen, war ich schon froh, mich überhaupt auf den Beinen halten zu können. Nicht weit von mir war ein Briefkasten. Ich schleppte mich darauf zu und stützte mich daran ab. Erst jetzt schaute ich zum ersten Mal an mir hinab, und was ich sah, bestätigte mir, dass ich recht daran getan hatte, keine unnötige Luft damit zu vergeuden, den Taxifahrer zu beschimpfen. Ich sah verheerend aus. Beide Hosenbeine waren an den Knien aufgerissen, meine Jacke und mein Hemd starrten vor Schmutz und meine Hände waren blutverschmiert. Kein halbwegs vernünftiger Taxifahrer hätte sich von einem Zombie wie mir die Polster versauen lassen.

Trotzdem kam wenig später einer vorbei, der sich meiner erbarmte, und ich könnte nicht mal behaupten, dass er einen besonders bescheuerten Eindruck machte. Ich hatte vielleicht zehn, fünfzehn Minuten am Straßenrand gestanden – nicht, weil ich damit rechnete, ein Taxi zu ergattern, sondern aus dem einfachen Grund, dass ich nicht wusste, wo die nächste U-Bahnstation war und ob ich mit diesem Wissen überhaupt etwas hätte anfangen können. Nachdem drei weitere Taxis an mir vorbeigerauscht waren, hielt schließlich eines an. Vielleicht dachte der Fahrer tatsächlich, ich wäre von der Polizei. Denn genau diesen Eindruck versuchte ich zu erwecken, indem ich meine aufgeklappte Geldbörse hochhielt, als handelte es sich dabei um meinen Dienstausweis.

Er hatte kaum angehalten, als ich bereits die Hintertür aufriss. Nur für den Fall, dass er es sich noch einmal anders überlegte. »Ich bin stocknüchtern und blute auch nicht mehr«, stieß ich hastig hervor. »Und ich werde Ihnen auch bestimmt nicht die Polster versauen.«

»Was interessieren mich schon die Polster«, brummte der Fahrer. »Mir gehört dieser Haufen Scheiße auf Rädern sowieso nicht, und selbst wenn, wär's mir auch egal. Was ist denn mit Ihnen passiert? Sind Sie überfallen worden? Warum müssen Sie sich auch um diese Zeit noch hier herumtreiben?«

»Hätten Sie mir das nicht schon ein paar Stunden früher sagen können?«

»Ihren Humor haben Sie jedenfalls noch nicht verloren. So schlimm kann es also nicht gewesen sein. Trotzdem fahre ich Sie mal lieber gleich ins nächste Krankenhaus. Das dürfte das Bellevue sein. Oder wollen Sie lieber in ein anderes?«

»Ich will ins Northwestern Hotel«, sagte ich. »Das ist in der Fifty-seventh, Ecke ...«

»Ich weiß, wo das ist. Ich habe fünfmal die Woche eine regelmäßige Tour gleich gegenüber vom Parc Vendome. Aber glauben Sie nicht, Sie wären in einem Krankenhaus besser aufgehoben?«

»Nein«, sagte ich. »Ich möchte nach Hause.«

An der Rezeption hatte wieder mal Jacob Dienst, als ich mich erkundigte, ob irgendwelche Anrufe für mich reingekommen wären. Falls ihm mein Äußeres irgendwie ungewöhnlich vorkam, ließ er sich nichts anmerken. Entweder war er diplomatischer, als ich bisher gedacht hatte, oder er hatte seinem Fläschchen Terpinhydrat bereits so kräftig zugesprochen, dass ihn so gut wie nichts mehr aus der Fassung bringen konnte.

Keine Anrufe. Gott sei Dank. Ich ging auf mein Zimmer, schloss die Tür hinter mir und legte die Kette vor. Bisher hatte ich das nur ein einziges Mal getan. Das lag nun schon ein paar Jahre zurück, und ich hatte damals feststellen müssen, dass der Kerl, der mich um die Ecke bringen wollte, bereits im Bad auf mich wartete. Alles was ich damit erreicht hatte, war, dass ich mit ihm in meinem Zimmer eingeschlossen war.

Diesmal wartete im Bad jedoch nur die Badewanne auf mich. Ich konnte es gar nicht erwarten hineinzukommen. Aber erst fasste ich mir ein Herz und warf einen Blick in den Spiegel.

So schlimm, wie ich befürchtet hatte, sah ich gar nicht aus. Ich hatte zwar neben dem Dreck, in dem ich mich gewälzt hatte, jede Menge Schrammen und Kratzer und Abschürfungen im Gesicht, aber mir fehlte kein Zahn, meine Knochen waren noch heil und auch sonst hatte ich mir keine ernsten Verletzungen zugezogen.

Mit gewissen Abstrichen sah ich mehr oder weniger aus wie immer.

Ich schlüpfte aus meinen Sachen. Mein Anzug war nicht mehr zu retten. Nachdem ich sämtliche Taschen geleert und den Gürtel herausgezogen hatte, stopfte ich ihn kurzerhand in den Mülleimer. Mein Hemd war zerfetzt und meine Krawatte hoffnungslos zerknittert. Ich schickte sie dem Anzug hinterher. Dann ließ ich die Wanne volllaufen und weichte mich gründlich ein. Nach einer Weile ließ ich das Wasser ab und frisches einlaufen. So blieb ich dann lange sitzen und puhlte mir Unmengen von Glassplittern und spitzen Steinchen aus den Handflächen.

Ich habe keine Ahnung, wie spät es war, als ich schließlich ins Bett ging. Ich hatte kein einziges Mal auf die Uhr gesehen.

Vor dem Schlafengehen hatte ich ein paar Aspirin genommen, und ich nahm auch gleich nach dem Aufstehen wieder ein paar, zusammen mit einem heißen Bad, um mir die Schmerzen aus Muskeln und Knochen zu ziehen. An sich hätte ich dringend eine Rasur nötig gehabt, aber die Tortur, meinem zerschundenen Gesicht mit einer Klinge zu Leibe zu rücken, wollte ich mir im Augenblick noch nicht antun. Stattdessen kramte ich den Elektrorasierer hervor, den mir meine Jungs vor ein paar Jahren zu Weihnachten geschenkt hatten, und versuchte es damit.

Ich hatte Blut im Urin. Es ist immer wieder von neuem ein Schock, das sehen zu müssen. Aber es war nicht das erste Mal, dass meine Nieren was abbekommen hatten. Die Folgen waren mir also nicht neu. Jedenfalls hielt ich es für ziemlich unwahrscheinlich, dass mir dieser Dreckskerl irgendeinen bleibenden Schaden zugefügt hatte. An der Stelle, wo er mit den Fingerspitzen zugestoßen hatte, schmerzten meine Nieren zwar ganz verteufelt, und vermutlich würden sie das auch noch eine ganze Weile tun, aber ich war ziemlich sicher, dass mich das nicht umbringen würde.

Ich ging frühstücken und las dabei die *Newsday*. Breslin ließ sich in seiner Kolumne über das amerikanische Strafrecht aus und äußerte sich nicht gerade in den höchsten Tönen darüber. Ein anderer Kolumnist echauffierte sich über die zur Debatte stehende Einführung der Todesstrafe für Drogenhandel im großen Stil – als könnten man diese Leute so dazu bewegen, sich endlich mal die Konsequenzen ihres Tuns bewusst zu machen und ihr Glück lieber an der Börse zu versuchen.

Im Verlauf der letzten vierundzwanzig Stunden hatten sich in den fünf Boroughs der Stadt insgesamt sieben Morde ereignet; das entsprach in etwa dem gegenwärtigen Durchschnitt. *Newsday* berichtete über vier davon. Keiner hatte sich in meinem Viertel ereignet, und keines der Opfer hatte einen

Namen, der mir bekannt war. Ganz sicher war ich mir zwar nicht, aber wie es schien, war gestern keiner meiner Freunde und Bekannten umgebracht worden.

Ich schaute in Midtown North vorbei, aber Durkin war nicht da. Anschließend ging ich zum Mittagstreffen im West Side YMCA in der Sixty-third. Der Redner war ein Schauspieler, der seinen Entzug an der Westküste gemacht hatte und mit seinem typisch kalifornischen Sonnyboy-Getue für meinen Geschmack eine Spur zu viel Friede, Freude, Sonnenschein verbreitete. Bevor ich mich anschließend noch einmal auf den Weg ins Revier machte, kaufte ich mir an einem Stand eine Pizza, die ich gleich auf der Straße mit einem Coke hinunterspülte. Als ich schließlich in Midtown North eintraf, war auch Durkin wieder zurück. Er saß telefonierend an seinem Schreibtisch und jonglierte dabei gekonnt mit einer Zigarette und einer Tasse Kaffee. Ich setzte mich auf den Stuhl, auf den er deutete, und wartete, bis er zu Ende telefoniert hatte. Er hörte viel zu und redete wenig.

Nachdem er aufgehängt hatte, beugte er sich vor und machte sich ein paar Notizen. Als er damit fertig war, richtete er sich wieder auf und sah mich an. »Du siehst ja aus, als hättest du einen Ventilator geknutscht. Was ist passiert?«

»Ich bin in schlechte Gesellschaft geraten«, antwortete ich. »Joe, ich möchte, dass ihr euch diesen Dreckskerl schnappt. Ich möchte Anzeige gegen ihn erstatten.«

»Gegen Motley?«

Ich nickte.

»Das war *er*?«

»Dabei sieht man das meiste, was er mir zugefügt hat, gar nicht«, versicherte ich ihm. »Ich habe mich gestern Nacht in einen dunklen Hinterhof in der Lower East Side locken lassen.« Als ich ihm darauf in kurzen Zügen den Ablauf meines nächtlichen Ausflugs schilderte, kniff er seine dunklen Augen immer fester zusammen.

Als ich geendet hatte, sagte er: »Und wegen was willst du ihn anzeigen?«

»Ich weiß nicht. Wegen Körperverletzung, würde ich sagen. Körperverletzung, Gewaltanwendung, Bedrohung. Aber mit Körperverletzung dürften wir vermutlich am weitesten kommen.«

»Gibt es irgendwelche Zeugen für diese angebliche Körperverletzung?«

»Was heißt hier angeblich?«

»Hast du Zeugen, Matt?«

»Natürlich nicht. Wir haben uns nicht im Schaufenster von Woolworth geprügelt; wir waren auf einem unbebauten Grundstück in der Ridge Street.«

»Hast du nicht eben gesagt, es wäre in einem dunklen Hinterhof gewesen?«

»Was macht das schon für einen Unterschied? Es war ein freier Platz zwischen zwei Häusern, der durch einen Zaun abgesperrt war. Der Zaun hatte ein Loch. Das ist doch ziemlich das gleiche wie ein Hinterhof.«

»Mhm.« Durkin griff nach einem Stift und sah ihn an. »Hast du vorhin nicht Attorney Street gesagt?«

»Ja.«

»Aber eben hast du behauptet, es wäre in der Ridge Street gewesen.«

»Habe ich das? In der Ridge habe ich die Nutte getroffen, in einem Scheißhaus von einer Bar mit dem schönen Namen Garden Grill. Keine Ahnung, wie sie auf den Namen gekommen sind. Es gibt dort keinen Garten, und einen Grill schon gar nicht.« Ich schüttelte den Kopf. »Und von dort hat sie mich dann zu diesem Grundstück in der Attorney geführt.«

»Sie? Ich dachte, es wäre ein Transsexueller gewesen.«

»Ich habe mir angewöhnt, sie als weiblich einzustufen.«

»Aha.«

»Sie könnte das Ganze natürlich bezeugen«, fuhr ich fort. »Aber es dürfte nicht ganz einfach werden, sie ausfindig zu machen, geschweige denn zu einer Aussage zu bewegen.«

»Das kann ich mir denken. Hat die Dame vielleicht auch einen Namen?«

»Candy. Das dürfte natürlich ihr Künstlername sein, wobei nicht auszuschließen ist, dass sie sich auch den nur für diesen speziellen Anlass zugelegt hat. Die meisten Typen dieser Sorte haben eine ganze Reihe von Namen.«

»Was du nicht sagst?«

»Was soll dieses blöde Getue, Joe? Er hat mich angegriffen, und ich möchte Anzeige gegen ihn erstatten.«

»Damit kommst du vor Gericht nicht durch.«

»Darum geht es nicht. Es reicht zumindest aus, um einen Haftbefehl gegen ihn ausstellen zu lassen und dieses Schwein vorerst mal aus dem Verkehr zu ziehen.«

»Mhm.«

»Bevor er noch jemanden umbringt.«

»Mhm. Wann hast du dich in diesem Hinterhof mit ihm getroffen?«

»Mit ihr war ich um Mitternacht dort verabredet. Demnach ...«

»Damit ist wohl Candy gemeint. Der Transsexuelle.«

»Ja. Motley dürfte demnach etwa eine halbe Stunde später über mich hergefallen sein.«

»Um halb eins also.«

»In etwa.«

»Und anschließend bist du ins nächste Krankenhaus gefahren?«

»Nein.«

»Warum nicht?«

»Weil ich es nicht für nötig hielt. Ich hatte zwar ziemlich starke Schmerzen, aber ich hatte mir nichts gebrochen. Da ich außerdem nicht mehr geblutet habe, bin ich lieber gleich nach Hause gefahren.«

»Demnach gibt es also keinen ärztlichen Untersuchungsbericht über deine Verletzungen.«

»Natürlich nicht. Ich war doch gar nicht im Krankenhaus oder sonst bei einem Arzt.«

»Tja, da hast du natürlich recht.«

»Der Taxifahrer wollte mich eigentlich auch ins Krankenhaus bringen«, fuhr ich fort. »Ich muss wohl so ausgesehen haben, als hätte ich das nötig.«

»Wirklich schade, dass du nicht auf ihn gehört hast. Kapierst du eigentlich langsam, worauf ich hinauswill, Matt? Wenn wir einen Untersuchungsbefund der Notaufnahme vorliegen hätten, könnten wir ihn zur Bestätigung deiner Angaben heranziehen.«

Ich wusste nicht mehr, was ich dazu noch sagen sollte.

»Und was ist mit diesem Taxifahrer?«, fuhr Durkin fort. »Ich nehme nicht an, dass du dir seine Autonummer notiert hast.«

»Nein.«

»Oder seinen Namen? Oder die Nummer seiner Lizenz?«

»Natürlich nicht. Weshalb auch?«

»Der Taxifahrer hätte bestätigen können, dass du dich tatsächlich dort aufgehalten hast und ziemlich übel zugerichtet warst. Wie die Sache allerdings im Moment aussieht, haben wir nur deine Aussage.«

Ich hatte inzwischen eine Mordswut im Bauch, und es kostete mich alle Mühe, sie hinunterzuschlucken. Trotzdem entgegnete ich ganz ruhig: »Ist das denn nicht schon etwas? Wir haben es mit einem Kerl zu tun, der wegen schwerer Tätlichkeit gegen einen Polizisten eingelocht wurde. Nach der Urteilsverkündung hat er diesem Polizisten im Gerichtssaal gedroht. Er hat zwölf Jahre eingesessen und in dieser Zeit weitere Gewalttaten verübt. Und jetzt liegt dir wenige Monate nach seiner Haftentlassung eine beeidete Aussage vor, dass er gegen denselben Polizisten noch einmal handgreiflich geworden ist und ...«

»Du bist kein Polizist mehr, Matt.«

»Natürlich nicht. Aber ...«

»Du bist schon eine ganze Weile kein Polizist mehr.« Er steckte sich eine Zigarette an, schüttelte das Streichholz aus und fächelte damit noch eine ganze Weile durch die Luft, obwohl es längst ausgegangen war. Ohne mich anzusehen, sagte er schließlich: »Weil wir schon mal dabei sind – soll ich dir mal sagen, was du bist, Matt? Du bist ein ehemaliger Polizist ohne jeden offiziellen Status.«

»Was zum Teufel soll das nun wieder heißen?«

»Was bist du denn auch anderes? Du bist eine Art halbseidener Privatdetektiv. Du hast keine Lizenz und streichst deine Honorare schwarz ein. Was würde es wohl für einen Eindruck machen, wenn du mit diesen Personalangaben Anzeige erstattest?« Seufzend schüttelte Durkin den Kopf. »Es ist also gestern Nacht passiert«, fuhr er schließlich fort. »War das das erste Mal, dass du Motley gesehen hast?«

»Das erste Mal seit seiner Verurteilung.«

»Du bist nicht vorher schon mal in seinem Hotel gewesen?«

»In was für einem Hotel?«

»Ja oder nein, Matt. Warst du dort oder nicht?«

»Natürlich nicht. Ich habe zwar in der ganzen Stadt nach ihm gesucht, aber ich habe keine Ahnung, wo der Kerl sich verkrochen hat. Was soll dieser Quatsch?«

Durkin kramte eine Weile in den Papieren auf seinem Schreibtisch, bis er fand, was er suchte. »Das ist heute früh reingekommen.« Er sah mich an. »Gestern Nachmittag ist ein Anwalt namens Seymour Goodrich im Sechsten Revier in der West Tenth vorstellig geworden. Er vertritt einen gewissen James Leo Motley und hatte eine einstweilige Verfügung gegen dich bei sich, in der er ...«

»Gegen mich?«

»... im Namen seines Mandanten wegen deines Vorgehens am selben Vormittag Anzeige gegen dich erstattet hat.«

»Was für ein Vorgehen?«

»Laut Motleys Aussagen bist du in seinem Zimmer im Hotel Harding aufgetaucht, hast ihm erst verbal, dann mit körperlicher Gewaltanwendung gedroht und dich ihm gegenüber auch sonst auf betont einschüchternde und bedrohende Weise verhalten – und so weiter und so fort.« Er ließ den Zettel einfach los, sodass er gemächlich auf seinen Schreibtisch niederschwebte. »Und du behauptest, das stimmt nicht? Du bist angeblich nie im Harding gewesen?«

»Natürlich bin ich in dem Hotel gewesen. Das ist eine Absteige in der Barrow, Ecke West. Ich kenne den Laden noch aus der Zeit, als ich im Sechsten Revier war. Wir haben ihn immer den Steifen genannt.«

»Und du warst in diesem Hotel?«

»Ja, aber nicht gestern. Ich bin dort vorbeigekommen, als ich die Hotels in diesem Viertel abgeklappert habe. Das muss – warte mal – Samstagabend gewesen sein. Ich habe dem Portier sein Phantombild gezeigt.«

»Und weiter?«

»Nichts weiter. *Nein, den Mann kenne ich nicht. Hab ich nie gesehen.*«

»Und du bist nicht zufällig noch mal dort vorbeigekommen?«

»Weshalb sollte ich?«

Durkin beugte sich vor und drückte seine Zigarette aus. Dann schob er seinen Stuhl zurück, lehnte sich weit nach hinten und starrte an die Decke. »Begreifst du denn nicht langsam, was ich damit sagen will?«

»Ich möchte es lieber von dir selbst hören.«

»Na gut, wenn du unbedingt meinst. Da kommt ein Kerl an, erstattet Anzeige gegen dich und hat auch gleich noch eine einstweilige Verfügung dabei; läuft alles über Anwalt, die ganze Chose. Er behauptet, du hättest seinen Mandanten einzuschüchtern versucht und wärst sogar handgreiflich geworden. Es ist noch kein Tag vergangen, und du kommst hier an und siehst aus, als wärst du eine Treppe runtergefallen. Und jetzt willst du Anzeige erstatten und behauptest, das Ganze hätte sich mitten in der Nacht irgendwo am Arsch von Manhattan oder meinetwegen auch in der Attorney Street abgespielt, und es gibt dafür keine Zeugen, keinen Taxifahrer, keine ärztlichen Unterlagen, nichts.«

»Du könntest die Fahrtenbücher überprüfen lassen. Auf diese Weise ließe sich vielleicht der Taxifahrer ausfindig machen.«

»Natürlich, ich könnte die Fahrtenbücher überprüfen lassen. Am besten setzte ich auf diesen enorm wichtigen Fall auch noch gleich zwanzig meiner besten Leute an, oder wie hast du dir das eigentlich vorgestellt?«

Darauf wusste ich nichts zu erwidern.

Durkin sah mich finster an. »Zurück zu dem, was vor zwölf Jahren passiert ist. Warum hat der Kerl wohl im Gerichtssaal den starken Macker markiert? Die ganze alte Leier von wegen: *Das zahle ich dir heim.* Warum hat er das wohl getan?«

»Weil der Kerl verrückt ist. Und wann hat ein Verrückter schon mal einen Grund für irgendwas gebraucht?«

»Na schön. Trotzdem muss er geglaubt haben, einen Grund zu haben.«

»Na, welchen wohl? Weil ich ihn hinter Gitter gebracht habe. Das war offensichtlich Grund genug für ihn.«

»Nein. Du hast ihn für etwas eingelocht, was er gar nicht getan hat.«

»Fängst du jetzt auch noch mit diesem Blödsinn an?«, konterte ich ärgerlich. »Unschuldig sind sie doch alle. Das müsstest mittlerweile sogar du wissen.«

»Klar, unsere Gefängnisse sind voll von Unschuldigen. Wie dem auch sei, dieser Kerl hat behauptet, du hättest ihm was angehängt, was er gar nicht getan hat. Er hätte nie eine Schusswaffe besessen, geschweige denn einen Schuss daraus abgefeuert. Die Anklagepunkte gegen ihn waren also erstunken und erlogen.«

»Behauptet *er*. Er hielt sich ja auch in allen anderen Punkten für unschuldig. Das ist zwar eine etwas eigenartige Sicht der Dinge, wenn man sich gleichzeitig schuldig bekennt, aber genau so hat er es dargestellt.«

»Mhm. Hast du ihm wirklich was angehängt?«

»Wie soll ich das verstehen?«

»Genauso, wie ich es gesagt habe.« Durkin sah mich forschend an.

»Natürlich nicht.«

»Na gut.«

»Der Fall schien damals eigentlich sonnenklar. Der Angeklagte widersetzte sich der Festnahme durch einen Polizisten, indem er drei Schüsse auf ihn abfeuerte. Eigentlich hätte er dafür wesentlich mehr als ein bis zehn Jahre aufgebrummt bekommen müssen.«

»Schon möglich«, nickte Durkin. »Mich interessiert im Augenblick allerdings mehr, wie sich der Fall jetzt darstellt.«

»Und wie stellt er sich jetzt dar?«

Durkin wich meinem Blick aus. »Diese Elaine Mardell – sie war doch ein Spitzel?«

»Ja, sie war eine Informantin.«

»Sind aufgrund der Informationen, die sie dir hat zukommen lassen, viele Leute hinter Gitter gekommen?«

»Sie hat ihre Sache sehr gut gemacht.«

»Mhm. Und Connie Cooperman auch?«

»Connie kannte ich nur flüchtig. Sie war eine Freundin von Elaine.«

»Und alle Freunde von Elaine waren auch deine Freunde?«

»Worauf willst du eigentlich hinaus ...«

»Immer mit der Ruhe, Matt. Glaubst du etwa, mir macht das Spaß?«

»Was soll da ich erst sagen?«

»Hast du Geld von ihnen genommen?«

»Von wem?«

»Na, von wem wohl?«

»Ich möchte, dass du es aussprichst.«

»Von den Damen Cooperman und Mardell. Haben sie dir Geld gegeben?«

»Aber klar doch, Joe. Ich habe damals rund um die Uhr einen breitkrempigen roten Hut und eine Sonnenbrille getragen und bin in einem rosa Cadillac Eldorado mit Tigerfellsitzen durch die Gegend kutschiert.«

»Setz dich wieder, Matt.«

»Einen Dreck werde ich. Ich dachte, du wärst mein Freund.«

»Das dachte ich eigentlich auch – und denke es immer noch.«

»Na dann, gratuliere.«

»Du warst ein guter Polizist«, fuhr er ruhig fort. »Du hast es schon früh zum Detektiv gebracht, und du hast ein paar verdammt gute Fänge gemacht.«

»Sag bloß, du hast dir meine Personalunterlagen kommen lassen.«

»Das haben wir inzwischen alles im Computer. Du drückst ein paar Knöpfe, und schon spuckt er aus, was du wissen willst. Ich weiß auch von deinen Belobigungsschreiben. Aber du hattest gewisse Probleme mit dem Alkohol, und vielleicht sind dir die Dinge irgendwann über den Kopf gewachsen, und welcher gute Polizist hält sich außerdem schon immer so genau an die Vorschriften?« Er seufzte. »Ich weiß auch nicht«, fuhr er schließlich fort. »Alles, womit du im Augenblick aufwarten kannst, ist ein Mord in einem anderen Bundesstaat und eine Frau, die fünf Blocks von hier aus dem Fenster geflogen ist. Und jetzt behauptest du, das wäre beide Male derselbe Kerl gewesen.«

»Das hat er sogar selbst gesagt.«

»Na schön, aber du bist der Einzige, der es gehört hat, Matt. Vielleicht ist auf alles, was du sagst, tatsächlich hundert Prozent Verlass; vielleicht war es auch tatsächlich dein Freund, der erst kürzlich diese Venezolaner um die Ecke gebracht hat. Und vielleicht war an seiner Verurteilung vor zwölf Jahren tatsächlich nicht das Geringste faul und du hast tatsächlich kein Bisschen nachgeholfen, um ihm zu einem kurzen Gefängnisaufenthalt zu verhelfen.« Durkin richtete sich wieder auf, sodass sich unsere Blicke trafen. »Aber tu mir bitte einen Gefallen, Matt. Erstatte keine Anzeige gegen diesen Kerl und bitte mich auch nicht darum, einen Haftbefehl auf ihn ausstellen zu lassen. Und mach dich vor allem nicht wieder auf die Suche nach ihm, weil sonst noch du wegen Verstoßes gegen eine einstweilige Verfügung hinter Gittern landest. Du weißt ja, wie sowas funktioniert. Du darfst nicht in seine Nähe kommen.«

»Ein tolles Rechtssystem haben wir.«

»So will es nun mal das Gesetz. Wenn du dich also mit dem Kerl anlegen willst, hast du dir dafür den denkbar schlechtesten Zeitpunkt ausgesucht. Du würdest nämlich in jedem Fall den Kürzeren ziehen.«

Da ich mich nur noch mit Mühe beherrschen konnte, stand ich auf, um zu gehen. Ich war bereits an der Tür, als Durkin sagte: »Jetzt denkst du, ich wäre kein wirklicher Freund, Matt. Aber du täuschst dich. Das bin ich sehr wohl. Sonst hätte ich dir diesen ganzen Mist nämlich nicht mühsam auseinander-buchstabiert, sondern dich alles ganz allein herausfinden lassen.«

Kapitel 15

»Im Harding ist er jedenfalls nicht mehr«, erzählte ich Elaine. »Er hat sich dort zwar vorgestern Abend ein Zimmer genommen, ist aber gleich am nächsten Tag wieder ausgezogen – unmittelbar nachdem ich angeblich dort vorbeigekommen bin und ihn bedroht habe. Aller Wahrscheinlichkeit nach dürfte er das Zimmer jedoch gar nicht bezogen haben. Aber er hat sich mit seinem richtigen Namen ins Gästebuch eingetragen; vermutlich, um eine Adresse angeben zu können, als sein Anwalt die einstweilige Verfügung eingereicht hat.«

»Du hast dich also dort nach ihm erkundigt?«

»Ja, gleich nach dem Gespräch mit Durkin. Genau genommen habe ich im Harding allerdings nicht wirklich nach Motley gesucht. Ich war nämlich ganz sicher, dass ich ihn dort nicht mehr finden würde.« Nach kurzem Nachdenken fuhr ich fort: »Im Übrigen weiß ich nicht mal, ob ich tatsächlich so scharf darauf gewesen wäre, ihn dort zu treffen. Ich bin ihm nämlich erst gestern Nacht über den Weg gelaufen, und das hat mir fürs erste gereicht.«

»Du Armer«, tröstete sie mich.

Wir waren in ihrer Wohnung, im Schlafzimmer. Ich hatte nur noch meine Unterhose an und lag bäuchlings auf dem Bett. Elaine hatte mich massiert. Zielstrebig und doch behutsam hatte sie mir die Schmerzen aus meinen verspannten Muskeln geknetet. Ganz besonders hatte sie sich dabei der Schultern und der Nackenpartie angenommen, und mit schlafwandlerischer Sicherheit hatten ihre Hände genau die Stellen gefunden, die es am nötigsten hatten.

»Du machst das wirklich großartig«, sagte ich mit unverhohlener Bewunderung. »Wo hast du das gelernt? Hast du mal einen Massagekurs gemacht?«

»Nein, aber ich habe mich mehrere Jahre lang mindestens einmal die Woche massieren lassen. Und dabei habe ich sehr genau aufgepasst, was der Masseur mit mir gemacht hat. Wenn ich mehr Kraft in den Händen hätte, wäre die Wirkung sogar noch stärker.«

Das erinnerte mich unwillkürlich an Motley und an die Kraft, die er in den Händen hatte. »Ich finde, deine Kraft reicht vollkommen aus«, versicherte ich ihr. »Und vor allem hast du den richtigen Dreh raus. Du könntest das ohne weiteres beruflich machen.«

Als sie darauf zu lachen begann, fragte ich sie, was daran so komisch wäre.

»Erzähl das bloß keinem Menschen, Matt. Wenn sich das nämlich herumspricht, wollen sich alle meine Kunden nur noch von mir massieren lassen, und ich werde gar nicht mehr gevögelt.«

Später zogen wir ins Wohnzimmer um. Ich stand mit einer Tasse Kaffee am Fenster und beobachtete den Verkehr auf der Fifty-ninth-Street-Brücke. Auf dem Fluss bugsierten ein paar Schlepper einen schwerbeladenen Lastkahn mühsam an seinen Anlegeplatz. Elaine hatte es sich auf der Couch bequem gemacht und aß eine Orange.

Ich ließ mich ihr gegenüber in einen Sessel nieder und stellte meine Kaffeetasse auf den Couchtisch. Die Blumen waren weg. Nachdem er am Sonntag angerufen hatte und ich gegangen war, hatte sie sie weggeworfen. Trotzdem bildete ich mir ein, ihre Anwesenheit immer noch zu spüren.

Ich sagte: »Du willst also nicht verreisen?«

»Nein.«

»Das wäre aber wesentlich sicherer.«

»Kann sein. Aber ich möchte lieber hier bleiben.«

»Wenn er sich Zugang zum Haus verschaffen kann …«

»Ich habe dir doch bereits gesagt, dass ich mit den Türstehern gesprochen habe. Sie haben den Nebeneingang von innen verriegelt. Er darf nur in Anwesenheit des Türstehers geöffnet werden und wird anschließend sofort wieder von innen abgeschlossen.«

Daran war nichts auszusetzen, solange sich die Türsteher auch tatsächlich daran hielten. Aber darauf konnte man nicht zählen. Außerdem gab es zu viele andere Möglichkeiten, sich Zugang zu einem Wohnhaus zu verschaffen – selbst wenn die Sicherheitsvorkehrungen so streng waren wie in diesem.

»Was hast du eigentlich, Matt?«

»Was soll mit mir sein?«

»Was willst du jetzt tun?«

»Wenn ich das nur selbst wüsste«, erwiderte ich seufzend. »Ich hätte vorhin in Durkins Büro um ein Haar einen Tobsuchtsanfall bekommen. Dieser

Idiot hat mich doch tatsächlich beschuldigt, ich hätte … aber das habe ich dir ja bereits erzählt.«

»Ja.«

»Eigentlich hatte ich zwei Dinge im Auge, als ich mich an Durkin gewandt habe. Zum einen wollte ich gegen Motley Anzeige erstatten. Dieses Schwein hat mich nämlich gestern Nacht ganz schön zugerichtet. Und was tut man als Normalsterblicher in so einem Fall? Man geht zur Polizei. Eigentlich möchte man meinen, es wäre deren Sache, dagegen etwas zu unternehmen.«

»Das haben wir jedenfalls in der Schule im Sozialkundeunterricht gelernt.«

»Kann sein, dass ich das auch schon mal irgendwo gehört habe. Allerdings hat mir niemand gesagt, wie sinnlos das wäre.«

Als ich darauf kurz auf die Toilette verschwand, war immer noch Blut in meinem Urin, und in meinen Nieren machte sich ein dumpfer Schmerz bemerkbar. Das muss mir wohl anzusehen gewesen sein, als ich ins Wohnzimmer zurückkam, da mich Elaine fragte, was ich hätte.

»Ach, nichts«, antwortete ich ausweichend. »Ich habe nur ein bisschen nachgedacht. Das zweite, was ich übrigens von Durkin wollte, war, dass er mir helfen würde, möglichst schnell einen Waffenschein zu bekommen. Aber nach allem, was ich mir dann von ihm anhören musste, habe ich diesen Punkt gar nicht mehr zur Sprache gebracht.«

Ich zuckte mit den Achseln. »Vermutlich hätte mir das auch gar nichts genützt. Erstens hätte ich keinen Waffenschein bekommen, und zweitens brächte es mich keinen Schritt weiter, wenn ich mit einer geladenen Kanone in der Schublade auf meinem Zimmer rumsitze und warte, bis dieser Dreckskerl zum Tee vorbeikommt.«

»Du hast Angst, stimmt's?«

»Ich denke schon. Ich spüre sie zwar nicht, aber sie muss mir ziemlich tief in den Knochen stecken. Die Angst.«

»Mhm.«

»Dazu kommt noch, dass ich mich nicht nur für mich allein verantwortlich fühle. Schließlich bist du davon genauso betroffen wie ich. Und das gilt auch für Anita und Jan. Obwohl ich auch selbst allen Grund hätte, Angst zu haben, habe ich keine Angst, oder zumindest bin ich mir meiner Angst nicht bewusst. Ich lese gerade ein Buch – die Gedanken eines römischen Kaisers.

Unter anderem betont er immer wieder, dass man vor dem Tod keine Angst zu haben braucht. Diese Behauptung stützt er vor allem auf die Feststellung, dass der Tod in jedem Fall unausweichlich ist. Die Frage ist nur, ob er früher oder später eintritt. Und da man irgendwann sowieso tot sein wird, ganz gleich wie früh oder wie spät man stirbt, kommt es im Grunde genommen auch nicht darauf an, wie lange man lebt.«

»Auf was kommt es dann überhaupt an?«

»Wie man lebt. Wie man sein Leben – und den Tod bewältigt. Und das ist, wovor ich wirklich Angst habe.«

»Wovor?«

»Dass ich Mist baue. Dass ich etwas tue, was ich nicht tun sollte, oder dass ich etwas nicht tue, was ich eigentlich tun sollte. Dass sich letzten Endes herausstellt, dass ich einen Tag zu spät gekommen bin oder einen Dollar zu wenig hatte oder einfach der Sache nicht gewachsen war.«

Die Sonne war bereits untergegangen, als ich mich von Elaine verabschiedete. Im Freien wurde es rasch dunkel. Eigentlich hatte ich vorgehabt, zu Fuß nach Hause zu gehen, aber schon nach ein paar hundert Metern war ich völlig außer Atem. Ich blieb am Straßenrand stehen und hielt auf der Suche nach einem Taxi die Hand hoch.

Mit Ausnahme eines alten Brötchens zum Frühstück und einer Schnitte Pizza zu Mittag hatte ich den ganzen Tag noch nichts gegessen. Ich ging in ein Deli, um mir etwas zum Abendessen zu kaufen, verließ den Laden aber wieder, bevor ich an die Reihe kam. Ich hatte keinen Appetit, und von dem Essensgeruch drehte sich mir sofort der Magen um. Ich kam gerade noch rechtzeitig auf mein Zimmer, bevor ich mich übergeben musste. Eigentlich hätte ich nicht im Traum gedacht, ich könnte dafür genügend im Magen haben. Aber allem Anschein nach war das doch der Fall.

Die ganze Angelegenheit verlief ziemlich schmerzhaft, zumal daran ein paar Muskeln beteiligt waren, die von gestern Abend noch stark in Mitleidenschaft gezogen waren. Als ich alles hochgewürgt hatte, bekam ich einen heftigen Schwindelanfall, und ich musste mich am Türstock abstützen. Als der Anfall vorüber war, tappte ich wie ein alter Mann auf Deck eines heftig schlingernden Schiffs zu meinem Bett und ließ mich erschöpft darauf niedersinken. Dort blieb ich erst einmal schwer atmend wie ein gestrandeter Wal liegen. Aber schon nach wenigen Minuten bekam ich einen solchen Druck auf der Blase, dass ich noch einmal auf schnellstem Weg ins Bad musste. Dort stand ich dann schwankend über der Kloschüssel und sah zu, wie sie sich mit roter Flüssigkeit füllte.

Ich und Angst haben, dass er mich umbrachte? Von wegen. Er hätte mir einen Gefallen getan.

Etwa eine Stunde später klingelte das Telefon. Es war Jan Keane.

»Hallo«, begann sie. »Wenn ich dich damals richtig verstanden habe, willst du doch nicht wissen, von wo ich anrufe.«

»Ja, nicht einmal, wenn es von auswärts ist.«

»Ich rufe von auswärts an. Trotzdem wäre ich in letzter Minute doch noch in der Stadt geblieben.«

»Tatsächlich?«

»Mir kam deine Reaktion plötzlich reichlich übertrieben vor. Als ich noch getrunken habe, habe ich ständig zu solchen panischen Reaktionen geneigt. Sich einfach mit einer Zahnbürste ins nächste Taxi setzen und ab mit der nächsten Maschine nach San Diego. Nur zu deiner Beruhigung: Ich rufe nicht aus San Diego an.«

»Gut.«

»Ich saß übrigens tatsächlich schon im Taxi zum Flughafen, als mir das alles plötzlich total hysterisch vorkam. Ich war schon drauf und dran, dem Fahrer zu sagen, umzukehren und mich wieder nach Hause zu fahren.«

»Was du aber dann doch nicht getan hast.«

»Richtig.«

»Gott sei Dank.«

»Du bildest dir das alles doch nicht nur ein? Es ist tatsächlich grausame Realität?«

»Leider ja.«

»Abgesehen davon, kann ich sowieso ein paar Tage Urlaub vertragen. Wieso das Ganze also nicht von der positiven Seite sehen? Ist bei dir alles so weit in Ordnung?«

»Ja.«

»Du klingst aber – wie soll ich sagen? – ein bisschen angeschlagen.«

»Ich habe einen anstrengenden Tag hinter mir.«

»Aber pass auf, dass du dich nicht übernimmst. Ich werde dich alle paar Tage mal anrufen – natürlich nur, wenn dir das recht ist.«

»Klar.«

»Ist jetzt eine günstige Zeit, um dich anzurufen? Ich dachte, jetzt würde ich dich am ehesten erreichen, bevor du zu einem Treffen gehst.«

»In der Regel ist das tatsächlich die günstigste Zeit, um mich zu erreichen. Allerdings ist mein Tagesablauf seit kurzem etwas durcheinander geraten.«

»Das kann ich mir vorstellen.«

Konnte sie das wirklich? »Ruf auf jeden Fall alle paar Tage an«, sagte ich ihr. »Damit ich dir sofort Bescheid sagen kann, falls hier die Luft wieder rein ist.«

»Du meinst doch wohl, *wenn* sie das ist, oder nicht?«

»So muss ich es wohl gemeint haben.«

Ich ging an diesem Abend nicht zu einem Treffen. Zwar hatte ich eine Weile mit diesem Gedanken gespielt, aber als ich schließlich aufstand, wurde mir schnell klar, dass ich eigentlich keine Lust hatte, irgendwohin zu gehen. Also legte ich mich wieder ins Bett und schloss die Augen.

Das laute Jaulen einer Sirene direkt unter meinem Fenster scheuchte mich jedoch wieder hoch. Es war ein Notarztwagen. Leicht benommen beobachtete ich, wie sie jemanden auf einer Bahre aus dem gegenüberliegenden Haus holten und in den Krankenwagen hievten, der wenige Augenblicke später, beide Sirenen voll aufgedreht, in Richtung Roosevelt oder St. Clare's Hospital davonraste.

Wenn der Fahrer mal ein bisschen Marc Aurel gelesen hätte, hätte er es vermutlich etwas weniger verbissen angegangen; dann wäre ihm nämlich klar gewesen, dass es völlig egal war, ob er rechtzeitig im Krankenhaus ankam oder nicht. Früher oder später hätte das arme Schwein auf der Bahre sowieso sterben müssen, und abgesehen davon passierte sowieso alles genauso, wie es passieren musste. Wozu also einen solchen Aufstand machen?

Ich legte mich wieder ins Bett und war schon nach wenigen Minuten weggedämmert. Offensichtlich hatte ich Fieber bekommen, denn ich schlief sehr unruhig und schrak irgendwann schweißgebadet aus einem schrecklichen Albtraum hoch. Ich stand auf und ließ die Badewanne einlaufen; genau so heiß, dass ich es gerade noch aushielt. Dann ließ ich mich mit einem wohligen Seufzer in das heiße Wasser sinken. Nicht lange, und es ging mir wieder wesentlich besser.

Ich saß schon eine ganze Weile in der Wanne, als das Telefon klingelte. Ich ließ es einfach läuten. Erst nachdem ich mich abgetrocknet hatte, rief ich unten in der Rezeption an, ob der Anrufer eine Nachricht hinterlassen hatte. Das war nicht der Fall, und das Genie, das gerade Dienst hatte, konnte sich nicht mal mehr erinnern, ob es ein Mann oder eine Frau gewesen war.

Ich war ziemlich sicher, dass der Anruf eigentlich nur von ihm gewesen sein konnte. Andrerseits hätten es natürlich alle möglichen Leute sein können. Ich hatte in der ganzen Stadt meine Visitenkarten verteilt, und es gab vielleicht Dutzende von Leuten, die mich wegen irgendeiner wichtigen Information anzurufen versuchten.

Und wenn es doch Motley war und ich an den Apparat gegangen wäre, dann hätte das auch nicht das Geringste an der Sache geändert.

Ich lag noch im Bett, als das Telefon wieder klingelte. Der Himmel vor meinem Fenster war bereits hell, und ich war schon etwa zehn bis fünfzehn Minuten wach. Es wäre nur noch eine Frage von Minuten gewesen, bis ich aufgestanden wäre und mich aufs Klo geschleppt hätte, um zu sehen, welche Farbe mein Urin diesmal hatte.

Ich nahm den Hörer ab, und er sagte sofort: »Guten Morgen, Scudder.« Da war sie schon wieder, diese verfluchte Kreide auf der Tafel und diese arktische Kälte, die mir durch Mark und Bein ging.

Ich weiß nicht mehr, was ich gesagt habe. Irgendwas muss ich wohl gesagt haben, vielleicht aber auch nicht. Vielleicht saß ich auch nur da und hielt den blöden Hörer an mein Ohr.

Er sagte: »Gestern Nacht war ich ziemlich beschäftigt. Vermutlich hast du in der Zeitung bereits davon gelesen.«

»Wovon redest du überhaupt?«

»Wovon ich rede? Von Blut natürlich.«

»Das verstehe ich nicht.«

»Nein, wie es scheint, tust du das tatsächlich nicht. Blut, Scudder. Allerdings nicht Blut wie in Blutvergießen, obwohl ich fürchte, dass es nicht ganz ohne ging. Aber hätte es denn überhaupt Sinn, vergossenem Blut lange nachzuweinen? Vermutlich nicht, oder?«

Unwillkürlich krampften sich meine Finger fester um den Hörer. Obwohl blinde Wut in mir aufstieg, verlor ich nicht die Beherrschung. Die Genugtuung, so zu reagieren, wie er es vermutlich gern gehabt hätte, wollte ich ihm auf keinen Fall lassen. Stattdessen holte ich nur tief Luft und sagte nichts.

»Blut wie in Blutsbande«, fuhr er deshalb fort. »Du hast den Verlust einer Person zu beklagen, die dir sehr nahestand, Scudder. Mein aufrichtiges Beileid.«

»Was soll dieser ...«

»Lies lieber erst mal die Zeitung«, unterbrach er mich und hängte ein.

Ich wählte Anitas Nummer. Während ich wartete, dass jemand abnahm, hatte ich das Gefühl, als schnürte sich meine Brust immer fester zusammen. Als dann Anita endlich an den Apparat kam, wusste ich im ersten Moment nicht, was ich sagen sollte. Ich saß nur wie versteinert da und atmete wie einer von diesen Telefonsexfetischisten in den Hörer. Irgendwann bekam sie es satt, immer wieder »Hallo?« zu sagen, und hängte auf.

Blutsbande. Jemand, der mir nahestand. Elaine? Wusste er, dass sie mal meine Cousine Frances gewesen war? Eigentlich war das vollkommen ausgeschlossen. Trotzdem rief ich sie an. Unter ihrer Nummer war besetzt. Mein erster Gedanke war: Er hat sie umgebracht und einfach den Hörer neben das Telefon gelegt. Deshalb rief ich bei der Telefongesellschaft an, um das überprüfen zu lassen. Wenig später rief mich die zuständige Sachbearbeiterin zurück, um mir mitzuteilen, dass auf dem Anschluss gesprochen wurde. Als ich mich darauf als Polizist ausgab, bot sie mir an, sich in das Gespräch einzuschalten, falls es sich um einen Notfall handelte. Aber ich sagte ihr, das sei nicht nötig. Notfall hin oder her, ich hatte ebenso wenig Lust, mit Elaine zu sprechen, wie ich mit Anita hatte sprechen wollen. Ich wollte nur wissen, dass sie noch am Leben war.

Meine Söhne?

Ich hatte bereits in meinem Adressbuch zu blättern begonnen, als mir bewusst wurde, dass das ziemlich unwahrscheinlich war. Selbst wenn er herausgefunden hatte, wo sie zurzeit lebten, und ihnen Tausende von Kilometern dorthin gefolgt war, konnte es unmöglich schon in der heutigen Zeitung stehen. Warum machte ich das Ganze außerdem unnötigerweise noch spannender, als es ohnehin schon war? Da war es doch wesentlich einfacher, loszugehen und mir eine Zeitung zu besorgen. Dort konnte ich dann in aller Ruhe nachlesen, was passiert war.

Ich zog mich rasch an, ging nach unten und kaufte mit die *News* und die *Post*. Beide hatten dieselbe Schlagzeile. Wie sich herausgestellt hatte, war die venezolanische Familie, die vor wenigen Tagen umgebracht worden war, versehentlich Opfer der Morde geworden. Die Venezolaner hatten nicht das Geringste mit irgendwelchen Drogengeschäften zu tun gehabt. Das traf auf die Kolumbianer zu, die in dem Haus gegenüber wohnten, und die Killer hatten sich offensichtlich nur in der Adresse geirrt.

Na dann: Prost, Mahlzeit.

Ich ging ins Flame, setzte mich an die Theke und bestellte eine Tasse Kaffee. Dann breitete ich die Zeitung vor mir aus und begann, ohne zu wissen, wonach ich suchte, darin zu blättern. Es dauerte nicht lange, bis ich es fand. Es wäre auch schwer zu übersehen gewesen. Es nahm die ganze Seite drei ein. Eine junge Frau war Opfer eines bestialischen Mordes geworden. Der oder die Täter waren am frühen Abend des Vortags in ihre Wohnung eingedrungen. Sie hatte bei einer Investmentgesellschaft in der Wall Street als Finanzberaterin gearbeitet und in einer Altbauwohnung im vierten Stock eines Hauses am Irving Place, nicht weit vom Gramercy Park, gewohnt.

Dem Zeitungsbericht waren zwei Fotos beigefügt. Auf dem einen war ein gutaussehendes Mädchen mit schmalem Gesicht und hoher Stirn zu sehen, die ernst und selbstbewusst in die Kamera blickte. Auf dem anderen trugen ein paar Polizisten ihre Leiche in einem Sack aus dem Haus. Im Begleittext hieß es, dass die gut gesicherte Wohnung geplündert und die junge Frau wiederholte Male sexuell missbraucht und auf brutalste Weise misshandelt worden war. Wie in solchen Fällen üblich, hatte die Polizei jegliche Informationen über die näheren Umstände der Tat zurückgehalten. Trotzdem war durchzuhören, dass das Opfer enthauptet worden war und dass es sich dabei nicht um den einzigen chirurgischen Eingriff seitens des Täters gehandelt hatte.

Bugs Moran, dem das St. Valentine's Day-Massaker gegolten hatte, hatte sofort gewusst, von wem seine Leute in einer Chicagoer Garage mit mehreren Maschinenpistolen niedergemäht worden waren. »Nur Capone mordet so«, soll er nach der blutigen Tat, die eigentlich ihm galt, erklärt haben.

In diesem Fall konnte man das allerdings nicht sagen. Es gab weiß Gott genügend Leute, die ihre Mitmenschen auf alle möglichen und unmöglichen Arten umbrachten, und Motley ließ sich bisher noch nicht auf eine bestimmte Methode festlegen – zumindest nicht, soweit ich das beurteilen konnte. Trotzdem ging dieser Mord eindeutig auf sein Konto. Das stand für mich vollkommen außer Zweifel. Dazu musste ich mich weder am Tatort umsehen noch sämtliche Freunde und Arbeitskollegen des Opfers befragen.

In diesem Fall genügte einzig und allein ihr Name. Elizabeth Scudder.

Kapitel 16

Wieder zurück in meinem Zimmer, griff ich nach dem Telefonbuch und schlug unter Scudder nach. Insgesamt gab es achtzehn Eintragungen unter meinem Nachnamen; drei davon waren Firmen. Ich war nicht darunter, aber Elizabeth stand dort – als Scudder E.J. mit einer Adresse am Irving Place.

Ich griff nach dem Telefon und begann Durkins Nummer zu wählen. Aber ich war noch nicht bei der letzten Ziffer angekommen, als ich meinen Finger wieder zurückzog. Den Hörer behielt ich aber noch in der Hand. So saß ich eine ganze Weile da und stierte abwesend vor mich hin, bevor ich ihn schließlich auf die Gabel zurücklegte. Ein paar Minuten später klingelte das Telefon. Es war Elaine. Auch sie hatte einen Anruf von ihm bekommen. Wie schon beim letzten Mal hatte er sie zunächst aufgefordert, den Anrufbeantworter abzustellen und den Hörer abzunehmen. Das hatte sie auch diesmal wieder getan. Darauf hatte er sofort zu flüstern aufgehört und ganz normal zu sprechen begonnen. Elaine hatte jedoch sofort wieder auf die Aufnahmetaste ihres Anrufbeantworters gedrückt, sodass das Gespräch trotzdem auf Band aufgezeichnet wurde.

»Aber als ich es anschließend abhören wollte, kam nur Rauschen vom Band«, stieß sie konsterniert hervor. »Wie ist so etwas möglich? Dieser blöde Kasten hat das Gespräch aus irgendeinem Grund nicht aufgezeichnet! Vielleicht habe ich irgendetwas falsch gemacht – auf den falschen Knopf gedrückt oder sonst etwas in der Art, obwohl ich mir das eigentlich nicht vorstellen kann. Außerdem bin ich ganz sicher, dass sich das Band gedreht hat, als würde es aufnehmen. Aber als ich es hinterher abspielen wollte, war kein Ton darauf zu hören.«

»Mach dir deswegen mal keine Sorgen.«

»Er hat mir alles über eine Frau erzählt, die er gestern Abend umgebracht hat. Ich hätte alles auf Band gehabt. Sie hätten seine Stimme identifizieren können. Aber ich habe alles verpatzt.«

»Das ist wirklich nicht weiter schlimm.«

»Wieso? Dabei kam ich mir noch so furchtbar schlau vor, als ich das Band heimlich auf Aufnahme stellte. Ich dachte, er würde sich selbst beschuldigen, und wir hätten endlich etwas gegen ihn vorliegen.«

»Selbst wenn dem so gewesen wäre, glaube ich nicht, dass es uns auch nur einen Schritt weitergebracht hätte. Mittlerweile bin ich nämlich zu der Überzeugung gelangt, dass sich diese Angelegenheit nicht dadurch aus der Welt schaffen lässt, dass wir eines Tages einen konkreten Beweis vorlegen können. Überhaupt kommen mir die Anstrengungen, die ich in diesem Fall unternehme, von Tag zu Tag absurder vor. Ich habe das Gefühl, dass ich mich noch endlos weiter abstrampeln könnte, um diesen Kerl zu schnappen, und er würde in der Zwischenzeit in aller Seelenruhe so weitermachen, wie er das auch gestern Nacht wieder getan hat.«

»Was genau ist eigentlich gestern Abend passiert? Er hat sich mir gegenüber nur sehr vage geäußert. Deshalb hätte es uns vielleicht tatsächlich nicht viel geholfen, wenn wir das Gespräch auf Band hätten. Ich nehme an, er hat wieder jemanden umgebracht.«

»Ja.«

»Er hat am Telefon gesagt, ich sollte einen Blick in die Zeitung werfen. Allerdings hatte ich gerade keine zur Hand. Darauf habe ich mir auf verschiedenen Sendern die Nachrichten angesehen, aber es war keine Meldung dabei, wo ich einen Zusammenhang mit ihm erkennen konnte. Was ist passiert?«

Ich erzählte ihr, was ich aus der Zeitung wusste. Als ich ihr schließlich den Namen des Opfers nannte, war sie kurz fassungslos.

»Wir waren ganz bestimmt nicht verwandt«, erklärte ich ihr. »Mein Vater hatte keine Geschwister, und ich bin sein einziger Sohn. Deshalb habe ich keine Verwandten mit dem Namen Scudder.«

»Hatte denn auch dein Großvater keine Brüder?«

»Der Vater meines Vaters? Das weiß ich nicht. Aber auszuschließen ist es nicht. Er starb, bevor ich geboren wurde, und ich kann mich zumindest an keinen Großonkel erinnern, der Scudder hieß. Ursprünglich stammen die Scudders aus England. Hat jedenfalls mein Vater immer behauptet. Aber eigentlich weiß ich so gut wie nichts über diesen Zweig der Familie.«

»Demnach könntest du also mit Elizabeth doch entfernt verwandt gewesen sein.«

»Auszuschließen ist es zumindest nicht. Aber wenn du nur weit genug zurückgehst, sind vermutlich alle Scudders miteinander verwandt. Es sei denn, einer meiner Vorfahren – oder auch einer der ihren – hat seinen Namen geändert.«

»So betrachtet, stammen wir sowieso alle von Adam und Eva ab.«

»Aber klar doch, und wir sind auch alle Kinder Gottes. Das hätte ich glatt vergessen, wenn du mich nicht daran erinnert hättest.«

»Du musst entschuldigen, Matt, aber ich nehme das alles vielleicht ein wenig zu sehr auf die leichte Schulter. Diese ganze Geschichte ist so schrecklich, dass ich sie am liebsten überhaupt nicht an mich heranlassen möchte. Jedenfalls scheint er gedacht zu haben, sie wäre mit dir verwandt.«

»Vielleicht«, erwiderte ich. »Vielleicht aber auch nicht. Du darfst, was Motley betrifft, vor allem eines nicht vergessen: So raffiniert und gerissen der Kerl auch sein mag, ändert es nichts an der Tatsache, dass er verrückt ist.«

Das Telefonbuch von Manhattan lag noch immer aufgeschlagen auf dem Bett. Ich ließ den Blick über die lange Reihe meiner Namensvettern gleiten. Erst jetzt kam mir der Gedanke, dass ich sie vielleicht anrufen und warnen sollte. »Legen Sie sich einen anderen Namen zu«, hätte ich ihnen zum Beispiel raten können, »oder machen Sie sich auf das Schlimmste gefasst.«

War es das, was er als nächstes tun würde? Würde er versuchen, einen nach dem anderen auf dieser Liste abzuhaken? Um dann auch noch in den anderen vier Stadtbezirken und in den Vororten so weiterzumachen.

Wenn er allerdings genügend Leute mit demselben Nachnamen umbrachte, würde vielleicht eines Tages einem besonders cleveren Polizisten auffallen, dass dieser Mörder nach einem bestimmten Schema vorging. Eine der Eintragungen im Telefonbuch lautete übrigens auf eine Scudder Investment AG; in diesem Fall hätte er zum Beispiel im ganzen Land herumreisen und sämtliche Aktionäre um die Ecke bringen können.

Ich klappte das Telefonbuch zu. Es hatte keinen Sinn, die Scudders anzurufen. Hätte es andrerseits einen Sinn gehabt, Durkin anzurufen? Der Mord an Elizabeth Scudder ging ihn nichts an; er fiel nicht in seinen Zuständigkeitsbereich. Aber er hätte natürlich für mich herausbekommen können, wer die Ermittlungen leitete, und sich dann mit dem betreffenden Beamten in Verbindung setzen. Der Mord an Elizabeth Scudder würde auf jeden Fall für einigen Wirbel sorgen. Der Täter war mit ungewöhnlicher Brutalität vorgegangen;

dann war noch Sex im Spiel; und nicht zuletzt war das Opfer jung, weiß, photogen und aus gutem Haus gewesen.

Hätte allerdings in diesem Fall ein kleiner Hinweis von mir viel gebracht? Zur Abwechslung bestand diesmal wenigstens keine Gefahr, dass der Vorfall als Selbstmord oder als Familiendrama zu den Akten gelegt wurde. Sicher hatte sich des Falls längst ein umfangreiches Expertenteam angenommen, und jeder scheinbar noch so unbedeutende Fussel, der vielleicht als Beweismaterial dienen konnte, war genauestens vermessen, fotografiert, verpackt und plombiert worden. Falls der Täter Fingerabdrücke hinterlassen hatte, hatten sie die Leute von der Spurensicherung bestimmt längst entdeckt, und vermutlich wussten sie auch schon, von wem sie stammten. Und falls er sonst irgendetwas am Tatort zurückgelassen hatte, dann hatten sie auch das gefunden.

Und wie sah es mit möglichen Spermaspuren aus? Mit Hautpartikeln unter ihren Fingernägeln? Oder irgendwelchen anderen Bestandteilen seines Körpers, mit deren Hilfe sich eine DNA-Identifizierung hätte vornehmen lassen?

Das Problem dabei war nur, dass so was nicht annähernd so einfach war wie mit einem Fingerabdruck, den man nur in den Computer eingeben musste, um herauszufinden, ob sein Besitzer bereits aktenkundig war. Für eine DNA-Identifizierung brauchte man erst mal einen Verdächtigen, der bereits in Untersuchungshaft saß. Falls der Täter also Sperma oder ein paar Hautpartikel am Tatort zurückgelassen hatte, dann war die Polizei darauf angewiesen, dass ihnen jemand sagte, von wem sie stammten. Und wenn der Betreffende dann festgenommen war, konnte ihm mit Hilfe modernster medizinischer Untersuchungsmethoden ein Strick daraus gedreht werden.

Das ist natürlich nur im übertragenen Sinn gemeint. Im Bundesstaat New York werden Mörder nicht gehängt. Sie werden auch nicht auf dem elektrischen Stuhl geröstet, wie das früher mal der Fall war. Inzwischen werden sie nur hinter Schloss und Riegel gebracht, gelegentlich lebenslänglich. Manchmal werden aus so einer lebenslänglichen Haftstrafe jedoch nur sieben Jahre oder noch weniger. In Motleys Fallbestand in dieser Hinsicht aber keine Gefahr. Bei seiner ersten Verurteilung war er zu ein bis zehn Jahren verknackt worden und hatte es auf stolze zwölf gebracht. Ein zweites Mal würde er wohl nicht mehr lebend aus dem Knast kommen.

Das galt natürlich nur für den Fall, dass es für ihn ein zweites Mal geben würde. Diesen DNA-Analysen und ähnlich hochentwickelten gerichtsmedizinischen Untersuchungsmethoden wurde inzwischen zwar eine hohe Beweiskraft beigemessen, aber eine Anklage allein darauf aufzubauen, wäre ein bisschen zu viel verlangt gewesen. Die Geschworenen ließen sich von solchen hochkomplizierten wissenschaftlichen Methoden meistens herzlich wenig beeindrucken, was umso mehr zutraf, wenn die Verteidigung auch noch einen sogenannten Experten aufführ, der das Gutachten der Anklage für kompletten Schwachsinn erklärte. Wenn zum Beispiel der Angeklagte der Freund des Opfers war und wenn er in ihrem Schlafzimmer mit ihrem Blut an seinen Händen festgenommen worden war, dann würde ihm eine DNA-Analyse seines Spermas ziemlich sicher zum Verhängnis. Wenn nun allerdings die einzige Verbindung zwischen dem Angeklagten und der Ermordeten darin bestand, dass sie denselben Nachnamen hatte wie der Polizist, der ihn vor mehr als zehn Jahren hinter Gitter gebracht hatte – tja, dann wurde die Sache um einiges komplizierter.

Nach einigem Hin und Her rief ich Durkin schließlich doch an. Allerdings wusste ich nicht, was ich ihm eigentlich sagen sollte. Aber das machte nichts, denn er war gerade nicht erreichbar.

Ich nannte weder meinen Namen noch hinterließ ich eine Nachricht.

Gegen halb zwölf ging ich los, um an einem Mittagstreffen der Fireside teilzunehmen. So nennt sich die Gruppe, die sich im YMCA in der West Sixty-third trifft.

Ich schaffte es allerdings nicht bis dorthin.

Das lag aber nicht daran, dass ich mit der Fortbewegung noch immer so massive Probleme hatte wie am Tag zuvor. Ich war zwar nach wie vor ziemlich steif, und der Schmerz saß mir tief in den Knochen, aber da meine Muskeln nicht mehr so stark verspannt waren, fühlte ich mich bereits wieder wesentlich kräftiger. Außerdem war es an diesem Tag wärmer; der Wind hatte nachgelassen und die Luft war nicht mehr so feucht. Sozusagen ideales Footballwetter. Ein bisschen zu warm für den Waschbärmantel vielleicht, aber doch frisch genug, dass man den Flachmann in der Brusttasche seines Trenchcoats gebührend zu würdigen wusste.

Als ich die Eighth Avenue erreichte, ging ich nicht in Richtung Norden weiter, sondern nach Süden. Schließlich blieb ich auf meinem Weg in Richtung Downtown vor dem Haus stehen, in dem Toni Cleary gewohnt hatte, und starrte lange auf die Stelle, wo sie auf dem Gehsteig gelandet war. Dann schaute ich zu dem Fenster hoch, aus dem er sie gestoßen hatte. Währenddessen wurde eine innere Stimme nicht müde, mir immer und immer wieder zu sagen, dass ihr Tod nur meine Schuld war.

Ich fand, dass diese Stimme recht hatte.

Ich ging einmal um den Block und kam wieder an dem Punkt an, an dem ich angefangen hatte. Nach diesem Schema schien im Augenblick mein ganzes Leben abzulaufen. Ich warf noch einmal einen Blick zu Tonis Fenster rauf und fragte mich, ob sie wohl gewusst hatte, weshalb ihr so etwas Schreckliches zustieß. Vielleicht hatte er ihr sogar erzählt, dass sie alles nur dem Umstand zu verdanken hatte, dass sie eine meiner Frauen war. In diesem Fall dürfte er mich ziemlich sicher nur mit meinen Nachnamen erwähnt haben. Mein Vorname existierte in seinem Wortschatz nicht.

Hatte Toni überhaupt gewusst, wie ich mit Nachnamen hieß? Ich hatte den ihren jedenfalls erst nach ihrem Tod erfahren. Sie hatte sterben müssen, weil sie mich kannte. Möglicherweise war sie jedoch gestorben, ohne zu wissen, von wem ihr Mörder eigentlich sprach.

Nicht, dass das sonderlich wichtig gewesen wäre. In Anbetracht ihrer grauenhaften Situation dürfte das Bedürfnis, die Beweggründe ihres Mörders zu verstehen, auf der Liste ihrer emotionalen Prioritäten ziemlich weit unten rangiert haben.

Und Elizabeth Scudder? War sie wohl in Gedanken an ihren verschollenen Cousin Matthew gestorben? Es fehlte nicht viel, und ich wäre losgegangen, um auch noch das Haus, in dem sie gewohnt hatte, anzustieren wie ein hypnotisiertes Kaninchen. Allerdings hätte ich dafür einen Umweg von anderthalb Meilen in Kauf nehmen müssen. Und was hätte mir das Haus schon viel verraten sollen? Ganz zu schweigen davon, dass das auch das Haus, indem Toni gewohnt hatte, nicht tat.

Ein Blick auf die Uhr verriet mir, dass es für das Mittagstreffen bereits zu spät war. Bis ich es bis in die Westside schaffte, wäre es bereits vorbei. Das sollte mir nur recht sein. Wenn ich ehrlich war, hatte ich von Anfang an keine Lust gehabt, daran teilzunehmen.

An einer Imbissbude am Straßenrand kaufte ich mir einen Hot Dog, an einer anderen einen Knish. Von beidem aß ich etwa die Hälfte. Dann holte ich mir in einem Deli einen großen Pappcontainer Kaffee und stellte mich damit an die nächste Straßenecke. Der Kaffee war so heiß, dass ich zwischen den einzelnen Schlucken immer wieder darauf blies. Ich schaffte fast den ganzen Container, bevor ich die Geduld verlor und den Rest in den Randstein kippte. Den Container selbst warf ich allerdings in den nächsten Abfallkorb. Manchmal ist es gar nicht so einfach, so ein Ding zu finden. Es gibt jede Menge Vorstadtbewohner, die sich einen Sport daraus machen, einen New Yorker Abfallkorb zu stehlen, weshalb jede Menge Abfallkörbe in irgendwelchen Gärten in Westchester landen, wo sie zu ebenso praktischen wie unverwüstlichen Müllverbrennungsanlagen umfunktioniert werden, mit denen ihre stolzen Besitzer dann ihren Beitrag zur Luftverschmutzung in ihrer Vorstadtidylle leisten.

Im Gegensatz dazu war ich selbstverständlich nur auf das Gemeinwohl aller bedacht, sozusagen der umweltbewusste Bilderbuchbürger in Person. Ich warf keine Abfälle auf die Straße, verschmutzte die Luft nicht und tat auch sonst nichts, was die Lebensqualität meiner New Yorker Mitbürger und Mitbürgerinnen geschmälert hätte. Ich kämpfte mich lediglich Tag für Tag durchs Leben und sah zu, wie sich um mich herum die Leichen türmten.

Wenn das nichts war.

Ich hatte nicht die Absicht gehabt, nach einem Getränkemarkt zu suchen. Aber plötzlich stand ich vor einem. Wegen Thanksgiving war das Schaufenster mit Pappfiguren eines Pilgervaters und eines Truthahns dekoriert, und um die Sache besonders stilecht zu gestalten, war das Ganze mit jeder Menge Herbstlaub und Maiskolben garniert.

Natürlich fehlten auch ein paar Karaffen nicht, ob nun jahreszeitlich bedingt oder einfach so. Und jede Menge Flaschen.

Ich stand nur da und starrte die Flaschen an.

Es war nicht das erste Mal, dass mir so etwas passierte. Ich war ziellos durch die Stadt gestreift, ohne an irgendetwas Bestimmtes zu denken und schon gar nicht an etwas zu trinken. Doch als ich nun plötzlich aus meinen Gedanken auftauchte, ertappte ich mich dabei, wie ich auf die Flaschen im Schaufenster eines Getränkemarkts starrte, ihre verschiedenen Formen bewunderte, nickend die einzelnen Weinsorten zur Kenntnis nahm und mir ausmalte, zu welchem Essen sie am besten passen würden. Das war, was andere Leute ein Trinksignal nennen – ein, Wink meines Unterbewusstseins, dass ich Probleme hatte und dass ich dem Alkohol noch keineswegs so abhold war, wie ich das gern gehabt hätte.

Ein solches Trinksignal war nicht unbedingt ein Grund zur Beunruhigung. Man musste deshalb nicht gleich an einem Treffen teilnehmen oder seinen Tutor anrufen oder ein Kapitel aus dem Großen Buch lesen, obwohl das unter diesen Umständen natürlich auch nicht schaden konnte. In der Regel war es nichts weiter als ein kleiner Schuss vor den Bug, ein oranges Warnlicht auf der Autobahn zur nüchternen Glückseligkeit.

Geh nach Hause, sagte ich mir.

Stattdessen öffnete ich die Tür und betrat den Laden.

Kein Alarm wurde ausgelöst, keine Sirenen heulten los. Der Verkäufer mit dem schütteren Haarwuchs sah mich an, wie er vermutlich jeden anderen potentiellen Kunden angeschaut hätte. Seine größte Sorge dürfte gewesen sein,dass ich ihm keine Kanone unter die Nase hielt und ihn aufforderte, die Kasse aufzusperren. Nichts in seinem Blick deutete darauf hin, dass er mich im Verdacht hatte, ich könnte hier nichts zu suchen haben.

Das Regal mit dem Bourbon war rasch ausfindig gemacht. Sehnsüchtig glitten meine Blicke über die langen Reihen von Flaschen. Jim Beam, J.W. Dant, Old Taylor, Old Forester, Old Fitzgerald. Maker's Mark. Wild Turkey.

Lauter Namen, die alte Erinnerungen weckten. Es gibt unzählige Kneipen in jedem x-beliebigen Teil der Stadt, und wenn ich an einer von ihnen vorübergehe, weiß ich noch ganz genau, was ich dort getrunken habe. Nicht ganz so gut ist mein Erinnerungsvermögen dagegen hinsichtlich der Frage, weshalb ich ausgerechnet in dieser Bar gestrandet bin oder mit wem ich dort am Tresen gestanden habe. Aber ich kann mich noch genau erinnern, was in meinem Glas war und aus welcher Flasche es kam.

Antique Age. Old Grand Dad. Old Crow. Early Times.

Ich mochte diese Namen, ganz besonders den letzten. *Early Times* – alte Zeiten. Das hörte sich an wie ein Trinkspruch. »Also Leute, auf das Verbrechen.« »Auf abwesende Freunde.« »Auf alte Zeiten.«

Ja, die guten alten Zeiten. Sie wurden umso besser, je größer der zeitliche Abstand war, aus dem man sie betrachtete. Aber worauf traf das letztlich nicht zu?

»Kann ich Ihnen helfen?«

»Early Times«, sagte ich.

»Eine Literflasche?«

»Ein halber tut's auch.«

Er steckte die Pulle in eine braune Papiertüte, die er mit einer geübten Handbewegung um den Hals zudrehte, und schob sie mir über den Ladentisch zu. Ich steckte sie in meine Manteltasche und nahm einen Schein aus meiner Geldbörse. Er ließ die Kasse klingeln und zählte mir das Wechselgeld in die Handfläche.

Ein Schluck ist bereits einer zu viel, heißt es, und tausend sind nicht genug. Aber ein halber Liter würde auf jeden Fall reichen. Zumindest für den Anfang.

Kapitel 17

Direkt gegenüber von meinem Hotel gibt es einen Getränkemarkt, und ich möchte lieber nicht wissen, wie oft ich dort ein und aus gegangen bin, als ich noch trank. Der Laden, aus dem ich jetzt kam, lag jedoch ein paar Blocks weiter in der Eighth Avenue, und der Weg zurück ins Hotel erschien mir endlos. Ständig hatte ich das Gefühl, als drehten sich die Leute auf der Straße nach mir um. Vielleicht taten sie das tatsächlich. Vielleicht machte ich ein Gesicht, das solche neugierige Blicke anzieht.

Im Hotel angekommen, ging ich schnurstracks auf mein Zimmer und schloss die Tür hinter mir ab. Dann nahm ich die Flasche mit dem Bourbon aus meiner Manteltasche und stellte sie auf die Kommode. Ich hängte den Mantel in den Schrank und meine Anzugjacke über die Stuhllehne. Dann ging ich wieder zur Kommode und griff nach der Flasche. Als ich sie prüfend in meiner Hand wog, konnte ich ihre vertraute Form selbst durch die braune Papiertüte hindurch deutlich spüren. Ich stellte sie, noch immer eingepackt, zurück und ging ans Fenster. Auf der anderen Seite der Fifty-seventh Street betrat gerade ein Mann in einem Mantel wie meinem den Getränkemarkt. Vielleicht kam auch er mit einer Flasche Early Times wieder heraus, nahm sie mit auf sein Zimmer und schaute aus dem Fenster.

Es wäre nicht mal nötig gewesen, die verdammte Pulle auszupacken. Ich hätte nur das Fenster zu öffnen und sie auf die Straße runterzuwerfen gebraucht. Ganz nach Lust und Laune hätte ich damit auch auf jemand zielen können, der aussah, als käme er gerade aus der Kirche.

Allmächtiger.

Ich stellte den Fernseher an, starrte eine Weile, ohne was zu sehen, auf den Bildschirm und stellte den Kasten wieder aus. Dann ging ich zur Kommode und nahm die Flasche aus der Papiertüte. Ich stellte sie aufrecht auf die Kommode zurück, zerknüllte die Papiertüte und warf sie in den Abfalleimer. Dann kehrte ich zu meinem Stuhl zurück und setzte mich wieder. Von der Stelle, wo ich saß, konnte ich die Flasche auf der Kommode nicht sehen.

Als ich zum ersten Mal versuchte, mit dem Trinken aufzuhören, hatte ich Jan ein Versprechen geben müssen. »Versprich mir, dass du nichts zu trinken anrührst, ohne mich vorheranzurufen«, hatte sie gesagt, und das hatte ich ihr versprochen.

Komisch, auf was für Gedanken man manchmal kommt.

Allerdings konnte ich sie jetzt nicht anrufen. Sie war verreist, und ich hatte ihr eingeschärft, keinem Menschen zu sagen, wohin. Nicht einmal mir.

Und wenn sie gar nicht verreist war? Sie hatte mich erst am Tag zuvor angerufen. Aber was bewies das schon? Wenn ich mir's genauer überlegte, war die Verbindung so gut gewesen, als hätte sie vom Raum nebenan gesprochen.

Das dürfte zwar nicht gerade der Fall gewesen sein, aber sie könnte durchaus aus der Lispenard Street angerufen haben.

War ihr so etwas zuzutrauen? War es möglich, dass sie in dem Glauben, diese Bedrohung existierte nur in meiner Einbildung, einfach zu Hause geblieben war und mir lediglich etwas vorgemacht hatte?

Nein, das war eigentlich nichtihre Art. Trotzdem sprach nichts dagegen, sicherheitshalber in ihrem Loft anzurufen.

Nachdem ich ihre Nummer gewählt hatte, meldete sich ihr Anrufbeantworter. Gab es eigentlich überhaupt noch jemanden, der nicht so ein verdammtes Ding bei sich rumstehen hatte? Ich hörte mir die Nachricht an, die sie schon vor Jahren auf Band gesprochen hatte, und sagte nach dem Pfeifton: »Jan, hier ist Matt. Geh bitte dran, falls du zu Hause bist.« Ich wartete eine Weile, während der Anrufbeantworter geduldig mein Schweigen aufzeichnete. Schließlich fügte ich noch hinzu: »Es ist wichtig.«

Als trotzdem keine Antwort kam, hängte ich auf. Wie hätte sie auch antworten sollen? Sie war verreist. Nein, Jan hatte mich nicht angeschwindelt. Wäre sie in der Stadt geblieben, hätte sie es mir gesagt.

Und ich hatte mein Versprechen gehalten. Ich hatte sie angerufen. Dass sie nicht zu Hause war, war schließlich nicht meine Schuld, oder?

Oder vielleicht doch? War nicht einzig und allein meine Warnung schuld daran, dass sie so überstürzt die Stadt verlassen hatte? Oder gab es dafür etwa einen anderen Grund als das, was ich vor vielen Jahren getan hatte, und das auch noch zu einem Zeitpunkt, als ich sie noch gar nicht kannte. Es war also sehr wohl meine Schuld, dass sie nicht zu Hause war. Mein Gott, gab es eigentlich irgendetwas auf dieser Scheißwelt, was nicht meine Schuld war?

Ich drehte mich um. Die Flasche Early Times stand noch immer auf der Kommode. Das Licht der Deckenlampe brach sich in der Ausbuchtung genau unterhalb ihres Halses. Ich ging zur Kommode, griff nach der Flasche und studierte das Etikett. Es war vierzigprozentiger Bourbon. Solange ich zurückdenken konnte, hatten alle gängigen Bourbonmarken dreiundvierzig Prozent gehabt, bis eines Tages irgendein Marketing-Genie auf die glorreiche Idee gekommen war, den Alkoholgehalt auf vierzig Prozent zu senken, ohne dabei allerdings auch mit dem Preis runterzugehen. Da die Höhe der Getränkesteuer vom Alkoholgehalt abhängt und Wasser den Hersteller weniger kostet als Alkohol, konnte durch diese Maßnahme sowohl die Gewinnspanne als auch die Nachfrage geringfügig erhöht werden; denn alle echten Trinker mussten von da an ein größeres Quantum schlucken, um dieselbe Wirkung zu erzielen.

Die für den Export bestimmten Bourbons hatten allerdings immer noch dreiundvierzig Prozent. Einige Marken wichen allerdings von diesem Durchschnittswert ab. Jack Daniels hatte zum Beispiel vierzig Prozent. Wild Turkey zweiundvierzig Komma fünf.

Komisch, was man so alles im Gedächtnis behält.

Vielleicht hätte ich mir doch lieber einen Dreiviertelliter oder gleich einen ganzen Liter kaufen sollen.

Ich stellte die Flasche zurück und ging wieder ans Fenster. Einerseits fühlte ich mich seltsam ruhig, aber zugleich gärte es ganz gewaltig in mir. Nachdem ich eine Weile auf die Straße hinuntergeschaut hatte, drehte ich mich um und starrte wieder die Flasche an. Dann stellte ich den Fernseher an und schaltete von einem Kanal zum anderen, ohne jedoch zu registrieren, was gerade über den Bildschirm flimmerte. Nachdem ich zwei –, dreimal durch alle Programme gezappt war, schaltete ich den Kasten wieder aus.

Plötzlich klingelte das Telefon. Kurz stand ich da und glotzte es an, als wüsste ich nicht, was es war oder was man damit machen konnte. Es klingelte noch einmal. Ich ließ es auch noch ein drittes Mal läuten, bevor ich abhob und Hallo sagte.

»Matt, hier ist Tom Havlicek.« Ich brauchte eine Weile, um den Namen einzuordnen. Und als mir das endlich gelang, fuhr er fort: »Aus Massillon, dem schönen Massillon, wie es so schön heißt.«

So hieß es also? Ich hatte keine Ahnung, was ich dazu sagen sollte, aber glücklicherweise erwartete er das auch gar nicht. Stattdessen fuhr er fort: »Ich dachte, ich rufe mal an, um zu sehen, ob du vorankommst.«

Und wie, dachte ich bitter. Alle paar Tage bringt er wieder jemanden um die Ecke. Die Polizei hatte nicht die leiseste Ahnung, was da gespielt wurde, und ich stand nur dumm herum und sah zu, wie mir das Wasser langsam bis unter die Nasenlöcher stieg.

Zu Tom Havlicek sagte ich allerdings: »Du kennst das ja sicher aus eigener Erfahrung. Vorerst komme ich nur sehr schleppend voran.«

»Wem sagst du das, Matt? Das liegt nun mal in der Natur der Sache. Ein Puzzle muss man Stück für Stück zusammensetzen.« Er räusperte sich. »Warum ich übrigens anrufe – ich bin da vielleicht auf ein neues Puzzleteil gestoßen. Der Nachtportier eines Motels in der Railway Avenue hat den Mann auf dem Phantombild wiedererkannt.«

»Wie kommt es, dass er es überhaupt zu sehen bekommen hat?«

»Dieser Nachtportier ist übrigens eine Sie. Eine verkniffene alte Bissgurke, die aussieht, wie man sich seine alte Großmutter vorstellt. Und dazu hatte die Alte ein Mundwerk, das jeden Matrosen vor Scham im Boden versinken ließe. Sie hat nur einen kurzen Blick auf das Bild geworfen und ihn sofort erkannt. Das einzige Problem war, dass sie nicht mehr wusste, unter welchem Namen er sich ein Zimmer genommen hat. Aber nach einigem Suchen hat sie auch das herausgefunden. Allerdings hat er sich nicht unter dem Namen Motley eingetragen. Aber damit haben wir ja auch nicht gerechnet.«

»Nein.«

»Er hat sich als Robert Cole ausgegeben. Das unterscheidet sich gar nicht so sehr von dem Namen, unter dem er in New York aufgetreten ist. Du hast ihn mir zusammen mit dem Phantombild geschickt, aber leider habe ich den Zettel im Moment nicht zur Hand. Ronald irgendwas.«

»Ronald Copeland.«

»Ach ja, richtig. Als Adresse hat er ein Postfach in Iowa City, Iowa, angegeben. Einen Wagen hatte er übrigens auch, und die Autonummer stand auf dem Anmeldeformular. Als ich sie allerdings bei der Zulassungsstelle in Des Moines überprüfen lassen wollte, hat man mir dort versichert, dass unter diesem Kennzeichen unmöglich ein Wagen registriert sein kann, weil diese Nummer nämlich nicht mit ihrem Zahlensystem übereinstimmt.«

»Das hört sich ja alles recht interessant an.«

»Finde ich auch. Und nun bin ich zu folgendem Schluss gelangt: Entweder war die Nummer schlichtweg erfunden, oder es war die richtige Nummer, aber der Wagen war nicht in Iowa zugelassen, sondern in irgendeinem anderen Bundesstaat.«

»Oder beides.«

»Klar, auch das wäre möglich. Und um die Sache bis zum Schluss durchzuspielen: Falls er aus New York kam, dürfte er aller Wahrscheinlichkeit nach eine New Yorker Nummer gehabt haben. Es wäre also durchaus möglich, dass er auf dem Anmeldeformular sicherheitshalber seine richtige Nummer angegeben hat – zum Beispiel für den Fall, dass ein übereifriger Portier auf die Idee kommt, die angegebene Nummer mit der auf seinem Kennzeichen zu vergleichen. Wenn du also mal bei eurer Zulassungsstelle anfragen könntest ...«

»Gute Idee«, sagte ich. Als er mir darauf die Autonummer durchgab, notierte ich sie mir zusammen mit dem Namen Robert Cole. »Er hat übrigens auch in einem New Yorker Hotel eine Adresse in Iowa angegeben«, fiel mir bei dieser Gelegenheit ein. »In diesem Fall war es allerdings Mason City. Nicht Iowa City. Wäre vielleicht ganz interessant zu wissen, warum er als letzten Wohnsitz immer Iowa angibt.«

»Vielleicht stammt er von dort.«

»Das halte ich für ziemlich unwahrscheinlich. Er hört sich wie ein waschechter New Yorker an. Könnte höchstens sein, dass er vielleicht in Dannemora mit jemandem aus Iowa näher zu tun hatte. Aber eine ganz andere Frage, Tom: Wie kommt es, dass die Frau in dem Motel das Phantombild zu sehen bekommen hat?«

»Wie sie es zu sehen bekommen hat? Ganz einfach, ich habe es ihr gezeigt.«

»Ich dachte, der Fall würde nicht wieder aufgerollt.«

»Wurde er auch nicht«, gestand er mir. »Und es sieht auch nicht so aus, als ob es dazu kommen könnte.« Darauf trat erst einmal kurzes Schweigen ein, bevor er hinzufügte: »Aber was ich in meiner Freizeit mache, ist doch wohl meine Sache.«

»Hast du etwa auf eigene Faust sämtliche Motels in der Stadt abgeklappert?«

Er räusperte sich. »Wenn du's genau wissen willst, Matt, habe ich zur Unterstützung sogar noch ein paar Kollegen zusammengetrommelt. Es war also purer Zufall, dass ich derjenige war, der dieser Frau das Phantombild gezeigt hat.«

»Ach, so ist das also?«

»Ich weiß zwar nicht, ob das alles wirklich zu etwas führt, Matt, aber ich wollte dir in jedem Fall Bescheid sagen, was sich hier in der Zwischenzeit getan hat. Im Augenblick weiß ich zwar nicht mehr, wo und wie ich weitermachen soll, aber falls wir hier trotzdem noch auf eine neue Spur stoßen, gebe ich dir unverzüglich Bescheid.«

Ich hängte auf und stellte mich wieder ans Fenster. Auf der Straße waren zwei Uniformierte in ein Gespräch mit einem Straßenverkäufer verwickelt. Es war ein afrikanischer Schwarzer, der vor einem Blumenladen Schals, Gürtel, Geldbörsen und, wenn es regnete, billige Regenschirme verkaufte. Diese Typen kommen mit Air Afrique aus Dakar rüber, nehmen sich in einem der Hotels am Broadway zu fünft oder sechst ein Zimmer, und fliegen alle paar Monate mit Geschenken für die Kinder nach Senegal zurück. Offensichtlich haben sich diese Burschen ziemlich schnell mit den hiesigen Geschäftsgepflogenheiten vertraut gemacht, und dazu gehört bekanntlich auch das eine oder andere kleine Schmiergeld; jedenfalls ließen die zwei Uniformierten den Mann nach einem längeren Wortwechsel unbehelligt weiter seinen Geschäften nachgehen.

Das war wirklich verdammt anständig von Havlicek, dachte ich. In seiner Freizeit einem Fall nachzugehen, den sein Chef nicht neu aufrollen wollte. Und nicht nur das. Er hatte sogar ein paar seiner Kollegen dazu überreden können, ihre kostbare Freizeit zu opfern, um ihm bei den Ermittlungen zu helfen.

Blieb nur zu hoffen, dass sie sich die viele Mühe nicht umsonst gemacht hatten.

Mein Blick wanderte wieder zu der Flasche, und wie von Zauberkraft wurde ich quer durch den Raum zu der Kommode gezogen, auf der sie stand. Die Steuerbanderole war quer über den Verschluss geklebt. Um die Flasche zu öffnen, musste man sie durchtrennen. Ich rieb schon mal probeweise mit dem Daumen über den Rand der Banderole. Schließlich hob ich die Flasche hoch und starrte die Deckenlampe durch die bernsteinfarbene Flüssigkeit an – etwa so, wie man durch ein rußgeschwärztes Stück Glas eine Sonnenfinsternis beobachtet. War es nicht genau das, was die Faszination des Alkohols ausmachte? Er war wie ein Filter, der es einem ermöglichte, eine Wirklichkeit zu ertragen, die für das bloße Auge zu grell wäre.

Ich stellte die Flasche wieder zurück und griff nach dem Telefon. Eine mürrische Bassstimme meldete sich mit: »Druckerei Faber, hier Jim.«

»Ich bin's, Matt«, sagte ich. »Wie geht's?«

»Könnte schlimmer sein. Und dir?«

»Ich kann auch nicht klagen. Störe ich dich gerade?«

»Nein, heute ist hier nicht viel los. Im Augenblick drucke ich gerade einen Stapel Postwurfspeisekarten für ein China-Restaurant. Sie bestellen immer gleich mehrere tausend davon und lassen sie von ihren Ausfahrern in den belieferten Häusern verteilen.«

»Demnach druckst du also Abfall.«

»Genau das tue ich«, versicherte er mir gut gelaunt. »Ich leiste meinen Beitrag zu unserem wachsenden Müllproblem. Und du?«

»Ach, bei mir gibt's eigentlich auch nichts Besonderes.«

»Mhm. Für Toni wird übrigens eine Trauerfeier abgehalten. Wusstest du das?«

»Nein.«

»Was haben wir heute, Donnerstag? Sie findet am Samstagnachmittag statt. Den genauen Termin weiß ich allerdings noch nicht. Beerdigt wird sie allerdings im engsten Familienkreis irgendwo in Brooklyn. Gibt es dort ein Viertel, das sich Dyker Heights nennt?«

»Ja, nicht weit von Bay Ridge.«

»Dort lebt ihre Familie, und sie veranstalten ein richtiges Begräbnis mit einer Totenmesse und allem was dazugehört. Ein paar von Tonis AA-Freunden wollten ebenfalls eine kleine Trauerfeier abhalten und haben dafür einen Konferenzsaal im Roosevelt organisiert. Der genaue Zeitpunkt wird bei dem Treffen heute Abend bekanntgegeben.«

»Wenn es sich machen lässt, werde ich vorbeikommen.«

Nachdem wir uns ein paar Minuten über alles Mögliche unterhalten hatten, sagte Jim: »Sonst noch irgendwas? Oder kann ich jetzt meine Speisekarten fertigmachen?«

»Lass dich von mir bloß nicht von der Arbeit abhalten.«

Ich hängte auf und setzte mich wieder auf meinen Stuhl.

Dort muss ich wohl zwanzig Minuten gesessen haben.

Dann stand ich auf, nahm die Flasche von der Kommode, ging ins Bad und blieb vor dem Waschbecken stehen. Ich drehte am Verschluss, sodass die

Versiegelung brach und die Steuerbanderole riss. In einer einzigen Bewegung schraubte ich mit der rechten Hand den Verschluss ganz ab und kippte mit der linken die Flasche ins Waschbecken. Und während ihr Inhalt gurgelnd im Ausguss verschwand, stieg mir das vertraute Aroma von gutem Bourbon in die Nase. Ich starrte solange ins Waschbecken, bis die Flasche leer war. Erst dann sah ich auf, um einen Blick in den Spiegel zu werfen. Ich weiß nicht, was ich dort sah – oder zu sehen erwartet hatte.

Ich hielt die Flasche so lange mit der Öffnung nach unten über das Waschbecken, bis auch der letzte Tropfen im Ausguss verschwunden war. Dann verschraubte ich sie wieder und warf sie in den Abfalleimer. Anschließend drehte ich beide Hähne auf und ließ mindestens eine Minute lang das Wasser laufen. Als ich es wieder abstellte, konnte ich den Bourbon noch immer riechen. Ich drehte das Wasser noch einmal auf und wusch das Waschbecken damit aus, bis ich das Gefühl hatte, alles weggespült zu haben. Aus dem Abfluss stieg zwar noch immer schwacher Alkoholdunst auf, aber dagegen ließ sich nichts machen.

Ich wählte noch einmal Jims Nummer, und als er sich meldete, sagte ich: »Hier ist nochmal Matt. Ich habe eben einen halben Liter Early Times in den Ausguss gekippt.«

Nach kurzem Schweigen sagte Jim: »Es gibt da übrigens einen neuen Abflussreiniger. Nur für den Fall, dass es dich interessiert – das Zeug heißt Drano.«

»Wenn mich nicht alles täuscht, habe ich davon sogar schon mal gehört.«

»Es greift die Abflussrohre nicht so stark an, es ist billiger, und es schadet auch deinem Magen nur unwesentlich mehr, wenn du mal versehentlich einen Schluck davon trinken solltest. Early Times. Was ist das? Bourbon?«

»Ja.«

»Ich hatte mehr eine Schwäche für Scotch. Bourbon hatte für mich immer einen leichten Firnisbeigeschmack.«

»Und Scotch riecht nach Apotheke und Medizin.«

»Mhm. Aber ihren Zweck haben sie beide erfüllt, oder nicht?« Er machte eine kurze Pause und fuhr schließlich ungewohnt ernst fort: »Jedenfalls ein hochinteressanter Zeitvertreib, Whiskey in den Ausguß zu schütten. Hast du das nicht schon mal gemacht?«

»Sogar schon mehrere Male.«

»Aber ich kann mich nur an ein einziges Mal erinnern. Damals warst du gerade drei Monate nüchtern. Nein, nicht ganz. Du gingst gerade auf deine ersten neunzig Tage zu. Und das war nicht das einzige Mal?«

»Nein, da war auch noch letztes Weihnachten. Meine Beziehung mit Jan war gerade in die Brüche gegangen, und ich tat mir selber so furchtbar leid.«

»Ich weiß. Damals hast du mich aber nicht angerufen.«

»Oh doch. Ich habe dir nur nichts von dem Bourbon erzählt.«

»Ach so, dann hast du es vermutlich vergessen.«

Als ich darauf nichts weiter erwiderte, verfiel auch er eine Weile in Schweigen. Draußen auf der Straße stieg gerade jemand voll auf die Bremse; das Quietschen war lang, laut und durchdringend. Ich wartete auf den abschließenden Knall, aber offensichtlich kam der Wagen noch rechtzeitig zum Stehen.

Schließlich sagte Jim: »Was hast du dir eigentlich dabei gedacht?«

»Keine Ahnung.«

»Willst du ausprobieren, wie weit du wirklich gehen kannst?«

»Schon möglich.«

»Nüchtern zu bleiben ist schon schwer genug, wenn man sich streng an die Regeln hält. Wenn du allerdings anfängst, dir selbst Steine in den Weg zu schmeißen, werden deine Aussichten zunehmend schlechter.«

»Ich weiß.«

»Du hattest während der ganzen Geschichte jede Menge Gelegenheiten, diesen Teufelskreis zu durchbrechen. Das fängt schon mal damit an, dass nicht der geringste Anlass bestand, in diesen Laden zu gehen. Ebenso wenig hättest du die Flasche kaufen und mit nach Hause zu nehmen gebraucht. Im Übrigen erzähle ich dir hier nichts, was du nicht selbst genauso gut weißt.«

»Weiß Gott nein.«

»Wie fühlst du dich jetzt?«

»Wie der letzte Trottel.«

»Geschieht dir ganz recht. Aber abgesehen davon – wie fühlst du dich?«

»Besser.«

»Du wirst doch nichts trinken, oder?«

»Jedenfalls nicht heute.«

»Gut.«

»Ein halber Liter am Tag ist im Augenblick mein absolutes Limit.«

»Für einen Mann deines Alters ist auch das schon eine Menge. Kommst du heute Abend zu dem Treffen in St. Paul's?«

»Ja.«

»Gut«, sagte er. »Klasse Idee.«

Allerdings war zu diesem Zeitpunkt noch nicht einmal die erste Hälfte des Nachmittags um. Ich schlüpfte in mein Jackett und holte den Mantel aus dem Schrank. Ich war schon auf dem Weg zur Tür, als mir die leere Flasche im Abfallkorb einfiel. Ich nahm sie heraus, packte sie wieder in die braune Papiertüte, in der ich sie gekauft hatte, und steckte sie in meine Manteltasche.

Das tat ich vor allem deshalb, weil ich sie nicht in meinem Zimmer haben wollte. Aber vielleicht wollte ich auch nicht, dass sie das Mädchen beim wöchentlichen Zimmerputz fand. Vermutlich hätte sie sich nicht mal etwas dabei gedacht; sie arbeitete noch nicht sehr lange im Hotel und wusste aller Wahrscheinlichkeit nach nicht, dass ich mal getrunken und damit aufgehört hatte. Wie dem auch sei, aus irgendeinem Grund trug ich die blöde Pulle noch ein paar Blocks mit mir herum, bis ich sie schließlich wie ein Taschendieb, der eine leere Geldbörse verschwinden lässt, verstohlen in einen Abfallkorb warf.

Eine Weile wanderte ich nur ziellos durch die Gegend und dachte an dies und jenes oder auch an nichts.

Obwohl ich Jim gegenüber behauptet hatte, dass es mir wieder besser ging, war ich mir nicht sicher, ob das wirklich der Fall war. Tatsache war allerdings, dass ich drauf und dran gewesen war, etwas zu trinken. Zugleich stand jedoch inzwischen auch fest, dass keine ernsthafte Gefahr mehr bestand, dass ich in nächster Zeit etwas zu trinken anrühren würde. Die Krise war überstanden und ließ mich in einem seltsamen Schwebezustand aus Erleichterung und Enttäuschung zurück.

Aber natürlich war das nicht alles, was mich im Augenblick beschäftigte.

Ich saß auf einer Bank im Central Park, ein Stück westlich von Sheep Meadow. Ich hatte über Tom Havliceks Anruf nachgedacht und zu einer Entscheidung zu kommen versucht, ob ich bei der Kfz-Zulassungsstelle anrufen sollte, um die Autonummer überprüfen zu lassen. Allerdings gelangte ich zunehmend mehr zu der Einsicht, dass das wenig Sinn hatte. Falls sich zu dieser Nummer wirklich ein Wagen finden ließ, war er höchstwahrscheinlich gestohlen. Und was hätte mir das schon groß genützt? Wegen Autodiebstahls wäre Motley wohl schwerlich aus dem Verkehr gezogen worden.

Ich war so tief in Gedanken versunken, dass ich erst ziemlich spät auf den jungen Burschen mit dem Radio aufmerksam wurde. Der dröhnende Kasten auf seiner Schulter sprengte ebenso sämtliche Proportionen wie er selbst. Jedenfalls konnte ich mich nicht erinnern, schon mal so einen gigantischen Ghettoblaster gesehen zu haben – ein Monstrum aus blitzendem Chrom und schwarzem Plastik, das einem bestimmt keine Fluggesellschaft als Handgepäck durchgehen ließe.

Der Junge hätte vielleicht auf einem Basketballfeld klein gewirkt, aber nirgendwo sonst. Er war mit Sicherheit eins neunzig groß und hatte dazu auch noch die entsprechende Figur, mit breiten Schultern und Schenkeln wie Baumstämmen. Seine schwarzen Jeans waren an den Aufschlägen ausgefranst, und er trug dazu hohe Turnschuhe mit offenen Schuhbändern. Über den Kragen seiner Trainingsjacke hing die Kapuze eines grauen Sweatshirts.

Auf der Bank auf der anderen Seite des asphaltierten Wegs saß eine untersetzte Frau mittleren Alters mit stark angeschwollenen Knöcheln. Sie wirkte müde und ausgelaugt. Das Buch, das sie las, war ein Bestseller über Außerirdische mitten unter uns. Als sich der Junge mit seinem lärmenden Monstrum näherte, sah sie von ihrer Lektüre auf.

Er spielte Heavy Metal oder wie man dieses chaotische Gedröhne nennt. Jedenfalls war dieser Angriff auf meine Gehörgänge unglaublich laut und hörte sich an wie purer Lärm und mit Sicherheit nicht wie Musik. Aber das sagt bekanntlich jede Generation über die Musik der nachfolgenden – wie mir allerdings scheint, mit zunehmend mehr Berechtigung. So laut die Musik, wenn wir sie mal so nennen wollen, auch war, konnte man doch kein Wort des Gesangs verstehen; umso deutlicher schlug einem dagegen die tiefe Verbitterung entgegen, die in jedem hinausgebrüllten Schrei des Sängers mitschwang.

Als sich der Junge auf die Bank niederließ, auf der die Frau saß, warf sie ihm erst nur einen gequälten Blick zu. Dann rutschte sie auf ihrem breiten Hintern ans äußerste Ende der Bank. Er schien sich ihrer Anwesenheit nicht bewusst zu sein – gerade so, als existierten auf der ganzen Welt nur er und seine Musik. Kaum war jedoch die Frau zur Seite gerückt, stellte er das Radio auf die Stelle, wo sie eben noch gesessen hatte. Dort stand der riesige Kasten nun dick und fett und lärmte mich über den Gehweg hinweg an. Sein Besitzer streckte seine langen Beine von sich und schlug sie an den Knöcheln übereinander. Seine Basketballschuhe, stellte ich bei dieser Gelegenheit fest, waren Converse All Stars.

Mein Blick wanderte zu der Frau weiter. Sie machte keinen sehr glücklichen Eindruck. Man konnte ihr förmlich ansehen, wie es in ihrem Kopf arbeitete. Nach einer Weile drehte sie sich zu dem Jungen herum und sagte etwas; falls er es hörte, zeigte er keine Reaktion. Allerdings hätte es mich sehr gewundert, wenn er hinter der Mauer aus ohrenbetäubendem Lärm, mit der er sich umgab, irgendetwas hören konnte.

Das alles sah ich mir eine Weile an, bis auch ich langsam so aggressiv wurde wie die Musik, mit der uns dieser Rotzlöffel beglückte. Ich tat übrigens mein Bestes, diese Wut nach Kräften zu schüren, bis sie so richtig schön ins Lodern geriet und mich zusehends auf Touren zu bringen begann.

Gleichzeitig versuchte ich mir zwar auch einzureden, die Sache einfach auf sich beruhen zu lassen und mich lieber zu verdrücken – meinen Spaziergang fortzusetzen oder mir eine andere Bank zu suchen. Es gab zwar eine Vorschrift, der zufolge laute Musik im Park untersagt war, aber es war nicht meine Aufgabe, für ihre Befolgung zu sorgen. Ebenso wenig fühlte ich mich durch irgendeinen Ehrenkodex für alternde Kavaliere verpflichtet, der Frau zu Hilfe zu kommen. Sie brauchte ja nur ihren Arsch zu bewegen, um sich eine andere Bank zu suchen, wenn sie der Krach störte. Und dasselbe galt für mich.

Stattdessen beugte ich mich jedoch vor und brüllte gegen das Getöse an: »Hey.«

Keine Reaktion. Aber ich war ziemlich sicher, dass er mich gehört hatte. Er stellte sich nur stur.

Ich stand auf und ging ein paar Schritte auf ihn zu, etwa bis zur Mitte des Wegs. »He, du!« legte ich noch ein paar Phon zu. »*Hey!*«

Erst jetzt begann sich sein Kopf wie in Zeitlupe zu bewegen. Teilnahmslos blieb sein Blick auf mir haften. Er hatte einen Quadratschädel mit einem schmallippigen Mund und einer Himmelfahrtsnase. Seinem fliehenden Kinn fehlte es eindeutig an Entschlossenheit, und sicher bekam er schon in ein paar Jahren ein Doppelkinn. Seine wie mit dem Rasenmäher geschnittene

Bürstenfrisur brachte seine quadratische Gesichtsform noch stärker zur Geltung. Ich überlegte, wie alt der Kerl wohl war und wie viel er auf die Waage brachte.

Ich deutete auf das Radio. »Kannst du das mal leiser stellen?«

Er sah mich lange an, bevor sich ein breites Grinsen über sein Gesicht legte. Er sagte etwas, das ich jedoch weder von seinen Lippen ablesen noch durch den alles übertönenden Lärm verstehen konnte. Dann streckte er betont langsam seine Hand nach dem Lautstärkeregler aus. Aber er drehte den Kasten nicht leiser, sondern noch lauter. Es schien mir zwar schwer vorstellbar, dass dieses Monstrum noch mehr Krach produzieren konnte, aber genau das war der Fall.

Sein Grinsen wurde noch breiter. Los, komm doch, schien sein Blick zu sagen. Versuch's doch.

Plötzlich spürte ich, wie sich meine Oberarme und die Rückseiten meiner Oberschenkel anspannten. Gleichzeitig redete eine innere Stimme unablässig auf mich ein, ich solle mich gefälligst wieder abregen. Ich schenkte ihr jedoch keine Beachtung. Kurz stand ich einfach nur da und starrte den Jungen finster an. Dann zuckte ich theatralisch seufzend mit den Achseln, und als ich ihm dann den Rücken zukehrte und resigniert wegging, hatte ich das Gefühl, ihn schallend hinter mir her lachen zu hören. Mir war allerdings auch klar, dass er kaum laut genug hätte lachen können, um den Lärm seines Radios zu übertönen.

Nach etwa zwanzig oder dreißig Schritten drehte ich mich um, um zu sehen, ob er mir nachschaute. Das war nicht der Fall. Er saß genauso da wie zuvor, die Beine weit von sich gestreckt, die Arme über die Lehne der Bank drapiert, den Kopf in den Nacken gelegt.

Lass gut sein, redete ich mir gut zu.

Aber innerlich kochte ich. Ich verließ den Weg und ging auf dem Rasen wieder zu der Stelle zurück, wo die beiden Bänke standen. Der Boden war zwar von einer dicken Laubschicht bedeckt, aber ich brauchte mir keine Gedanken zu machen, dass mich das Rascheln der Blätter verraten könnte. Das Radio machte einen solchen Lärm, dass der Junge nicht mal ein auf ihn zurasendes Feuerwehrauto gehört hätte.

Ich schlich von hinten an ihn heran, und als ich so nahe war, dass mir sein Körpergeruch in die Nase stieg, brüllte ich aus Leibeskräften: »*Hey!*« Bevor er reagieren konnte, legte ich ihm meinen rechten Arm um den Hals, winkelte ihn ab und riss ihn kräftig nach hinten. Dann stemmte ich mich mit der Hüfte gegen die Bank und riss ihn mit aller Kraft rückwärts über die Lehne.

Er versuchte sich zwar meinem Würgegriff verzweifelt zu entwinden, aber ich drückte nur noch fester zu und zerrte ihn hinter mir her auf den Weg hinaus. Er versuchte zu schreien, aber über seine Lippen kam nur ein klägliches Gurgeln, das ich mehr fühlte als hörte. Jedenfalls konnte ich ganz deutlich das Vibrieren seines Kehlkopfs an meinem abgewinkelten Arm spüren.

Nach einer Weile begannen seine Beine unkontrolliert zu zucken, und seine Füße scharrten kraftlos über den Boden. Dabei verlor er einen seiner Turnschuhe. Als ich noch etwas fester zudrückte, verfiel er am ganzen Körper in krampfhafte Zuckungen. Darauf ließ ich ihn einfach zu Boden sacken, wo er japsend liegen blieb. Ohne zu überlegen, ging ich dann zu der Bank, packte mit beiden Händen sein Radio, hob es hoch über meinen Kopf und schmetterte es mit solcher Wucht auf den Asphalt, dass mehrere Knöpfe und Plastikteile in weitem Bogen davonflogen. Trotzdem dröhnte der verdammte Kasten noch immer mit unveränderter Lautstärke weiter. Aber ich war inzwischen nicht mehr zu bremsen. Ich hob das Ding noch einmal hoch und schleuderte es diesmal gegen den Betonsockel der Bank. Das gab der Plastikverkleidung den Rest, und der Lärm verstummte abrupt. Stattdessen trat gespenstische Stille ein.

Der Junge lag noch immer an derselben Stelle, wo ich ihn fallen gelassen hatte, auf dem Boden. Allerdings versuchte er inzwischen, sich aufzusetzen. Mit der einen Hand stützte er sich am Boden ab, mit der anderen rieb er sich den Hals. Sein Mund stand offen, als wollte er etwas sagen, aber er bekam kein Wort heraus.

Und da saß er nun vor mir, ein Stummer in einer plötzlich geräuschlosen Welt. Während er das noch in seinen Kopf zu kriegen versuchte, ging ich rasch auf ihn zu und versetzte ihm unterhalb der Rippen einen kräftigen Tritt in die Seite. Davon lag er erst mal wieder eine Weile flach. Ich wartete, bis er sich auf alle Viere hochgerappelt hatte, und trat noch einmal zu, diesmal gegen eine Stelle unter der rechten Schulter. Er ging wieder zu Boden, und diesmal kam er nicht mehr hoch.

Ich hätte dieses Schwein umbringen können. Am liebsten hätte ich ihm seine Visage so lange in den Asphalt gerammt, bis von seiner Nase und seinen

Zähnen nichts mehr übrig gewesen wäre. Dieses Bedürfnis war übrigens rein körperlicher Natur, und ich spürte es vor allem in Armen und Beinen. Ich stand lange über ihm und wartete darauf, dass er sich wieder bewegte. Und als er schließlich wieder so weit zu Kräften kam, dass er sich ein paar Zentimeter aufrichten konnte und mir sein Gesicht zuwandte, starrte ich ihn einen Moment hasserfüllt an und zog den Fuß zurück, um ihm die Visage einzutreten.

Aber im letzten Augenblick bekam ich mich wieder unter Kontrolle. Mir ist vollkommen schleierhaft, woher ich plötzlich die hierfür erforderliche Beherrschung nahm. Jedenfalls packte ich ihn mit der einen Hand am Gürtel, mit der anderen an der Kapuze seines Sweatshirts und riss ihn vom Boden hoch. »Und jetzt verschwinde hier«, zischte ich ihn an. »Sonst mache ich dich kalt. Ich schwör dir, Freundchen, ich bring dich um.«

Als ich ihm zur Verdeutlichung meiner Drohung einen leichten Stoß versetzte, wäre er um ein Haar wieder auf dem Bauch gelandet. Aber mit einiger Mühe gelang es ihm, sich auf den Beinen zu halten und ein paar schlurfende Schritte in der Richtung zu machen, in die ich gezeigt hatte. Dann blieb er stehen, drehte den Kopf herum, sah mich an, drehte sich wieder um und ging weiter. Von Laufen konnte man zwar nicht reden, aber er schien es ziemlich eilig zu haben.

Ich sah ihm so lange hinterher, bis er hinter der nächsten Biegung des Wegs verschwand. Dann kehrte ich zum Schauplatz meiner Gewaltorgie zurück. Das Monstrum von Radio war über mehrere Quadratmeter Central Park verstreut. Noch vor wenigen Minuten hatte ich einen Pappbecher mehrere Blocks mit mir herumgeschleppt, um keinen Abfall zu hinterlassen, und was hatte ich jetzt für eine Sauerei angerichtet?

Die Frau saß noch immer wie versteinert auf der Bank. Als sich mein Blick mit ihrem traf, riss sie entsetzt die Augen auf. Sie starrte mich an, als stellte ich eine wesentlich größere Bedrohung dar als dieser Lümmel, dem ich gerade ziemlich handgreiflich die Leviten gelesen hatte. Als ich einen Schritt auf sie zu machte, reckte sie mir entsetzt ihr Buch entgegen, als wäre es ein Kreuz, mit dem sie sich einen Vampir vom Leib halten wollte. Von seinem Umschlag stierte mir ein außerirdisches Wesen mit dreieckigem Kopf und schmalen Schlitzaugen bedrohlich entgegen.

»Keine Angst«, versuchte ich die Frau mit einem finsteren Grinsen zu beruhigen. »So machen wir das bei uns auf dem Mars immer.«

Kapitel 18

Mein Gott, fühlte ich mich großartig. Durch meine Adern zwitscherte ein Adrenalinstoß, der mich auf einer Welle überschwänglicher Euphorie bis zum Columbus Circle trug.

Doch dann verflog der unverhoffte Energieschub ebenso plötzlich, wie er mich überkommen hatte, und ich fühlte mich wie das letzte Arschloch.

Außerdem begann mir langsam zu dämmern, dass ich mehr Glück als Verstand gehabt hatte. Das Schicksal hatte es gut mit mir gemeint; es hatte mir den perfekten Gegenspieler über den Weg geschickt, um mich abzureagieren – jemanden, der nicht nur größer und jünger, sondern auch noch um einiges unverschämter war als ich selbst; es hatte mich mit gerechtem Zorn erfüllt; und nicht einmal, was die holde Maid anging, deren Unschuld es zu verteidigen galt, hatte es sich lumpen lassen.

Ich hatte wirklich allen Grund, stolz auf mich zu sein. Es hätte nicht viel gefehlt, und ich hätte den jungen Burschen totgeprügelt. Jedenfalls hatte ich ihm eine ordentliche Abreibung verpasst – eine überfallartige Attacke, wie sowas im Juristenjargon bezeichnet wird. Und ganz abgesehen davon, dass ich ihm vielleicht einen bleibenden körperlichen Schaden zugefügt hatte, war ich mit solcher Brutalität gegen ihn vorgegangen, dass ich ihn durchaus hätte umbringen können. Er hätte durch meine Tritte ohne weiteres eine tödliche Kehlkopfquetschung oder andere schwere innere Verletzungen davontragen können. Wäre zufällig ein Polizist Zeuge des Vorfalls geworden, wäre ich längst nach Downtown verfrachtet worden und könnte jetzt in einer Arrestzelle mein Mütchen kühlen – übrigens völlig zu Recht, wie ich zugeben muss.

Trotzdem hielt sich mein Mitgefühl für den Kerl mit dem Radio nach wie vor in Grenzen. Er war, mal ganz objektiv betrachtet, ein Dreckskerl erster Klasse, und falls er von unserem Treffen im Park tatsächlich einen wunden Hals oder eine angedellte Leber davongetragen hatte, war das nichts im Vergleich mit dem, was ihm im Verlauf seiner weiteren Karriere noch blühte. Doch wer hatte andrerseits mich dazu berufen, den Racheengel zu spielen? Das Benehmen dieses halbstarken Flegels ging mich nicht das Geringste an, und noch weniger war es meine Aufgabe, für seine Bestrafung zu sorgen.

Schließlich war Unsere Gute Frau von den Geschwollenen Knöcheln in keiner Weise auf meinen Schutz angewiesen gewesen. Wenn sie wirklich so viel gegen diesen Heavy Metal-Radau gehabt hätte, hätte sie nichts weiter zu tun gebraucht, als ihren Allerwertesten hochzukriegen und sich ein paar Meter weiterzubewegen. Und das gleiche traf auch auf mich zu.

Wenn ich ganz ehrlich bin, bin ich mit dem armen Kerl nur deshalb so rabiat umgesprungen, weil ich in meiner Privatfehde mit Motley nicht vorankam. Aus lauter Frust, dass ich gegen seine sinnlosen Racheakte vollkommen machtlos war, hatte ich mich am Radio dieses Rotzlöffels abreagiert. Ich hatte bei meiner Begegnung mit Motley keine sehr gute Figur abgegeben, und deshalb hatte ich mein lädiertes Selbstbewusstsein an diesem Jüngelchen wieder aufzubauen versucht. Wenn es allerdings wirklich darauf ankam, war ich vollkommen machtlos. Deshalb war mir diese Lappalie als Vorwand gerade recht gewesen, um wieder mal den starken Mann spielen zu können.

Das Schlimmste daran war allerdings, dass ich mir dessen von Anfang an bewusst gewesen war. Meine Wut war nie so groß gewesen, dass ich nicht ständig die innere Stimme hätte hören können, die mir unablässig gut zuredete, ich sollte endlich diesen Quatsch lassen und mich gefälligst wie ein erwachsener Mensch benehmen. Im Gegenteil, sie war sogar ganz klar und deutlich zu verstehen gewesen – genauso übrigens wie wenige Stunden zuvor, als sie mich davon abzuhalten versucht hatte, diese Flasche Bourbon zu kaufen. Es mag durchaus Leute geben, die ihre innere Stimme nie hören, und vielleicht haben sie deshalb tatsächlich keine andere Wahl, als die Dinge zu tun, die sie schließlich tun. Dagegen hatte ich meine innere Stimme in aller Deutlichkeit hören können, aber mir war nichts Besseres eingefallen, als ihr zu sagen, endlich mal ihre blöde Klappe zu halten.

Zum Glück war ich gerade noch rechtzeitig zur Vernunft gekommen. Ich hatte den Bourbon nicht angerührt, und ich hatte dem Jungen nicht den Schädel eingeschlagen. Allerdings war das nicht gerade die Art von Erfolgserlebnis, die besonders geeignet war, mein sowieso schon ziemlich angeknackstes Selbstbewusstsein wieder aufzubauen.

Zurück im Hotel, rief ich als erstes Elaine an. Sie hatte ebenso wenig Neues zu berichten wie ich, weshalb wir ziemlich bald wieder Schluss machten. Anschließend ging ich ins Bad, um mich zu rasieren. Mein Gesicht hatte sich wieder so weit regeneriert, dass ich den Elektrorasierer wegpacken konnte. Ich rasierte mich sehr sorgfältig mit dem Hobel, ohne mich ein einziges Mal zu schneiden.

Dabei stieg mir aus dem Abfluss schwacher Alkoholgeruch in die Nase. Obwohl das eigentlich so gut wie unmöglich ist, bildete ich mir trotzdem ein, den verschütteten Bourbon noch immer riechen zu können.

Als ich mir das Gesicht abtrocknete, klingelte das Telefon. Es war Danny Boy Bell.

»Ich habe da jemanden aufgetan, mit dem du unbedingt sprechen solltest«, begann er ohne Umschweife. »Hast du gegen zwölf Zeit? Meinetwegen kann es auch eins sein.«

»Ja, das lässt sich machen.«

»Dann komm ins Mother Goose, Matthew. Weißt du, wo das ist?«

»In der Amsterdam, soviel ich mich erinnern kann.«

»Ja, in der Amsterdam Avenue, Ecke Eighty-first Street. Das dritte Haus von der Ecke, auf der Ostseite der Amsterdam. Dort spielen sie noch richtig gepflegten Jazz. Wird dir gut tun, wieder mal so was zu hören.«

»Kein Heavy Metal?«

»Bist du verrückt geworden! Sagen wir also um halb eins? Erkundige dich einfach nach meinem Tisch.«

»Gut.«

»Und noch was, Matthew. Am besten bringst du vielleicht auch etwas Geld mit.«

Ich sah mir die Abendnachrichten an und ging dann essen. Ich hatte Lust auf was richtig Scharfes. Da es das erste Mal war, dass ich seit dem Überfall in der Attorney Street wieder richtigen Appetit hatte, beschloss ich, dafür auch etwas zu tun. Ich war bereitsauf halbem Weg zu dem Thai-Restaurant, an das ich ursprünglich gedacht hatte, als ich es mir anders überlegte und stattdessen ins Armstrong's ging. Dort bestellte ich mir eine Portion Schwarze-Bohnen-Chili und brachte diesen Rachenputzer mit einer ordentlichen Ladung geriebenem rotem Pfeffer zusätzlich auf Vordermann. Danach fühlte ich mich fast genauso gut wie am Nachmittag im Park, nachdem ich das Radio zertrümmert hatte. Nur bestand in diesem Fall wesentlich weniger Gefahr, dass ich meine Lustgefühle ebenso bitter bereuen würde.

Da ich schon mal hier war, nutzte ich die Gelegenheit, um auf die Toilette zu gehen. Ich hatte immer noch Blut im Urin, aber es war nicht mehr annähernd so schlimm, wie es schon mal gewesen war. Auch meine Niere machte mir nicht mehr so stark zu schaffen. Ich kehrte an meinen Tisch zurück und bestellte mir noch einen Kaffee. Gesellschaft leistete mir dabei Mark Aurel. Allerdings kam ich bei der Lektüre nicht sehr weit. Hier ist der Absatz, den ich las:

Versuche nie, mehr in das hineinzulegen, was dir der erste oberflächliche Eindruck sagt. Angenommen, du bekommst von verschiedenen Seiten zu hören, dass eine bestimmte Person schlecht über dich spricht. Dann heißt das nur das – nicht mehr und nicht weniger. Es bedeutet jedenfalls nicht, dass dir durch die betreffende Person auch Schaden zugefügt wurde. Oder angenommen, ich stelle fest, dass mein Kind krank ist; auch in diesem Fall heißt das nur, dass mein Kind krank ist, aber nicht, dass sein Leben in Gefahr ist. Halte dich daher immer strikt an das, was dir der erste Eindruck sagt. Fügst du dem keine eigenen Deutungen hinzu, hast du nichts zu befürchten. Bestenfalls kannst du dir in diesem Zusammenhang noch die große Weltordnung in Erinnerung rufen, der zufolge alle Dinge vergänglich sind.

Gerade einem Detektiv sollte das einiges zu denken geben, wenn ich auch nicht sicher war, ob ich dem bedenkenlos zustimmen konnte. Halte deine Augen und Ohren offen, dachte ich, aber versuche nicht mehr in das hineinzulegen, was du siehst und hörst. Aber war es das überhaupt, was Mark Aurel damit sagen wollte? Nachdem ich mir darüber eine Weile den Kopf zerbrochen hatte, gab ich schließlich auf. Ich legte das Buch beiseite und konzentrierte mich stattdessen ganz auf den Kaffee und die Musik. Was in diesem Moment gerade lief, weiß ich nicht mehr; irgendetwas Klassisches jedenfalls, eine Symphonie oder so. Die Musik war sehr schön, und ich verspürte nicht das Bedürfnis, das Gerät zu zertrümmern, aus dem sie kam.

Ich kam ein paar Minuten zu früh zu dem Treffen. Jim war bereits da. Wir standen an der Kaffeemaschine und unterhielten uns eine Weile, ohne jedoch auf unser Telefongespräch zu sprechen zu kommen. Nachdem ich auch noch mit verschiedenen anderen Leuten ein paar Worte gewechselt hatte, war es Zeit, Platz zu nehmen.

Der Redner war ein Ire aus der Fordham-Road-Gruppe in der Bronx, ein großer, kräftiger Kerl mit einem rosigen Gesicht. Er arbeitete wie eh und je als Metzger in einem Supermarkt, war noch immer mit derselben Frau verheiratet und wohnte auch weiterhin in seinem alten Haus. Nach außen hin hatte der Alkohol scheinbar keinerlei Auswirkungen auf sein Leben gehabt. Doch dann hatte er vor drei Jahren mit einem schweren Nerven- und Leberleiden ins Krankenhaus eingeliefert werden müssen.

»Ich habe mich zwar zeit meines Lebens als guten Katholiken betrachtet«, gestand er uns, »aber wirklich zu beten habe ich erst gelernt, als ich mit dem Trinken aufgehört habe. Jetzt bete ich zweimal am Tag. Am Morgen sage ich bitte und am Abend danke. Und ich rühre dieses eine Glas nicht an.«

Bei der anschließenden Diskussion meldete sich ein älterer Mann namens Frank zu Wort. Er war schon seit ewigen Zeiten nüchtern und sagte, dass ihm in all den Jahren vor allem ein Gebet sehr geholfen hatte. »Es ist ganz kurz und geht folgendermaßen: *Herr, ich danke dir für alles, und zwar genauso, wie es ist.* Ich weiß zwar nicht, ob Er da oben etwas davon hat, wenn er das hört, aber ich habe etwas davon, wenn ich es sage.«

Ich hob meine Hand und sagte, dass ich an diesem Nachmittag kurz davor gestanden hatte, etwas zu trinken – so knapp davor, wie bisher noch kein einziges Mal, seit ich mit dem Trinken aufgehört hatte. Ohne auf die näheren Einzelheiten einzugehen, fügte ich dem noch hinzu, dass ich an diesem Tag so ziemlich alles falsch gemacht hatte, was man nur falsch machen konnte; nur diese Flasche hätte ich nicht angerührt. Darauf meinte jemand, dass es letztlich sowieso nur darauf ankäme: dass man nicht wieder zu trinken anfing.

Kurz vor Schluss des Treffens wurde bekanntgegeben, dass die Trauerfeier für Toni am Samstagnachmittag um drei Uhr in einem der Konferenzsäle des Roosevelt Hospital stattfand.

Während der Diskussion waren mehrere Teilnehmer auf Toni zu sprechen gekommen; sie hatten Vermutungen über die Gründe ihres Selbstmords angestellt und eigene Erfahrungen dazu beigesteuert.

Dieses Thema sollte uns auch noch beschäftigen, als wir uns anschließend im Flame trafen. Mir war dabei nicht recht wohl in meiner Haut. Ich wusste etwas, was die anderen nicht wussten, aber ich hatte keine Lust, sie über ihren Irrtum aufzuklären. Seltsamerweise hatte ich Toni gegenüber ein ziemlich schlechtes Gewissen, weil ich nichts tat, um das Missverständnis, es hätte sich bei ihrem Tod um Selbstmord gehandelt, aus der Welt zu schaffen. Andrerseits wusste ich nicht, wie ich dabei hätte vorgehen sollen, ohne mehr Aufmerksamkeit auf mich zu lenken, als mir lieb war. Als sich die Unterhaltung beharrlich weiter um diesen Punkt drehte, war ich bereits drauf und dran, einfach aufzustehen und zu gehen. Aber schließlich schnitt doch jemand ein anderes Thema an, worauf ich mich sofort wesentlich besser fühlte.

Das Treffen war gegen zehn zu Ende, und anschließend saß ich noch etwa eine Stunde mit den anderen im Flame zusammen. Von dort ging ich zunächst ins Hotel zurück, um mich an der Rezeption zu erkundigen, ob jemand eine Nachricht für mich hinterlassen hatte. Da das nicht der Fall war, ging ich gar nicht erst nach oben auf mein Zimmer, sondern machte mich gleich wieder auf den Weg.

Bis zu meinem Treffen mit Danny Boy hatte ich noch etwas Zeit. Ich machte mich in aller Ruhe auf den Weg nach Uptown, blieb unterwegs immer wieder vor einem Schaufenster stehen und wartete sogar dann an jeder roten Ampel, wenn weit und breit kein Auto zu sehen war. Trotzdem war es immer noch etwas zu früh, als ich an der Kreuzung von Eighty-first und Amsterdam eintraf. Ich ging an der Bar, in der wir uns verabredet hatten, vorbei, wechselte nach ein paar hundert Metern auf die andere Straßenseite, ging wieder zurück und postierte mich schließlich in einem dunklen Hauseingang, wo ich sowohl den Eingang des Clubs als auch die Straße gut im Blick hatte. An der Südwestecke der Kreuzung standen drei Männer herum, offensichtlich Fixer, die auf eine Lieferung Heroin warteten. Sie machten nicht den Eindruck, als hätten sie etwas mit dem Mother Goose zu schaffen, oder auch mit mir.

Punkt 12 Uhr 28 überquerte ich die Straße und betrat den Club. Die Bar befand sich an der linken Seite des dunklen, langgestreckten Raums; gleich rechts neben dem Eingang gab es eine kleine Garderobe. Ich gab meinen Mantel einem Mädchen, das halb schwarz, halb asiatisch aussah, steckte die nummerierte Plastikmarke ein, die sie mir dafür aushändigte, und ging an der Bar vorbei in den hinteren Teil des Clubs, wo sich der Raum fast um das Doppelte verbreiterte. Von den Wänden war der Putz geschlagen, sodass dahinter das nackte Mauerwerk zum Vorschein kam; schlichte Wandleuchter tauchten den Raum in gedämpftes Licht. Der Fußboden war schachbrettartig mit roten und schwarzen Fliesen ausgelegt. Auf einer kleinen Bühne spielte ein Klaviertrio. Die Musiker hatten alle kurz geschnittenes Haar und sauber gestutzte Bärte und trugen dunkle Anzüge mit weißen Hemden und gestreiften Krawatten. Sie sahen aus wie das Modern Jazz Quartett ohne Milt Jackson, der sich gerade für einen Moment verdrückt hatte, um in dem kleinen Laden um die Ecke eine Flasche Milch zu kaufen.

Ein Stück hinter dem Ende des Tresens blieb ich stehen und ließ den Blick auf der Suche nach Danny Boy durch das Lokal wandern. Im selben Augenblick kam auch schon der Oberkellner auf mich zugeschwebt. Er sah aus, als wäre er das vierte Mitglied des Trios auf der Bühne. Meine Augen hatten sich noch nicht an die schwache Beleuchtung gewöhnt, und ich konnte Danny Boy nirgendwo sehen. Als ich deshalb den Oberkellner nach Mr. Bells Tisch fragte, bedeutete er mir, ihm zu folgen, und steuerte zwischen den eng stehenden Tischen hindurch in einem eleganten Slalomkurs darauf zu.

Danny Boy saß direkt an der Bühne. Auf seinem Tisch stand ein Eiskübel mit einer Flasche Stolichnaya. Er trug eine auffällig gelb-schwarz gestreifte Weste; ansonsten unterschied sich sein Äußeres nicht von dem des Oberkellners und der Musiker. Vor ihm stand ein Glas Wodka, rechts neben ihm saß ein Mädchen. Ihre auffallende blonde Punkfrisur war auf der einen Seite lang, auf der anderen bleistiftkurz. Ihr schwarzes Kleid hatte einen tiefen Ausschnitt, und aus ihrem Hinterwäldlergörengesicht sprach eine berechnende Gier, wie man sie unweigerlich bekommt, wenn man in einem Haus aufwächst, in dessen Vorgarten statt der obligatorischen Gartenzwerge ständig drei oder vier ausrangierte Schrottautos herumstehen.

Ich sah erst sie an, dann Danny Boy. Er schüttelte nur den Kopf, sah auf seine Uhr und deutete mit einem kurzen Nicken auf einen Stuhl. Bevor auch nur ein Wort zwischen uns gewechselt worden war, wusste ich bereits, dass das Mädchen nicht die Person war, deretwegen ich hergekommen war, und dass der oder die Betreffende erst in einer Weile auftauchen würde.

Die Musiker spielten noch etwa zwanzig Minuten, und währenddessen wurde weder an unserem Tisch noch, soweit ich das beurteilen konnte, an einem der anderen Tische ein Wort gesprochen. Das Publikum setzte sich zu etwa gleichen Teilen aus Weißen und Schwarzen zusammen. Es war auch ein Mann darunter, den ich kannte. Während der Zeit, in der ich mit ihm zu tun gehabt hatte, war er Zuhälter gewesen, aber dann hatte er eine Art Midlife-Crisis durchlaufen und als Folge davon in der oberen Madison Avenue eine Galerie für afrikanische Kunst und Antiquitäten eröffnet. Ich hatte bereits von verschiedenen Seiten gehört, dass die Galerie sehr gut ging, was mich übrigens nicht im Geringsten überraschte. Ganz gleich, was er anpackte, es wurde immer ein Erfolg. Das war schon so gewesen, als er seine Brötchen noch als Zuhälter verdiente.

Als die Musiker von der Bühne gingen, brachte die Bedienung Danny Boys Begleiterin einen frischen Drink – ein großes Glas mit einer Menge Früchte und einem bunten Papierschirmchen oben drauf. Ich fragte, ob sie auch Kaffee hätten. »Nur Pulverkaffee«, sagte sie bedauernd. Ich versicherte ihr, das wäre vollkommen in Ordnung, worauf sie mir einen holen ging.

Erst jetzt machte mich Danny Boy mit seiner Begleiterin bekannt. »Matt, das ist Crystal. Crystal, mein alter Freund Matthew.«

Wir schüttelten uns die Hände, und Crystal versicherte mir, es sei ihr eine Freude, meine Bekanntschaft machen zu dürfen. Danny Boy wollte wissen, was ich von dem Trio hielt, und ich sagte, die Musik ließe sich durchaus hören.

»Vor allem der Pianist hat eine ganz individuelle Note«, geriet Danny Boy ins Schwärmen. »Klingt ein bisschen wie Randy Weston und ein bisschen wie Cedar Walton. Besonders deutlich kann man das hören, wenn er solo spielt. Kurz bevor du gekommen bist, hat er nämlich einen ganzen Set allein bestritten. Sehr eigenwillig und sehr brillant.«

Ich wartete.

»Unser Freund dürfte erst in etwa fünf Minuten auftauchen«, fuhr Danny Boy darauf fort. »Aber ich dachte, du hättest vielleicht Lust, dir vorher noch in Ruhe einen Set anzuhören. Angenehme Atmosphäre hier, findest du nicht auch?«

»Ja, sehr gepflegt.«

»Auch das Personal ist schwer in Ordnung. Du kennst mich ja, Matthew. Ich bin nun mal ein altes Gewohnheitstier. Wenn mir eine Bar zusagt, dann ist sie praktisch mein zweites Zuhause.« Die Bedienung kam mit meinem Kaffee. Nachdem sie die Tasse vor mir abgestellt hatte, brachte sie noch ein paar Drinks an einen anderen Tisch. Da während des Sets keine Getränke serviert wurden, herrschte in den Pausen hektisches Getriebe. Nicht wenige Gäste bestellten mehrere Drinks auf einmal. Manche hatten auch wie Danny Boy eine Flasche auf dem Tisch stehen. Das war zwar mal gegen das Gesetz gewesen, und vermutlich ist es das immer noch, aber an den Galgen ist deswegen noch keiner gekommen.

Während ich meinen Kaffee umrührte, schenkte sich Danny Boy etwas Wodka nach. Ich fragte ihn, was er von dem Mann hielt, auf den wir warteten.

»Sieh ihn dir erst selbst an«, erwiderte er darauf. »Besser, du versuchst dir ein eigenes Bild von ihm zu machen.«

Es war ziemlich genau ein Uhr, als der Oberkellner mit einem schmächtigen Weißen im Schlepptau auf unseren Tisch zusteuerte. Der Mann wirkte in dieser Umgebung derart fehl am Platz, dass mir sofort klar war, dass es sich dabei nur um den Mann handeln konnte, auf den wir warteten. Er trug ein Pepitajackett und ein marineblaues Cordhemd und wirkte inmitten der wie Bankdirektoren gekleideten Schwarzen ziemlich exotisch. Dessen schien er sich auch selbst ziemlich deutlich bewusst zu sein, da er sich verlegen auf die Lehne des letzten freien Stuhls an unserem Tisch stützte, als er vor uns stehen blieb. Danny Boy musste ihn zweimal auffordern, Platz zu nehmen, bis er den Stuhl herauszog und sich setzte.

Er hatte kaum Platz genommen, als Crystal aufstand. Offensichtlich war das ihr Stichwort. Sie lächelte einmal um die Runde und schlängelte sich dann zwischen den Tischen hindurch in Richtung Bar davon. Gleichzeitig steuerte die Bedienung wieder auf uns zu. Ich bestellte mir noch einen Kaffee, und unser Neuzugang wollte ein Bier. Sie hatten sechs verschiedene Sorten, die ihm die Bedienung geduldig aufzählte. Die Auswahl schien ihn sichtlich zu überfordern. »Ein Red Stripe vielleicht?«, schlug ihm die Bedienung schließlich vor. »Noch nie gehört.« Als sie ihm darauf erklärte, es käme aus Jamaika, nickte er: »Gut, bringen Sie mir so eins.«

Danny Boy machte uns miteinander bekannt, nur mit Vornamen versteht sich. Der andere Mann hieß Brian. Er legte seine Unterarme auf den Tisch und sah seine Hände an, als ob er sich vergewissern wollte, dass er keine Trauerränder unter den Nägeln hatte. Er war schätzungsweise Anfang dreißig und hatte ein rundliches, verdelltes Gesicht, das im Lauf der Jahre schon so einiges abbekommen zu haben schien. Sein dunkelblondes Haar begann sich vorne bereits merklich zu lichten. Ich hätte wetten können, dass er schon mal gesessen hatte. Manchmal bin ich mir in diesem Punkt nicht sicher, aber es gibt auch Kerle, denen ist es buchstäblich ins Gesicht geschrieben.

Die Bedienung brachte sein Bier und meinen Kaffee. Er griff nach der

Flasche – sie hatte einen auffallend langen Hals – und studierte stirnrunzelnd das Etikett. Ohne das Glas, das daneben stand, eines Blickes zu würdigen, nahm er einen Schluck aus der Flasche und wischte sich mit dem Handrücken den Mund ab.

»Aus Jamaika kommt dieses Gesöff also«, brummte er. Und als Danny Boy wissen wollte, wie es schmeckte, sagte er: »Völlig in Ordnung. Ein Bier ist doch wie das andere.« Dann stellte er die Flasche auf den Tisch und sah mich an. »Sie suchen also Motley.«

»Wissen Sie, wo ich ihn finden kann?«

Er nickte.

»Woher kennen Sie ihn?«

»Woher wohl? Aus dem Knast natürlich. Wir waren beide im E-Block. Dann kam er dreißig Tage in den Bunker, und als er wieder rauskam, haben sie ihn woandershin verlegt.«

»Weshalb kam er in Einzelhaft?«

»Weil einer dran glauben musste.«

»Ist das die Strafe für Mord?«, schaltete sich Danny Boy an dieser Stelle ein. »Dreißig Tage Einzelhaft?«

»Nachweisen konnten sie ihm nichts, weil sie keine Zeugen auftreiben konnten. Aber alle wussten, wer es war.« Er sah mich kurz an, senkte aber sofort wieder den Blick. »Ich weiß, wer Sie sind«, fuhr er fort. »Er hat oft von Ihnen gesprochen.«

»Hoffentlich nicht nur Unerfreuliches.«

»Er hat gesagt, dass er Sie umlegen würde.«

»Seit wann sind Sie wieder draußen, Brian?«

»Seit zwei Jahren. Oder genau: seit zwei Jahren und einem Monat.«

»Was haben Sie seitdem gemacht?«

»Dies und jenes. Sie wissen ja, wie das ist.«

»Klar.«

»Als ich rauskam, wurde ich ziemlich bald wieder rückfällig; ich habe wieder zu drücken angefangen. Inzwischen mache ich eine Methadon-Therapie. Hin und wieder vermittelt mir das Arbeitsamt einen Job, und sonst muss ich eben sehen, wo ich bleibe. Sie wissen ja, wie das ist.«

»Allerdings. Wann sind Sie auf Motley aufmerksam geworden?«

»Vor etwa einem Monat. Vielleicht auch schon etwas länger.«

»Haben Sie mit ihm gesprochen?«

»Mit dem? Nee. Ich habe ihn nur auf der Straße gesehen. Er kam gerade die Eingangstreppe von diesem Haus runter. Und ein paar Tage später habe ich ihn noch mal gesehen; da ist er gerade in das Haus reingegangen. Es war dasselbe Haus.«

»Und das war vor gut einem Monat?«

»Sagen wir mal, vor einem Monat.«

»Und seitdem haben Sie ihn nicht mehr gesehen?«

»Klar, habe ich ihn seitdem noch gesehen. Ein paarmal sogar. Mal hier, mal da. Wie man sich eben ab und zu über den Weg läuft. Und dann hieß es eines Tages, dass jemand nach ihm sucht. Also habe ich mich auf die Lauer gelegt. Ich hab mich an einer Ecke aufgestellt, wo ich das Haus gut im Blick hatte. Und es gab da auch direkt gegenüber ein Café, wo man genau sehen konnte, wer in dem Haus ein und aus ging. Er wohnt übrigens noch immer dort.« Er sah mich mit einem scheuen Lächeln an. »Ich hab mich ein bisschen umgehört, wissen Sie? Er lebt dort mit einer Frau zusammen; die Wohnung gehört ihr. Ich habe auch herausbekommen, welche Wohnung es ist.«

»Und wie lautet seine genaue Adresse?«

Er warf Danny Boy einen kurzen Blick zu, worauf dieser kurz nickte. Darauf nahm Brian einen Schluck aus der Flasche Red Stripe und sagte: »Aber er darf auf keinen Fall erfahren, von wem Sie das alles wissen.«

Als ich darauf nichts erwiderte, fuhr er fort: »Also gut, es ist Haus Nummer 288 in der East Twenty-fifth, nicht weit von der Second Avenue. Gleich an der Ecke ist ein kleiner Stehimbiss, in dem man ganz gut essen kann. Polnisch.«

»Welche Wohnung?«

»Die im vierten Stock nach hinten raus. Auf dem Türschild steht Lepcourt. Ob das allerdings tatsächlich der Name seiner Freundin ist, weiß ich nicht.«

Nachdem ich mir alles notiert hatte, steckte ich mein Notizbuch wieder weg und gab Brian zu verstehen, dass Motley auf keinen Fall von unserem Gespräch erfahren durfte.

»Da machen Sie sich mal keine Sorgen, Mann«, versicherte er mir. »Seit sie Motley aus dem E-Block verlegt haben, habe ich kein Wort mehr mit ihm gewechselt. Und das habe ich auch jetzt nicht vor.«

»Sie haben seitdem tatsächlich nicht mehr mit ihm gesprochen?«

»Wozu, Mann? Ich hab ihn zufällig auf der Straße gesehen, und ich hab ihn sofort erkannt. Bei seinem komischen Gesicht ist das ja auch kein Wunder. Das vergisst man so schnell nicht wieder. Wer erinnert sich dagegen schon an ein Allerweltsgesicht wie meins? Das hat doch jeder nach spätestens fünf Minuten wieder vergessen. Vor ein paar Tagen hat er mich auf der Straße gesehen – Motley, meine ich. Aber er hat überhaupt nicht reagiert; mich hat der bestimmt nicht wiedererkannt.« Wieder dieses zaghafte Grinsen. »In spätestens einer Woche würden auch Sie mich nicht wiedererkennen, wenn Sie mir zufällig auf der Straße begegnen.«

Darauf schien er fast stolz zu sein. Als ich Danny Boy einen kurzen Blick zuwarf, hob er kurz zwei Finger. Darauf nahm ich vier Fünfzigdollarscheine aus meiner Geldbörse. Sauber zusammengefaltet schob ich sie unter meiner Handfläche über den Tisch und unter Brians Hand. Er nahm die Scheine an sich und ließ seine Hand in seinen Schoss sinken, damit niemand das Geld sehen konnte, während er es zählte. Als er wieder aufsah, lag wieder dieses Lächeln auf seinen Lippen. »Da haben Sie sich aber echt nicht lumpen lassen«, sagte er. »Wirklich anständig von Ihnen.«

»Nur noch eine Frage.«

»Klar.«

»Warum verpfeifen Sie ihn?«

Er sah mich an. »Warum nicht? Wir waren nie miteinander befreundet. Und von irgendwas muss man schließlich leben.«

»Verstehe.«

»Abgesehen davon«, fuhr er fort, »ist er eine echt miese Ratte. Das brauche ich Ihnen wohl kaum extra zu erklären. Aber klar wissen Sie das, was rede ich denn?«

»Ja, das weiß ich leider nur zu gut.«

»Die Frau, mit der er zusammenlebt – jede Wette, dass er die auch früher oder später über die Klinge springen lässt, wenn er's nicht sowieso schon getan hat.«

»Wie kommen Sie darauf?«

»Weil ich glaube, dass der Kerl auf so was steht. Ich hab mal mit eigenen Ohren gehört, wie er sich zu diesem Thema ausgelassen hat. Unter anderem hat er da auch gesagt, dass es mit den Frauen sowieso nie länger klappt, weil sich ihr Reiz viel zu schnell verliert. Deshalb ist es das Beste, sie einfach abzumurksen, wenn man genug von ihnen hat, und sich eine neue anzuschaffen. Das werde ich nie vergessen; aber das lag nicht nur an dem, was er gesagt hat, sondern vor allem, wie er es gesagt hat. Die Leute reden ja weiß Gott jede Menge Scheiß, aber so was habe ich noch nie gehört.« Er nahm einen Schluck Bier und stellte die Flasche wieder auf den Tisch zurück. »Ich muss jetzt los«, sagte er dann. »Bin ich Ihnen für das Bier was schuldig, oder übernehmen Sie das?«

»Das übernehmen wir«, versicherte ihm Danny Boy.

»Ich hab's nur halb leergetrunken. Aber das soll nicht heißen, dass es nicht geschmeckt hat. Wenn jemand den Rest will – tun Sie sich keinen Zwang an.« Er stand auf. »Hoffentlich schnappen Sie diese Ratte. Ein Kerl wie der dürfte eigentlich nicht auf die Menschheit losgelassen werden.«

»Nein, wirklich nicht.«

»Das Problem ist nur«, fügte er hinzu, »dass er im Knast eigentlich auch nichts zu suchen hat.«

Als Brian gegangen war, sagte ich zu Danny Boy: »Was hältst du von der ganzen Geschichte?«

»Was ich davon halte, Matthew? Ich würde sagen, wir haben es gerade mit einem wahren Ehrenmann alten Stils zu tun gehabt. Und großzügig noch dazu. Allerdings nehme ich nicht an, dass du seiner Einladung, sein Bier zu Ende zu trinken, wirklich nachkommen wirst.«

»Vorerst jedenfalls nicht.«

»Ich bleibe auch lieber bei meinem Wodka. Also, du willst wissen, was ich von der Sache halte? Ich glaube nicht, dass er sich diese Geschichte nur aus den Fingern gesogen hat. Könnte zwar sein, dass dein Freund inzwischen nicht mehr in der Twenty-fifth Street wohnt, aber mit Sicherheit nicht deshalb, weil Brian ihm einen Tipp gegeben hat.«

»Eher sieht es so aus, als hätte er eine Heidenangst vor ihm.«

»Den Eindruck hatte ich auch.«

»Andrerseits hat erst kürzlich jemand sehr überzeugend die Ängstliche gespielt und mich mit diesem Getue in eine Falle gelockt.« Ich schilderte Danny Boy in kurzen Zügen, was in der Attorney Street passiert war. Das ließ er sich eine Weile durch den Kopf gehen und schenkte sich etwas Wodka nach.

»Und du hast dich tatsächlich von ihm überrumpeln lassen?« fragte er schließlich.

»Ja, anders kann man es wohl nicht nennen.«

»Dass es sich auch hier um eine Falle handelt, kann ich mir eigentlich nicht vorstellen«, fuhr er darauf ernst fort. »Andrerseits konnte unser Freund Brian auch keinerlei Referenzen vorweisen. Du wärst also nicht unbedingt schlecht beraten, wenn du mit der nötigen Vorsicht an die Sache herangehst.«

»Zur Abwechslung könnte das sicher nicht schaden.«

»Allerdings. Wenn es sich dabei aber nicht um eine Falle handelt, bin ich ziemlich sicher, dass Brian diesen Motley nicht warnen wird. Zumindest hat er nicht den Eindruck gemacht, als wollte er mit dieser Type irgendetwas zu tun haben.« Er nahm einen Schluck Wodka. »Außerdem hast du ihn gut bezahlt.«

»Zwei Hunderter waren mit Sicherheit mehr, als er erwartet hat.«

»Ich weiß. Aber wie ich aus langer Erfahrung weiß, kann ein bisschen Großzügigkeit nie schaden.«

Das war zwar keineswegs als eine versteckte Aufforderung an mich gedacht, aber trotzdem erinnerte es mich an etwas. Ich fischte zwei Hunderter aus meiner Geldbörse. Danny Boy grinste, als ich sie ihm zusteckte.

»Wirklich sehr anständig, wie Brian sagen würde. Aber vorerst besteht dazu noch kein Anlass. Warte lieber erst ab, ob der Tipp überhaupt was taugt. Andernfalls bist du mir nichts schuldig.«

»Behalte das Geld trotzdem schon mal«, schlug ich vor. »Du kannst es mir ja wieder zurückgeben, falls sich das Ganze als Fehlanzeige erweist.«

»Na gut, aber ...«

»Und wenn das nicht der Fall ist«, fügte ich hinzu, »werde ich vielleicht gar keine Gelegenheit mehr bekommen, meine Schulden bei dir zu bezahlen. Behalte das Geld also lieber schon mal.«

»Du glaubst doch nicht im Ernst, dass ich das als Begründung akzeptiere?«

»Das Geld behältst du trotzdem.«

»Ich weiß nur nicht, ob es die zwei Scheinchen lange bei mir aushalten. Crystal ist ein ziemlich teures Spielzeug. Hast du Lust, dir noch den nächsten Set anzuhören, Matthew? Und wenn nicht, wärst du vielleicht so gut, kurz an der Bar vorbeizuschauen und meinem Täubchen zu sagen, dass sie wieder zurückkommen kann? Und steck vor allem endlich deine blöde Geldbörse wieder weg. Der Kaffee geht selbstverständlich auf meine Rechnung. Mein Gott, du bist ja fast so schlimm wie dieser Brian.«

»Die zweite Tasse habe ich nur zur Hälfte geschafft«, erwiderte ich. »Aber für Pulverkaffee ist das Zeug gar nicht mal so übel. Du kannst den Rest gern noch austrinken.«

»Wirklich verdammt anständig von dir, Matt. Verdammt anständig.«

Kapitel 19

Wäre es nach dem Taxifahrer gegangen, wäre das immer mehr um sich greifende Crackproblem längst aus der Welt geschafft. Dazu hätte seiner Meinung nach nur der Nachschub unterbunden werden müssen. Die Nachfrage ließ sich schlecht senken, weil jeder, der das Zeug einmal probierte, sofort süchtig wurde. Die Landesgrenzen ließen sich unmöglich hermetisch abriegeln. Und die Produktion in den südamerikanischen Herkunftsländern konnte man auch nicht einstellen, da dort die Drogenbosse mächtiger waren als die Regierungen.

»Demnach müssen *wir* in diesen Bananenrepubliken die Regierung bilden«, lautete die Schlussfolgerung meines taxifahrenden Stammtischpolitikers. »Die Sache ist ganz einfach: Wir kassieren diese ganzen Penner einfach ein und halten sie uns wie so 'ne Art Kolonien. Und wenn sie dann mal langsam kapieren, wie man einen gescheiten Staat auf die Beine stellt, kann man ja immer noch weitersehen. Jedenfalls wäre dann schon mal mit den Drogenlieferungen Schluss. Gleichzeitig wäre damit auch das Einwandererproblem gelöst; weshalb sollten diese ganzen Pomadenköpfe noch versuchen, illegal zu uns zu kommen, wenn sie doch sowieso schon dazugehören? Und wenn in irgend so einer Bananenrepublik ein paar Kerle frech werden und sich als die großen Revoluzzer aufspielen, dann verleiht man ihnen kurzerhand die amerikanische Staatsbürgerschaft und zieht sie postwendend zum Militär ein. Und schon rennen diese Typen in Uniform und mit einem Bürstenschnitt rum und kaufen im PX-Store um die Ecke ein. Es ist wirklich ganz einfach, und alle Probleme sind auf einen Schlag aus der Welt geschafft.«

Um auch alle meine Probleme mit einem Schlag aus der Welt zu schaffen, ließ er mich genau an der richtigen Stelle raus: Ecke Tenth und Fiftieth. Grogan's Open House. Inhaber: Michael J. Ballou.

Kaum hatte ich meinen Fuß über die Schwelle gesetzt, schwappte mir eine Wolke Bierdunst entgegen. Die Bar war nur spärlich besetzt; entsprechend herrschte dort wohltuende Stille. Die Musikbox war nicht in Betrieb, und im hinteren Teil spielte niemand Darts. Burke stand mit einer Zigarette im Mund hinter dem Tresen und versuchte seinem Feuerzeug eine Flamme zu entlocken. Als er auf mich aufmerksam wurde, nickte er mir kaum merklich zu, legte das Feuerzeug beiseite und steckte sich die Zigarette mit einem Streichholz an.

Obwohl mir nicht aufgefallen war, dass sich seine Lippen bewegt hatten, musste er etwas gesagt haben. Denn plötzlich drehte sich Mick Ballou zu mir herum. Er hatte seine Schlachterschürze umgebunden; fast wie ein Mantel reichte sie ihm vom Hals bis zu den Knien. Mit Ausnahme einiger rotbrauner Flecken war sie blütenweiß. Einige der Flecken waren im Lauf der Jahre stark ausgeblichen, andere wirkten noch ganz frisch.

»Scudder, altes Haus«, begrüßte er mich. »Was darf es sein?«

Ich fragte, ob ich ein Coke haben könnte. Darauf schenkte mir Burke ein Glas ein und schob es mir über den Tresen zu. Als ich danach griff, hob Mick sein Glas. Er trank JJ&S, den zwölf Jahre gelagerten irischen Whiskey, von dem bei Jameson nur eine begrenzte Menge hergestellt wurde. Dieselbe Sorte hatte auch Billy Keegan getrunken, der lange Jahre hinterm Tresen des Armstrong's gestanden hatte; hin und wieder hatte auch ich ein Glas davon getrunken. Jedenfalls konnte ich mich noch genau erinnern, wie das Zeug schmeckte.

»Ziemlich spät für deine Verhältnisse«, meinte Mick.

»Ich hatte Angst, ihr könntet schon zu haben.«

»Wann haben wir um diese Zeit schon mal zugemacht, Matt? Es ist noch nicht mal zwei. In der Regel haben wir bis vier offen. Schließlich habe ich diesen Laden gekauft, um auch dann noch was zu trinken zu bekommen, wenn's mal etwas später wird. Und manchmal wird es eben etwas später, bevor man reif für die Falle ist.« Er kniff die Augen zusammen. »Alles in Ordnung, Matt?«

»Wieso?«

»Du siehst aus, als wärst du vor nicht allzu langer Zeit handgreiflich geworden.«

Ich musste grinsen. »Wenn du's genau wissen willst, erst heute Nachmittag«, gestand ich ihm. »Aber dabei habe ich ausnahmsweise mal nichts abgekriegt. Vor ein paar Tagen war das allerdings eine andere Geschichte.«

»Ach?«

»Was dagegen, wenn wir uns ein bisschen zusammensetzen?«

»Vielleicht sollten wir das tatsächlich tun«, nickte er. Er schnappte sich die Whiskeyflasche und steuerte damit auf einen freien Tisch zu. Ich griff nach meinem Coke und folgte ihm. Gerade als wir uns setzten, stellte jemand die Musikbox an. Wenige Augenblicke später begann uns Liam Clancy was vorzujodeln von wegen, er hielte es nie lange wo aus und wäre ständig auf Achse. Da sich die Lautstärke in Grenzen hielt, störte uns die Musik nicht weiter. Trotzdem sagte keiner von uns ein Wort, bis das Lied zu Ende war.

Dann kam ich zur Sache. »Ich brauche eine Kanone.«

»Was genau?«

»Eine Handfeuerwaffe. Eine Automatik oder einen Revolver. Das Ding muss nur klein genug sein, um es unauffällig einstecken zu können, und groß genug, um ordentlich Wirkung zu zeigen.«

Obwohl sein Glas noch zu einem Drittel voll war, entkorkte Ballou die Flasche JJ&S und schenkte sich nach. Dann nahm er das Glas und warf einen nachdenklichen Blick hinein. Ich hätte gern gewusst, was es dort zu sehen gab.

Schließlich nahm er einen Schluck daraus und stellte es wieder auf den Tisch. »Komm mit«, sagte er dann, stand auf und schob seinen Stuhl zurück. Ich folgte ihm nach hinten. Links neben dem Dartboard war eine Tür. Aufgeklebte Messingbuchstaben deklarierten sie als privat, und sicherheitshalber war sie auch noch abgesperrt. Mick schloss auf und winkte mich in sein Büro.

Es war eine Überraschung. Der Raum wurde beherrscht von einem riesigen Schreibtisch, der absolut leer war. Seitlich davon stand ein Mosler Safe. Er war so hoch wie ich groß und wurde von zwei Aktenschränken aus grünlackiertem Blech flankiert. An der altmodischen Messinggarderobe hingen ein Regenmantel und mehrere Jacken. Einziger Wandschmuck waren mehrere handkolorierte Stiche, teils mit irischen Landschaften, teils mit französischen. Mick hatte mir mal erzählt, dass seine Mutter aus Sligo stammte, sein Vater aus einem Fischerdorf in der Nähe von Marseille. Hinter dem Schreibtisch hing in einem schmalen, schwarzen Rahmen ein Schwarzweißfoto mit einem weißen Passepartout. Darauf war ein von hohen Bäumen überschattetes weißes Farmhaus zu sehen, mit ein paar Hügeln im Hintergrund und Wolken am Himmel.

»Das ist die Farm«, sagte er. »Aber du warst ja bisher noch nicht dort.«

»Nein.«

»Eines Tages werden wir gemeinsam rauffahren. Die Farm liegt nicht weit von Ellenville. Dort oben rechnen sie schon bald mit dem ersten Schnee. Das ist die Zeit, in der es mir dort am besten gefällt – wenn alles tief verschneit ist.«

»Muss wirklich schön sein.«

»Ist es, Matt, ist es.« Er ging zum Safe, drehte am Kombinationsschloss und öffnete die Tür. Ich sah mir einen der französischen Stiche an – ein kleiner, gut geschützter Hafen mit mehreren Segelbooten. Die Bildunterschrift verstand ich nicht.

Ich studierte den Stich so lange, bis ich die Tür des Safe zuschnappen hörte. Erst dann drehte ich mich wieder um. In der einen Hand hatte Ballou einen Revolver, in der Handfläche der anderen ein halbes Dutzend Kugeln. Ich ging auf ihn zu, und er gab mir den Revolver.

»Das ist ein alter Smith«, erklärte er dazu. »Kaliber achtunddreißig, mit Hohlmantelgeschossen; damit bringst du sogar einen Elefanten zum Stehen. Was die Zielgenauigkeit betrifft, ist das allerdings eine andere Sache. Jemand hat zwei Zentimeter vom Lauf abgesägt. Dabei musste auch das Korn dranglauben. Die Kimme wurde abgefeilt, und das gleiche gilt für den Hahn; du kannst das Ding also nicht spannen, sondern musst nach alter Cowboymanier gleichzeitig abdrücken und den Hahn schnalzen lassen. Es passt problemlos in deine Tasche und lässt sich ziehen, ohne sich im Futter zu verheddern. Aber einen Schießwettbewerb wirst du damit kaum gewinnen. Genau genommen, kann man mit dem Ding überhaupt nicht zielen, sondern nur auf gut Glück draufhalten.«

»Für meine Zwecke genügt das vollauf.«

»Ist das in etwa, was du dir vorgestellt hast?«

»Absolut«, versicherte ich ihm. Ich hielt die Waffe eine Weile in meinen Händen, um ein Gefühl dafür zu bekommen. Dabei stieg mir leichter Ölgeruch in die Nase. Da die Waffe nicht nach Pulver roch, war sie nach dem letzten Abfeuern offensichtlich gründlich gereinigt worden.

»Er ist nicht geladen«, sagte Ballou. »Und ich habe nur diese sechs Schuss Munition. Aber ich bräuchte nur kurz zu telefonieren, um dir mehr zu besorgen.«

Ich schüttelte den Kopf. »Wenn ich sechsmal danebenschieße, bin ich sowieso geliefert. Dieser Kerl wird mir kaum Zeit zum Nachladen lassen.« Ich ließ die Trommel herausschnappen und schob die Kugeln der Reihe nach in die Kammern. Aus Sicherheitsgründen wäre es ratsam gewesen, die Kammer direkt unter dem Hammer leer zu lassen. Aber ich hatte lieber einen Schuss mehr zur Verfügung. Da der Hammer abgefeilt war, bestand außerdem kaum Gefahr, dass sich versehentlich ein Schuss löste.

Ich fragte Mick, was ich ihm schuldig wäre.

Er schüttelte den Kopf. »Ich lebe nicht vom Waffenhandel.«

»Trotzdem.«

»Ich habe für den Revolver nichts bezahlt, und ebenso wenig werde ich von dir Geld dafür nehmen. Bring ihn einfach wieder zurück, wenn du ihn nicht mehr brauchst. Ansonsten vergiss das Ganze.«

»Ich nehme an, der Revolver ist nicht registriert.«

»Es würde mich jedenfalls sehr wundern, wenn er es wäre. Er stammt von einem Einbruch. Deshalb weiß ich nicht, wem das Ding mal gehört hat. Aber ich wage zu bezweifeln, dass es registriert war. Die Seriennummer ist nicht mehr zu sehen, und jemand, der seine Schusswaffe registriert hat, feilt in der Regel nicht die Nummer weg. Bist du wirklich sicher, dass das für deine Zwecke das Richtige ist?«

»Ja.«

Wir verließen das Büro, und er schloss die Tür wieder hinter sich ab. Als wir an unserem Tisch Platz nahmen, kam noch immer derselbe Liam Clancy-Song aus der Musikbox. Im Fernseher über der Bar lief ein Western; der Ton war allerdings so leise gestellt, dass ihn bestenfalls die drei Männer hörten, die direkt davor saßen. Ich nahm einen Schluck von meinem Coke, und Mick nahm einen Schluck von seinem irischen Whiskey.

Schließlich sagte er: »Was ich übrigens vorhin gesagt habe -von wegen, ich wäre nicht im Waffengeschäft; das war nicht immer so. Hast du zufällig mal die Geschichte von den drei Kisten Kalaschnikows gehört?«

»Nein.«

»Die ganze Sache liegt schon ein paar Jahre zurück. Möglicherweise sogar lange genug, dass ich sie vor Gericht erzählen könnte. Es dauert doch sieben Jahre – bis sich so was verjährt, meine ich?«

»Die meisten Straftaten, ja. Steuerhinterziehung und Mord verjähren allerdings nie.«

»Wem sagst du das?« Er griff nach seinem Glas und sah es nachdenklich an, bevor er begann: »Das Ganze war so: Da waren also diese drei Kisten mit Kalaschnikows. AK-47s, Sturmgewehre. Sie standen in einem Lagerhaus in Maspeth rum, nicht weit von der Grand Avenue. Riesige Kisten, kann ich dir sagen. Jede fasste etwas mehr als dreißig Knarren; insgesamt also fast hundert Stück.«

»Wem haben die Dinger gehört?«

»Uns natürlich, sobald wir das Schloss am Eingang der Halle wegge- sprengt hatten. Die Kisten waren zu groß für den Kombi, den wir dabeihat- ten. Deshalb haben wir sie gleich an Ort und Stelle aufgebrochen und die Gewehre einzeln in den Wagen geladen. Ich habe keine Ahnung, wem die Dinger gehört haben; legal kann sie der Betreffende aber kaum in seinen Be- sitz gebracht haben, und deshalb war auch nicht anzunehmen, dass er zur Polizei gehen würde.« Er nahm einen Schluck von seinem Glas. »Wir hatten bereits einen Käufer für die ganze Lieferung. Sonst hätte ich mich auf so ein Geschäft gar nicht erst eingelassen.«

»Wer waren die Abnehmer?«

»Ein paar Kerle, die aussahen wie aus Hitlers Führerbunker. Die Köp- fe fast kahlrasiert. Und die drei, mit denen ich verhandelt habe, waren alle gleich angezogen. Blaue Hemden mit irgendeinem Abzeichen auf der Brust- tasche und dazu khakifarbene Hosen. Sie haben behauptet, sie hätten in den Adirondacks, irgendwo am Tupper Lake, ein Ausbildungscamp. Sie waren ziemlich scharf auf die Kanonen und bezahlten wesentlich mehr dafür, als eigentlich nötig gewesen wäre.«

»Also hast du sie ihnen verkauft.«

»Also habe ich sie ihnen verkauft. Und zwei Abende später sitze ich ge- rade bei den Morisseys rum, als mich Tim Pat persönlich beiseite winkt. Du kannst dich doch noch an Tim Pat Morissey erinnern?«

»Klar.«

»*Hab gehört, du hast ein paar Gewehre übrig*, sagt er zu mir. Und ich: *Wo hast du denn das gehört?* Langer Rede kurzer Sinn: Er will von mir die ganze Lieferung für ein paar seiner nordirischen Freunde haben. Du wusstest doch, dass die Morisseys in diese politischen Auseinandersetzungen dort verwickelt waren?«

»Ich habe es von verschiedenen Seiten gehört.«

»Wie dem auch sei, er war ganz verrückt nach diesen Gewehren. Wollte mir partout nicht glauben, dass ich sie schon verkauft hatte. Er war felsenfest davon überzeugt, dass ich einen Deal in dieser Größenordnung unmöglich so schnell abgewickelt haben könnte. *Es kann doch nicht in deinem Interesse sein, dass diese ganzen Knarren im Land bleiben,* wollte er mir ins Gewissen reden. *Stell dir nur mal vor, was diese Kerle damit anstellen könnten. Was sollten sie schon groß damit anstellen?* sage darauf ich. *Wahrscheinlich wollen sie nur ein bisschen Soldaten spielen, und schlimmstenfalls knallen sich damit ein paar Nigger gegenseitig ab.* Und er: *Woher willst du das so sicher wissen? Am Ende zetteln die noch eine richtige Revolution an und stürmen den Amtssitz des Gouverneurs. Oder sie geben die Kanonen den Niggern. Verkauf die Dinger also lieber an mich; dann weißt du wenigstens, was damit passiert.*«

Ballou seufzte.

»Also haben wir die Kalaschnikows noch mal geklaut und an Tim Pat verhökert. So spendabel wie diese Nazitypen hat er sich allerdings nicht gezeigt. Mann, hat der mich vielleicht runterzuhandeln versucht! *Ist doch alles nur für unsere irische Sache,* wollte er mir immer wieder weismachen, um den Preis noch weiter drücken zu können. Andrerseits kann man sich natürlich grundsätzlich nicht beklagen, wenn man dieselbe Ware gleich zweimal verkauft.«

»Sind denn die ersten Käufer noch mal an dich herangetreten?«

»Tja, das war natürlich auch so ein Fall, der nicht verjähren dürfte. Aber zum Glück hatten es diese Typen nicht im Kreuz, mir Schwierigkeiten zu machen.«

»Aha.«

»Mit diesen Kalaschnikows bin ich jedenfalls auf einen guten Schnitt gekommen«, fuhr er fort. »Aber sobald die Lieferung außer Landes war, war die Sache für mich gelaufen. Ich hatte keine Waffen mehr, und damit war ich auch raus aus dem Waffengeschäft.«

Ich ging an den Tresen und holte mir ein neues Coke. Diesmal ließ ich mir von Burke einen Schnitz Zitrone hineingeben, damit es nicht ganz so süß schmeckte. Als ich mich wieder setzte, sagte Mick: »Wie komme ich eigentlich dazu, dir das alles zu erzählen? Ach ja, dieser Revolver; er hat mich wieder auf diese Geschichte gebracht. Aber war das ein Grund, sie dir auch gleich zu erzählen?«

»Das darfst du mich nicht fragen.«

»Wenn wir beide mal in Ruhe zusammensitzen, fallen mir plötzlich die verrücktesten Geschichten ein.«

Ich nippte an meinem Coke. Die Zitrone half. Ich sagte: »Du hast mich kein einziges Mal gefragt, wozu ich den Revolver brauche.«

»Geht mich ja auch nichts an, oder?«

»Kann schon sein.«

»Du brauchst zufällig eine Kanone, und ich habe zufällig eine. Außerdem gehe ich nicht davon aus, dass du damit mich erschießen willst – oder den Laden hier ausrauben.«

»Das halte ich für ziemlich unwahrscheinlich.«

»Und deshalb bist du mir auch keine Erklärung schuldig.«

»Das nicht«, bestätigte ich ihm. »Aber es ist eine gute Geschichte.«

»Das ist natürlich was anderes.«

Darauf erzählte ich ihm alles. Zwischendrin hob Ballou mal kurz die Hand und zog mit dem Zeigefinger einen Strich durch die Luft. Das war für Burke das Zeichen, die letzten Gäste aus der Kneipe zu scheuchen und den Laden dichtzumachen. Als er gerade anfangen wollte, die Stühle auf die Tische zu stellen, sagte Ballou, das würde er übernehmen. Darauf schaltete Burke die Deckenbeleuchtung und die Lichter über der Bar aus, verließ das Lokal und zog das Gitter vor der Eingangstür nach unten, ohne allerdings das Vorhängeschloss anzubringen. Nachdem Ballou die Eingangstür von innen abgeschlossen und sich hinter der Bar eine frische Flasche von dem zwölfjährigen Jameson geholt hatte, fuhr ich mit meiner Geschichte fort.

Als ich fertig war, warf er noch einmal einen Blick auf das Phantombild und sagte: »Eine richtig miese Ratte; das kann man schon an den Augen sehen.«

»Der Mann, der das gezeichnet hat, hat ihn nie gesehen.«

»Na, und wenn schon. Es ist trotzdem ganz deutlich zu sehen – ganz gleich, ob er diesen Kerl mal leibhaftig vor sich hatte oder nicht.« Er faltete die Skizze und gab sie mir wieder. »Diese Frau, die neulich mit dir hier war?«

»Das war Elaine.«

»Habe ich mir fast gedacht. Ich konnte mich zwar nicht mehr an ihren Namen erinnern, aber ich dachte gleich, dass sie das wohl gewesen sein muss. Sympathische Frau.«

»Ja, sie ist schwer in Ordnung.«

»Ihr kennt euch schon ziemlich lange.«

»Ja, das ist schon einige Jährchen her.«

Ballou nickte und sah mich fragend an. »Als alles losging, hat dieser Kerl behauptet, du hättest ihn reingelegt. Behauptet er das immer noch?«

»Ja.«

»War es denn tatsächlich so?«

Zu diesem Punkt hatte ich mich bisher ganz bewusst nicht näher geäußert. Aber eigentlich bestand kein Grund, Ballou die Wahrheit zu verschweigen. »Ja«, gestand ich ihm deshalb. »Ich hatte Glück und erwischte ihn voll am Kinn. Das hat ihn glatt umgehauen. Kannst du dich noch an Bob Satterfield erinnern? Das war ein Boxer.«

»Aber klar doch. Wenn der im Ring stand, hatte man doch immer das Gefühl, es wäre Schiebung im Spiel – zumindest bei den Kämpfen, die er verloren hat. Nicht selten lag er nach Punkten schon meilenweit vorn, und dann hat ihn sein Gegner kurz mal ein bisschen am Kinn getätschelt, und prompt lag der Kerl flach, als hätten sie ihm einen Bolzenschussapparat angesetzt. Natürlich käme kein Mensch auf die Idee, einen Kampf so plump zu manipulieren, aber versuch das mal einem durchschnittlich intelligenten Boxfan klarzumachen. Bob Satterfield, mein Gott, ist schon lange her, dass ich den Namen zum letzten Mal gehört habe.«

»Jedenfalls hatte Motley auch so ein Glaskinn wie Bob Satterfield. Während er also auf dem Boden gelegen und die Sternlein singen gehört hat, habe ich ihm eine Knarre in die Hand gedrückt und ein paar Schüsse daraus abgefeuert. Im Grunde genommen habe ich ihm also nichts angehängt, was er nicht tatsächlich getan hat. Ich habe lediglich dafür gesorgt, dass die Sache etwas schlimmer aussah, als sie tatsächlich war, damit er auch wirklich eingebuchtet wurde.«

»Und du hattest damals tatsächlich das Gefühl, dich voll auf Elaine verlassen zu können? Hätte ja auch sein können, dass sie es sich plötzlich anders überlegt.«

»Irgendwie hatte ich es im Urin, dass sie mich nicht im Stich lassen würde.«

»Deine Pisse muss damals eine verdammt hohe Meinung von ihr gehabt haben.«

»Das ist auch jetzt noch der Fall«, versicherte ich ihm schmunzelnd.

»Völlig zu Recht, falls sie damals tatsächlich nicht umgefallen ist. Oder etwa doch?«

»Von wegen, sie stand wie eine Eins. Allerdings dachte sie, die Kanone hätte ihm gehört. Zufällig hatte ich nämlich noch eine zweite Knarre dabei, eine nicht registrierte Automatik, die ich damals immer einstecken hatte. Du weißt schon, für alle Fälle. Ich tat so, als hätte ich die Automatik in seiner Tasche gefunden, als ich ihn nach einer versteckten Waffe absuchte. Deshalb war Elaine der Überzeugung, die Automatik hätte ihm gehört. Ganz deutlich hat sie allerdings mitbekommen, wie ich Motley das Ding in die Hand gedrückt und ein paarmal in die Luft geballert habe. Trotzdem hat sie unter Eid ausgesagt, dass er die Schüsse abgefeuert und mich zu töten versucht hätte. Sie hat nicht mit einer Wimper gezuckt, als sie die eidesstattliche Aussage unterschrieben hat, die sie ihr nach ihrer Vernehmung sauber mit Maschine getippt vorgelegt haben. Und sie hätte es auch vor Gericht so oft beschworen, wie sie es von ihr hätten hören wollen.«

»Es gibt nicht viele Leute, auf die man sich so verlassen kann.«

»Ich weiß.«

»Und es hat geklappt. Er ist ins Gefängnis gekommen.«

»Ins Gefängnis ist er gekommen, aber ob die Sache wirklich so gut geklappt hat, bin ich mir nicht so sicher.«

»Wieso?«

»Seit er wieder draußen ist, hat er acht Leute aus meinem Bekanntenkreis umgebracht. Drei hier, fünf in Ohio.«

»Sicher hätte er noch mehr Menschen auf dem Gewissen, wenn er die letzten zwölf Jahre in Freiheit verbracht hätte.«

»Vielleicht. Vielleicht auch nicht. Trotzdem war ich der Grund, weshalb er seine Aggressionen an Leuten abreagiert hat, die absolut nichts mit der Sache zu tun hatten. Ich habe gegen ein paar Gesetze verstoßen und gegen den Wind gepisst; und jetzt bläst er mir die ganze Soße voll in die Fresse.«

»Aber was hättest du denn sonst tun sollen?«

»Keine Ahnung. Ich hatte damals nicht genügend Zeit, um mir darüber lange den Kopf zu zerbrechen. Im Grunde genommen habe ich mir überhaupt nichts dabei gedacht. Ich hatte einfach nur das Gefühl, dass dieser Kerl hinter Gitter gehört. Und ich hielt es für meine Pflicht, alles zu tun, dass er auch tatsächlich dort landet. Inzwischen bin ich mir allerdings nicht mehr so sicher, ob ich nochmal genauso handeln würde.«

»Wieso? Weil du mit dem Trinken aufgehört und Gott gefunden hast?«

Ich lachte. »Ob ich auch Ihn gefunden habe, möchte ich lieber mal dahingestellt sein lassen.«

»Aber ist es denn nicht genau das, was ihr mit euren Treffen bezweckt?« Ganz bewusst entkorkte er genau an dieser Stelle seine Flasche und schenkte sich kräftig nach. »Ich dachte, ihr seid inzwischen längst alle per du mit Ihm.«

»Wir sprechen uns alle nur mit dem Vornamen an. Und vermutlich sind tatsächlich ein paar unter uns, die ein recht inniges Verhältnis zu Gott haben – was immer man darunter versteht.«

»Und auf dich trifft das nicht zu?«

Ich schüttelte den Kopf. »Ich weiß nicht viel über Gott. Ich bin nicht mal sicher, ob ich an Ihn glaube. Das ist ständigen Schwankungen unterworfen.«

»Ach?«

»Allerdings bin ich nicht mehr so schnell bei der Hand, selbst Gott zu spielen, wie das früher mal der Fall war.«

»Manchmal ist das aber unausweichlich.«

»Kann sein. Aber sicher bin ich mir da nicht. Zumindest verspüre ich das Bedürfnis nicht mehr so häufig wie früher. Ganz gleich, ob es einen Gott gibt oder nicht – mir beginnt zumindest langsam zu dämmern, dass ich nicht Er bin.«

Das ließ er sich eine Weile durch den Kopf gehen und sprach dabei dem Whiskey in seinem Glas kräftig zu. Wenn der Alkohol irgendeine Wirkung auf ihn hatte, war ihm davon nichts anzumerken. Ebenso wenig hatte er eine Wirkung auf mich. Die Krise heute Nachmittag in meinem Hotelzimmer war eine Art Wende gewesen. Seit dem Moment, in dem ich den Bourbon in den Ausguss gekippt hatte, verspürte ich nicht mehr das geringste Bedürfnis, etwas zu trinken. Es gab allerdings auch Zeiten, in denen es nicht ganz ungefährlich für mich war, in einer Bar wie dieser zu sitzen und unter den ganzen Schluckspechten um mich rum brav an meinem Coke zu nuckeln.

Ballou sagte: »Du bist zu mir gekommen. Als du eine Knarre gebraucht hast, bist du zu mir gekommen.«

»Ich dachte, bei dir könnte ich am ehesten eine kriegen.«

»Du hast dich nicht an einen deiner alten Kollegen bei der Polizei gewandt, und du hast dich auch nicht an deine trockenen Freunde gewandt. Stattdessen bist du zu mir gekommen.«

»Bei der Polizei gibt es niemanden, der ein Auge für mich zudrücken würde – zumindest im Moment nicht. Und mit meinen trockenen Freunden ist in solchen Fällen nicht viel anzufangen.«

»Du bist doch nicht nur wegen der Kanone hergekommen, Matt.«

»Nein, wahrscheinlich nicht.«

»Du wolltest eine Geschichte loswerden. Sonst noch jemand, der sie schon gehört hat?«

»Nein.«

»Du bist also hergekommen, um sie loszuwerden. Du wolltest sie hier erzählen, und du wolltest sie mir erzählen. Warum?«

»Ich weiß nicht.«

»In Wirklichkeit ging es dir gar nicht um die Kanone. Was wäre gewesen, wenn ich nichts Passendes für dich gehabt hätte?« Seine Augen, so kühl und grün wie die Heimat seiner Mutter, musterten mich. »Dann säßen wir doch genauso an diesem Tisch – und würden uns dieselben Geschichten erzählen.«

»Warum hast du mir den Revolver gegeben?«

»Warum nicht? Was hätte er mir im Safe schon genützt? Es gibt genügend andere Schießeisen, die ich notfalls benutzen kann, wenn ich jemand abknallen will. Warum hätte ich dir den Revolver also nicht geben sollen?«

»Angenommen, du hättest keinen gehabt. Ich weiß doch, was du dann getan hättest. Du hättest dich hinters Telefon geklemmt und wärst losgezogen und hättest mir einen besorgt.«

»Woher willst du das so sicher wissen?«

»Keine Ahnung«, erwiderte ich. »Jedenfalls hättest du genau das getan. Warum, kann ich dir allerdings nicht sagen.«

Er saß da und dachte eine Weile darüber nach. Ich ging aufs Klo. Im Pissoir schwammen mehrere Kippen. Mein Urin war nur noch ganz leicht rosa verfärbt; das stellte einen gewaltigen Fortschritt dar. Anscheinend war meine Niere auf dem Weg der Besserung.

Wieder zurück im Lokal, ging ich hinter die Bar und schenkte mir ein Glas Club Soda ein. Als ich an unseren Tisch zurückkehrte, war Ballou bereits aufgestanden. »Komm«, forderte er mich auf. »Hol deinen Mantel. Wir schnappen ein bisschen frische Luft.«

Er hatte seinen Wagen auf einem rund um die Uhr bewachten Parkplatz an der Eleventh Avenue abgestellt. Es war ein silberner Cadillac mit dunkel getönten Scheiben. Der Parkwächter behandelte ihn und seinen Besitzer mit sichtlichem Respekt.

Die Stadt war ruhig, die Straßen fast menschenleer. Wir fuhren los und bogen an der Second Avenue rechts ab. Als wir die Thirty-fourth Street überquerten, sagte Ballou: »Zuerst solltest du dir mal das Haus ansehen, in dem er wohnt. Bei dem Preis, den du für die Adresse gezahlt hast, wirst du doch bestimmt wissen wollen, ob es sich dabei nicht nur um ein unbebautes Grundstück handelt.«

»Gute Idee. Ich war erst kürzlich auf so einem Grundstück, und das war mit einer ziemlich unangenehmen Überraschung verbunden.«

Ballou hielt an einer Bushaltestelle. Ich zog kurz mein Notizbuch zu Rate und stieg aus. Das Haus lag gleich um die Ecke. Es war ein sechsstöckiges Mietshaus. Im Erdgeschoss befand sich eine Schneiderei. Ein von Hand beschriftetes Schild in einem der Fenster versprach preiswerten und schnellen Service. Ich überflog die Namen der Mieter auf dem Klingelschild am Eingang. In jeder Etage gab es vier Wohnungen. In 4-C wohnte jemand mit dem Namen Lepcourt.

»Der Name auf der Klingel stimmt jedenfalls schon mal«, sagte ich zu Ballou. »Das heißt zwar noch lange nicht, dass Motley tatsächlich hier wohnt, aber zumindest ist mein Tipp schon mal zur Hälfte richtig.«

»Klingel doch mal«, schlug Mick vor. »Mal sehen, ob er zu Hause ist.«

»Lieber nicht. Kannst du vielleicht die Straße im Auge behalten? Ich möchte mich ein wenig umsehen.«

Während ich eine Kreditkarte herausholte und damit dem Türschloss zu Leibe rückte, postierte sich Ballou neben dem Eingang. Ich betrat den Eingangsbereich. Hinter der Treppe führte ein enger Flur zu den beiden hinteren Wohnungen. 1-C war die Wohnung rechts hinten. Am Ende des Flurs öffnete sich eine Feuertür auf den Hinterhof. Ich entfernte die Notverriegelung und öffnete die Tür. Um mich nicht selbst auszuschließen, klemmte ich einen Zahnstocher in das Schnappschloss.

Ein paar Ratten huschten leise raschelnd in Deckung, als ich auf den winzigen Hinterhof hinaustrat und an der Rückwand des Hauses hochsah. Um herauszubekommen, welches zu 4-C gehörte, begann ich die Fenster zu zählen. Meine Sicht war zwar durch die Feuerleiter etwas behindert, aber ich konnte trotzdem erkennen, dass in der Lepcourt-Wohnung kein Licht brannte. Zumindest nicht in dem Zimmer, das nach hinten rausging.

Wenn ich eine der Mülltonnen an die Hauswand rückte und mich darauf stellte, hätte ich den untersten Absatz der Feuerleiter erreichen können. Entweder hätte ich die Leiter nach unten ziehen oder mich mit einem Klimmzug auf den untersten Absatz schwingen können. Für einen Moment zog ich das tatsächlich in Erwägung, kam aber sehr schnell wieder von dieser Idee ab. Das Risiko war zu groß und der damit verbundene Effekt zu gering. Ich ging wieder ins Haus zurück. Den Zahnstocher ließ ich einfach stecken – für den Fall, dass ich vielleicht bei einer späteren Gelegenheit durch den Hintereingang in das Haus kommen wollte. Ich stieg die Treppe zum vierten Stock hoch und spähte erst durchs Schlüsselloch, dann unter der Tür durch. Kein Lichtstrahl drang nach draußen. Ich presste sogar mein Ohr gegen die Tür. Aber es war nichts zu hören.

Ich ließ meine Hand in meine Tasche gleiten. Vorsichtig tasteten meine Finger über die Konturen des Revolvers, während ich überlegte, was ich als nächstes tun sollte. Entweder war er hinter dieser Tür oder er war es nicht. Hätte ich sicher gewusst, dass er zu Hause war, hätte ich die Tür aufbrechen und ihn überrumpeln können. Hätte ich umgekehrt gewusst, dass die Wohnung leer war, hätte ich mir heimlich Zutritt dazu verschaffen können. Solange ich jedoch nicht wusste, ob er zu Hause war, war beides zu riskant, und es gab auch keine Möglichkeit, das herauszufinden, ohne ihn zu warnen. Und das durfte ich auf keinen Fall riskieren. Im Moment hatte ich ihm nur insofern etwas voraus, als er nicht wusste, dass ich seine Adresse hatte. Allzu viel brachte mir das zwar genauer besehen nicht, aber ich musste mir jeden noch so kleinen Vorteil gegen ihn zunutze machen.

Als ich wieder unten ankam, war im Eingangsbereich niemand zu sehen. Ballou stand draußen auf der Straße gegen einen Laternenpfahl gelehnt. Seine weiße Schlachterschürze leuchtete im Dunkeln. Als wir zu seinem Wagen gingen, sagte er, er hätte Hunger und wüsste ein Lokal, das mir sicher gefallen würde. »Und zu trinken kriegst du dort auch was, ohne dass sie lange auf die Uhr schauen«, fügte er hinzu. »Das heißt natürlich, nur wenn sie dich kennen.«

»Ich sollte lieber schlafen gehen«, sagte ich.

»Du bist aber noch überhaupt nicht müde.«

Damit hatte er allerdings recht. Ich war tatsächlich nicht müde. Ich hatte zwar keine Ahnung, woher er das wusste; denn ich muss ziemlich fertig ausgesehen haben. Aber unser gemeinsamer Abend hatte wohl ungeahnte Energien in mir geweckt. Er fuhr erst ein Stück in Richtung Downtown und dann nach Westen und parkte schließlich vor einem altmodischen Schnellimbiss unten am Fluss, nur ein paar Blocks von der Einfahrt zum Holland Tunnel. Eine weißhaarige Bedienung brachte uns die Speisekarten. Ballou bestellte ein Steak mit Eiern, das Steak rare, die Eier gut durch. Sie hatten Scrapple Philadelphia auf der Karte. Ich bestellte mir eine Portion mit Rühreiern. Und natürlich Kaffee.

»Möchten Sie unseren Spezialkaffee?«

Als ich wissen wollte, wie der aussah, warf die Bedienung Ballou einen verlegenen Blick zu. Darauf sagte ihr Mick, mir ganz normalen schwarzen Kaffee zu bringen; aber er hätte gern einen Spezialkaffee. Erst jetzt ging mir ein Licht auf, und ich war deshalb auch nicht weiter überrascht, als sich der Spezialkaffee als ein doppelter bis dreifacher Scotch in einer Kaffeetasse entpuppte.

»Warum gibst du seine Adresse nicht der Polizei?«, schlug Ballou vor.

»Das könnte ich natürlich tun. Aber ich weiß nicht, ob dabei was herauskäme. Als ich versucht habe, Anzeige gegen ihn zu erstatten, wollte mir Durkin nicht mal zuhören.«

»Ich weiß«, nickte er ernst. »Du musst das ganz allein durchziehen.«

»Glaubst du?«

»Davon bin ich sogar fest überzeugt. Diese Sache geht nur euch beide an; ihr müsst das ganz unter euch ausmachen.«

»Das Gefühl habe ich eigentlich auch«, sagte ich und nickte. »Aber ist das andrerseits nicht völlig absurd? Ich betrachte diesen Irren nicht als einen ebenbürtigen Gegner, dem ich mich in einem fairen Zweikampf stellen sollte. Dieser Kerl ist nichts als ein blutrünstiges Monster, dem ich nichts anderes wünsche, als dass er von einem Bus überfahren wird, wenn er das nächste Mal über die Straße geht.«

»Dem Busfahrer würde ich jedenfalls einen ausgeben.«

»Und ich würde ihm einen neuen Bus kaufen. Aber leider kann ich nicht warten, bis der Kerl unter einen Bus gerät, und kaum besser stehen die Chancen, dass ihn die Polizei aus dem Verkehr zieht. Erst heute habe ich einen Anruf von einem Polizeileutenant aus Ohio bekommen. Er hat sich der Sache auf eigene Faust angenommen und eine Motelangestellte aufgespürt, die Motley identifizieren konnte. Trotzdem bringt mich das keinen Schritt weiter. Mir bleibt nur eine Wahl: Ich muss diesen Kerl selbst stellen. Allerdings hätte ich auch gern gewusst, warum das eigentlich so ist.«

»Weil es sich hier um eine rein persönliche Angelegenheit zwischen dir und diesem Irren handelt.«

»Na, ich weiß nicht. Ich bin nicht mal richtig sauer auf den Kerl. Bis vor kurzem hatte ich zwar noch eine Stinkwut im Bauch, aber die habe ich an diesem Jungen im Park gründlich abreagiert. Ich kann dir sagen, Mick, mir ging plötzlich so der Gaul durch, dass ich diesen Jungen um ein Haar umgebracht hätte.«

»Um den wäre es sicher nicht schade gewesen.«

»Umso schlimmer hätte die Sache für mich ausgehen können. Stell dir vor, ich wäre deshalb in den Knast gewandert. Jedenfalls konnte ich dabei ordentlich Dampf ablassen. Ich muss zwar immer noch eine Mordswut im Bauch haben, aber so unwahrscheinlich es sich auch anhört: Ich spüre sie nicht. Eigentlich müsste ich dieses Schwein hassen wie die Pest, aber ich spüre keinen Hass. Das einzige, was ich spüre, ist …«

»Was?«

»Eine fürchterliche innere Unruhe.«

»Aha.«

»Diese vertrackte Geschichte geht nur mich etwas an. Ich bin derjenige, der dieses Problem lösen muss. Vielleicht liegt das daran, dass ich ihm vor zwölf Jahren etwas angehängt habe, was er nicht getan hat. Ich habe mich damals nicht an die Spielregeln gehalten, und deshalb habe ich alles, was seitdem passiert ist, nur mir selbst zuzuschreiben. Oder vielleicht ist das Ganze auch wesentlich einfacher. Da er die Sache so persönlich nimmt, lässt er auch mir gar keine andere Wahl, als sie ganz persönlich zu nehmen. Jedenfalls muss ich unbedingt etwas unternehmen. Es ist wie ein Felsbrocken vor meiner Tür. Wenn es mir nicht gelingt, ihn aus dem Weg zu räumen, werde ich mein Haus nie mehr verlassen können.« Ich trank meine Tasse aus und starrte eine Weile auf den Kaffeesatz, der wie Schlacke auf dem Boden klebte. »Allerdings habe ich es hier mit einem unsichtbaren Felsbrocken zu tun«, fuhr ich schließlich fort. »Alles, was ich von ihm konkret in Händen habe, ist dieses Phantombild, das auf meinen zwölf Jahre alten Erinnerungen basiert. Irgendwie ist dieser Kerl nicht zu fassen. Ich drehe mich zwar ständig nach ihm um, aber er ist nie so richtig da.«

»Aber kürzlich, auf diesem unbebauten Grundstück, war er doch da.«

»War er das tatsächlich? Genauso gut könnte unsere nächtliche Begegnung nur ein Traum gewesen sein. Ich habe ihn dabei kein einziges Mal richtig zu sehen bekommen. Und selbst das eine Mal, als ich ihm einen Schwinger verpassen wollte, habe ich mehr oder weniger blindlings drauflosgeschlagen. Es war stockdunkel, und alles, was ich von ihm sehen konnte, waren ein paar schemenhafte Umrisse. Wenige Augenblicke später lag ich mit der Schnauze im Dreck, und noch etwas später war ich ganz weg, und als ich wieder zu mir gekommen bin, war weit und breit kein Mensch mehr zu sehen. Vermutlich sollte ich für meine blauen Flecken sogar dankbar sein. Sie sind der einzige Beweis, dass ich alles nicht nur geträumt habe. Jedes Mal, wenn ich Blut pisse, werde ich daran erinnert, dass ich mit diesem Kerl noch eine Rechnung offen habe.«

Ballou nickte und strich mit dem rechten Zeigefinger über eine Narbe auf seinem linken Handrücken. »Manchmal können Schmerzen tatsächlich ein großer Trost sein.«

»Ich bin fest entschlossen, diesen Kerl wieder hinter Gitter zu bringen«, fuhr ich fort. »Komischerweise bringe ich dafür sogar bessere Voraussetzungen mit als jeder Polizist. Als normaler Staatsbürger habe ich mich nämlich nicht mit diesen dämlichen Bestimmungen des Obersten Gerichtshofs herumzuschlagen, an die sich jeder Polizist halten muss. Ich brauche keinen triftigen Grund, um seine Wohnung zu durchsuchen, und ich kann mir widerrechtlich Zutritt dazu verschaffen, ohne dass deswegen das dabei beschaffte Beweismaterial vor Gericht von vornherein ungültig wird. Ich muss ihn auch nicht vorher auf seine Rechte aufmerksam machen. Wenn ich ihm ein Geständnis entlocke, kann es nicht für ungültig erklärt werden, bloß weil er vorher nicht seinen Anwalt zu Rate ziehen konnte. Ich kann jedes einzelne gesprochene Wort auf Band festhalten, ohne vorher eine gerichtliche Genehmigung einholen zu müssen, und ich muss ihn nicht mal darauf aufmerksam machen, dass alles, was er sagt, auf Band festgehalten wird.«

Die Bedienung schenkte mir frischen Kaffee nach. »Ich bin fest entschlossen, ihm das Handwerk zu legen, Mick. Und ich werde dafür sorgen, dass diese Ratte für immer hinter Gitter wandert. Im Übrigen hast du völlig recht. Ich muss ihn vermutlich allein der Gerechtigkeit überführen.«

»Und wenn dir das nicht gelingt? Was ist, wenn du von deiner Waffe Gebrauch machen musst?«

»Wenn mir keine andere Wahl bleibt, werde ich das bedenkenlos tun.«

»Ich an deiner Stelle würde sofort davon Gebrauch machen. Bei so einem Kerl darf man nicht lange fackeln; den würde ich sogar von hinten abknallen.«

Vielleicht würde das auch ich tun. Aber ich war mir noch nicht im Klaren darüber, wie ich mich im konkreten Fall verhalten würde. Meine Suche nach Motley kam mir inzwischen vor, als jagte ich einem versprengten Nebelfetzen hinterher, obwohl längst die Sonne durchgekommen war. Außer einer Adresse und einer Wohnungsnummer hatte ich keinerlei konkrete Anhaltspunkte; und es war nicht einmal gesagt, dass er überhaupt noch dort wohnte.

Als ich noch bei der Polizei war, gab es eine ganze Reihe von Restaurants, in denen ich umsonst essen konnte. Die Besitzer sahen es offensichtlich gern, wenn sich ein Polizist unter den Gästen befand, und ließen sich dieses Vergnügen bereitwillig eine Gratismahlzeit kosten. Genauso scheinen es manche Lokale mit Gangstern vom Kaliber eines Mick Ballou zu halten; jedenfalls mussten Mick und ich nichts für unser Essen bezahlen. Wir ließen jeder fünf Dollar Trinkgeld auf dem Tisch, und auf dem Weg nach draußen holte sich Mick am Tresen noch zwei Container mit Kaffee.

Unter dem Scheibenwischer des Cadillacs klemmte ein Strafzettel. Ballou faltete ihn kommentarlos zusammen und steckte ihn in seine Hosentasche. Der Himmel begann sich bereits zu lichten, und es war ein stiller und frischer Morgen. Ballou fuhr erst ein Stück am Fluss entlang und dann auf der Washington Bridge nach Jersey hinüber. Dort nahm er den Palisades Parkway in

Richtung Norden und hielt schließlich an einem Aussichtspunkt hoch über dem Hudson. Er fuhr mit der Kühlerhabe ganz dicht an die Absperrung. Wir blieben im Wagen sitzen und sahen zu, wie über der Stadt der Tag anbrach. Ich glaube nicht, dass wir mehr als ein Dutzend Worte gewechselt hatten, seit wir den Schnellimbiss verlassen hatten, und auch jetzt sprach keiner von uns ein Wort.

Nach einer Weile nahm Ballou die beiden Kaffeecontainer aus der Papiertüte und reichte einen davon mir. Dann beugte er sich über meine Beine und holte einen silbernen Flachmann aus dem Handschuhfach. Er schraubte den Verschluss ab und gab einen Schuss Whiskey in seinen Kaffee. Darauf muss ich wohl eine ziemlich deutliche Reaktion gezeigt haben, da er sich zu mir herumdrehte und fragend die Augenbrauen hob.

»So habe ich früher meinen Kaffee auch getrunken«, sagte ich.

»Mit zwölf Jahre altem irischem Whiskey?«

»Mit jeder Art von Whiskey. Meistens mit Bourbon.«

Er schraubte den Flachmann wieder zu, und nachdem er einen kräftigen Schluck von seinem mit Whiskey verlängerten Kaffee genommen hatte, sagte er: »Manchmal finde ich es richtig schade, dass du nichts mehr trinkst.«

»Das hast du schon mal gesagt.«

»Und soll ich dir noch was sagen? Ich würde dir auch ohne Zögern den Arm brechen, wenn du jetzt nach dem Flachmann greifen würdest.«

»Du möchtest nur nicht, dass ich dir deinen Whiskey wegsaufe.«

»Ich möchte, dass du niemandem seinen Whiskey wegsäufst, Matt. Warum, könnte ich dir allerdings nicht sagen. Warst du schon mal hier oben?«

»Schon seit Jahren nicht mehr. Und nie um diese Zeit.«

»Du kannst mir glauben, es gibt keine bessere. Nachher gehen wir noch zur Messe.«

»Ach?«

»Um acht Uhr in St. Bernard's. Die Metzgermesse. Ich hab dich doch schon mal mitgenommen. Was soll daran so komisch sein?«

»Ich verbringe die halbe Zeit meines Lebens in irgendwelchen Kirchenkellern, aber du bist der einzige Mensch, den ich kenne, der in die Kirche geht.«

»Tun das deine trockenen Freunde denn nicht?«

»Einige wohl schon, aber ich habe noch keinen darüber sprechen hören.

Weshalb willst du mich eigentlich unbedingt zu diesem Gottesdienst mitschleppen, Mick? Ich bin doch nicht mal katholisch.«

»Bist du denn nicht katholisch erzogen worden?«

Ich schüttelte den Kopf. »Meine Eltern waren ziemlich halbherzige Protestanten. Und sie waren auch keine sehr eifrigen Kirchgänger.«

»Ist ja auch egal. Man muss nicht katholisch sein, um zur Messe zu gehen, oder?«

»Ich weiß nicht.«

»Ich gehe jedenfalls nicht wegen Gott. Und ich gehe auch nicht wegen der verdammten Kirche. Ich gehe, weil das mein Vater jeden Morgen getan hat. Sein ganzes Leben lang.« Er nahm einen kurzen Schluck aus dem Flachmann. »Ah, das tut gut. Eigentlich viel zu gut für den Kaffee. Ich weiß nicht, warum mein Alter gegangen ist, und ich weiß auch nicht, warum ich gehe. Manchmal ist mir nach einer langen Nacht einfach danach, und heute war so eine Nacht, und eine verdammt gute noch dazu. Deshalb fände ich es schön, wenn du noch zur Messe mitkämst.«

»Gut.«

Er fuhr in die Stadt zurück und parkte den Wagen vor Twomey's Bestattungsinstitut in der West Fourteenth. Die Acht-Uhr-Messe fand in einer kleinen Kapelle im Seitenschiff von St. Bernard's statt.

Es waren keine zwei Dutzend Leute anwesend. Etwa die Hälfte davon trugen wie Ballou weiße Schlachterschürzen. Nach der Messe würden sie in den Fleischmärkten, die südlich und westlich der alten Kirche lagen, zur Arbeit gehen.

Ich richtete mich ganz nach den anderen; ich stand auf, setzte mich oder kniete nieder, wenn sie das taten. Nur als sie zur Kommunion nach vorn gingen, blieb ich, wo ich war – genau wie Mick und noch drei oder vier andere.

Zurück im Wagen sagte er: »Und wo soll's jetzt hingehen? In dein Hotel?«

Ich nickte. »Ich sollte mich jetzt besser schlafen legen.«

»Glaubst du nicht, du würdest an einem Ort, den er nicht kennt, besser schlafen? Ich hätte da eine Wohnung, die du bis auf weiteres benutzen könntest.«

»Vielleicht später«, winkte ich ab. »Im Augenblick habe ich noch nichts zu befürchten. Er will mich bis zum Schluss aufsparen.«

Kapitel 20

Ballou hielt vor dem Eingang des Northwestern, ließ aber den Motor laufen. »Hast du die Kanone?«

»In meiner Tasche.«

»Wenn du noch mehr Munition brauchst ...«

»Wenn ich noch mehr Munition brauche, ist mir nicht mehr zu helfen.«

»Na ja, falls du sonst irgendwas brauchst.«

»Danke, Mick.«

»Manchmal finde ich es richtig schade, dass du nichts trinkst«, sagte er, »und manchmal bin ich froh drum.« Er sah mich an. »Kannst du dir das erklären?«

»Nein, aber ich kann es gut verstehen. Manchmal finde ich es schade, dass du trinkst, und manchmal bin ich froh drum.«

»Nächte wie diese habe ich mir noch nie mit jemandem um die Ohren geschlagen.«

»Ich auch nicht.«

»Die Messe war doch in Ordnung, oder?«

»Klar.«

Er sah mich forschend an. »Betest du eigentlich manchmal?«

»Manchmal führe ich Selbstgespräche – aber natürlich nur im Kopf.«

»Ich weiß, was du meinst.«

»Vielleicht ist das so ähnlich wie beten. Aber keine Ahnung, vielleicht tue ich es tatsächlich in der Hoffnung, dass jemand zuhört.«

»Ach?«

»Erst kürzlich habe ich ein neues Gebet gehört. Der Betreffende hat behauptet, es wäre das beste, das er kennt. *Danke für alles, wie es ist.*«

Ballous Augen verengten sich, als er die Worte stumm nachsprach. Dann grinste er mich breit an. »Wirklich nicht übel. Wo hast du das gehört?«

»Bei einem Treffen.«

»Solchen Kram erzählt ihr euch also bei diesen Treffen?« Er lachte leise in sich hinein, und ich dachte schon, er wollte dem noch etwas hinzufügen.

Aber stattdessen richtete er sich in seinem Sitz auf und sagte: »Ich will dich nicht mehr länger aufhalten, Matt. Du bist sicher müde.«

Oben auf meinem Zimmer zog ich den Mantel aus und hängte ihn an den Haken. Dann holte ich den Revolver aus der Tasche meines Jacketts. Ich ließ die Trommel herausschnappen und leerte die Kugeln in meine Handfläche. Es waren Hohlmantelgeschosse, die beim Aufprall größer wurden. Dadurch richteten sie mehr Schaden an als gewöhnliche Geschosse. Zugleich verringerte sich das Querschlägerrisiko, da das Geschoss beim Aufprall auf eine feste Oberfläche sofort splitterte und nicht als Ganzes abprallte.

Wenn mein Dienstrevolver damals mit solchen Hohlmantelgeschossen geladen gewesen wäre, hätte ich vielleicht nicht den Tod dieses kleinen Mädchens in Washington Heights verursacht. Doch wer hätte schon sagen können, welchen Unterschied das in meinem oder ihrem Leben wirklich gemacht hätte. Ich hatte mal eine Phase gehabt, in der ich stundenlang nur diesem einen Gedanken nachhing und dabei Unmengen von Alkohol in mich hineinschüttete.

Ich lud den Revolver wieder. Um ein Gefühl für die Waffe zu bekommen, begann ich auf alle möglichen Gegenstände im Raum zu zielen. Dann zog ich meine Jacke aus und probierte eine Weile herum, wie sich der Revolver am besten ziehen ließ. Nach einer Weile gelangte ich zu der Überzeugung, dass ich mit einem Schulterholster am besten beraten wäre. Deshalb machte ich mir eine entsprechende Notiz. Da waren noch ein paar Dinge, die ich brauchte. Handschellen zum Beispiel, damit Motley keine Dummheiten machen konnte, wenn ich ihm auf den Zahn fühlte; und vor allem auch, um diese fast übermenschlichen Kräfte in seinen Händen zu bändigen. Handschellen gab es in jedem Fachgeschäft für Polizeibedarf. Ich wusste von mindestens einem solchen Laden nicht weit vom Polizeipräsidium in der Innenstadt, und wenn ich mich recht erinnerte, gab es auch in den East Twenties, draußen bei der Polizeiakademie, ein solches Fachgeschäft. Am besten, ich schaute dort auf dem Weg zur Lepcourt-Wohnung vorbei. Mit Sicherheit bekam ich dort auch ein Schulterholster. Ein Teil des Warenangebots in diesen Läden darf zwar nur an Polizisten verkauft werden, aber die meisten Produkte sind frei erhältlich und keinerlei Verkaufsbeschränkungen unterworfen, und Handschellen fielen mit Sicherheit unter diese Kategorie.

Sie hatten dort auch kugelsichere Westen, und ich spielte bereits mit dem Gedanken, mir eine zuzulegen. Andrerseits war ziemlich unwahrscheinlich, dass Motley auf mich schießen würde, und gegen einen Messerstich hätte das feinmaschige Drahtgeflecht keinen nennenswerten Schutz geboten. Die Frage war allerdings, ob sie mir vielleicht gegen seine Finger einen gewissen Schutz bieten konnte. Um das in Erfahrung zu bringen, hätte ich mich jedoch an den Verkäufer wenden müssen. Aber wie hätte es sich wohl angehört, wenn ich ihn gefragt hätte: »Bietet diese Weste auch ausreichenden Schutz, wenn mich jemand in die Rippen piekst?«

Auch ein kleines Tonbandgerät konnte nicht schaden. Am besten war für meine Zwecke eines dieser Diktiergeräte mit Minikassetten geeignet. Bei Reliable hatten sie massenhaft von diesen Dingern herumliegen, und vielleicht hätte ich mir sogar für ein paar Tage eines ausleihen können. Oder sollte ich mir besser gleich selbst eines zulegen? Da es für meine Zwecke ein ganz einfaches Gerät tat, konnte es nicht so wahnsinnig viel kosten.

Ich legte den Revolver auf die Kommode und zog mich aus. Dann ging ich ins Bad und ließ die Badewanne einlaufen. Bis sie voll war, stellte ich den Fernseher an und schaltete der Reihe nach alle Programme durch. Schließlich fand ich einen Privatsender, auf dem sie gerade Nachrichten brachten. Darin ging es erst eine Weile über die momentane Krise im Kreditwesen, doch dann teilte eine vor guter Laune nur so sprühende junge Reporterin den Zuhörern mit einem strahlenden Blendaxlächeln mit, die Polizei glaube inzwischen an einen möglichen Zusammenhang zwischen dem Mord an einem Hilfspolizisten im West Village und einem brutalen Überfall, der sich kurz vor Tagesanbruch im exklusiven Turtle Bay ereignet hatte.

Da ich von einem Mord an einem Hilfspolizisten bisher noch nichts gehört hatte, bekam ich sofort große Ohren. Sie wurden sogar noch größer, als die Reporterin mit dem Blendaxlächeln hinzufügte, die Polizei hielte es nicht für ausgeschlossen, dass die beiden Gewalttaten in Zusammenhang mit dem brutalen Mord an Elizabeth Scudder standen, der sich vor wenigen Tagen in deren Wohnung am Irving Place ereignet hatte. Das Opfer des brutalen Überfalls war eine alleinstehende Frau in der East Fifty-first Street, die mit zahlreichen Stichwunden und anderen nicht näher genannten Verletzungen ins New York Hospital eingeliefert worden war.

Im selben Augenblick wurde auch schon der Eingang des Hauses

eingeblendet, durch den zwei Sanitäter eine Bahre zu einem wartenden Krankenwagen brachten. Ich versuchte einen Blick auf das Gesicht der Frau auf
der Bahre zu erhaschen, konnte es aber nicht erkennen.

Dann kam die Reporterin wieder ins Bild. Ihr Blendaxlächeln war inzwischen einem Gesichtsausdruck gewichen, der wohl Betroffenheit signalisie-
ren sollte. Das Opfer, schnatterte sie weiter, würde gerade einer Notoperation
unterzogen; ein Sprecher der Polizei hätte ihre Überlebenschancen jedoch
als sehr gering bezeichnet. Ihre Identität sollte erst bekanntgegeben werden,
sobald ihr nächsten Angehörigen verständigt waren.

Ich hatte zwar das Gesicht der Frau nicht sehen können, aber umso deutlicher war der Eingang des Gebäudes zu erkennen gewesen. Außerdem kannte
ich die Adresse. Aber ich hätte auch Bescheid gewusst, wenn sie sie nicht angegeben hätten. Das hatte ich schon von dem Augenblick an, als der Bericht
begann.

Es dürfte kaum länger als fünf Minuten gedauert haben, bis ich mich angezogen und die Wohnungstür hinter mir geschlossen hatte. Im selben Moment begann das Telefon zu klingeln. Ich ließ es läuten.

Kapitel 21

So muss es wohl passiert sein. Am Donnerstagabend gegen zehn Uhr, also etwa zu dem Zeitpunkt, als das Treffen in St. Paul's zu Ende ging, kehrten Andrew Echevarria und Gerald Wilhelm von ihrem abendlichen Streifengang, zu dem sie um sechs Uhr aufgebrochen waren, in das sechste Revier in der West Tenth Street zurück und meldeten sich dort vom Dienst ab. Die beiden Männer gehörten zu den fünf Hilfspolizeipatrouillen des Reviers, die, mit Gummiknüppeln und Walkie-Talkies ausgerüstet, die regulären Polizeikräfte bei ihrer Überwachungstätigkeit unterstützten. Zugleich diente ihr Einsatz dem Zweck, auf den Straßen den Eindruck stärkerer Polizeipräsenz zu erwecken.

Gerald Wilhelm hängte seine Uniform in sein Schließfach und trat den Heimweg in Zivilkleidung an. Dagegen ging Andrew Echevarria, wie er das immer tat, in Uniform nach Hause. Er verließ die Polizeistation etwa zwanzig Minuten nach zehn und machte sich auf den Weg zu einem ehemaligen Lagerhaus in der Horatio Street zwischen Washington und West, wo er mit seiner Lebensgefährtin, einer Textildesignerin namens Clarence Freudenthal, eine Zweizimmerwohnung bewohnte.

Vielleicht war ihm Motley schon gefolgt, seit er den Dienst angetreten hatte. Vielleicht hatte er sich aber auch erst an seine Fersen geheftet, als er aus dem Polizeirevier kam. Ebenso wenig war jedoch auszuschließen, dass seine Tat einem spontanen Entschluss entsprungen war. Für letztere Annahme sprach zum einen der Umstand, dass sich Motley häufig im Westteil des Village herumtrieb; zum anderen war er nicht der Typ, der jede seiner Aktionen auf lange Sicht plante.

Über sein weiteres Vorgehen herrschte dagegen ziemliche Klarheit. Er lockte Echevarria in eine dunkle Durchfahrt; vermutlich, indem er ihn unter irgendeinem Vorwand um Hilfe bat. Da der junge Hilfspolizist, der tagsüber am Schalter einer Fluggesellschaft arbeitete, noch in Uniform war, dürfte er nichts Ungewöhnliches darin gesehen haben, dass jemand ihn um Hilfe bat. Doch im selben Augenblick fiel Motley auch schon über ihn her und würgte ihn vermutlich so lange, bis er das Bewusstsein verlor.

Aber so brachte er ihn nicht um. Dazu benutzte er ein Messer mit einer langen, schmalen Klinge. Bevor er es jedoch Echevarria ins Herz stieß, zog er ihm noch Hemd und Uniformjacke aus.

Anschließend entkleidete er den Toten weiter und ließ ihn, nur noch mit Socken und Unterhose bekleidet, in der Durchfahrt liegen. Um seinem Opfer die Hose über die Beine streifen zu können, musste er ihm auch die Schuhe ausziehen. Aber entweder passten sie ihm nicht, oder er wollte lieber seine eigenen anbehalten – jedenfalls ließ er sie am Tatort zurück. (Überraschenderweise waren sie immer noch da, als die Polizei den Toten entdeckte. Wäre die Leiche von einem zufällig vorbeikommenden Passanten gefunden worden, wären die Schuhe vermutlich längst weg gewesen.)

Motley ließ Echevarria, tot und nur mit Socken und Unterhose bekleidet, in der dunklen Durchfahrt liegen. Die Unterhose war auf die Schenkel des Opfers hinabgezogen. Ganz offensichtlich hatte sich Motley an dem Toten vergangen. Bei der Obduktion konnten jedoch keine Spermaspuren im Anus des Toten festgestellt werden. Es war zwar zu einer analen Penetration gekommen, aber entweder hatte der Täter nicht ejakuliert, oder er hatte dazu Echevarrias Gummiknüppel verwendet.

Als Motley den Tatort verließ, nahm er neben dem Knüppel auch Echevarrias übrige Ausrüstung mit: Handschellen mit dazugehörigem Schlüssel, Notizbuch, Walkie-Talkie, Hilfspolizistendienstmarke und natürlich die gesamte aus Jacke, Hemd, Hose und Mütze bestehende Uniform. Vermutlich behielt er jedoch seine eigene Kleidung an und nahm seine Beute in einer Einkaufstüte oder etwas ähnlichem mit. (Letzteres deutete darauf hin, dass Motley den Überfall auf Echevarria längerfristig geplant und sich ganz bewusst einen uniformierten Polizisten von seiner Körpergröße und Statur ausgesucht hatte.)

Laut Obduktionsbefund war Echevarrias Tod zwischen 22 Uhr 30 und 22 Uhr 45 eingetreten. Sein Mörder dürfte den Tatort aller Wahrscheinlichkeit nicht später als dreiundzwanzig Uhr verlassen haben. Auf einen anonymen Anruf hin entdeckten eine Stunde später zwei Polizisten die Leiche an der Stelle, wo der Mörder sie liegengelassen hatte. Nur dem Umstand, dass einer der beiden Polizisten Echevarria zufällig vom Sehen kannte, war es zu verdanken, dass die Identität des Toten und seine Zugehörigkeit zur Hilfspolizei so rasch festgestellt werden konnten.

Zu diesem Zeitpunkt war James Leo Motley jedoch längst über alle Berge. Er hatte am Tatort keinerlei Spuren hinterlassen, die auf seine Täterschaft hätten hindeuten können. Vermutlich hatte er unmittelbar nach der Tat die Lepcourt-Wohnung in der East Twenty-fifth Street aufgesucht, um dort Echevarrias Uniform anzuziehen. Ob er sich darin wohl im Spiegel betrachtet hatte? Fast glaubte ich ihn vor mir sehen zu können, wie er vor dem Kleiderschrank auf und ab stolzierte und lässig mit dem Gummiknüppel in seine Handfläche klopfte. Und es hätte mich auch nicht gewundert, wenn er wie jeder Berufsanfänger seit den Zeiten, als Teddy Roosevelt noch Untersuchungsrichter war, probiert hätte, den Knüppel mit einem eleganten Schwung um seinen Zeigefinger kreisen zu lassen.

Das sind freilich nur Spekulationen. Was er wirklich getan hat, dürfte vermutlich genauso für immer ungewiss bleiben wie der Zeitpunkt, an dem er in der Wohnung in der Twenty-fifth Street eintraf und diese wieder verließ. Er könnte durchaus zu Hause gewesen sein, als ich vom Hinterhof durch das Gestänge der Feuerleiter zu seinem Fenster hochspähte und dem leisen Rascheln der Ratten lauschte, die zwischen den Mülltonnen nach etwas Fressbarem suchten. Oder er hatte direkt hinter der Wohnungstür gestanden, als ich mein Ohr dagegen presste und nach irgendwelchen Anzeichen Ausschau hielt, ob Licht in der Wohnung brannte.

Allerdings halte ich das für ziemlich unwahrscheinlich. Vermutlich hielt er sich nicht länger als unbedingt nötig in der Wohnung auf, um aus seinen Kleidern zu schlüpfen und die Uniform seines Opfers anzuziehen. Aber mit Sicherheit wird sich auch das vermutlich nie feststellen lassen.

Um halb fünf Uhr morgens, als Mick Ballou und ich gerade frühstückten, betrat er schließlich die Eingangshalle des Hauses Nummer 345 in der East Fifty-first Street.

Er wählte die einfachste Methode, um die Schlösser an Elaines Wohnungstür zu knacken. Er brachte sie selbst dazu, sie für ihn aufzuschließen.

Vorher galt es jedoch noch, am Türsteher vorbeizukommen. Dazu betrat er in voller Uniform die Eingangshalle und gab ihm zu verstehen, dass er eine Hausbewohnerin sprechen wollte – an dieser Stelle blätterte er kurz in seinem schwarzen, ledergebundenen Notizbuch – eine gewisse Elaine Mardell.

Die Türsteher hatten grundsätzlich Anweisung, keine unangemeldeten

Besucher ins Haus zu lassen; außerdem war ihnen diese Sicherheitsvorkehrung, was Elaine Mardell betraf, erst kürzlich noch einmal ganz besonders ans Herz gelegt worden. Trotzdem könnte es der Türsteher in diesem Fall auf Motleys Ersuchen hin unterlassen haben, Elaine in ihrer Wohnung anzurufen. Eine Uniform setzt oft mehr Vorschriften außer Kraft, als man denkt.

Jeder reguläre Polizeibeamte hätte natürlich sofort bemerkt, dass es sich bei Motley nur um einen Hilfspolizisten handelte. Wenn man wusste, worauf es ankam, war es nicht weiter schwierig, den Unterschied festzustellen. Anstelle der runden Plakette hatten die Hilfspolizisten einen siebenzackigen Stern als Dienstmarke, die Schulterklappen ihrer Uniform waren anders, und vor allem trugen sie keine Schusswaffe. Aber das war auch schon alles. Außerdem gab es in New York so viele verschiedene Arten von Polizei, angefangen von den Beamten der Einwanderungsbehörde bis hin zur Baupolizei, dass Motley in jedem Fall recht überzeugend gewirkt haben dürfte.

Er bat also den Türsteher, Elaine anzurufen. Der Türsteher musste es eine Weile klingeln lassen, da sie um diese Zeit fest schlief. Als sie schließlich doch an den Apparat kam, teilte er ihr mit, dass sie ein Polizist zu sprechen wünschte, und gab dann den Hörer an Motley weiter.

Vielleicht verstellte er seine Stimme. Nötig wäre das aber nicht gewesen. Wie ich von Elaine wusste, wurde über das Haustelefon jede Stimme zur Unkenntlichkeit verzerrt. Es bleibt allerdings dahingestellt, ob das auch Motley wusste. Wie dem auch sei, Elaine hatte seine Stimme, abgesehen von ein paar kurzen Anrufen, zwölf Jahre nicht mehr gehört, und außerdem hatte ihr der Türsteher gerade versichert, dass sie ein Polizist zu sprechen wünschte. Und nicht zuletzt dürfte dabei auch eine gewisse Rolle gespielt haben, dass sie gerade aus dem Bett kam und noch nicht richtig wach war.

Motley erklärte ihr, dass er ihr in einer wichtigen Angelegenheit ein paar Fragen zu stellen hätte. Als sie darauf wissen wollte, worum es sich handelte, köderte er sie mit dem Hinweis, es wäre ein Mord passiert und das Opfer wäre jemand, den sie kannte. Als sie darauf den Namen des Toten wissen wollte, nannte er ihr den meinen.

Daraufhin forderte sie ihn auf, unverzüglich nach oben zu kommen. Der Türsteher zeigte ihm den Weg zum Lift.

Als sie durch den Spion schaute, stand ein Polizist vor ihrer Tür. Seine obere Gesichtshälfte war durch die Mütze verdeckt, er trug eine billige

Drugstorebrille, und sein Kinn war zum Teil durch das Notizbuch verdeckt, das er gegen seine Brust drückte. Vermutlich wäre das alles gar nicht nötig gewesen. Schließlich erwartete sie einen Polizisten; sie hatte doch gerade übers Haustelefon mit ihm gesprochen. Und da stand er nun vor ihrer Tür, in Uniform und allem, was sonst noch dazugehörte. Außerdem dürfte sie an diesem Punkt mit ihren Nerven ziemlich am Ende gewesen sein; da war zum einen die ständige Angst, selbst umgebracht zu werden, und nun war auch noch der einzige Mensch, der sie davor hätte bewahren können, tot.

Sie entriegelte sämtliche Schlösser und ließ ihn in die Wohnung.

Dort sollte er dann mehr als zwei Stunden bleiben. Er hatte das Messer bei sich, mit dem er Andrew Echevarria erstochen hatte – ein Stilett mit einem Springfedermechanismus und einer zwölf Zentimeter langen Klinge. Außerdem war er mit Echevarrias Gummiknüppel bewaffnet, nicht zu vergessen natürlich seine Hände mit den langen, kräftigen Fingern.

Und damit machte er sich nun über Elaine her.

Was genau er mit ihr angestellt hat und in welcher Reihenfolge, darüber möchte ich lieber erst gar nicht nachzudenken beginnen. Feststehen dürfte zumindest, dass sie mehrere Male das Bewusstsein verlor. Außerdem dürfte er ziemlich viel mit ihr gesprochen haben; ich kann mir jedenfalls sehr gut vorstellen, wie er ihr in aller Ausführlichkeit erzählte, wie stark und raffiniert und gerissen er wäre. Vielleicht warf er dabei auch mit Zitaten von Nietzsche oder irgendeinem anderen Genie aus der Gefängnisbibliothek um sich.

Als er die Wohnung schließlich wieder verließ, lag Elaine bäuchlings auf dem weißen Teppich im Wohnzimmer, der sich gierig mit ihrem Blut vollsog. Es ist nicht auszuschließen, dass er sie dort in der Annahme liegen ließ, sie wäre bereits tot. Mit Sicherheit hatte sie einen schweren Schock erlitten; sowohl ihr Atem als auch alle anderen Körperfunktionen dürften demnach unterhalb der Wahrnehmungsgrenze gelegen haben. Aber weder ihr Atem noch ihr Herzschlag hatten tatsächlich ausgesetzt. Trotzdem wäre sie auf dem Boden des Wohnzimmers verblutet, wäre da nicht der Türsteher gewesen.

Emilio Lopes war ein großer, kräftig gebauter Brasilianer mit dichtem, schwarzem Haar und einem Bauch, der den Knöpfen seiner Uniformjacke schwer zu schaffen machte. Etwa eine Stunde, nachdem er Motley nach oben geschickt hatte, waren ihm plötzlich Bedenken gekommen. Nach einigem

Hin und Her beschloss er, in Elaines Wohnung anzurufen, ob auch alles in Ordnung sei.

Obwohl er es ziemlich lange läuten ließ, meldete sich niemand. Möglicherweise machte Motley das Klingeln des Haustelefons nervös. Jedenfalls schien er es ziemlich eilig zu haben, als er gegen sieben Uhr nach unten kam und das Haus verließ. Das bestärkte Lopes zusätzlich in seinem Verdacht. Er versuchte noch einmal, in Elaines Wohnung anzurufen. Natürlich meldete sich auch diesmal niemand. Und dann fiel ihm plötzlich das Phantombild ein, das ich ihm erst kürzlich gezeigt hatte – das Porträt des Mannes, der auf gar keinen Fall Zutritt zu Elaine Mardells Wohnung erhalten sollte. Im selben Augenblick kam ihm ein schrecklicher Gedanke. Sollte sich unter dieser Polizeiuniform eben dieser Mann verborgen haben? Je länger er darüber nachdachte, desto mehr bestätigte sich ihm dieser schreckliche Verdacht.

Er verließ seinen Posten und fuhr im Lift nach oben. Auch auf sein mehrfaches Klingeln und Klopfen öffnete niemand. Da Motley die Tür hinter sich zugezogen hatte, ließ sie sich von außen nicht öffnen. Zwar waren weder die beiden Panzerriegel vorgelegt noch das reguläre Türschloss abgesperrt, aber vorerst erfüllte auch das Schnappschloss, das die Tür beim Schließen automatisch verriegelte, seinen Zweck.

Lopes wollte bereits wieder nach unten gehen, um den Zweitschlüssel zu holen. Doch dann überlegte er es sich doch anders und tat etwas, was nur die wenigsten Türsteher getan hätten.

Er holte aus und trat gegen die Tür. Als sie nicht nachgab, trat er noch einmal zu, diesmal mit aller Kraft. Er war ein Hüne von einem Mann, und seine Beine waren von dem gewaltigen Gewicht, das sie den ganzen Tag zu schleppen hatten, stark und stämmig. Dazu kam noch, dass er in seiner Jugend, als er noch schlanker und beweglicher war, ein hervorragender Fußballspieler gewesen war.

Das Schnappschloss gab nach, und die Tür flog auf. Elaine lag direkt vor ihm auf dem Boden. Entsetzt eilte er an ihre Seite und kniete neben ihr nieder. Dann stand er wieder auf, bekreuzigte sich hastig und wählte die Notrufnummer. Er wusste, dass es dafür längst zu spät war. Aber er tat es trotzdem.

Das alles muss passiert sein, während ich im Flame Kaffee trank und mich auf den Weg zum Mother Goose machte; während ich mit Danny Boy am Tisch saß, gepflegten Cool Jazz hörte und ihm und Brian für ihre Bemühungen ein paar Scheine zusteckte; während ich mit Mick Ballou alte Geschichten austauschte, ein paar Ratten bei ihrem Frühstück störte und mit Blick auf den Hudson Scrapple aß; und während ich mit Ballou in seinem Wagen Kaffee trank und zusah, wie über der Stadt die Sonne aufging.

Vielleicht haben sich ein paar Dinge in Wirklichkeit ganz anders abgespielt, und mit Sicherheit dürfte auch einiges passiert sein, wovon ich nichts weiß und auch nie etwas erfahren werde. Aber ansonsten steht für mich außer Zweifel, dass es sich im Wesentlichen genau so abgespielt haben muss. In einem Punkt bin ich sogar ganz sicher. Es ist genauso gekommen, wie es kommen musste. Andy Echevarria und Elaine mögen in diesem Punkt vielleicht etwas anderer Meinung sein. Aber falls Sie diesbezüglich irgendwelche Zweifel haben sollten, wenden Sie sich jederzeit vertrauensvoll an Marc Aurel. Er wird Ihnen das alles sicher gern erklären.

Kapitel 22

Das New York Hospital liegt an der Kreuzung von York und Sixty-eighth. Das Taxi lud mich am Eingang der Notaufnahme ab. Als ich mich nach Elaine Mardell erkundigte, teilte mir die Rezeptionsschwester mit, sie wäre bereits operiert worden und läge jetzt auf der Intensivstation. Anhand eines Übersichtsplans der Klinik erklärte sie mir, wie ich am schnellsten dorthin kam.

Am Eingang der Intensivstation musste ich mir dann allerdings von der zuständigen Schwester sagen lassen, dass nur die nächsten Familienangehörigen Zutritt hatten. Als ich ihr daraufhin versicherte, dass die Patientin keine Angehörigen mehr hatte und ich vermutlich der Mensch wäre, der ihr am nächsten stand, wollte sie wissen, in welcher Beziehung wir zueinander standen. Darauf erklärte ich ihr, wir wären befreundet. Als sie sich damit nicht zufrieden gab und auch noch wissen wollte, ob unsere Beziehung intimer Natur wäre, bejahte ich das. Ja, wir hätten eine intime Beziehung. Darauf trug sie meinen Namen in eine Karteikarte ein und versah das Ganze mit einem kurzen Vermerk.

Anschließend führte sie mich in ein Wartezimmer, in dem bereits mehrere andere Leute saßen; rauchend, Zeitung lesend oder einfach nur blicklos vor sich hin starrend, warteten sie darauf, dass ein Mensch, der ihnen nahestand, starb. Ohne wirklich etwas wahrzunehmen, schlug ich eine Sportzeitung auf. Wenn ich trotzdem von Zeit zu Zeit eine Seite weiter blätterte, geschah das vollkommen automatisch.

Nach einer Weile kam ein Arzt in den Warteraum, ließ kurz seinen Blick über die Anwesenden gleiten und rief meinen Namen auf. Als ich mich darauf von meinem Platz erhob, winkte er mich auf den Gang hinaus. Sein Gesicht wirkte noch sehr jugendlich, aber in seinem Haar machten sich bereits eine Menge grauer Strähnen bemerkbar.

Nach kurzem Zögern begann er schließlich: »Ich weiß nicht, wie ich es Ihnen beibringen soll. Es sieht nicht gut aus.«

»Wird sie durchkommen?«

»Wir haben sie fast vier Stunden lang operiert. Ich könnte Ihnen nicht mehr sagen, wie viel Bluttransfusionen sie bekommen hat. Sie hatte schon bei ihrer Einlieferung eine Menge Blut verloren – und dazu kamen noch die schweren inneren Blutungen. Es ist uns übrigens noch immer nicht gelungen, die Blutungen ganz zu stoppen, und sie muss weiter Transfusionen erhalten.« Er rang beim Sprechen nervös mit den Händen. Ich glaube nicht, dass er sich dessen bewusst war.

»Wir mussten ihr die ganze Milz herausnehmen«, fuhr er fort. »Man kann natürlich auch ohne Milz leben; es gibt genügend Leute, an denen wir diesen Eingriff vorgenommen haben und die damit keinerlei Probleme haben. Allerdings haben auch fast alle anderen inneren Organe schwere Schäden davongetragen. Ihre Nierenfunktion ist stark beeinträchtigt, die Leber erheblich in Mitleidenschaft gezogen ...«

Er zählte mir die ganze Liste ihrer Verletzungen auf. Ich registrierte nur die Hälfte von dem, was er sagte, und was ich davon wirklich verstand, war noch wesentlich weniger. »Wir haben sie intubiert«, fuhr er mit seiner Aufzählung fort, »und sie wird künstlich beatmet. Ihre Lungen arbeiten nicht mehr. Das passiert manchmal; im medizinischen Fachjargon nennt man das Pneumothorax. Am häufigsten tritt dieses Symptom bei Opfern von Verkehrsunfällen auf. Plötzlich versagen die Lungen einfach den Dienst.«

Das war noch keineswegs alles, aber das meiste hörte sich für mich zu kompliziert an, als dass ich mir darunter etwas vorstellen konnte. Ich fragte den Arzt, wie ihre Überlebenschancen wären.

»Ziemlich gering«, gab er mir zu verstehen und fügte dem auch noch eine Aufzählung sämtlicher Komplikationen hinzu, die während der nächsten Tage eintreten konnten.

Ich fragte ihn, ob ich sie sehen könnte.

»Für ein paar Minuten«, nickte er. »Sie hat starke Schmerz- und Beruhigungsmittel bekommen und wird, wie gesagt, künstlich beatmet.«

Er führte mich zu einer Tür im hinteren Teil der Intensivstation. »Machen Sie sich schon mal auf das Schlimmste gefasst«, warnte er mich. »Sie bietet keinen sehr erfreulichen Anblick.«

Das Krankenzimmer war vollgepackt mit medizinischen Geräten, die durch ein undurchschaubares Gewirr aus Schläuchen, Kabeln und Drähten miteinander verbunden waren. Es war ein hektisches Zahlenflackern, Zeigerzucken und Oszillographenzittern, untermalt von unablässigem Piepen,

Blubbern und Summen. Und inmitten dieses Durcheinanders lag Elaine, leblos wie eine Tote, ihre Haut wächsern und erschreckend fahl.

Ich wiederholte noch einmal meine erste Frage. »Wird sie durchkommen?«

Ich bekam jedoch keine Antwort, und als ich mich umdrehte, stellte ich fest, dass der Arzt den Raum bereits verlassen hatte. Ich war allein mit ihr. Ich hätte sie gern an der Hand genommen, aber ich wusste nicht, ob das erlaubt war. Deshalb stand ich nur da und sah sie an. Nach einer Weile kam eine Schwester herein und machte sich an einem der Geräte zu schaffen. Sie sagte, dass ich noch ein paar Minuten bleiben könnte. »Sie können übrigens ruhig mit ihr sprechen.«

»Kann sie mich denn überhaupt hören?«

»Irgendwie bekommen sie alle mit, was man zu ihnen sagt – selbst die, die im tiefsten Koma liegen.«

Darauf verließ die Schwester den Raum. Ich blieb noch fünf oder zehn Minuten. Und ich sprach mit Elaine. Was ich ihr allerdings erzählt habe, weiß ich nicht mehr.

Schließlich kam die Schwester wieder zurück und sagte, dass ich jetzt gehen müsste; wenn ich allerdings wollte, könnte ich im Warteraum warten; sie würden mir Bescheid sagen, wenn im Zustand der Patientin eine Veränderung eintrat.

Ich fragte die Schwester, mit welcher Art von Veränderung sie rechneten.

Aber auch von ihr bekam ich keine klare Antwort. »In diesem Stadium gibt es einfach zu vieles, was noch schiefgehen kann«, erklärte sie ausweichend. »Vor allem nach einer so schweren Operation. Einfach unvorstellbar, welche Verletzungen ihr dieser Kerl zugefügt hat. Ich kann Ihnen sagen, eine Stadt ist das ...«

Aber es war nicht die Stadt. Nicht die Stadt hatte ihr das alles angetan, sondern ein Mann. Und der hätte überall sein Unwesen treiben können.

Joe Durkin saß im Wartezimmer. Er stand auf, als ich eintrat. Er hatte sich an diesem Morgen noch nicht rasiert und sah aus, als hätte er in seinen Kleidern geschlafen.

Er erkundigte sich, wie es ihr ging.

»Nicht gut«, sagte ich.

»Hat sie irgendwas gesagt?«

»Sie ist nicht bei Bewusstsein. Außerdem haben sie ihr durch die Nase einen Schlauch die Luftröhre runter geschoben. Der wäre beim Sprechen vermutlich auch etwas hinderlich.«

»Das hat mir die Schwester bereits gesagt, aber ich wollte es sicherheitshalber noch mal von dir hören. Wäre natürlich schön, wenn sie uns bestätigen könnte, dass es Motley war. Aber eigentlich sind wir zu seiner Identifizierung gar nicht auf ihre Aussage angewiesen. Der Türsteher hat uns zweifelsfrei bestätigt, dass er's war.«

Darauf erzählte er mir kurz, was passiert war – vom Mord an Echevarria bis hin zu dem Moment, als der Türsteher Elaines Wohnungstür eingetreten hatte.

»Die Fahndung nach dem Kerl läuft auf Hochtouren«, fuhr er fort. »Wir haben das Phantombild an alle Dienststellen der Stadt weitergegeben. Er hat einen Hilfspolizisten auf dem Gewissen. Die Jungs dürften sich also ziemlich ins Zeug legen.«

In den Augen der meisten richtigen Polizisten sind die Hilfspolizisten zwar nichts weiter als ein schlechter Witz, ein Haufen blauäugiger Wichtigtuer, die nach Feierabend noch den starken Mann markieren wollen. Aber kaum hat es mal einen von ihnen im Dienst erwischt, wird er sofort in den hehren Kreis der Märtyrer in Uniform aufgenommen. Das beweist nur, dass es im Leben wohl kaum etwas gibt, das so viele Standesschranken niederreißt und so viele verschlossene Türen öffnet, wie der Tod.

»Motley hat inzwischen mindestens neun Menschen auf dem Gewissen«, sagte ich. »Elaine mit eingerechnet, sogar zehn.«

»Wird sie denn nicht durchkommen?«

»Bisher konnte mir diesbezüglich noch niemand eine klare Auskunft geben. Vermutlich verstößt es gegen ihre ärztlichen Prinzipien, auf so eine Frage klipp und klar zu antworten. Wenn wir allerdings in Las Vegas wären, würden sie vermutlich das gerade laufende Spiel unterbrechen – das nur zu deiner Information, wie ihre Chancen in etwa stehen.«

»Das tut mir aufrichtig leid, Matt.«

Ich überlegte, was ich darauf erwidern sollte. Mir fiel zwar verschiedenes ein, aber ich behielt es lieber für mich. Durkin räusperte sich verlegen und fragte mich, ob ich irgendwelche Anhaltspunkte hätte, wo sich Motley herumtreiben könnte.

»Woher soll ich das wissen?«

»Ich dachte, du hast vielleicht schon Erkundigungen eingezogen.«

»Ich?« Ich sah ihn an. »Kannst du mir vielleicht auch sagen, wie? Oder hast du etwa schon wieder vergessen, dass er eine einstweilige Verfügung gegen mich erwirkt hat? Hätte ich auf eigene Faust nach ihm gesucht und ihn vielleicht auch noch gefunden, hätte jemand wie du anrücken und mich festnehmen müssen.«

»Matt ...«

»Entschuldige«, murmelte ich. »Elaine ist ein prima Kerl, und ich kenne sie schon sehr lange. Es war ein gewaltiger Schock, sie in einem solchen Zustand zu sehen.«

»Ist ja auch kein Wunder.«

»Außerdem bin ich fix und fertig. Ich war die ganze Nacht auf den Beinen. Eigentlich wollte ich mich gerade schlafen legen, als ich in den Nachrichten zufällig davon gehört habe.«

»Was hast du die ganze Nacht getrieben? Nach Motley gesucht?«

Ich schüttelte den Kopf. »Mit Mickey Ballou herumgesessen und alte Geschichten aufgewärmt.«

»Was findest du denn an dem, Matt?«

»Er ist ein Freund von mir.«

»Du hast aber komische Freunde.«

»Ach, ich weiß nicht. Was bin ich schon anderes als jemand, der vor sehr, sehr langer Zeit mal bei der Polizei war. Und jetzt bin ich eine eher zwielichtige Gestalt ohne jeden offiziellen Status ...«

»Jetzt komm mir bloß nicht mit so einem Quatsch.«

Als ich darauf nichts sagte, fuhr er fort: »Also gut, es tut mir leid, Matt. Aber was hätte ich denn anderes tun sollen? Mir blieb doch gar keine andere Wahl, als so zu reagieren, wie ich reagiert habe. Du warst schließlich lange genug bei der Polizei, um zu wissen, wie der Laden bei uns läuft.«

»Klar weiß ich, wie der Laden bei euch läuft.«

»Na also. Wenn dir also noch irgendwas einfällt, sagst du mir Bescheid, ja?«

»Wenn mir noch irgendwas einfällt.«

»Warum gehst du erst mal nicht lieber nach Hause und legst dich schlafen?

Hier kannst du ihr doch sowieso nicht helfen. Sieh lieber zu, dass du wieder zu Kräften kommst.«

»Klar«, sagte ich.

Gemeinsam verließen wir das Wartezimmer. Draußen auf dem Flur wurde über die Lautsprecheranlage gerade ein Arzt ausgerufen. Ich versuchte mich an den Namen des Doktors zu erinnern, mit dem ich gesprochen hatte. Er hatte zwar eines dieser Plastiknamensschilder an seinem Kittel stecken gehabt, aber offensichtlich war sein Name nicht bei mir hängengeblieben.

Draußen schien die Sonne, und es war etwas wärmer als die Tage zuvor. Durkin sagte, sein Wagen stünde gleich um die Ecke und ob er mich in Richtung Downtown mitnehmen sollte. Ich lehnte dankend ab und sagte, dass ich mir ein Taxi nehmen würde. Darauf drängte er mich nicht weiter.

Da zufällig gerade eine Frau nach draußen kam, brauchte ich der Eingangstür von Haus Nummer 288 in der East Twenty-fifth nicht mit meiner Kreditkarte zu Leibe rücken. Sie hielt mir die Tür auf und lächelte mich an, als würde sie mich kennen. Ich dankte ihr und betrat das Haus.

Ich steuerte sofort auf den Hinterausgang zu. Der Zahnstocher, der die Tür am Zufallen hinderte, steckte immer noch im Schloss. Ich zog die Tür vorsichtig hinter mir zu, trat auf den Hinterhof hinaus und spähte zu Motleys Fenster hoch.

Unterwegs hatte ich zwei Zwischenstopps eingelegt. Als Folge davon hatte ich nun ein Paar Polizeihandschellen in der einen Manteltasche, einen Minikassettenrecorder in der anderen. Ich nahm die Handschellen heraus und steckte sie in die Hosentasche. Den Kassettenrecorder schob ich in eine Jackentasche, wo er Marc Aurels Selbstbetrachtungen Gesellschaft leistete – wie es schien, schaffte ich das Buch ebenso wenig loszuwerden wie zu lesen. In meiner anderen Jackentasche steckte die 38er Smith. Ich zog meinen Mantel aus, faltete ihn zusammen und legte ihn auf eine der Mülltonnen. Er war für mein Vorhaben zu hinderlich.

Diesmal waren keine Ratten unterwegs, als ich mich an den Mülltonnen zu schaffen machte. Vermutlich hatten sie sich in irgendeinem dunklen Loch verkrochen, um sich von ihren nächtlichen Streifzügen auszuruhen. Möglicherweise tat Motley das gleiche.

So lautlos wie möglich rückte ich eine der Mülltonnen unter die Feuerleiter und kletterte darauf. Dann richtete ich mich zu voller Größe auf, sodass ich die unterste Sprosse der Leiter zu fassen bekam. Ich ruckelte ein paarmal daran, aber nichts rührte sich. Als ich darauf mit aller Kraft daran riss, ertönte ein leises Ächzen, gefolgt von einem durchdringenden metallischen Quietschen. Vorsichtig zog ich die Leiter nach unten.

Gespannt spähte ich an der Hauswand hoch, aber kein Fenster ging auf, und kein neugieriges Gesicht erschien, um nach dem Rechten zu sehen. Der Lärm, den ich machte, war kaum der Rede wert; außerdem waren die meisten Mieter vermutlich in der Arbeit, und die Nachtarbeiter schliefen.

Von der Second Avenue drang ein lautes, anhaltendes Hupen herüber; es wurde vom wütenden Staccato einer zweiten Hupe erwidert. Ich hangelte mich so weit die Leiter hinauf, bis ich ein Bein über die unterste Sprosse schwingen konnte. Metallisch scheppernd schlug der Revolver in meiner Tasche gegen das Eisengeländer. Als ich den untersten Absatz der Feuerleiter erreichte, lehnte ich mich eine Weile keuchend an die Wand, um wieder zu Atem zu kommen.

Nach ein paar Minuten fühlte ich mich fit für den weiteren Aufstieg. Zum Schutz gegen Einbrecher waren alle Fenster mit verschließbaren Gittern versehen; das von Motley war jedoch nicht abgeschlossen, und das Fenster stand einen Spalt breit offen. Vorsichtig spähte ich erst durch den Spalt, dann durch die Scheibe ins Innere. Mein Blick fiel in ein kleines Schlafzimmer. Die Einrichtung bestand aus einem altmodischen Eisenbett, einer Kommode und einem Paar auf den Kopf gestellter Bierträger, die als Nachttische dienten. Auf einem stand ein Telefon, auf dem anderen ein Radiowecker.

Ich ließ auf dem Radiowecker genau eine Minute verstreichen und verharrte dabei in völliger Reglosigkeit. Die Sekunden vergingen lautlos, aber deutlich sichtbar. Aus der Wohnung kam kein Laut. Das Bett war leer. Und ungemacht.

Aber es war die richtige Wohnung. Brians Informationen waren korrekt. Motley musste nach seinem Besuch bei Elaine noch einmal hier gewesen sein.

Vom Türknopf des Kleiderschranks hing die Uniformjacke eines Hilfspolizisten.

Demnach musste er hier gewesen sein. Und er würde wieder kommen. Und ich würde auf ihn warten.

Vorsichtig schob ich das Fenster hoch. Zum Glück ließ es sich fast mühelos und ohne das geringste Geräusch bewegen. Um mich zu vergewissern, dass ich nicht aus einem der umliegenden Häuser beobachtet wurde, drehte ich mich kurz um. Hätte gerade noch gefehlt, dass plötzlich zwei von einem übereifrigen Hausbewohner alarmierte Polizisten anrückten, während ich in seiner Wohnung auf ihn wartete.

Aber niemand schenkte mir Beachtung. Ich schob das Fenster ganz nach oben und stieg in die Wohnung.

Da stand ich nun, in der Höhle des Löwen. Es war zwar eindeutig das Schlafzimmer einer Frau; daran ließen die Kleider im Schrank und der Krimskrams auf der Kommode nicht den geringsten Zweifel. Aber der Geruch, der mir aus dem Raum entgegenschlug, war eindeutig der eines Mannes – oder eines wilden Tiers. Ich hatte zwar keine Ahnung, wann er das Zimmer verlassen hatte, aber ich glaubte seine Anwesenheit ganz deutlich spüren zu können. Instinktiv glitt meine Hand in die Jackentasche, um wenige Augenblicke später mit dem Revolver wieder zum Vorschein zu kommen. Er lag wie angegossen in meiner Hand, und wie von selbst fand mein Zeigefinger den Abzug.

Ich ging zum Kleiderschrank und nahm Echevarrias Uniformjacke vom Türknopf. Allerdings weiß ich nicht, was ich mir dabei eigentlich dachte. Ich sah mir die Schulterklappen an, wühlte kurz in den Taschen und hängte sie schließlich wieder an ihren Platz zurück.

Dann wanderte ich zur Kommode weiter und untersuchte den Kram, der darauf herumlag – Münzen, U-Bahnfahrscheine, Ohrringe, entwertete Busfahrkarten, Parfümfläschchen, Hautcremes, Lippenstifte, Haarnadeln. Dabei ging mir unter anderem die Frage durch den Kopf, wer wohl Miss Lepcourt war und wie sie an James Leo Motley geraten war. Und vor allem, welchen Preis sie für diese Beziehung zahlen müsste. Ich wollte schon die oberste Schublade herausziehen, ließ es dann aber bleiben. Das wäre nur Zeitverschwendung. Sie hatte sich dort ebenso wenig versteckt wie er.

Der Grundriss war typisch für Wohnungen dieses Typs – drei aneinander grenzende Räume, die Verbindungstüren in einer Reihe angeordnet, sodass man, wenn sie offen waren, von der Wohnungstür bis zu dem Fenster sehen konnte, durch das ich gerade eingestiegen war. Deshalb überlegte ich, ob ich das Fenster wieder nach unten ziehen sollte, damit er nicht gleich Verdacht schöpfte, wenn er die Wohnung betrat. Aber das war natürlich Unsinn. Ich würde ihm nicht genügend Zeit lassen, um sich noch Gedanken machen zu können, warum das Fenster plötzlich offen war. Sobald er die Wohnungstür öffnete, würde ich mit gezogener Waffe vor ihm stehen.

Bevor ich mich jedoch an der Stelle postierte, wo ich ihn in Empfang nehmen wollte, sah ich mich im mittleren Zimmer um und warf einen kurzen Blick ins Bad, wo noch eine von diesen altmodischen gusseisernen Badewannen mit Löwenpranken als Füßen stand. An der Tür zum Vorderzimmer blieb ich einen Moment stehen. Ich ertappte mich dabei, wie ich den Revolver plötzlich wie eine Taschenlampe in der Hand hielt – als hoffte ich insgeheim, er möchte mir als Lichtquelle dienen. Aber auch ohne Licht konnte ich in dem Halbdunkel, das im Eingangszimmer herrschte, genügend erkennen. Nicht nur durch das Schlafzimmerfenster hinter mir fiel etwas Licht in den Raum, sondern auch durch das Fenster des Wohnzimmers, das sich auf einen schmalen Lichtschacht öffnete.

Vorsichtig setzte ich meinen Fuß über die Schwelle.

Wie aus dem Nichts sauste plötzlich etwas durch die Luft und krachte mit solcher Wucht auf mein Handgelenk, dass die 38er in weitem Bogen durch die Luft flog. Blitzartig war jedes Gefühl aus meiner Hand gewichen.

Gleichzeitig schlossen sich zwei Hände um meinen Arm, die eine dicht unterhalb der Schulter, die andere ein Stück über dem Handgelenk. Ein kurzer Hebelgriff, und ich sauste wie eine Rakete quer durch den Raum. Krachend schlug ich gegen einen Tisch, der von der Wucht meines Aufpralls umstürzte. Ich fuchtelte mit beiden Armen verzweifelt durch die Luft, fand aber nirgendwo Halt. Stattdessen schlug ich gegen die Wand und fiel zu Boden.

Er stand über mir und lachte.

»Los, aufstehen«, forderte er mich auf. Bis auf die Jacke war er noch in Echevarrias Uniform. Nur die Schuhe stimmten nicht. Laut Vorschrift hätten es einfache schwarze Schuhe mit Schnürsenkeln sein müssen. Er trug jedoch braune Wing Tips, deren Farbe ich nur deshalb erkennen konnte, weil er inzwischen das Licht angemacht hatte.

Ich richtete mich auf. Von den Schuhen mal ganz abgesehen, fand ich, dass er überhaupt nicht wie ein Polizist aussah. Seit Polizisten keine Mindestgröße mehr haben müssen und einen Bart tragen dürfen, gibt es allerdings auch jede Menge richtiger Polizisten, die nicht wie Polizisten aussehen. Aber er sah auch ganz unabhängig davon nicht wie einer aus, weder wie ein regulärer Polizist noch wie ein Hilfspolizist, weder wie ein Cop der alten Schule noch wie einer neuen Stils.

Lässig gegen den Türrahmen gelehnt, ließ er seine Finger spielen und sah mich dabei amüsiert an. »Machst du eigentlich immer so viel Lärm, wenn du jemanden überrumpeln willst, Scudder? Aber was will man von einem Kerl deines Alters auch anderes erwarten, wenn er auf Mülltonnen und Feuerleitern rumturnt. Ich habe mir ehrlich Sorgen um dich gemacht, Scudder. Stell dir vor, du wärst ausgerutscht und hättest dir was gebrochen.«

Nervös zuckten meine Blicke auf der Suche nach dem Revolver durch das Zimmer. Er lag auf der anderen Seite des Raums, unter einem Sessel mit einem bestickten Schonbezug. Als mein Blick zu Motley weiterwanderte, lag ein hämisches Grinsen auf seinen Lippen.

»Du hast ja deine Kanone verloren«, sagte er. Gleichzeitig griff er nach Echevarrias Knüppel und schlug damit ein paarmal leicht in seine Handfläche. Mein Unterarm war von dem Schlag mit dem Knüppel noch immer vollkommen taub. Und wenn ich wieder etwas darin spürte, tat er mir sicher tagelang höllisch weh.

Falls ich noch so lang am Leben blieb.

»Du könntest natürlich versuchen, dir deine Knarre wieder zu holen«, fuhr er fort. »Aber ich würde sagen, die Chancen, dass dir das gelingt, sind nicht sehr hoch. Erstens bin ich näher dran als du und zweitens schneller. Ich hätte dich schon, bevor du die Kanone auch nur zu fassen bekommst. Alles in allem, stünden deine Chancen sicher besser, wenn du versuchst, durch die Tür abzuhauen.«

Als er dabei mit einer kurzen Kopfbewegung auf die Wohnungstür deutete, ließ ich meinen Blick gehorsam dorthin wandern. »Sie ist nicht abgeschlossen«, sagte er. »Ursprünglich hatte ich zwar die Kette vorgelegt, aber als ich den Lärm im Hinterhof gehört habe, habe ich sie wieder abgenommen. Hätte ja sein können, dass du daraus geschlossen hättest, dass jemand zu Hause sein muss. Aber inzwischen sieht es fast so aus, als hätte ich dich in diesem Punkt etwas überschätzt. Oder glaubst du, es wäre dir aufgefallen?«

»Keine Ahnung.«

»Die Uniformjacke habe ich eigens für dich an die Schranktür gehängt – sozusagen als Orientierungshilfe. Sonst hättest du dich vielleicht noch in der

Wohnung geirrt und wärst durch das Fenster nebenan eingestiegen. Für einen Trottel wie dich, Scudder, muss man es so einfach wie möglich machen.«

»Keine Sorge, das tust du. Du machst es mir tatsächlich sehr einfach.«

Ich ging kurz in mich, ob ich es inzwischen nicht doch langsam mit der Angst zu tun bekommen hatte. Aber nichts deutete darauf hin. Im Gegenteil, ich war seltsam ruhig und gefasst. Ich hatte keine Angst vor ihm. Und es gab auch nichts, wovor ich Angst hätte haben können.

Ich warf einen kurzen Blick in Richtung Tür – als spielte ich mit dem Gedanken zu fliehen. Das war natürlich vollkommen absurd. Selbst wenn er die Kette tatsächlich nicht vorgelegt hatte, war die Tür aller Wahrscheinlichkeit nach abgeschlossen, und auch dann hätte er mich längst eingeholt, bevor ich auch nur den Türgriff zu fassen bekam. Außerdem war ich nicht hergekommen, um vor ihm wegzulaufen. Ich war hier, um ihn unschädlich zu machen. »Na los«, stichelte er. »Versuch's doch. Mal sehen, ob du bis zur Tür kommst.«

»Ich werde diese Wohnung nur mit dir verlassen, Motley. Diesmal kommst du mir nicht ungeschoren davon.«

Er lachte. Dann hob er plötzlich den Knüppel, deutete damit auf mich und lachte noch einmal. »Ich glaube, ich sollte dir den mal den Arsch hochschieben. Was hältst du davon? Elaine war jedenfalls richtig begeistert.«

Ich konnte ganz deutlich spüren, wie er auf meine Reaktion lauerte. Aber den Gefallen tat ich ihm nicht. Ich verzog keine Miene.

»Und jetzt ist sie tot«, fuhr er fort. »Hat keinen schönen Tod gehabt, die Arme. Aber das weißt du ja inzwischen sicher.«

»In diesem Punkt täuscht du dich leider.«

»Aber ich war doch dabei, Scudder. Falls du darauf Wert legst, kann ich dir den Hergang in allen Einzelheiten schildern.«

»Du warst zwar dabei, aber du bist ein bisschen zu früh gegangen. Zum Glück hat sie der Türsteher gerade noch rechtzeitig entdeckt und einen Krankenwagen gerufen. Sie liegt im New York Hospital und befindet sich bereits wieder auf dem Weg der Besserung. Sie hat der Polizei gegenüber sogar schon eine vorläufige Aussage abgegeben, und ihre Angaben wurden vom Türsteher in allen Punkten bestätigt.«

»Du lügst.«

Ich schüttelte den Kopf. »Aber ich würde mir deswegen mal keine grauen

Haare wachsen lassen. Du weißt doch, was Nietzsche gesagt hat: Es macht einen nur stärker.«

»Allerdings.«

»Aber nur, solange es einen nicht kaputt macht.«

»Langsam gehst du mir auf die Nerven, Scudder. Ich finde dich witziger, wenn du vor mir auf den Knien rutscht.«

»Komisch«, erwiderte ich. »Ich kann mich nicht erinnern, das mal getan zu haben.«

»Aber du wirst es bald tun.«

»Da wäre ich mir an deiner Stelle lieber nicht so sicher. Bisher ist für dich zwar alles nach Plan gelaufen, aber damit ist ab sofort Schluss. Eines muss man dir allerdings lassen: Anfangs warst du wirklich erstaunlich vorsichtig. Aber irgendwann hast du einen gewissen Schlendrian einreißen lassen. Du bist jetzt an dem Punkt angelangt, wo es für dich nur noch bergab geht. Und was dann auf dich wartet, weißt du ja. Zum Schluss stehst du wieder als der Dumme da.«

»Ich werde dir den Mund zukleben«, sagte er. »Damit niemand deine Schreie hört.«

»Du bist geliefert«, redete ich unbeirrt weiter. »Der Augenblick, in dem du Elaine lebend in ihrer Wohnung zurückgelassen hast, war für dich der Anfang vom Ende. Du hattest ganze zwei Stunden Zeit, und nicht einmal die haben dir genügt, um dafür zu sorgen, dass sie auch wirklich tot war, als du dich verdrückt hast. Schau dich doch an. Was tust du denn anderes, als den großen Macker zu markieren und mit wüsten Drohungen um dich zu werfen? Und Drohungen verlieren bekanntlich ihre Wirkung, wenn der, gegen den sie gerichtet sind, keine Angst vor ihnen hat. Dazu müsstest du sie schon wahr machen. Aber dazu bist du nicht mehr in der Lage.«

In einer Geste übertriebener Verachtung wandte ich mich von ihm ab. Und während er sich anschickte, mich diese Beleidigung büßen zu lassen, bückte ich mich nach dem chinesischen Räuchergefäß, das auf dem umgestürzten Tisch gestanden hatte und jetzt auf dem Boden lag. Es hatte etwa die Größe einer halben Grapefruit.

Ich packte das schwere Bronzegefäß, schleuderte es auf ihn und stürmte ihm hinterdrein.

Diesmal beging er jedoch nicht den Fehler, den Gegenstand, den ich nach ihm warf, aufzufangen. Stattdessen schlug er das Räuchergefäß mit einer kurzen Handbewegung beiseite und kam auf mich zu, um meinen Angriff zu kontern. Ich täuschte eine rechte Gerade gegen seinen Kopf vor, duckte mich aber unvermutet und hielt stattdessen mit aller Kraft auf seinen Bauch. Aber meine Faust traf nur eine Wand aus Muskeln, so hart wie Stahl. Im selben Augenblick erwischte er mich seitlich am Kopf. Zum Glück streifte mich der Schlag nur und blieb ohne nennenswerte Folgen. Als seine Rechte gleich darauf noch einmal vorschnellte, duckte ich mich darunter weg und konterte mit einer rechten Gerade unter die Gürtellinie. Gleichzeitig riss ich mit aller Kraft mein Knie zwischen seinen Beinen hoch.

Er wirbelte jedoch herum und blockte dieses Manöver mit der Hüfte ab. Und dann bekam er mich an der Schulter zu fassen. Schmerzhaft gruben sich seine Finger in meine Haut. Er drückte mit aller Kraft zu, aber da er in der Hitze des Gefechts keine Zeit hatte, den genauen Druckpunkt zu ertasten, hielten sich die Schmerzen in Grenzen.

Ich verpasste ihm noch einen Schlag in den Unterleib. Als er davon heftig zusammenzuckte, warf ich mich mit aller Kraft gegen ihn und drückte ihn mit dem Rücken gegen die Wand. Im selben Moment prasselte auch schon ein Hagel von Schlägen auf meine Schultern und auf meinen Hinterkopf nieder. Das änderte jedoch nichts an der Tatsache, dass er seine Fäuste nicht annähernd so geschickt einzusetzen wusste wie seine Finger. Ich ließ noch einmal einen Schlag gegen seinen Unterleib los, und als er meiner Rechten auszuweichen versuchte, trat ich ihm mit aller Kraft auf den Fuß. Das muss wohl ziemlich schmerzhaft für ihn gewesen sein. Sein Widerstand ließ für einen Moment nach, und diese Gelegenheit nutzte ich, um meinen Fuß noch einmal mit voller Wucht auf seinen Rist niedersausen zu lassen.

In diesem Augenblick bekam er mich mit einer Hand am Oberarm, mit der anderen am Nacken zu fassen. Und diesmal nahm er sich die Zeit, um meine empfindlichen Stellen zu ertasten. Mit Erfolg. Denn gleich darauf grub sich sein Daumen so tief in eine Stelle hinter meinem Ohr, dass ich plötzlich alles in Technicolor sah.

Trotzdem waren die Schmerzen diesmal anders. Sie waren zwar schlimmer denn je, aber diesmal spürte ich sie, ohne sie zugleich wirklich zu spüren. Obwohl ich mir ihrer sehr deutlich bewusst war, konnten sie mir nichts anhaben.

Es war, als gingen sie einfach durch mich hindurch, ohne irgendwelche Folgen nach sich zu ziehen.

Inzwischen hatte er mich auch mit seiner anderen Hand am Hals gepackt. Wie ein Schraubstock legten sich seine langen, kräftigen Finger um meine Kehle. Wenn mir auch die Schmerzen nichts anhaben konnten, so hatte ich doch nicht den Hauch einer Chance, wenn es ihm gelang, mir die Luftzufuhr abzuschneiden oder die Blutzirkulation in der Halsschlagader zu blockieren. Dann war ich in kürzester Zeit mausetot.

Verzweifelt trat ich noch einmal nach seinem Fuß. Als sich darauf sein Griff etwas lockerte, ging ich sofort in die Knie. Er war jetzt direkt über mir. Seine Finger tasteten erneut nach den Druckpunkten hinter meinem Ohr. Doch bevor er zudrücken konnte, schnellte ich aus der Hocke hoch und benutzte dabei meinen Kopf als Rammbock.

Gewisse Dinge ändern sich nie. Seine Finger waren noch immer genauso stark und gefährlich wie vor zwölf Jahren, als wir zum ersten Mal aneinandergeraten waren. Aber zum Glück hatte er auch immer noch ein Glaskinn.

Ich rammte ihm meinen Hinterkopf zwar noch mehrere Male mit voller Wucht gegen das Kinn, aber vermutlich hätte das erste Mal vollauf genügt. Als ich schließlich von ihm ließ und einen Schritt zurücktrat, glitt er wie ein Sack an der Wand zu Boden. Sein langes Kinn hing schlaff nach unten, und aus seinem Mundwinkel troff Speichel.

Ich zerrte ihn in die Mitte des Raums, drehte ihm die Arme auf den Rücken und legte ihm die Handschellen an, die ich kurz zuvor gekauft hatte. Dann kettete ich mit den Handschellen Echevarrias, die in einem Lederbehälter von seinem Gürtel hingen, seine Fußgelenke aneinander. Als nächstes holte ich meinen Kassettenrecorder aus der Tasche, vergewisserte mich, dass er noch funktionierte, und legte eine Kassette ein. Wenn Motley wieder zu sich kam, brauchte ich nur noch auf den Startknopf zu drücken.

Danach ließ ich mich erschöpft in den Sessel sinken und versuchte wieder zu Atem zu kommen. Erst jetzt fand ich Gelegenheit, mir über mein weiteres Vorgehen Gedanken zu machen. Falls Elaine am Leben blieb, genügte ihre Aussage, um ihn wieder hinter Gitter zu bringen. Falls sie allerdings nicht durchkam ...

Ich rief im New York Hospital an und ließ mich mit der Intensivstation verbinden. Ihr Zustand sei kritisch, teilte man mir dort mit. Nähere Auskünfte wollten sie mir am Telefon jedoch nicht erteilen.

Aber zumindest war sie noch am Leben.

Wenn sie starb, hätte der Türsteher Motley identifizieren können. Wenn außerdem die polizeilichen Ermittlungen erst mal richtig in Gang kamen, würden sich sicher jede Menge Zeugen finden, die ihn zufällig gesehen hatten, als Echevarria erstochen wurde, als Elizabeth Scudder abgeschlachtet wurde oder als Toni Cleary aus dem Fenster stürzte. Wenn sich dann auch noch genügend Spurensicherungsexperten der Sache annahmen, würde früher oder später auch das eine oder andere konkrete Beweisstück zu Tage gefördert. Und nicht zuletzt würden die intensiven Bemühungen der New Yorker Polizei Tom Havliceks Chef in Massillon gar keine andere Wahl mehr lassen, als den Fall Sturdevant noch einmal neu aufzurollen. Und in Ohio hatten sie im Gegensatz zu New York die Todesstrafe noch nicht abgeschafft.

Trotzdem sähe die Sache mit einem Geständnis ganz anders aus. Im Grunde genommen brauchte ich nur warten, bis er wieder zu sich kam, und ihn dann zum Sprechen bringen. Schließlich kannte ich ihn gut genug, um zu wissen, wie gerne er sich reden hörte.

Im Moment lag er noch mit dem Gesicht nach unten auf dem Boden; seine Hände waren auf den Rücken gefesselt. Ich wälzte ihn auf den Rücken und schob mit dem Daumen sein rechtes Augenlid ein Stück hoch. Der Augapfel war so weit nach oben gedreht, dass nur das Weiße zu sehen war. Es würde also noch eine Weile dauern, bis er wieder zu sich kam.

Ich holte die 38er Smith. Erst sah ich sie an, dann ihn. Dabei ließ ich noch einmal alles Revue passieren, was er getan hatte. Dann ging ich in mich und versuchte meinen Hass gegen ihn zu schüren. Aber irgendwie wollte mir das nicht gelingen. So unwahrscheinlich es sich auch anhören mag, verspürte ich nicht den leisesten Funken Hass gegen ihn.

Und seltsamerweise war das auch schon vor wenigen Minuten so gewesen, als er noch nicht wie ein Häufchen Elend vor mir gelegen hatte. Obwohl es für mich in diesen Momenten um Leben und Tod gegangen war, hatte ich eine seltsame innere Ruhe verspürt, keinen Hass und keine Wut. Und genauso ging es mir auch jetzt.

Ich drückte ihm den Revolverlauf an die Schläfe und testete mit dem

Finger die Spannung des Abzugs. Dann nahm ich den Finger wieder weg und legte den Revolver auf den Boden.

Ich ließ mir alles noch einmal in Ruhe durch den Kopf gehen. Dafür ließ ich mir mehrere Minuten Zeit.

Schließlich holte ich so tief Luft, dass mir ein stechender Schmerz zwischen die Rippen fuhr. Ich atmete wieder aus, griff nach dem Revolver und ließ die Trommel herausschnappen.

Nachdem ich alle sechs Kugeln herausgenommen hatte, holte ich mein Taschentuch heraus und wischte damit den Revolver und die Munition sorgfältig ab, sodass keine Fingerabdrücke mehr darauf zurückblieben. Bevor ich ihm die Handschellen abnahm, vergewisserte ich mich, dass er noch immer bewusstlos war. Ich drückte ich ihm kurz die Kugeln in die Finger und steckte sie in die Trommel zurück.

Dann legte ich den Revolver beiseite und packte Motley unter den Armen. Ich schleifte ihn zu dem Sessel mit dem Schonbezug, hievte ihn hoch und ließ ihn hineinplumpsen. Da er sofort wieder auf den Boden rutschte, setzte ich ihn etwas aufrechter hin, bis er in dieser Stellung blieb. Dann holte ich den Revolver, wischte ihn noch einmal mit dem Taschentuch sauber und drückte ihn ihm in die rechte Hand. Den Zeigefinger legte ich um den Abzug. Schließlich kniff ich mit Daumen und Zeigefinger der linken Hand so lange in seine Backen, bis sein Mund weit genug aufging, um ihm den kurzen Lauf des Revolvers zwischen die Zähne schieben zu können.

Ich vergewisserte mich, dass der Winkel stimmte. Man hört immer wieder von Polizisten, die sich auf diese Weise das Leben nehmen; in Polizistenkreisen scheint das die mit Abstand beliebteste Selbstmordmethode zu sein, auch wenn sie keineswegs so hundertprozentig sicher ist, wie viele glauben. Im Gegenteil, es kommt sogar relativ häufig vor, dass sich ein Selbstmörder eine Kugel durch den Kopf jagt, ohne sich dabei eine tödliche Verletzung beizubringen. Da ich nur einen einzigen Versuch hatte, durfte ich mir jetzt keinen Fehler erlauben. Die Kugel musste die Gaumenplatte durchschlagen und ins Gehirn eindringen.

Als der Revolver die richtige Position hatte, zögerte ich einen Augenblick. Da war etwas, was ich gern sagen wollte. Aber wem hätte ich es sagen sollen? Ich dachte: Sag's doch einfach ihm. Dabei fiel mir wieder ein, was die

Schwester auf der Intensivstation gesagt hatte: dass sogar Komapatienten verstanden, was man zu ihnen sagte.

Deshalb sagte ich: »Ich weiß nicht, ob das wirklich so eine gute Idee ist. Aber angenommen, du kämst noch mal in Freiheit. Angenommen, dein Anwalt zaubert einen seiner Winkeladvokatentricks aus dem Ärmel und plädiert auf geistige Unzurechnungsfähigkeit oder sonst etwas in der Art. Oder angenommen, du kriegst lebenslänglich und unternimmst einen Ausbruchversuch. Dieses Risiko kann ich auf keinen Fall eingehen.«

Nach einer kurzen Pause fuhr ich kopfschüttelnd fort: »Vielleicht ist das aber gar nicht der wahre Grund. Vielleicht möchte ich einfach nicht, dass du noch länger am Leben bleibst. Und vielleicht möchte ich derjenige sein, der deinem Leben ein Ende macht. Aber hat die ganze Scheiße andrerseits nicht erst deswegen angefangen, weil ich unbedingt Schicksal spielen wollte und dir einen Mordversuch untergeschoben habe? Was wäre wohl passiert, wenn ich damals den Dingen einfach ihren Lauf gelassen hätte? Wäre dann wirklich alles anders gekommen?«

Ich wartete, als könnte er mir tatsächlich antworten. Dann fuhr ich fort: »Jetzt möchte ich schon wieder Gott spielen. Und obwohl ich genau weiß, dass ich das lieber bleiben lassen sollte, werde ich es trotzdem tun.«

Das war alles, was ich sagte. Ich blieb, wo ich war. Ganz dicht neben ihm, auf ein Knie gestützt. Der Revolver in seinem Mund, sein Finger am Abzug, mein Finger über seinem. Ich weiß weder, wie lange ich wartete, noch worauf ich wartete.

Schließlich machte sich in seinem Atem eine leichte Veränderung bemerkbar. Zugleich kehrte wieder etwas Leben in ihn zurück. Mein Finger bewegte sich. Seiner auch. Und das war's dann.

Kapitel 23

Bevor ich ging, sorgte ich noch dafür, dass alles so aussah, wie es aussehen sollte. Zuerst nahm ich ihm Echevarrias Handschellen ab und steckte sie wieder in den Behälter an seinem Gürtel. Dann machte ich mich daran, den umgestürzten Tisch wieder aufzustellen und sämtliche anderen Spuren unseres Kampfs zu entfernen. Anschließend machte ich mit meinem Taschentuch die Runde durch die Wohnung und wischte sämtliche glatten Flächen sauber, auf denen ich möglicherweise Fingerabdrücke hinterlassen hatte.

Als ich damit fertig war, nahm ich einen Lippenstift von der Kommode im Schlafzimmer und schmierte damit eine letzte Nachricht an die Wohnzimmerwand. In zehn Zentimeter hohen Blockbuchstaben schrieb ich: SO KANN ES NICHT MEHR WEITERGEHEN. ICH HABE MIT GOTT MEINEN FRIEDEN GEMACHT. ES TUT MIR LEID, DASS ICH SO VIELE MENSCHEN GETÖTET HABE. Ebenso wenig, wie sich beweisen ließ, dass tatsächlich er das geschrieben hatte, hätte sich beweisen lassen, dass er es nicht geschrieben hatte. Der Ordnung halber steckte ich die Kappe wieder auf den Lippenstift, verpasste ihm ein paar seiner Fingerabdrücke und ließ ihn dann in die Brusttasche seines Hemds gleiten.

Zum Schluss legte ich die Sicherheitskette an der Innenseite der Wohnungstür wieder vor und verließ die Wohnung auf demselben Weg, über den ich sie betreten hatte: durchs Fenster. Ich ließ es jedoch nicht einen schmalen Spalt breit offen, wie ich es vorgefunden hatte, sondern drückte es ganz zu, sodass das Schloss einschnappte. Dann stieg ich die Feuertreppe hinunter, ließ vom untersten Absatz die Leiter nach unten und kletterte auf die unterste Sprosse hinab. Da in der Zwischenzeit irgendjemand die Mülltonne wieder an ihren alten Platz zurückgestellt hatte, musste ich das letzte Stück zu Boden springen. Aber das war kein Problem.

Mein Mantel war nicht mehr da. Erst dachte ich, jemand hätte ihn mitgenommen. Als ich jedoch der Reihe nach die Deckel der Mülltonnen anhob, entdeckte ich ihn schließlich in einer von ihnen. Er lag unter einer Schicht aus Eier- und Orangenschalen. Die Person, die ihn in der Tonne entsorgt hatte, war offensichtlich davon ausgegangen, jemand hätte den Mantel weggeworfen. Ganz offensichtlich war er dem Betreffenden zu schäbig erschienen, um ihn zu behalten. Dabei hatte ich gedacht, der Mantel wäre noch ganz passabel. Anscheinend war es jedoch höchste Zeit, dass ich mir einen neuen zulegte.

Ich fürchtete bereits, derselbe ordnungsliebende Hausbewohner, der meinen Mantel in den Müll geworfen hatte, könnte auch den Zahnstocher aus dem Türschloss entfernt haben. Dem war jedoch nicht so. Die Tür ließ sich problemlos öffnen. Ich nahm den Zahnstocher heraus, ließ das Schloss hinter mir zuschnappen, verließ das Haus über den Vordereingang und ging zur First Avenue, wo ich mir ein Taxi nach Uptown nahm. Ich ließ mich am Haupteingang der Klinik absetzen und ging in die Intensivstation. Die Schwester sagte, Elaines Zustand wäre unverändert; aber sie wollte mich nicht schon wieder zu ihr lassen. Also setzte ich mich ins Wartezimmer, griff mir eine Zeitschrift und versuchte mich, darauf zu konzentrieren.

Ich hätte gern gebetet, aber ich wusste nicht, wie ich das anstellen sollte. AA-Treffen enden in der Regel entweder mit dem Vaterunser oder mit dem Gelassenheitsgebet. Allerdings schien mir im Augenblick keines dieser beiden Gebete sonderlich passend; und Gott dafür zu danken, dass alles so war, wie es war, erschien mir unter den gegebenen Umständen eher wie ein schlechter Witz, wenn nicht sogar blanker Hohn. Schließlich sagte ich im Stillen doch ein paar Gebete auf, darunter sogar letzteres. Ich hatte jedoch nicht das Gefühl, dass mir jemand zuhörte.

Ab und zu ging ich zum Schwesternzimmer. Alles was ich dort erfuhr, war, dass Elaines Zustand nach wie vor unverändert war und dass im Moment niemand zu ihr hineindurfte. Danach kehrte ich jedes Mal wieder ins Wartezimmer zurück und wartete geduldig weiter. Ein paarmal nickte ich auf meinem Stuhl ein, aber von Schlaf konnte dabei eigentlich nicht die Rede sein, eher von einer Art wachem Traumzustand. Gegen fünf Uhr abends bekam ich Hunger. Da ich seit dem frühen Frühstück mit Mick Ballou nichts mehr gegessen hatte, war das nicht verwunderlich. Ich wechselte etwas Geld und holte mir an den Automaten im Foyer Kaffee und ein paar Sandwiches. Von den Sandwiches brachte ich nur ein halbes hinunter, aber der Kaffee tat mir gut. Es war kein guter Kaffee – das konnte man beim besten Willen nicht behaupten können –, aber es tat gut, etwas Warmes im Bauch zu haben.

Zwei Stunden später kam eine Schwester auf mich zu. Ihr blasses Gesicht war sehr ernst. »Vielleicht sollten Sie jetzt doch lieber zu ihr reinschauen«, sagte sie.

Auf dem Weg zu Elaines Zimmer fragte ich sie, was sie damit meinte. Darauf erklärte sie mir, es sähe so aus, als würde sie nicht durchkommen.

Ich betrat den Raum und blieb neben ihrem Bett stehen. Sie sah keinen Deut besser oder schlechter aus als zuvor. Ich ergriff ihre Hand in dem Bewusstsein, dass sie jeden Augenblick sterben konnte.

»Er ist tot«, begann ich nach einer Weile leise. Zwar waren um uns herum ein paar Schwestern zugange, aber ich glaube nicht, dass sie mich verstehen konnten. Sie waren viel zu sehr mit ihren Apparaten beschäftigt, um mir irgendwelche Beachtung zu schenken. Außerdem war es mir völlig egal, ob sie etwas hörten oder nicht. »Ich habe ihn umgebracht«, fuhr ich fort. »Du hast nichts mehr von ihm zu befürchten.«

Letztendlich ist es eine Glaubensfrage, ob Leute im Koma hören, was man zu ihnen sagt. Genauso, wie es auch eine Glaubensfrage sein dürfte, ob Gott die an ihn gerichteten Gebete hört. Vermutlich hängt alles nur davon ab, wie man es selbst gern möchte und wie man das Leben leichter ertragen kann.

»Verlass mich nicht«, redete ich eindringlich auf sie ein. »Du darfst noch nicht sterben, Liebes. Das darfst du nicht.«

So muss ich wohl eine halbe Stunde an ihrer Seite gesessen haben, bis eine der Schwestern mich aufforderte, ins Wartezimmer zurückzukehren. Ein paar Stunden später kam eine andere Schwester herein und informierte mich über Elaines augenblicklichen Zustand. Ich weiß nicht mehr, was sie alles sagte; außerdem begriff ich nicht sehr viel davon. Letzten Endes lief es jedoch darauf hinaus, dass sie vorerst das Schlimmste überstanden hatte, dass sich aber immer noch jede Menge Komplikationen einstellen konnten. Sie konnte zum Beispiel eine Lungenentzündung oder eine Embolie bekommen, ihre Leber konnte versagen oder die Nieren – jedenfalls konnte noch immer so viel schiefgehen, dass es fast an ein Wunder grenzte, wenn sie überlebte.

»Vielleicht sollten Sie jetzt lieber nach Hause gehen«, sagte sie zum Schluss. »Im Augenblick können Sie wirklich nichts mehr für sie tun. Außerdem haben wir Ihre Telefonnummer. Notfalls verständigen wir Sie sofort.«

Ich ging nach Hause und legte mich schlafen. Als ich am nächsten Morgen im Krankenhaus anrief, teilte man mir mit, ihr Zustand sei weiter unverändert.

Ich duschte, rasierte mich, zog mich an und fuhr wieder ins Krankenhaus. Dort blieb ich den ganzen Vormittag und einen Teil des Nachmittags. Dann fuhr ich mit dem Bus ins andere Ende der Stadt, um an Tonis Trauerfeier im Roosevelt Hospital teilzunehmen.

Im Grunde genommen lief die Veranstaltung wie ein Treffen ab. Mit einem Unterschied: Jeder, der sich zu Wort meldete, bezog sich ausdrücklich auf Toni. Als ich an die Reihe kam, erzählte ich von unserem gemeinsamen Auftritt bei dem Treffen in Richmond Hill und zitierte ein paar der witzigsten Bemerkungen, die Toni in ihre Rede eingestreut hatte.

Es machte mir ziemlich zu schaffen, dass alle dachten, sie hätte Selbstmord begangen. Andrerseits wusste ich nicht, wie ich dieses Missverständnis aus der Welt räumen sollte. Vor allem ihre Angehörigen hätte ich gern darüber aufgeklärt, unter welchen Umständen Toni tatsächlich gestorben war. Da sie aus einer katholischen Familie stammte, wäre das vielleicht sehr wichtig für sie gewesen. Aber ich wusste nicht, wie ich es ihnen beibringen sollte.

Anschließend ging ich mit Jim Faber einen Kaffee trinken und fuhr dann wieder ins Krankenhaus.

Dort sollte ich mich im Verlauf der nächsten Woche noch ziemlich oft aufhalten. Ein paarmal fühlte ich mich versucht, bei der Polizei anzurufen und ihnen einen anonymen Hinweis auf den Toten in der East Twenty-fifth Street zu geben. Denn erst wenn Motleys Leiche entdeckt wurde, konnte ich Anita anrufen, dass sie sich keine Sorgen mehr zu machen brauchte. Jan konnte ich nicht erreichen. Aber wenn sie sich demnächst bei mir meldete, hätte ich ihr gern sagen können, dass sie unbesorgt wieder nach Hause kommen konnte. Falls ich den beiden nämlich zu früh Entwarnung gab, konnte das eines Tages einige unangenehme Fragen aufwerfen.

Was mich schließlich davon abhielt, bei der Polizei anzurufen, war der Umstand, dass dort alle Anrufe auf Band aufgezeichnet wurden. Mit Hilfe eines neuen Stimmvergleichsverfahrens hätte ich ohne weiteres als der anonyme Anrufer identifiziert werden können. Ich nahm zwar nicht an, dass sich jemand so viel Mühe machen würde, aber trotzdem war es besser, auf Nummer sicher zu gehen. Anfangs hoffte ich noch, Miss Lepcourt würde eines Tages nach Hause kommen und den Toten entdecken. Aber als das auch nach dem Wochenende noch nicht der Fall war, begann sich zusehends deutlicher abzuzeichnen, dass sie wohl nie mehr nach Hause kommen würde.

Für mich bedeutete das vor allem, dass ich mich noch ein paar Tage länger gedulden musste. Am Dienstagnachmittag gelangte schließlich die Bewohnerin der angrenzenden Wohnung zu der Überzeugung, dass dieser seltsame Geruch, der plötzlich aus allen Ritzen und Winkeln drang, unmöglich von einer toten Ratte herrühren konnte und auch nicht von allein wieder verfliegen würde. Sie rief bei der Polizei an, und die brachen die Tür auf. Und das war's.

Am Donnerstag, fast eine Woche, nachdem Motley Elaine blutüberströmt auf dem Teppich ihres Wohnzimmers zurückgelassen hatte, teilte mir der zuständige Arzt mit, es bestünde inzwischen berechtigter Anlass zu der Hoffnung, dass Elaine durchkam.

»Ehrlich gesagt, hätte ich das nie für möglich gehalten«, gestand er mir. »Es hätten alle möglichen Komplikationen eintreten können, gegen die wir völlig machtlos gewesen wären. Neben ihren Verletzungen waren da ja auch noch die Folgen der schweren Operation, die sie zu verkraften hatte. Ich habe eigentlich die ganze Zeit damit gerechnet, dass ihr Herz irgendwann einfach nicht mehr mitmachen würde. Aber wie es scheint, hat sie ein ungewöhnlich gutes Herz.«

Das hätte ich ihm auch sagen können.

Etwas später, kurz nach Elaines Entlassung aus dem Krankenhaus, ging ich mit Joe Durkin im Slate abendessen. Er bestand darauf, mich einzuladen, und ich zierte mich nicht lange. Nachdem er gleich zur Einstimmung ein paar Martinis weggeputzt hatte, erzählte er mir, wie sich infolge von Motleys Selbstmord gleich mehrere offene Fälle hatten abschließen lassen. Andrew Echevarria und Elizabeth Scudder gingen eindeutig auf sein Konto, und inoffiziell hatte man sich darauf geeinigt, dass er auch Antoinette Cleary und Michael Fitzroy auf dem Gewissen hatte; letzterer war der junge Mann, auf den Toni gestürzt war. Nicht zuletzt lastete man ihm auch den Mord an einer gewissen Suzanne Lepcourt an, die zu Beginn der Woche tot den East River hinuntergetrieben war. Die Leiche war bereits so stark entstellt gewesen, dass die Todesursache nicht mehr festgestellt werden konnte und auch die Identifizierung nur noch mit Hilfe eines Gebissvergleichs möglich war. Dennoch bestanden kaum Zweifel, dass die Frau keines natürlichen Todes gestorben war und dabei kein anderer als Motley seine Hand im Spiel gehabt hatte.

»Wirklich anständig von ihm, sich selbst aus dem Verkehr zu ziehen«, meinte Durkin. »Und das umso mehr, als dazu sonst niemand in der Lage zu sein schien. Das hat uns eine Menge Ärger erspart.«

»Aber eure Chancen, ihn ordentlich zu verknacken, standen doch auch nicht schlecht.«

»Das sicher«, nickte Durkin. »Trotzdem ist es für uns so wesentlich bequemer. Habe ich dir übrigens schon erzählt, dass er auch einen Abschiedsbrief hinterlassen hat?«

»An der Wand, hast du gesagt. Mit Lippenstift.«

»Ja. Komisch, dass er dazu nicht den Spiegel im Bad benutzt hat. Dem Hausbesitzer wäre das sicher lieber gewesen. Ist doch wesentlich einfacher, einen Spiegel zu putzen, als eine ganze Wand neu zu tünchen. Außerdem hing auch noch gleich neben der Wohnungstür ein Spiegel. Der ist dir doch sicher aufgefallen.«

»Ich war nie in seiner Wohnung, Joe.«

»Ach ja, natürlich nicht. Fast hätte ich's vergessen.« Er warf mir einen wissenden Blick zu. »Sich selbst die Kugel zu geben, war so ziemlich die erste gute Tat, die dieser Dreckskerl begangen hat. Eigentlich sieht so was einem Kerl dieses Schlags gar nicht ähnlich.«

»Warum nicht? Manchmal hat eben jeder einen klaren Moment – wenn plötzlich alle Illusionen von einem abfallen und man der Realität vollkommen nackt und unverhüllt ins Auge blickt.«

»Und so einen klaren Moment hatte er also deiner Meinung nach?«

»Warum nicht?«

»Na ja«, brummte Durkin und griff nach seinem Glas. »Ich weiß zwar nicht, wie das bei dir ist; aber wenn ich das Gefühl habe, dass so ein klarer Moment im Anrücken ist, greife ich so schnell wie möglich nach einem Glas und lasse dichten Nebel aufsteigen.«

Ich nickte. »Das ist in so einem Fall vielleicht nicht das Dümmste.«

Natürlich spekulierte er darauf, dass ich ihm erzählte, was in der Twenty-fifth Street tatsächlich passiert war. Er hatte da einen ganz bestimmten Verdacht, den er sich von mir nur zu gern hätte bestätigen lassen. Aber den Gefallen tat ich ihm nicht.

Es gab nur zwei Menschen, denen ich davon erzählte. Einer davon war

Elaine. In gewisser Hinsicht hatte ich es ihr ja schon auf der Intensivstation erzählt; aber wenn ein Teil des Bewusstseins in diesem Zustand tatsächlich registriert, was man gesagt bekommt, dann verrät er dem restlichen Bewusstsein später nichts davon. Bis zu ihrer Entlassung aus der Klinik ließ ich Elaine in dem Glauben, Motley hätte Selbstmord begangen. Doch dann, an dem Tag, an dem ich ihr ihr Weihnachtsgeschenk brachte, erzählte ich ihr, wie es wirklich gewesen war.

»Gott sei Dank«, seufzte sie darauf erleichtert. »Das hast du gut gemacht – und vor allem vielen Dank, dass du mir die Wahrheit gesagt hast.«

»Ich glaube, ich hatte gar keine andere Wahl, als es dir zu erzählen. Allerdings weiß ich nicht, ob ich wirklich froh bin, dass ich es getan habe.«

»Warum nicht?«

Ich versuchte ihr klarzumachen, dass das Verhängnis eigentlich erst seinen Lauf genommen hatte, weil ich ihm damals etwas anzuhängen versuchte, was er gar nicht getan hatte, und wie ich es auch diesmal wieder nicht hatte bleiben lassen können, Schicksal zu spielen.

»Das ist doch Unsinn, Liebling«, versuchte sie mich zu beruhigen. »Er hätte sich in jedem Fall an uns zu rächen versucht. Nur hätte er das statt nach zwölf Jahren vielleicht schon nach ein paar Monaten getan. Und es ist in jedem Fall gut, dass er tot ist; jetzt kann er niemanden mehr ins Unglück stürzen – zumindest nicht in dieser Welt. Und das ist im Augenblick die einzige, die mich interessiert.«

Irgendwann Mitte Januar schlugen Mick Ballou und ich uns wieder einmal eine Nacht um die Ohren. Doch diesmal gingen wir nicht zur Metzgermesse, nachdem er die Bar dichtgemacht hatte. Wenige Tage zuvor hatte es kräftig geschneit, und das nahm er zum Anlass, um mir endlich mal zu zeigen, wie schön es auf seiner Farm war. Wir fuhren also los, blieben über Nacht und fuhren am nächsten Nachmittag wieder zurück. Es war sehr friedlich dort oben, und genauso schön, wie er gesagt hatte.

Auf der Hinfahrt erzählte ich ihm, wie es mit Motley wirklich zu Ende gegangen war. Das schien ihn nicht im Geringsten zu überraschen. Er hatte gewusst, dass ich Motleys Adresse kannte, und ihm war auch klar gewesen, dass diese Geschichte nur uns beide etwas anging.

Nachdem Motleys Leiche entdeckt worden war, rief ich Tom Havlicek an;

er bekam von mir allerdings nur die offizielle Version zu hören. Inzwischen hatten sie in Massillon natürlich den Fall Sturdevant längst wieder aufgerollt – jetzt, wo es nichts mehr nützte. Aber zumindest wurde dadurch Sturdevants guter Ruf wieder hergestellt, was seine nächsten Angehörigen und Bekannten sicher sehr begrüßt haben dürften. Stattdessen geriet dadurch jedoch seine Frau Connie in Verruf. Es wurde nämlich publik, dass sie vor ihrer Heirat als Prostituierte gearbeitet hatte – und diese Information glaubte das Lokalblatt von Massillon seinen Lesern auf keinen Fall vorenthalten zu dürfen.

Tom lud mich ein, wieder mal nach Massillon zu kommen; wir könnten dann gemeinsam auf die Jagd gehen. Ich fand das eine hervorragende Idee, aber uns war beiden klar, dass ich ihn vermutlich nie beim Wort nehmen würde. Erst kürzlich, als die Bengals das Endspiel um die Super Bowl verloren, rief er mich wieder an und sagte, dass er demnächst nach New York käme. Ich bestand darauf, dass er sich dann unbedingt bei mir meldete. Das versprach er mir hoch und heilig. Und vielleicht wird er es auch tatsächlich tun.

Jim Faber habe ich noch nichts davon erzählt.

Wir gehen mindestens einmal die Woche gemeinsam abendessen, und ein paarmal war ich schon nahe daran, ihm alles zu erzählen. Früher oder später werde ich das vermutlich auch tun. Was mich bisher daran gehindert hat, ihm alles zu erzählen, ist mir nicht so recht klar. Vielleicht habe ich lediglich Angst, dass er alles andere als begeistert reagiert und wieder mal genau das tut, was er immer tut: mich mit meinem Gewissen konfrontieren. Und diesen schlafenden Hund möchte ich nach Möglichkeit lieber nicht wecken.

Früher oder später werde ich ihm trotzdem mein Herz ausschütten – nach einem besonders intensiven Treffen vielleicht, wenn ich wieder mal so voll der Gnade bin, dass man einen Heiligen darin ersäufen konnte.

Aber vorläufig sind die einzigen zwei Menschen, die davon wissen, ein Gangster und ein Callgirl, und wie es scheint, sind es diese beiden, die mir im Moment am nächsten stehen. Das sagt mit Sicherheit einiges über sie und vermutlich noch mehr über mich.

Bisher war der Winter ungewöhnlich streng, und es heißt, dass es noch eine ganze Weile so weitergehen soll. Für die Leute, die jetzt kein Dach über dem Kopf haben, ist das natürlich besonders hart, und als vergangene Woche die Temperaturen weit unter Null sanken, sind sogar ein paar von ihnen erfroren. Aber für die meisten von uns ist die Kälte nicht weiter schlimm. Man zieht sich warm an und marschiert einfach durch. Und damit hat sich die Sache.

An meine deutschen Leser: Ich hoffe, dass Sie Gefallen an diesem Matthew-Scudder-Roman gefunden haben. Wenn Sie über zukünftige Veröffentlichungen meiner Bücher auf Deutsch informiert werden möchten, schicken Sie einfach eine E-Mail mit dem Betreff "German mailing list" an lawbloc@gmail.com. (Ich versende auch einen Newsletter auf Englisch und würde Sie mit Freude auch auf diese Liste setzen; falls gewünscht, fügen Sie einfach "English also" hinzu.)

Über den Autor

Lawrence Block schreibt seit einem halben Jahrhundert preisgekrönte Kriminalromane und Spannungsliteratur. Sein neuestes Buch ist *In Sunlight or in Shadow*, eine Anthologie mit 17 neuen Kurzgeschichten, die jeweils von einem Gemälde von Edward Hopper inspiriert wurden; zu den vertretenen Autoren gehören Stephen King, Joyce Carol Oates, Lee Child, Megan Abbott, Michael Connelly, Jeffery Deaver und Joe Lansdale.

Blocks zuletzt erschienener Roman ist *The Girl with the Deep Blue Eyes*, von seinem Hollywood-Agenten als »James M. Cain auf Viagra« gerühmt. Zu seinen neueren Romanen zählen außerdem *The Burglar Who Counted the Spoons*, in dem Bernie Rhodenbarr im Mittelpunkt steht, *Hit Me* mit dem Briefmarkensammler und Auftragsmörder Keller sowie *A Drop of the Hard Stuff* mit Matthew Scudder. 2014 wurde Scudder von Liam Neeson in der Verfilmung von *Ruhet in Frieden – A Walk Among the Tombstones* brillant auf der Leinwand verkörpert. Auch andere Romane Blocks wurden verfilmt, allerdings mit geringerem Erfolg.

Block erhielt auch für seine Bücher für Autoren große Anerkennung, darunter Klassiker wie *Telling Lies for Fun & Profit* und *Write for Your Life*. Zuletzt hat er mit *The Crime of Our Lives* eine Sammlung von Aufsätzen über das Genre des Kriminalromans und dessen Vertreter veröffentlicht.

Neben seinen Prosawerken hat Block auch Drehbücher für die Fernsehserie *Tilt* und den Film *My Blueberry Nights* von Wong Kar-wai geschrieben. Block soll ein zurückhaltender und bescheidener Mann sein, auch wenn man das aufgrund dieser autobiographischen Skizze keinesfalls erwarten würde.

Email: lawbloc@gmail.com
Twitter: @LawrenceBlock
Facebook: lawrence.block
Homepage: lawrenceblock.com

Über den Übersetzer:

Sepp Leeb hat Amerikanistik und Germanistik studiert und lebt als Übersetzer in München. Neben Lawrence Block hat er auch Thomas Harris und Michael Connelly ins Deutsche übersetzt.

Die Matthew-Scudder-Romane:

#1 *Die Sünden der Väter* (*The Sins of the Fathers*)
#2 *Drei am Haken* (*Time to Murder and Create*)
#3 *Mitten im Tod* (*In the Midst of Death*)
#4 *A Stab in the Dark*
#5 *Acht Millionen Wege zu sterben* (*Eight Million Ways to Die*)
#6 *Nach der Sperrstunde* (*When the Sacred Ginmill Closes*)
#7 *Am Rand des Abgrunds* (*Out on the Cutting Edge*)
#8 *Ein Ticket für den Friedhof* (*A Ticket to the Boneyard*)
#9 *Tanz im Schlachthof* (*A Dance at the Slaughterhouse*)
#10 *A Walk Among the Tombstones*
#11 *Der Teufel weiß alles* (*The Devil Knows You're Dead*)
#12 *Der Privatclub* (*A Long Line of Dead Men*)
#13 *Im Namen des Volkes* (*Even the Wicked*)
#14 *Everybody Dies*
#15 *Hope to Die*
#16 *All the Flowers are Dying*
#17 *A Drop of the Hard Stuff*
#18 *The Night and the Music* (the complete short stories)

Auf Deutsch erschienene Matthew-Scudder-Kurzgeschichten:

#1 Aus dem Fenster (Out the Window)
#2 Eine Kerze für die Stadtstreicherin (A Candle for the Bag Lady)
#3 Im frühen Licht des Tages (By the Dawn's Early Light)
#4 Batmans Gehilfen (Batman's Helpers)

Weitere Bücher von Lawrence Block:

Mit leichtem Gepäck (*Resume Speed*)